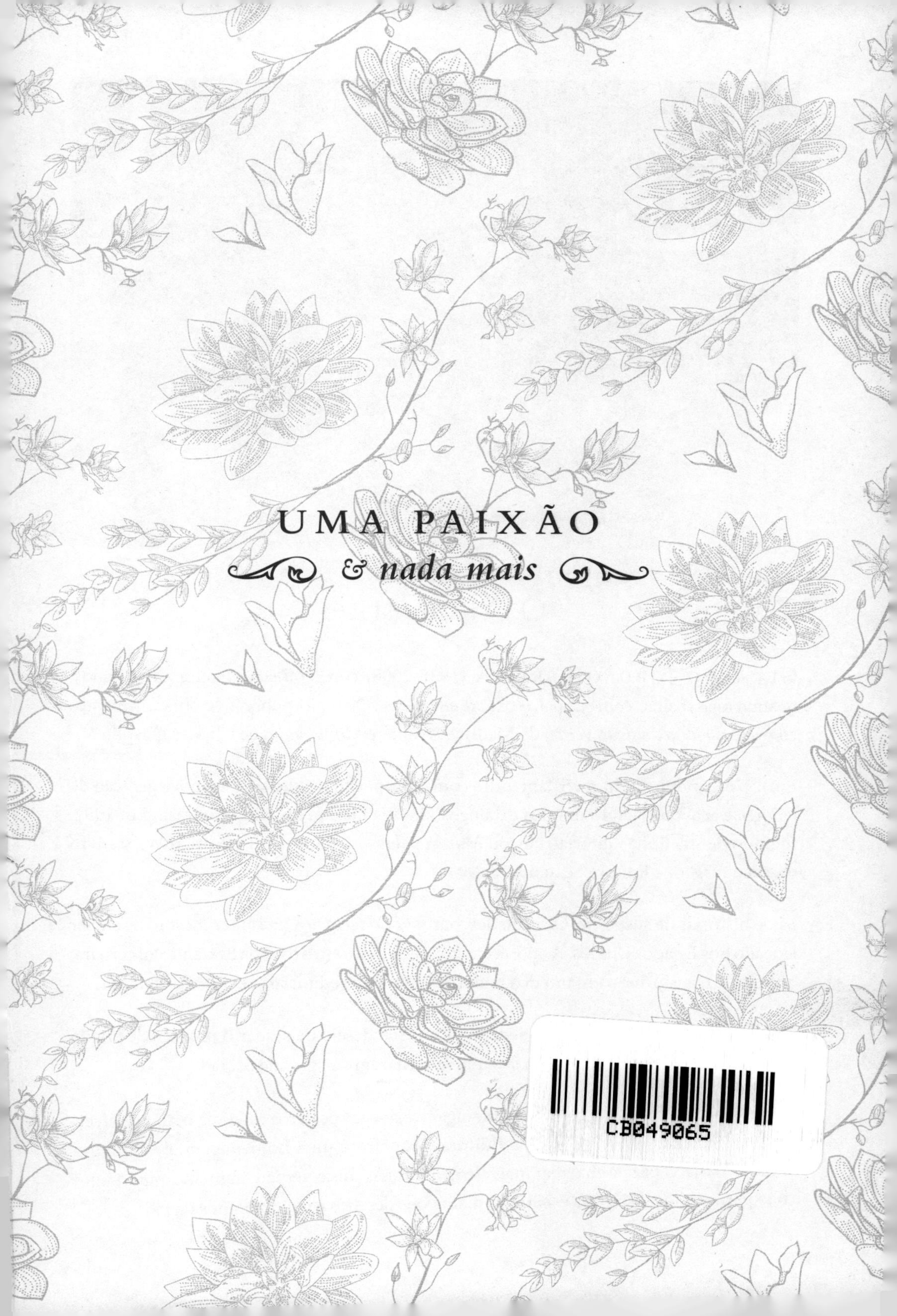
UMA PAIXÃO
& nada mais
CB049065

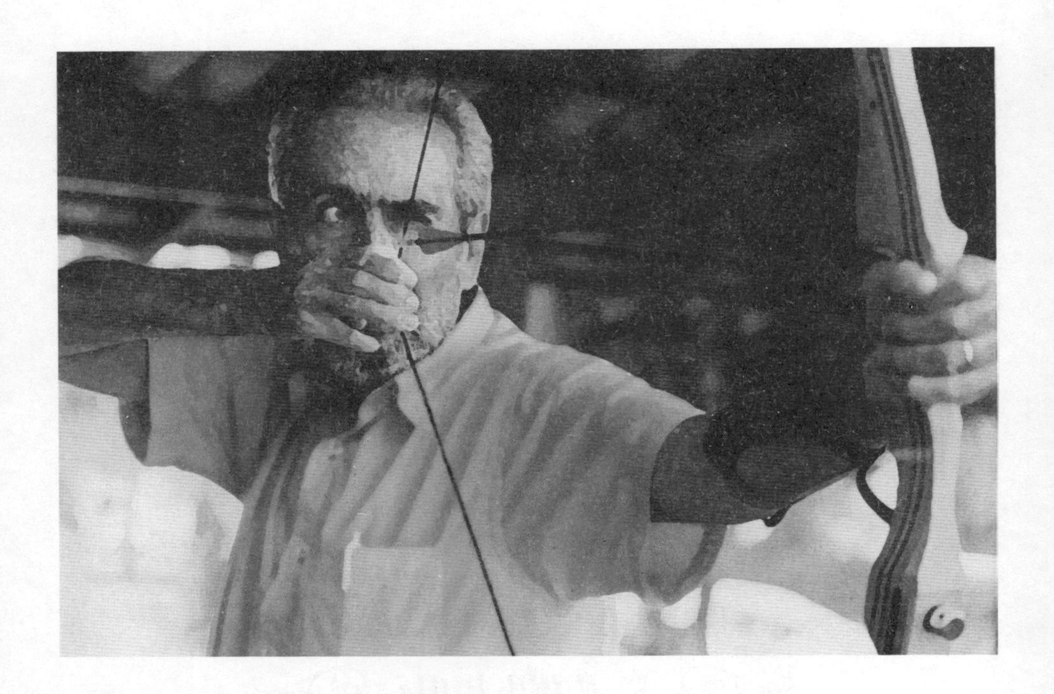

O Arqueiro

Geraldo Jordão Pereira (1938-2008) começou sua carreira aos 17 anos, quando foi trabalhar com seu pai, o célebre editor José Olympio, publicando obras marcantes como *O menino do dedo verde*, de Maurice Druon, e *Minha vida*, de Charles Chaplin.

Em 1976, fundou a Editora Salamandra com o propósito de formar uma nova geração de leitores e acabou criando um dos catálogos infantis mais premiados do Brasil. Em 1992, fugindo de sua linha editorial, lançou *Muitas vidas, muitos mestres*, de Brian Weiss, livro que deu origem à Editora Sextante.

Fã de histórias de suspense, Geraldo descobriu *O Código Da Vinci* antes mesmo de ele ser lançado nos Estados Unidos. A aposta em ficção, que não era o foco da Sextante, foi certeira: o título se transformou em um dos maiores fenômenos editoriais de todos os tempos.

Mas não foi só aos livros que se dedicou. Com seu desejo de ajudar o próximo, Geraldo desenvolveu diversos projetos sociais que se tornaram sua grande paixão.

Com a missão de publicar histórias empolgantes, tornar os livros cada vez mais acessíveis e despertar o amor pela leitura, a Editora Arqueiro é uma homenagem a esta figura extraordinária, capaz de enxergar mais além, mirar nas coisas verdadeiramente importantes e não perder o idealismo e a esperança diante dos desafios e contratempos da vida.

MARY BALOGH

CLUBE DOS SOBREVIVENTES – 4

UMA PAIXÃO
& nada mais

Título original: *Only Enchanting*

Publicado em acordo com Maria Carvainis Agency, Inc. e Agência Literária Riff Ltda.
Publicado originalmente nos Estados Unidos pela Signet, marca da New American Library, uma divisão da Penguin Group (USA) LLC, Nova York.

tradução: Livia de Almeida

preparo de originais: Mariana Rimoli

revisão: Suelen Lopes e Tereza da Rocha

diagramação: Adriana Moreno

capa: Renata Vidal

imagens de capa: Cynthia Valentine / Arcangel (foto);
Olya / Creative Market (fundo);
Annie Sauvage (ornamento camafeu)

impressão e acabamento: Bartira Gráfica

CIP-BRASIL. CATALOGAÇÃO NA PUBLICAÇÃO
SINDICATO NACIONAL DOS EDITORES DE LIVROS, RJ

B156p Balogh, Mary
Uma paixão e nada mais / Mary Balogh; tradução de Livia de Almeida. São Paulo: Arqueiro, 2019.
288 p.; 16 x 23 cm. (Clube dos sobreviventes; 4)

Tradução de: Only enchanting
ISBN 978-85-306-0010-5

1. Ficção americana. I. Almeida, Livia de. II. Título. III. Série.

19-57562 CDD: 813
CDU: 82-3(73)

Editora Arqueiro Ltda.
Rua Funchal, 538 – conjuntos 52 e 54 – Vila Olímpia
04551-060 – São Paulo – SP
Tel.: (11) 3868-4492 – Fax: (11) 3862-5818
E-mail: atendimento@editoraarqueiro.com.br
www.editoraarqueiro.com.br

CAPÍTULO 1

Aos 26 anos, Agnes Keeping nunca havia se apaixonado e não tinha expectativa de que isso viesse a acontecer – nem mesmo desejava uma paixão. Preferia manter o controle de suas emoções e de sua vida, do jeito que era.

Aos 18, escolhera se casar com William Keeping – um cavalheiro da região, homem de bons modos, hábitos arraigados e recursos modestos – depois que ele, de modo muito apropriado, visitara o pai de Agnes para pedir a mão dela em casamento e em seguida fazer-lhe uma proposta bastante educada, na presença da segunda esposa do pai. Agnes estimava o marido e se sentira confortável ao lado dele durante quase cinco anos, até que ele morreu de uma de suas frequentes febres de inverno. Mantivera o luto, desolada, e uma sensação de vazio se instalou por mais tempo do que o ano exigido para o uso dos trajes de viúva. Ela ainda lamentava com tristeza a ausência de William.

No entanto, não fora apaixonada por ele, nem ele por ela. Aquela simples ideia lhe parecia absurda, sugeria um sentimento irracional e descontrolado.

Sorriu para seu reflexo no espelho ao tentar imaginar o pobre William vivendo uma paixão desenfreada, romântica ou de qualquer outro tipo. Em seguida, seus olhos se concentraram em si mesma, e lhe ocorreu que era melhor admirar seu esplendor naquele momento, enquanto tinha a oportunidade, pois, assim que chegasse ao baile, ficaria evidente no mesmo instante que, na realidade, ela não estava nada magnífica.

Usava um vestido de festa de seda verde que adorava, apesar de estar longe de ser novo – de fato, ela o adquirira quando William ainda estava vivo – e de nunca poder ter sido considerado uma peça da moda. Era um modelo de cintura alta com um decote discreto, mangas curtas e bufantes e bordados com fios prateados na barra e na beirada das mangas. Não parecia gasto, apesar de antigo. Afinal de contas, ninguém usava com tanta frequência seu melhor vestido de festa, a não ser quem circulasse em esferas sociais bem mais elevadas que a de Agnes. Havia alguns meses que ela residia num modesto chalé no vilarejo de Inglebrook, em Gloucestershire, na companhia de Dora, sua irmã mais velha.

Agnes nunca tinha comparecido a um baile até então. Claro que havia participado de outras festas, e alguém poderia argumentar que um baile é a mesma coisa, só que com outro nome. Mas a verdade era que havia inúmeras diferenças. As festas aconteciam em salões públicos, em geral no andar de cima de hospedarias. Os bailes eram reuniões particulares organizadas pelos ricos e socialmente proeminentes a ponto de morar em uma casa com salão. Pessoas e casas assim não existiam em abundância no interior da Inglaterra.

Porém, havia uma delas nas imediações da casa de Agnes.

Middlebury Park era uma mansão imponente que ficava a menos de dois quilômetros de Inglebrook e pertencia ao visconde de Darleigh, marido de Sophia, amiga recente e muito querida de Agnes. A longa ala leste que tinha início na colossal construção central abrigava salões nobres de uma magnificência atordoante, ou pelo menos era o que havia parecido a Agnes quando Sophia a levara para visitar os cômodos certa tarde, pouco depois de se conhecerem. Entre aqueles cômodos havia um espaçoso salão de baile.

O visconde herdara o título depois de seu tio e seu primo encontrarem juntos uma morte súbita e violenta. Apenas naquele momento, quatro anos depois, Middlebury Park voltara a assumir o posto de centro social da região. Lorde Darleigh tinha ficado cego aos 17 anos, quando era oficial de artilharia nas guerras da Península, dois anos antes de o título, a propriedade e a fortuna tornarem-se dele. Vivera recolhido em Middlebury até conhecer Sophia e se casar com ela em Londres, no fim da primavera daquele ano, pouco antes de a própria Agnes se mudar para a região. O casamento e talvez uma maturidade crescente haviam propiciado ao visconde a confiança que aparentemente lhe faltara antes, e Sophia tinha se encarregado da tarefa de assisti-lo ao mesmo tempo que criava uma nova vida para si, como senhora de uma grande casa e uma enorme propriedade.

Por isso haveria o baile.

O casal estava retomando a antiga tradição do baile da colheita, que sempre acontecera no início de outubro. No vilarejo, porém, falava-se do evento mais como uma recepção de casamento, pois o visconde e a esposa tiveram núpcias discretas em Londres, apenas uma semana depois de se conhecerem, sem nenhuma comemoração pública. Nem mesmo a família dos noivos esteve presente. Sophia prometera, pouco depois de chegar a Middlebury, que haveria uma recepção em um futuro próximo, e o baile cumpriria essa função, apesar de ela já estar esperando um filho, condição que não poderia mais ser escondida, mesmo com a moda dos vestidos de saias amplas e esvoaçantes. Todos na região sabiam, embora nenhum anúncio oficial tivesse sido feito.

Receber o convite para o baile não era uma honra destinada a poucos: quase todo mundo do vilarejo e dos arredores fora chamado. E Dora tinha uma forte ligação com o visconde e a esposa, pois dava aulas de piano aos dois, além de instruir lorde Darleigh no violino e na harpa. Ela se tornara amiga de Sophia no momento em que as duas descobriram que compartilhavam a paixão pela arte. Agnes pintava em aquarela; Sophia era uma caricaturista astuta e ilustrava histórias para crianças.

Além das pessoas da região haveria outros convidados, mais ilustres. As irmãs de lorde Darleigh e seus maridos estariam presentes, bem como o visconde de Ponsonby, amigo do anfitrião. Sophia explicara a Agnes que os dois faziam parte de um grupo de sete amigos que por muitos anos permaneceram na Cornualha, recuperando-se de ferimentos de guerra. A maioria atuara como oficial militar. Chamavam aquele grupo de Clube dos Sobreviventes, e todos os anos os sete se reuniam para desfrutar da companhia uns dos outros.

Parentes de Sophia também viriam: seu tio Terrence Fry, diplomata veterano, além de outro tio e outra tia – sir Clarence e lady March –, que acompanhariam a filha.

Tudo parecia muito impressionante, e Agnes vinha esperando o evento com ansiedade e um sentimento que beirava a empolgação. Nunca pensara em si mesma como alguém que ambicionava o esplendor social, assim como não imaginava que pudesse se apaixonar. Mas nutria grande expectativa em relação ao baile, talvez porque Sophia também nutrisse e Agnes tivesse desenvolvido um profundo carinho pela amiga. Desejava o bem de

Sophia e esperava, com toda a sinceridade, que o baile fosse um grande sucesso.

Olhou de modo crítico para o cabelo que ela mesma havia arrumado. Tinha conseguido um pouco de volume, prendendo os cachos no alto da cabeça, e deixado alguns fios soltos que caíam no pescoço e cobriam as orelhas. Ainda assim, não se poderia dizer que era um penteado elaborado. E não havia nada de notável em relação ao cabelo em si, que tinha um tom de castanho indefinível, apesar de apresentar um brilho saudável.

Também não havia nada de impressionante no rosto emoldurado por aquele cabelo, pensou ela, sorrindo com certa amargura para o próprio reflexo. Não era feia, é verdade. Talvez nem fosse tão sem graça. Mas estava longe de ser dona de uma beleza estonteante.

Mas, por Deus, quando ela havia desejado ser assim? Aquela história de baile estava mexendo com sua cabeça e deixando-a atordoada.

Agnes e Dora chegaram cedo, como a maioria dos convidados da região. Chegar tarde estava na moda entre os integrantes da alta sociedade durante a temporada em Londres, comentara Dora quando saíram, dez minutos antes do horário planejado. Pelo menos, fora o que ela ouvira dizer. Mas no interior as pessoas costumavam ter boas maneiras.

Agnes se sentiu um tanto sem fôlego quando elas se aproximaram das portas do salão. A ala nobre da casa de Sophia parecia um tanto diferente, ainda mais magnífica, cheia de flores, arranjos pendentes por toda parte e velas acesas em suportes nas paredes.

Bem na entrada do salão, Sophia recebia os convidados ao lado de lorde Darleigh. Agnes relaxou no mesmo instante e sorriu com carinho genuíno. Embora não tivesse a expectativa de se apaixonar, não dava para negar a existência da paixão, e podia ser belo contemplá-la. Lorde e lady Darleigh estavam claramente iluminados pelo afeto romântico que compartilhavam, embora nunca dessem demonstrações de seus sentimentos em público.

Sophia estava deslumbrante num vestido azul-turquesa que combinava à perfeição com seu cabelo avermelhado. Na época do casamento, ela usara o cabelo bem curto. Desde então, vinha deixando-o crescer. Ainda não estava comprido, mas sua criada fizera um trabalho astucioso e conseguira um visual arrumado e elegante. Pela primeira vez, ocorreu a Agnes que sua amiga tinha mais do que uma beleza exótica. Sophia abriu um largo sorriso ao ver Dora e Agnes, e abraçou as duas. Já lorde Darleigh, apesar de cego, parecia olhar diretamente para elas, os olhos muito azuis, enquanto sorria e as cumprimentava.

– Sra. Keeping, Srta. Debbins – disse ele –, que gentileza virem para tornar perfeita a nossa noite.

Era como se os convidados estivessem lhe fazendo um *favor*. Darleigh estava elegante e atraente, vestido de preto e branco.

Não era difícil distinguir os forasteiros entre os convidados. Uma das consequências de se viver no interior, mesmo para alguém que chegara ali poucos meses antes, era a tendência de ver as mesmas pessoas em todos os lugares. E os forasteiros tinham trazido para o salão a alta moda que, como Agnes imaginara, ofuscava seu vestido verde. Na verdade, era como se a elegância daquelas vestimentas ofuscasse a todos.

A Sra. Hunt, mãe do visconde, cuidou com toda a gentileza de acompanhar Dora e Agnes pelo salão, fazendo as apresentações, primeiro a sir Clarence, lady March e Srta. March, todos de aparência muito distinta, embora a altura das plumas que enfeitavam o cabelo de lady March fosse um tanto estarrecedora. Os três fizeram uma breve saudação com rígida condescendência – as plumas também – e Agnes imitou Dora numa reverência. Em seguida, foram apresentadas a sir Terrence Fry e Sr. Sebastian Maycock, seu enteado, ambos vestidos com elegância, mas sem ostentação. O primeiro se curvou, educado, e fez um comentário sobre a beleza do vilarejo. O segundo, um jovem alto, bem-apessoado, de modos afáveis, abriu um sorriso e declarou estar encantado em conhecê-las. Tinha esperança de contar com as duas como parceiras de dança no decorrer da noite, mas não fez nenhum convite concreto a elas.

Um sedutor, decidiu Agnes, mais apaixonado pelos próprios encantos do que pelas pessoas. Ela realmente não deveria se permitir fazer julgamentos tão rápidos e tão pouco lisonjeiros quando não contava com quase nada em que se basear.

Em seguida a Sra. Hunt apresentou as duas irmãs ao visconde de Ponsonby, cujos trajes formais, impecáveis, superavam os de todos os outros homens, com a possível exceção do visconde de Darleigh. Estava todo vestido de preto, a não ser pela imaculada gravata branca de linho, presa com um laço elaborado, e pelo colete prateado. Era um homem alto e forte, um deus louro, o cabelo de um tom médio de amarelo, características que, na opinião de Agnes, nunca ficavam muito bem num homem. Seus traços eram de uma perfeição clássica, com olhos inconfundivelmente verdes.

Havia certo cansaço naquele olhar e um toque de deboche nos lábios. A mão de dedos longos segurava a haste de prata de um monóculo.

Agnes se deu conta, com irritação, de sua condição de pessoa comum. Embora ele não tivesse usado o monóculo quando a Sra. Hunt fizera as apresentações – Agnes teve a impressão de que ele era educado demais para agir assim –, ela sentia que havia sido inspecionada de forma minuciosa, e então descartada, apesar de ele ter se curvado em saudação a ela e Dora, ter perguntado como estavam e até mesmo ter prestado atenção às respostas não muito cativantes das duas.

Era o tipo de homem que sempre deixava Agnes pouco à vontade, ainda que ela não tivesse conhecido muitos como ele antes. Homens atraentes, com aquela aparência estonteante, faziam com que ela se sentisse tediosa, sem graça e extremamente comum. Sempre acabava sentindo desprezo por si mesma. E como ela *desejava* ser vista por homens assim? Como uma desmiolada? Ou talvez como uma mulher sofisticada e espirituosa? Aquilo era uma completa besteira.

Afastou-se dele o mais depressa que pôde, a fim de recuperar o domínio de si mesma, e parou para conversar com o casal Latchley, lamentando o acidente sofrido pelo Sr. Latchley – ele havia caído do alto do celeiro uma semana antes e quebrado a perna. Os Latchleys eram só elogios a lorde e lady Darleigh, que haviam aparecido para fazer uma visita ao Sr. Latchley e insistiram em enviar a carruagem para levar o casal ao baile, convencendo os dois a passar a noite na propriedade e retornar para casa na manhã seguinte.

Enquanto conversavam, Agnes olhou em volta com grande animação. O piso de madeira tinha sido polido até reluzir. Havia grandes vasos de flores em tons do outono por toda parte. Três grandes candelabros com as velas acesas pendiam do teto pintado com cenas da mitologia. A luz das velas fazia cintilar o friso dourado acima do revestimento de madeira das paredes e refletia-se nos muitos e grandes espelhos que davam ao aposento espaçoso a impressão de ser ainda maior e estar mais cheio de flores e de convidados. Os músicos da orquestra – sim, havia uma orquestra de verdade, com oito integrantes, vinda de Gloucester – assumiram seus postos no tablado na outra extremidade do salão e afinaram os instrumentos.

Parecia que todos os convidados haviam chegado. Lorde Darleigh e Sophia se voltaram para o aposento e sir Terrence Fry se dirigiu ao casal, com a intenção óbvia de que a sobrinha o acompanhasse no primeiro bloco de danças. Agnes sorriu. Também era divertido observar os Marchs fazendo manobras para se aproximar do visconde de Ponsonby. Era evidente que pretendiam que a Srta. March fosse sua parceira nas primeiras danças. E era ainda mais divertido ver o visconde afastando-se deles sem sequer lançar um olhar na direção da família. Ele claramente estava acostumado a evitar atenções indesejadas. Ah, ela teria de contar aquilo para Sophia na próxima vez em que se encontrassem! Sophia era diabolicamente boa em fazer caricaturas.

Agnes estava tão ocupada admirando a expressão de desgosto no rosto dos três Marchs que, a princípio, não notou o visconde de Ponsonby seguir na direção do sofá onde o Sr. Latchley esticava a perna machucada. Mas o visconde não pretendia lamentar o ocorrido, nem mesmo cumprimentar o ferido. Nada disso. Ele parou e se curvou diante *dela*.

– Sra. Keeping – disse com voz lânguida, até mesmo um tanto entediada –, é esperado que se d-dance, acredito eu, em reuniões c-como esta. Pelo menos foi o que meu amigo Darleigh m-me informou hoje à tarde. Presumo que ele não seria capaz de *ver* que eu não dancei, por ser um t-tanto cego. Porém, eu o conheço o suficiente para estar c-convencido de que ele *saberia*, mesmo que ninguém dissesse nada a ele. Às vezes me pergunto de que adianta ter um amigo cego se não é possível ludibriá-lo em assuntos dessa natureza.

Ah, ele gaguejava ligeiramente – com certeza deveria ser sua única imperfeição evidente. As pálpebras ficavam semicerradas, encobrindo os olhos, enquanto falava, o que lhe conferia um ar um tanto sonolento, embora parecesse desperto.

Agnes riu. Não sabia o que mais poderia fazer. Estava sendo convidada para dançar? Mas ele não tinha chegado a fazer o convite, tinha?

– Ah – disse ele, erguendo o monóculo quase na altura do olho. Tinha unhas bem cuidadas, ela percebeu, em mãos indiscutivelmente másculas. – Muito bem. S-simpatiza comigo, percebo. Mas é preciso dançar. Poderia me dar a honra de me acompanhar enquanto arrasto meus pés pelo salão?

Ele *estava* convidando-a para dançar, e para dançar *com ele*, na abertura do baile. Agnes mantivera a esperança fervorosa de que *alguém* fizesse um convite. Afinal de contas, tinha apenas 26 anos, o que não era de forma alguma uma idade avançada. Mas... o visconde de Ponsonby...

Sentiu-se tentada a sair correndo porta afora e só parar quando chegasse em casa.

Qual era, afinal, o *problema* com ela?

– Muito obrigada, meu senhor – respondeu, com a voz contida como de hábito, para seu alívio. – Vou tentar dançar com alguma graça.

– Não esperaria outra coisa da s-senhora – disse ele. – Mas *eu* vou arrastar os pés.

Então ele lhe ofereceu o braço. De algum modo, Agnes conseguiu manter a mão firme ao pousá-la sobre a dele. Ele a conduziu para junto dos outros dançarinos e fez um cumprimento quando ela se posicionou na fileira de damas, antes de seguir para seu lugar junto aos homens, no lado oposto.

"Minha nossa!", foi o que ela pensou e, por um momento, foi *tudo* em que conseguiu pensar. Mas seu senso de humor, que estava sempre à mão para ser usado contra ela mesma, veio salvá-la, e ela sorriu. Seria divertidíssimo lembrar-se dessa meia hora no dia seguinte. O maior triunfo de sua vida. Não pensaria em outra coisa durante uma semana inteira. Não. Durante *duas semanas*. Por pouco não soltou uma gargalhada.

Diante dela, o visconde de Ponsonby, ignorando toda a agitação ao redor, ergueu ironicamente uma sobrancelha ao olhar para Agnes. Ele devia estar se perguntando por que ela sorria com tanta alegria. Devia imaginar que estava encantada por dançar com ele – o que, claro, era verdade, embora não fosse de bom-tom sorrir de maneira triunfante por *esse* motivo.

Um acorde de abertura ecoou e a orquestra começou a tocar.

Não foi surpresa constatar que os dotes de dançarino do visconde haviam sido muito mal representados por suas palavras. Ele executava os passos e as sequências com elegância, sem qualquer esforço. Atraiu para si um bom número de olhares: inveja dos homens e admiração das mulheres. Embora a complexidade da dança não permitisse muita conversa, sua atenção permaneceu voltada para Agnes. Ela sentia que ele dançava com *ela* e não apenas para cumprir a tarefa de ser agradável em sociedade.

Era assim que se comportava um verdadeiro cavalheiro, disse Agnes para si mesma quando a dança acabou e ele a acompanhou até Dora, curvando-se com educação diante das duas antes de se afastar. Não havia nada de especial na atenção que ele dedicara a ela. No entanto, Agnes ficou com a inesperada convicção de que nunca, jamais desfrutara de uma noite tão agradável. Nenhuma outra se comparava àquela.

Desfrutara? Como se a noite já tivesse acabado.

– Estou tão satisfeita que alguém tenha manifestado o bom gosto de dançar com você, Agnes – disse Dora. – O visconde é um cavalheiro muitíssimo bem-apessoado, não é? Embora eu deva confessar que sinto um pouco de desconfiança daquela sobrancelha esquerda dele. Tem um ar claramente zombeteiro.

– Com certeza – concordou Agnes, refrescando o rosto com a brisa do leque enquanto as duas riam.

No entanto, ela não se sentiu alvo de nenhuma zombaria vinda da sobrancelha ou do dono dela. Pelo contrário, a sensação era confortável, deliciosa. E Agnes sabia, sem a menor sombra de dúvida, que sonharia com aquele baile, com a dança de abertura e com seu par por muitos dias, talvez até por semanas. Quem sabe por anos. Ficaria perfeitamente feliz em voltar para casa naquele instante, embora fosse impossível ir embora tão no início da noite. Era lamentável, mas achava que nada mais poderia superar aqueles momentos emocionantes. Infelizmente, pensava, todo o restante do baile estava fadado a ser um verdadeiro tédio.

Porém, não foi bem assim.

Todos haviam deixado de lado as preocupações diárias para aproveitar o esplendor opulento do baile da colheita em Middlebury Park. Todos estavam ali para celebrar o casamento feliz, em breve abençoado por um filho, do jovem visconde de quem sentiram tanta pena somente três anos e meio antes, quando retornara cego e recluso, sufocado pelos cuidados protetores da mãe, da avó e das irmãs. Estavam ali para celebrar o casamento dele com aquela criatura delicada, dona de um encanto caloroso e de uma energia infindável, que conquistara o coração de todos nos sete meses decorridos desde sua chegada.

Como Agnes poderia não se divertir e celebrar com os demais? Na verdade, foi exatamente o que ela fez. Não perdeu uma única dança e ficou encantada ao ver que Dora também foi convidada ao salão uma série de vezes. Na hora da ceia, teve a companhia do Sr. Pendleton, um dos cunhados do visconde, um cavalheiro afável com quem conversou durante boa parte da refeição, e da Sra. Pearl, a avó materna do visconde, com quem também trocou algumas palavras.

Houve brindes, discursos e o bolo de casamento. Foi de fato uma autêntica e extravagante comemoração matrimonial.

Ah, e não houve tédio depois das primeiras danças. A festa prosseguiu após o jantar, com uma valsa. Era a primeira da noite e provavelmente seria também a última, o que ocasionara certo interesse entre os convivas. Embora fosse dançada em Londres e em outros centros elegantes havia muitos anos, ainda era considerada um tanto atrevida no interior e raras vezes era incluída na programação das festas locais. Agnes conhecia os passos. Tinha praticado com Dora, que ensinava dança para alguns de seus alunos de música, entre eles Sophia. Estava tudo planejado, Dora confidenciara a Agnes, para que a viscondessa dançasse a valsa com seu tio.

Entretanto, não era com o tio que Sophia pretendia valsar, como notou Agnes ao virar o rosto e descobrir a fonte do burburinho que misturava vozes altas e risos. Alguém começou a bater palmas devagar, e os outros passaram a acompanhar.

– Valse com ela – disse alguém.

Era o Sr. Harrison, um dos melhores amigos de lorde Darleigh.

Sophia estava no meio do salão. Agnes viu que a amiga estendia os braços e que tinha a mão do visconde de Darleigh unida à dela. Havia um enorme sorriso em seu rosto corado. Minha nossa, ela estava tentando persuadir o marido a dançar! E, àquela altura, metade dos convidados batia palmas ritmadas.

Agnes se juntou a eles.

E todos repetiam as palavras do Sr. Harrison, num mesmo refrão.

– Valse com ela. Valse com ela.

O visconde deu alguns passos pelo salão vazio com Sophia.

– Se eu der um completo vexame – disse ele, quando o refrão e as palmas silenciaram –, poderiam ter a delicadeza de fingir que ninguém reparou?

Houve uma gargalhada geral.

A orquestra não esperou que ninguém mais os acompanhasse.

Agnes levou as mãos ao peito e assistiu à cena com os outros, ansiosa para que o visconde *não* desse um vexame. Ele valsou de forma um tanto desajeitada a princípio, mas com um sorriso no rosto e claramente se divertindo tanto que Agnes se pegou piscando para conter as lágrimas. Então, de algum modo, o visconde entrou no ritmo da dança, com Sophia olhando para ele de modo radiante e com tamanha admiração que nem todo o esforço de Agnes foi capaz de impedir que uma lágrima descesse por seu rosto. Ela a secou com a ponta do dedo e olhou, furtiva, para os lados, para se assegurar de que ninguém havia percebido. De fato, ninguém tinha percebido, mas *ela* percebeu que havia várias pessoas com os olhos úmidos.

Depois de alguns minutos, houve uma interrupção na música e outros casais se juntaram ao visconde e à viscondessa no salão. Agnes suspirou de contentamento e talvez com alguma tristeza. Ah, seria maravilhoso se...

Voltou-se para Dora, a seu lado.

– Você ensinou Sophia muito bem – disse.

Mas os olhos de Dora estavam fixos atrás da irmã.

– Creio que você está prestes a ser escolhida para receber uma atenção especial pela segunda vez esta noite – murmurou Dora. – Vai ser impossível conviver com você pela próxima semana.

Agnes não teve a chance de responder nem de virar para ver o que – ou quem – Dora olhava.

– Sra. Keeping – disse a voz um tanto lânguida do visconde de Ponsonby –, d-diga-me que não tenho um rival para sua mão nesta dança específica. Ficaria arrasado. Se devo valsar, é preciso que seja com uma parceira sensata.

Agnes fechou o leque e voltou-se para ele.

– É mesmo, meu senhor? – perguntou ela. – E o que o leva a crer que eu seja sensata?

Aquilo deveria ser considerado um *elogio*? Ser *sensata*?

Ele inclinou a cabeça ligeiramente para trás e deixou que seus olhos vagassem pelo rosto de Agnes.

– Há certa l-luz no seu olhar e uma expressão em seus lábios – falou – que proclamam que a senhora é uma observadora da vida, além de ser alguém que também p-põe mãos à obra. Uma observadora que às vezes *se diverte*, se não me engano.

Minha nossa. Ela o encarou com surpresa. Esperava que ninguém mais tivesse percebido aquilo. Nem estava certa de que era mesmo verdade.

– Mas por que o senhor desejaria uma parceira sensata para a valsa de modo mais urgente que para todas as outras danças? – perguntou ela.

Sensato seria *aceitar* o convite sem delongas, pois não conseguia pensar em nada mais divino do que valsar em um baile de verdade. E com toda a certeza a música recomeçaria a qualquer momento, apesar de a orquestra parecer esperar um pouco para que outros casais se dirigissem ao meio do salão. Agnes tinha uma chance de dançar a valsa com o *visconde de Ponsonby.*

– É preciso valsar cara a cara com a p-parceira até o amargo fim – disse ele. – Deve-se ter a esperança de poder manter p-pelo menos alguma conversa interessante.

– Ah – disse ela. – O clima então é um assunto a ser descartado?

– Assim como o estado de saúde de todos os conhecidos até a t-terceira ou quarta geração – acrescentou ele. – A senhora aceita meu convite?

– Temo isso imensamente – disse ela –, pois agora o senhor me deixou em maus lençóis. Terá sobrado algum assunto sobre o qual possamos conversar com sensatez ou mesmo sem?

Ele estendeu o braço sem responder e ela pousou a mão sobre a dele, sentindo as pernas ameaçarem ficar bambas quando ele sorriu para ela – um sorriso com os olhos semicerrados que parecia sugerir intimidade, em desacordo com a natureza pública do ambiente onde se encontravam.

Suspeitava estar nas mãos de alguém muito talentoso na arte do flerte.

– Ver Vincent dançar a valsa – disse ele, ao assumirem posições frente a frente – é o suficiente para levar alguém às l-lágrimas. Concorda, Sra. Keeping?

Nossa. Será que ele havia visto aquela lágrima?

– Por ele ter dançado de um modo desajeitado? – Ela ergueu uma sobrancelha.

– Por ele estar ap-apaixonado – respondeu o visconde, com um terrível vacilar na última palavra.

– Não aprova o amor romântico, meu senhor?

– Acredito que seja muito tocante nos outros – disse ele. – Mas talvez devêssemos falar sobre o clima, afinal de contas.

No entanto, não falaram, pois naquele exato momento a orquestra fez soar um acorde decisivo. Ele deslizou uma das mãos por trás da cintura de Agnes enquanto ela pousava a mão no ombro dele. O visconde tomou-lhe a outra mão e conduziu-a de imediato num amplo volteio que a deixou sem fôlego e a fez ter certeza de que valsava com alguém que era não apenas habilidoso no flerte, mas também um exímio dançarino. Não teria importado se ela não soubesse os passos, ela estava convencida. Seria quase impossível não seguir os comandos dele.

As cores e as luzes giravam à sua volta. A música a engoliu, assim como os sons das vozes e dos risos. Havia milhares de perfumes florais, as velas, as colônias. Havia a intensa alegria de rodopiar, sendo ela ao mesmo tempo parte do movimento e seu próprio centro.

E havia o homem que a fazia rodopiar pelo salão, sem se preocupar em entabular qualquer conversa, sensata ou não, mas que a mantinha à distância correta de seu corpo e a contemplava com aqueles olhos aparentemente sonolentos, mas argutos, enquanto ela também o encarava sem pensar que talvez fosse aconselhável desviar o olhar ou baixar os olhos, com modéstia – ou pelo menos encontrar algo para dizer.

Ponsonby era um homem belíssimo, dono de um poder de atração tão avassalador que Agnes foi incapaz de erguer qualquer tipo de defesa contra sua sedução. Havia no rosto dele a força de seu caráter, bem como cinismo, intensidade e tanto mistério que seria impossível desmascará-lo por completo mesmo depois de uma vida inteira a seu lado. Havia nele algo cruel, espirituoso, encantador e doloroso.

Mas tudo que percebera sobre ele não era consciente. Agnes sentia-se envolvida de um modo tão intenso que aquele momento parecia uma eternidade – ou um piscar de olhos.

Não houve interrupção na música. Quando a valsa acabou, fez-se um intervalo. E o brilho zombeteiro que voltou aos olhos dele também estava presente no canto dos lábios.

– No fim das contas, não foi s-sensata – disse ele. – Apenas encantadora.

Encantadora?

Ele devolveu-a à companhia de Dora, saudou-a de modo gracioso e se afastou sem dizer mais nada.

E Agnes estava apaixonada.

Loucamente, profundamente, desesperadamente, gloriosamente apaixonada.

Por um homem cínico, experiente, talvez perigoso e versado nas artes do flerte.

Um homem que ela provavelmente nunca mais voltaria a ver depois daquela noite.

O que talvez fosse mesmo o melhor.

Sim, sem dúvida, seria o melhor.

CAPÍTULO 2

Cinco meses depois

Era um dia bastante agradável para início de março, um tanto úmido talvez, mas sem chuva nem vento, fenômenos que vinham acontecendo com grande frequência praticamente desde o Natal. O sol brilhava. Flavian Arnott, o visconde de Ponsonby, estava feliz por não precisar atravessar a paisagem inglesa no interior abafado de sua carruagem, que sacolejava em algum lugar atrás dele, levando seu criado e a bagagem, enquanto ele montava seu cavalo.

Seria estranho ter, naquele ano, a reunião anual do Clube dos Sobreviventes em Gloucestershire, em Middlebury Park, a residência de Vincent, em vez de em Penderris Hall, na Cornualha, na casa de George, duque de Stanbrook, como de costume. Os sete membros do Clube haviam passado três anos juntos em Penderris, recuperando-se de variados ferimentos de guerra. Ao partir, tinham concordado em se reunir lá por algumas semanas a cada ano, para renovar a amizade e compartilhar seus progressos. Tinham feito isso desde então e apenas uma vez, dois anos antes, um deles estivera ausente, Hugo, pois seu pai morrera de modo inesperado quando ele estava prestes a partir para a Cornualha. A falta de Hugo fora profundamente sentida.

Naquele ano, tinham corrido o risco de ficar sem Vincent, o visconde de Darleigh, que declarara cinco meses antes que não se afastaria de Middlebury Park em março, pouco depois do nascimento de seu primeiro filho, previsto para o final de fevereiro. Na verdade, a própria lady Darleigh tentara convencer o marido a não perder o encontro que ela sabia ter tanta importância para ele. Flavian, que estivera em Middlebury para participar do baile da colheita na época, pudera comprovar a insistência da viscondessa para que o marido não faltasse ao compromisso. Quando por fim ela compreendeu que a recusa de Vincent em deixá-la sozinha era inegociável, a própria dama resolveu o impasse sugerindo que os Sobreviventes realizassem seu encontro anual na residência deles, de modo que Vincent não precisasse perder o evento nem tivesse que se afastar dela.

Os outros integrantes foram consultados e todos concordaram com a mudança de local, embora aquilo parecesse estranho. E haveria também a presença de esposas naquele ano – três delas, todas arranjadas desde a última reunião –, o que tornava tudo ainda mais estranho. Mas a verdade era que nada na vida era imune ao tempo. Às vezes, isso era lamentável.

A viagem estava quase chegando ao fim, percebeu Flavian ao entrar no vilarejo de Inglebrook e saudar o açougueiro que varria a entrada da loja vestido com um longo avental que, era óbvio, ele usara para retalhar uma peça de carne recentemente. A entrada que dava acesso a Middlebury Park ficava pouco depois do açougue, do outro lado do vilarejo. Flavian imaginou se seria o primeiro a chegar àquela reunião do Clube dos Sobreviventes. Por algum estranho motivo, ele costumava ser sempre o primeiro. Aquilo sugeria um nível de ansiedade chocante, bastante incomum em sua personalidade. Em outros eventos sociais, costumava aparecer elegantemente tarde – ou apenas deselegantemente.

Em uma ocasião memorável, na primavera anterior, tinha sido barrado diante das veneráveis portas do Almack's, em Londres, por ter chegado para o baile semanal – vestido de modo correto, com as antiquadas calças até os joelhos, como exigiam as regras do clube – dois minutos depois das onze horas da noite. Outra regra ditava que absolutamente ninguém teria permissão de entrar depois das onze. Ele havia ficado arrasado, entristecido, ao perceber que seu relógio de bolso estava atrasado – ou pelo menos fora o que garantira à tia no dia seguinte. Tinha prometido uma dança para sua prima, filha dela. A tia o encarara com ar de reprovação e fizera um comentário pouco lisonjeiro sobre sua fraca tentativa de pedido de desculpas. A prima Ginny, porém, tinha uma personalidade forte. Ela apenas empinara o nariz e informara que sua companhia tinha sido tão requisitada no baile do Almack's que ela teria de decepcioná-lo caso Flavian tivesse se dignado aparecer.

A boa e velha Ginny. Quem dera existissem mais mulheres como ela.

Encostou o chicote na aba do chapéu ao passar pela esposa do vigário – ele tinha uma péssima memória para nomes, embora já tivesse sido apresentado àquela senhora –, que conversava com uma mulher corpulenta do outro lado do portão do jardim da residência paroquial. Deu boa-tarde às duas, que arrulharam com alegria e garantiram a ele que de fato era uma boa tarde e que assim deveria continuar.

Outra dama seguia sozinha pela rua, vindo na direção dele, com um cavalete de desenhos um tanto grande sob o braço e uma sacola na outra mão, contendo provavelmente seu material de pintura. Tinha uma silhueta esguia e jovem, percebeu Flavian com aprovação. Vestia-se com capricho, embora não fizesse qualquer concessão à alta moda. Ela ergueu a cabeça depois de ouvir a aproximação do cavalo. Ele a reconheceu.

Era a Sra... Working? Looking? Darling? Weeding? Maldição, ele não conseguia se lembrar do nome dela. Havia dançado com ela no baile de Vincent, a pedido da viscondessa, que a tinha na conta de grande amiga. Valsara com ela também – sim, por Júpiter, tinha valsado.

Ele ergueu o chapéu quando passou por ela.

– Boa tarde, madame – disse ele.

– Meu senhor.

Ela fez uma ligeira reverência e o encarou com olhos arregalados e sobrancelhas erguidas. Então corou. Não era apenas a friagem de março que coloria suas faces. Num momento, não estavam tão rosadas e, em seguida, estavam. E as pálpebras baixaram para ocultar os olhos.

Pois bem. Interessante.

Era uma mulher de boa aparência, sem ser deslumbrante sob nenhum aspecto, apesar de ter belos olhos, ocultos com modéstia naquele instante, e uma boca que parecia ter sido desenhada para o humor – ou para os beijos. Havia algo mais em relação ao humor daquela senhora, mas a imagem que se espreitava nos confins da memória de Flavian desapareceu sem se revelar. A maneira como suas lembranças costumavam se comportar era assustadora – pequenas ou mesmo imensas lacunas do passado sobre as quais ele permanecia na ignorância até que, num piscar de olhos, elas ganhavam vida, às vezes por tempo o bastante para serem capturadas e examinadas com atenção, às vezes desmanchando-se antes que pudessem ser identificadas. Essa era uma daquelas ocasiões em que ele *não* conseguia se lembrar.

Não importava o que fizesse.

A mulher já havia passado do início da juventude, embora fosse provavelmente mais jovem que ele. Sem dúvida, era mais jovem. Meu Deus, ele tinha 30 anos; era quase uma relíquia.

Flavian não chegou a puxar as rédeas para fazer o cavalo parar. Que diabo! Como era mesmo o nome dela? Ele seguiu em frente, e ela também.

Sensata, pensou ele ao chegar ao fim da rua, ver os portões abertos da entrada de Middlebury Park e tomar, com a montaria, o acesso tortuoso e encoberto pelas árvores. Aquela tinha sido sua impressão da dama depois de convidá-la, com educação, para as primeiras danças do baile da colheita. E, após o jantar, ele a convidara para a valsa, com a explicação de que esperava manter com ela alguma conversa sensata.

Não era muito lisonjeiro, pensou ele naquele momento, com cinco meses de atraso. Dificilmente seria o tipo de palavra que faria o coração de uma mulher estremecer com sonhos românticos dirigidos a ele. Mas o objetivo não tinha sido esse, não é mesmo? Não houve qualquer conversa, nem sensata nem insensata, durante aquela valsa. Apenas... encantamento.

Era estranho que ele se lembrasse daquela impressão naquele momento, quando esse pensamento havia desaparecido por completo de sua memória assim que o baile terminara. Estranho e um pouco constrangedor também. Que diabo sua cabeça queria dizer ao escolher aquela palavra em particular? E estaria ele se lembrando dos fatos da forma correta? Teria mesmo dito aquilo em voz alta, para que ela pudesse escutar?

No fim das contas, não foi sensata. Apenas encantadora.

Que diabo ele quis dizer?

Ela não era encantadora. Era esguia, bem cuidada, relativamente bonita, sim. Nada mais memorável que isso. Belos olhos e uma boca que demonstrava bom humor, talvez até mesmo beijável. Nada daquilo bastava para causar deslumbramento aos olhos ou à mente – ou para despertar um devaneio primaveril. E, de qualquer maneira, tudo aquilo tinha acontecido em outubro.

Encantamento, de fato. Não era uma palavra muito empregada em seu vocabulário. Flavian esperava que ela não tivesse ouvido. Ou, se tivesse ouvido, que não se lembrasse mais.

Porém, ela acabara de corar.

O bosque que encobria o início da estrada havia terminado e ele teve uma visão magnífica do jardim com topiarias bem aparadas, parterres formais e canteiros de flores – coloridos já nessa época do ano –, que se estendia até a ampla e impressionante frente da casa. Ocorreu-lhe que o amigo nunca contemplara aquela bela vista. Não poder enxergar, Flavian sempre pensara, devia ser uma das piores aflições. Mesmo naquele momento, conhecendo Vincent como conhecia, sabendo como ele sempre se mantinha alegre e como conseguira dar sequência à sua vida, transformando-a em algo muito feliz e significativo, Flavian sentiu um nó na garganta ao pensar na cegueira de Vince.

Ainda bem que faltava certa distância a percorrer até que tivesse que encarar alguém naquela casa. O que achariam se vissem o visconde de Ponsonby, logo ele, cavalgando com lágrimas nos olhos? Bastou pensar naquilo para sentir um calafrio.

Sua aproximação, de fato, já havia sido notada, ele percebeu minutos depois ao fazer uma curva para o terraço que ficava diante dos grandes portões, que estavam abertos. Vincent se encontrava no degrau mais elevado da escada da varanda, o cão-guia a um lado, preso a uma coleira curta, e a viscondessa do outro, segurando sua mão. O casal sorria para Flavian.

– Comecei a achar que ninguém viria – disse Vincent. – Mas aqui está você, Flave.

Ele havia sido *mesmo* o primeiro a chegar.

– Como sabia que era eu? – perguntou Flavian, olhando com carinho para o amigo. – Confesse. Andou me es-espionando.

Vincent e a esposa desceram os degraus enquanto Flavian saltava da cela e deixava sua montaria aos cuidados de um cavalariço que atravessara o terraço às pressas, vindo do estábulo. Flavian deu um abraço apertado em Vincent e depois tomou a mão da viscondessa. Mas ela não estava disposta a manter a formalidade e também lhe deu um grande abraço.

– Estávamos *ansiosos*! – disse ela. – Como duas criancinhas esperando uma guloseima especial. É a primeira vez que recebemos convidados completamente a sós. Minha sogra ficou conosco depois do nascimento do bebê, mas foi para casa em Barton Coombs na semana passada. Ela não via a hora de voltar e eu, por fim, fui capaz de garantir-lhe que conseguiríamos cuidar de tudo sozinhos, mesmo que fôssemos sentir muito a falta dela, o que é verdade.

– Acredito que já recuperou a saúde, madame – disse Flavian.

Sophia parecia ter *desabrochado*. Tinha dado à luz um menino havia mais ou menos um mês, algumas semanas antes do esperado.

– Não compreendo por que as pessoas falam dessa fase como se fosse uma doença terrível – disse ela, dando o braço a Flavian e subindo os degraus ao lado dele com Vincent, guiado pelo cão, do outro. – Nunca me senti melhor. Ah, espero que todos cheguem logo, porque estamos a ponto de explodir de empolgação ou de fazer algo que não seja de bom-tom.

– É melhor seguirmos até o salão para beber algo – disse Vincent –, antes que um de nós dois queira levá-lo à ala infantil para reverenciar e adorar nosso filho e herdeiro. Estamos tentando compreender que as pessoas talvez não fiquem tão empolgadas com isso quanto nós.

– O menino tem todos os dedos? – perguntou Flavian.

– Tem, sim – respondeu Vincent. – Eu contei.

– E tudo o mais está no l-lugar, certo? – continuou Flavian. – Fico imensamente aliviado e satisfeito. E estou *morrendo de sede*.

Admirar bebês e expressar encantamento por eles nunca fora uma das atividades preferidas de Flavian. Mas lá estava ele engolindo de novo um suspeito nó na garganta ao se dar conta de que Vincent nunca tinha visto o filho, nem nunca veria. Esperava que os demais chegassem logo. Vince sempre fora o favorito. Flavian achava bem mais fácil criar barreiras contra inapropriados sentimentos de pena quando os outros estavam por perto.

Que terrível! Vince nunca jogaria críquete com o filho.

E lá estava *ele*, pensou Flavian, sentindo-se frágil e à beira das lágrimas, só porque estava ao lado de Vincent, porque estava *em casa* – embora a palavra não tivesse relação com o lugar, e sim com as pessoas que logo chegariam. Então ele voltaria a se sentir seguro. E ficaria bem e nada poderia feri-lo. Que pensamentos absurdos!

Os três mal tinham entrado no salão quando perceberam o som de cascos de cavalos na estrada e o sacolejar das amarras de uma carruagem. E não era a dele, Flavian notou ao olhar pelas grandes janelas. Também não era a de George, nem a de Ralph. Seria a de Hugo, talvez? Ou a de Ben? Ben – sir Benedict Harper – acabara de estabelecer residência logo em Gales, dentre todos os malditos lugares que poderia ter escolhido, e administrava minas de carvão e uma metalurgia para o avô da mulher com quem se casara recentemente. Era tudo um tanto bizarro, improvável e mais do que apenas um pouco alarmante. Mais surpreendente ainda era o fato de todos, exceto Vincent, terem ido até lá em janeiro, para a cerimônia de casamento. Deviam ter ficado isolados naquele lugar por um mês ou mais. O que uma pessoa poderia *fazer* em Gales durante *um mês inteiro*? No meio do *inverno*? Todos eles pareciam não bater muito bem da cabeça. Claro que a de Flavian nunca mais voltara a ser a mesma desde que um tiro a atravessara, derrubando-o do cavalo durante uma batalha memorável na Península. Quer dizer, memorável para os outros. Para Flavian permanecia uma lacuna colossal, como se ele tivesse passado todo o tempo dormindo e apenas ouvido falar no que acontecera.

– Ah! – exclamou lady Darleigh, levando as mãos ao peito. – Está chegando mais alguém. Devo descer. Fique aqui, Vincent, e providencie uma bebida para lorde Ponsonby, por favor.

– Descerei com você, Sophia – disse Vince. – Flavian já é bem grandinho. Pode se servir sem ajuda.

– E sem derramar nada – concordou Flavian. – Mas d-descerei também, se me permitirem.

Lá estava aquela empolgação tola de novo, aquela que o fazia ser sempre o primeiro a chegar às reuniões anuais do Clube dos Sobreviventes. Logo estariam todos juntos, os sete. As pessoas de quem ele mais gostava no mundo. Seus amigos. Seu porto seguro. Flavian não teria sobrevivido àqueles três anos sem eles. Talvez seu corpo tivesse resistido, mas não sua sanidade. Ele não sobreviveria nem mesmo *naquele momento* sem eles.

Eram sua família.

Tinha outra família, com quem compartilhava o sangue e a história ancestral. Chegava a estimar quase todos, sem exceção, e era correspondido. Mas aqueles seis amigos – George, Hugo, Ben, Ralph, Imogen e Vincent – formavam sua família do coração.

Que o diabo o carregasse! O que era aquilo que ele acabara de pensar? *Família do coração*? Era meloso o suficiente para provocar ânsia de vômito. Ainda bem que não dissera em voz alta.

Keeping, pensou ele a troco de nada enquanto descia a escada para saudar o recém-chegado. Lá estava, num piscar de olhos, o nome da mulher. Sra. Keeping, viúva. Um sobrenome estranho, mas o dele também poderia ser considerado estranho. Qualquer sobrenome era estranho quando se pensava nele por muito tempo.

Depois que Agnes chegou em casa, retirou a touca e a peliça, arrumou o cabelo e lavou as mãos, seu coração já havia voltado ao ritmo normal, ao menos normal o suficiente para ela achar que Dora não o ouviria quando descesse até a sala de estar para lhe fazer companhia.

Não era nada, *nada justo* que ele parecesse ainda mais atraente e viril montado em seu cavalo que no salão de baile. Estava usando um longo casaco de montaria de cor escura, acompanhado de várias capas – não ocorrera a ela a ideia de contá-las –, e, na cabeça, uma cartola colocada num discretíssimo ângulo inclinado sobre o cabelo louro. Agnes ficara quase sem ar ao notar as elegantes botas de couro e as coxas musculosas sob as calças de montaria bem justas. Sem falar na postura militar, nos ombros largos e no rosto belo e zombeteiro.

Aquela simples visão *bem no momento* em que achava que estava prestes a chegar em casa em segurança a havia lançado em tamanha agitação estúpida que ela nem conseguia se lembrar da forma como se comportara. Teria feito uma saudação de modo educado? Teria encarado o visconde com um ar estúpido? Havia tremido visivelmente como uma folha diante de um furacão? Teria *corado*? Meu bom Deus, por favor, ela implorava que não tivesse corado. Teria sido humilhante demais. Céus, tinha *26 anos*. E era *viúva*.

– Ah, aí está você, minha querida – disse Dora, erguendo as mãos do teclado de seu piano, um instrumento antigo e meticulosamente afinado do qual ela cuidava com todo o amor. – Chegou mais tarde do que eu previa... mas quando é que isso não acontece quando você está pintando? Está perdendo toda a diversão.

– Não tinha a intenção de me atrasar – retrucou Agnes, abaixando-se para dar um beijo no rosto da irmã.

– Eu sei. – Dora se levantou e tocou a campainha de prata sobre o instrumento, um sinal para que a governanta trouxesse a bandeja de chá. – Acontece comigo quando toco. É bom que nós duas sejamos artistas distraídas, caso contrário ficaríamos sempre implicando uma com a outra e fazendo acusações mútuas de negligência. E então? Encontrou algo que chamasse sua atenção para pintar?

– Narcisos amarelos na relva – disse Agnes. – São sempre bem mais belos ali do que nos canteiros. Qual foi a diversão que perdi?

– Os convidados de Middlebury Park começaram a chegar – informou Dora. – Um cavaleiro solitário atravessou o vilarejo há pouco. Passou por aqui antes que eu pudesse correr para a janela, embora eu tenha feito isso o mais rápido que pude. Vi apenas suas costas, mas acredito que seja o belo visconde de expressão zombeteira que esteve no baile em outubro.

– O visconde de Ponsonby? – perguntou Agnes, e seu coração voltou a bater com força, ameaçando ensurdecê-la e deixando sua voz ofegante. – Tem razão. Passei por ele na rua. Chegou a parar e fazer uma saudação, desejando-me uma boa tarde. Mas não conseguiu se lembrar do meu nome. Ainda assim foi possível reconhecer seu esforço. Acabou me chamando de *madame*.

Minha nossa. Tinha mesmo reparado em tanta coisa assim?

– E há alguns minutos – disse Dora –, passaram duas carruagens. Havia duas pessoas na primeira, uma dama e um cavalheiro. A segunda estava carregada com uma prodigiosa quantidade de bagagem e trazia um homem de aparência tão superior que só poderia ser um duque ou um valete. Suspeito que seja um valete. Quase chamei você, mas, se tivesse feito isso, a Sra. Henry também teria ouvido, viria correndo para uma das janelas da frente e nós três seríamos vistas bisbilhotando a vida dos outros em vez de cuidar da *nossa*, como senhoras respeitáveis.

– Certamente ninguém se importaria – retrucou Agnes. – Todos estariam ocupados demais bisbilhotando também.

As duas riram e sentaram-se diante da lareira. A Sra. Henry entrou com a bandeja e informou-lhes que os hóspedes começavam a chegar a Middlebury Park, mas ela imaginava que a Srta. Debbins andara absorta demais em seus estudos musicais para perceber.

Agnes e Dora trocaram sorrisos forçados quando a Sra. Henry saiu, e então se levantaram para ver quem estaria passando pela rua do vilarejo dessa vez. Era um jovem senhor conduzindo um elegantíssimo cabriolé, com um rapaz de farda atrás dele. O condutor parecia um homem ágil e bem-apessoado, a não ser por uma cicatriz cruel que lhe atravessava a face no lado voltado para a janela das irmãs e que era muito visível apesar do chapéu. Dava ao homem uma aparência feroz, quase a de um pirata.

– Nesse momento, sinto grande desprezo por mim mesma – disse Dora. – Mas isso é até divertido.

– É mesmo – concordou Agnes.

Embora desejasse que aquilo não estivesse acontecendo. Realmente não queria voltar a vê-lo. Ah, sim, claro que queria. Não. Não queria. Ah, ela *odiava* aquilo... aquela agitação juvenil por um homem que mal a notara cinco meses antes e que nem ao menos se lembrava do nome dela.

Sophia contara a Agnes sobre o Clube dos Sobreviventes e explicara que os amigos se reuniam todos os anos na Cornualha, mas que naquele ano ela os persuadira a visitar Middlebury, pois seu marido – aquele tolinho, nas palavras de Sophia – recusara-se a deixá-la tão pouco tempo depois do nascimento de seu filho. Eram sete integrantes, incluindo o visconde de Darleigh, seis homens e uma mulher. Três deles haviam se casado no último ano. Ficariam em Middlebury Park por três semanas. Toda a vizinhança estava morrendo de curiosidade e de empolgação, embora a maior parte do encontro fosse decorrer em âmbito privado. Todos os Sobreviventes tinham títulos de nobreza: o menos ilustre era um baronete; o mais notável era um duque.

Agnes decidira ficar bem longe deles. Não seria uma tarefa difícil, pensara, embora costumasse ir com frequência à casa de Sophia, em especial durante os dois meses que antecederam o nascimento de Thomas, quando ficou cada vez mais difícil para a amiga sair para visitá-la, e durante o mês seguinte ao nascimento do bebê. Deixaria de aparecer enquanto lorde e lady Darleigh tivessem hóspedes. Teria interrompido as visitas mesmo que *ele* não fosse um dos Sobreviventes, pois Sophia estaria ocupada com as funções de anfitriã. E, apesar de Agnes – com convites expressos de Sophia e também de lorde Darleigh – ter o costume de frequentar os campos da propriedade para desenhar, evitaria as áreas mais procuradas pelos hóspedes para passeios e teria muito cuidado para não ser vista entrando ou saindo.

Fora cuidadosa naquele dia – antes de perder a noção da hora. Segundo Sophia, nenhum dos hóspedes era esperado antes do meio da tarde, por isso Agnes tinha resolvido sair para pintar os narcisos amarelos durante a manhã. Não podia esperar aquelas três semanas, porque os narcisos não esperariam. Planejara voltar para casa logo depois do meio-dia, bem antes que qualquer visitante pudesse chegar, como dissera a Dora antes de partir. Mas tinha começado a pintar e se esquecera do tempo.

Mesmo assim, tomara grande cuidado ao caminhar de volta para casa. Estivera trabalhando do outro lado do lago e do bosque, perto do gazebo, de onde praticamente não se vislumbrava a casa principal. O terreno em torno de Middlebury era vasto, afinal de contas. Ela não contornou o lago nem atravessou o gramado até a estrada de acesso. Isso a teria deixado por alguns minutos à vista de quem estivesse na casa, e também exposta por um bom trecho do caminho. Não. Ela andara até o bosque que crescia numa faixa espessa no interior dos muros ao sul da propriedade, esgueirara-se entre os troncos antigos, apreciando a solidão esverdeada e o delicioso perfume das árvores. Tinha tomado a estrada de acesso a apenas alguns metros dos portões, que estavam escancarados, como de hábito, durante o dia. Em seguida, continuara pela rua principal do vilarejo, dirigindo-se para casa. Não havia ninguém à vista a não ser a Sra. Jones, que estava junto ao portão da casa paroquial, permitindo-se fazer alguns mexericos com a Sra. Lewis, a esposa do boticário. E o Sr. Henchley varria serragem para fora da porta do açougue, do outro lado da rua, deixando que outra pessoa resolvesse o problema. Agnes baixara a cabeça e apertara o passo.

Pensara estar em segurança até ouvir o som dos cascos de uma montaria que se aproximava. Não erguera os olhos. Afinal de contas, não era tão rara a aparição de cavalos pelo vilarejo. Mas não teve opção quando o cavaleiro se aproximou. Seria muito mal-educada se não saudasse um vizinho. Por isso levantou a cabeça e encarou os olhos sonolentos e verdes daquele hóspede que ela queria evitar mais do que todos os outros. A verdade é que não tinha motivo para evitar os demais, pois eram todos desconhecidos.

Foi um azar.

E tinha voltado a sentir desprezo por si mesma quando o olhou. Conseguira se desvencilhar de toda aquela bobagem de amor semanas depois daquele baile infernal. Nada parecido jamais lhe acontecera, e ela tomaria providências para que jamais se repetisse. Então Sophia contara a ela sobre a visita dos integrantes do Clube dos Sobreviventes. E Agnes se convencera de que, se pusesse os olhos nele – e não pouparia esforços para que isso *não* acontecesse –, seria capaz de vê-lo de forma desapaixonada, apenas como um dos amigos aristocráticos de lorde Darleigh a quem, por acaso, conhecera de modo superficial.

Era inacreditável como ele podia ser atraente. E havia uma série de coisas que também passavam por sua cabeça e que ela preferia não colocar em palavras – nem mesmo em pensamentos, se essas ideias infelizes pudessem ser suprimidas.

O que era impossível.

Todas as bobagens do outono passado voltaram na mesma hora, como se Agnes não tivesse uma gota de bom senso em seu corpo inteiro, muito menos no cérebro.

– Eu me pergunto – disse Dora, quando as duas voltaram aos assentos – se chegaremos a ser convidadas para visitar a casa, Agnes. Acredito que não, mas você é uma grande amiga da viscondessa e eu sou a professora de música dela e também de lorde Darleigh. De fato, ele comentou comigo na semana passada que, como os amigos vão apenas ridicularizar seus esforços com a harpa, seria melhor que eu aparecesse para tocar o instrumento como ele deveria ser tocado, para que não *caíssem na gargalhada*. Mas o próprio visconde estava rindo quando disse isso. Acredito que os amigos façam tantas provocações porque o amam muito, não acha? Devem ser muito próximos. Não creio que lorde Darleigh vá mesmo me convidar para tocar, não é?

Agnes descartou suas tolas palpitações e se concentrou na irmã, que parecia um tanto tristonha. Dora era doze anos mais velha que Agnes e nunca se casara. Permanecera em casa, em Lancashire, até as segundas núpcias do pai, um ano antes do casamento de Agnes. Na ocasião, manifestara a intenção de responder a um anúncio para ser professora de música residente no vilarejo de Inglebrook, em Gloucestershire. Sua inscrição fora aceita e ela se mudara, permanecera ali e prosperara de modo modesto. Era muito querida e respeitada, e seu talento, reconhecido. Tinha sempre mais ofertas de trabalho do que podia aceitar.

Era feliz, porém? Tinha um bom relacionamento com toda a vizinhança, mas nenhum grande amigo. E nenhum admirador. Ela e Agnes haviam ficado muito próximas depois de voltarem a viver juntas, como antes. Mas, para todos os objetivos e propósitos, pertenciam a gerações diferentes. Dora estava satisfeita, acreditava Agnes. Mas feliz?

– Talvez você seja mesmo convidada para tocar – disse Agnes. – Os anfitriões em geral gostam de agradar seus hóspedes, e o que seria melhor do que um sarau? Além disso, o fato de lorde Darleigh ser cego faz com que ele seja ainda mais apegado à música do que a qualquer outra forma de entretenimento. A não ser que haja muitos prodígios musicais entre os convidados, faria todo o sentido se ele a chamasse para tocar. Você é mais talentosa do que qualquer pessoa que eu conheço, Dora!

Talvez não fosse muito sábio alimentar as esperanças da irmã. Mas Agnes havia sido muito insensível ao ignorar, até aquele momento, que Dora também tinha sentimentos e ansiedades relacionados à chegada daqueles hóspedes e que sonhava tocar para uma plateia capaz de apreciar sua arte.

– Mas confesse, minha querida – disse Dora, com um brilho maroto no olhar. – Você não conhece tanta gente assim, com ou sem talento.

– Você tem razão – admitiu Agnes. – Mas se eu *tivesse* conhecido a todos na alta sociedade e assistido a exibições de talentos em inúmeros saraus, com toda a certeza teria descoberto que ninguém chega a seus pés.

– O que eu amo em você, Agnes, minha querida – brincou a irmã –, é essa sua completa imparcialidade.

As duas riram e se levantaram para observar a passagem de mais uma carruagem, dessa vez ocupada por um cavalheiro mais velho de aparência distinta, acompanhado de uma jovem. Um brasão ducal enfeitava a porta do veículo.

– Tudo que preciso para conhecer a felicidade absoluta é de um pequeno telescópio, delicado e discreto – disse Dora.

As duas voltaram a rir.

CAPÍTULO 3

Durante o resto daquele primeiro dia, depois que todos chegaram, e durante o dia seguinte inteiro, bem como por boa parte da noite, todos se reuniram e falaram quase sem parar. Era sempre assim quando havia um ano de notícias para compartilhar, e era assim naquele ano, embora a maioria tivesse se encontrado algumas vezes desde a última reunião em Penderris Hall e também quando três dos integrantes se casaram.

Flavian tivera um pouco de medo de que aqueles casamentos afetassem, de algum modo, a intimidade de que desfrutavam. Tivera muito medo, para falar a verdade. Não que se ressentisse da felicidade dos amigos ou das esposas deles, todas presentes em Middlebury Park. Mas os sete haviam atravessado o inferno e saído de lá juntos, e eram um grupo muito coeso. Conheciam uns aos outros melhor do que qualquer outra pessoa jamais conseguiria. Havia um elo que era impossível de descrever em palavras. Um vínculo sem o qual, com certeza, teriam sido pulverizados ou explodido em milhares de pedacinhos. Pelo menos, *ele* teria.

As esposas, porém, pareciam saber e respeitar aquilo. Sem ser explícitas, davam espaço para os maridos e para os outros, embora também não se mantivessem totalmente à parte. Conduziam tudo muito bem. Em pouco tempo, Flavian passou a sentir uma clara afeição por todas, confirmando a simpatia que sentira quando conhecera cada uma.

Algo que ele sempre valorizara acima de tudo nas reuniões anuais do Clube dos Sobreviventes, porém, era o fato de os sete não ficarem grudados, inseparáveis, durante as três semanas naqueles encontros. Havia sempre a companhia dos amigos, quando desejada ou necessária, mas também era possível desfrutar a solidão, se fosse esse o desejo.

Penderris Hall era perfeitamente adequada aos momentos coletivos e solitários, uma propriedade muito espaçosa, com a casa e o terreno localizados acima de uma praia particular e com vista para o mar. Middlebury Park não ficava atrás, porém, apesar de ser localizada no interior. O terreno era amplo e tinha sido projetado com várias áreas de convivência – jardins formais, amplos gramados, o lago – e locais mais reservados, como a trilha na mata que cortava as colinas atrás da casa, a alameda de cedros, o gazebo e as campinas além do bosque, na margem mais distante do lago. Em breve, haveria até mesmo uma pista para cavalgadas com quase 8 quilômetros de extensão, acompanhando os limites do muro ao norte e ao leste e parte do que se encontrava ao sul. A construção estava quase pronta. A pista permitiria que Vincent tivesse a liberdade de montar e correr apesar de sua cegueira e fora uma ideia da viscondessa, assim como o cão-guia e outras benfeitorias na casa e no terreno.

Na segunda manhã, todos tomaram juntos o desjejum depois que Ben – sir Benedict Harper – e Vincent emergiram daquilo que Ralph Stockwood, o conde de Berwick, descreveu como o calabouço, mas que era, na realidade, uma extensão da adega transformada em sala de exercícios. Era mais um dia ensolarado.

– Gwen e Samantha vão passear pelo lago – anunciou lady Darleigh, indicando lady Trentham, esposa de Hugo, e lady Harper, esposa de sir Benedict – enquanto desejo passar uma hora nos aposentos de meu filho e depois encontrá-las. Todos são muito bem-vindos, é claro, se quiserem nos acompanhar.

– Devo passar algum tempo na sala de música – disse Vincent. – Preciso conservar a agilidade dos meus dedos. É impressionante como eles se transformam em dez polegares quando não se exercitam.

– Pelo amor de Deus! – exclamou Flavian. – Violino, Vince? Ou piano?

– Os dois – informou Vincent com um sorriso maroto –, além da harpa.

– Insistiu na harpa então, apesar de todas as suas frustrações, Vincent? – perguntou Imogen Hayes, lady Barclay. – Você é mesmo um prodígio de determinação.

– Não está planejando nos brindar, por acaso, com um recital, está, Vince? – quis saber Ralph. – Seria muito gentil da sua parte nos avisar de antemão.

– Considere que o aviso foi dado. – Vincent sorriu.

George Crabbe, duque de Stanbrook, e Hugo Emes, lorde Trentham, planejavam uma caminhada para conferir o andamento da pista de cavalgada. Ralph e Imogen haviam decidido explorar a trilha no mato. Ben, que, menos de dois meses depois de seu casamento com lady Harper, ainda estava na fase da lua de mel, preferiu acompanhar a esposa e lady Trentham até o lago.

Faltava Flavian.

– Venha conosco até a pista, Flave – sugeriu Hugo.

– Vou dar uma volta e olhar aquela alameda de cedros – disse ele. – Não consegui ir até lá quando estive aqui, no outono.

Ninguém protestou contra aquela decisão aparentemente estranha e antissocial. Ninguém se ofereceu para lhe fazer companhia. Compreendiam o desejo silencioso do amigo de permanecer sozinho. Claro que compreendiam. Chegava a ser esperado que isso acontecesse depois da noite anterior.

As conversas mais sérias durante aqueles encontros costumavam ser reservadas quase sempre para os finais de noite. Os Sobreviventes falavam sobre os obstáculos encontrados para a recuperação, os problemas que enfrentavam, os pesadelos que suportavam. Não era algo planejado e, mesmo naqueles dias, não se encontravam com a intenção expressa de compartilhar aflições. Mas quase sempre a conversa tomava esse rumo. Não se tratava de sessões de resmungos irrestritos. Longe disso. Abriam o coração porque sabiam que seriam compreendidos, sabiam que haveria apoio, compaixão e aconselhamento – às vezes até mesmo uma verdadeira solução para o problema.

Na noite anterior, tinha sido a vez de Flavian, embora ele não pretendesse de forma alguma falar sobre o assunto. Pelo menos não naquele momento. Talvez depois de alguns dias de visita, quando estivesse de fato imerso no conforto da companhia dos amigos. Mas houve uma pausa na conversa após Ben contar a eles como a decisão de usar uma cadeira de rodas havia transformado sua vida, depois de insistir por tanto tempo em claudicar com suas pernas tortas, mesmo utilizando-se de bengalas robustas. A mudança fora um triunfo, algo muito distante da derrota que ele sempre imaginara.

No entanto, todos também sentiram sua tristeza, pois, ao assumir a cadeira de rodas, ele admitira ao mundo que nunca mais seria o mesmo que antes. Nenhum deles seria. Houve então um breve silêncio.

– Faz quase um ano desde a morte de Leonard B-Burton! – exclamou Flavian de repente, com a voz vacilante e mais alta que o normal.

Todos olharam para ele sem compreender.

– Hazeltine – acrescentou. – Depois de uma breve doença, ao que p-parece. Tinha a minha idade. Não escrevi cartas de c-condolências para sua família, nem para V-Velma.

– O *conde* de Hazeltine? – perguntou Ralph. – Lembro-me agora, Flave. Você me contou sobre o falecimento dele quando nos encontramos em Londres, pouco depois de nossa visita a Penderris, no ano passado. Ele era...

– Sim – interrompeu Flavian com um sorriso. – Foi m-meu melhor amigo no passado. Eu o conheci no meu p-primeiro dia em Eton e éramos quase inseparáveis até...

Todos sabiam até quando.

– Lembro-me de você falar dele – disse George –, embora não soubesse de sua morte. Ele nunca voltou para Londres, não é? Então nunca se reconciliaram, Flavian?

– Que apodreça n-no inferno! – exclamou Flavian.

– Também não sabia que ele havia morrido – comentou Imogen. – O que aconteceu com lady Hazeltine?

– Ela também. Q-que ap-p-p-o-dreça!

Flavian bateu com o punho fechado na coxa várias vezes, numa fúria impotente, e lutou para recuperar o fôlego.

– Acalme-se, Flave – disse Hugo, levantando-se e tomando o cálice vazio que estava na mesa ao lado de Flavian, para tornar a enchê-lo. Apertou o ombro do amigo ao passar rumo à garrafa de brandy. – Temos a noite toda. Ninguém aqui vai a lugar algum.

– Respire fundo – sugeriu Vincent. – E continue a inspirar até que o ar pareça formar uma bolha na sua cabeça, como um balão de gás. Nunca funcionou comigo, mas talvez funcione com você. Mesmo se não funcionar, a espera pela formação da bolha o distrairá de qualquer coisa que esteja além da sua capacidade de suportar.

– Estou bem – disse Flavian depois de beber metade do brandy de um só gole. Sua voz ficou de súbito indiferente. – Aconteceu há quase um ano, afinal de contas. Não éramos mais amigos havia mais de seis anos, por isso não senti sua falta. E Velma preferiu ficar com ele, como era seu direito, apesar de ser *minha noiva*. Nunca desejei nada de ruim aos dois. Não desejo nada de ruim a ela agora. Ela não significa nada para mim.

Flavian percebeu que não gaguejara nem sequer uma vez. Talvez realmente tivesse deixado tudo para trás. Deixado *aqueles dois* para trás.

– Ainda se sente culpado por não ter escrito para ela, Flavian? – perguntou Imogen.

Ele balançou a cabeça e espalmou as mãos sobre os joelhos. Estavam bem firmes, ficou feliz em perceber, embora formigassem como se recebessem alfinetadas.

– Ela não ia querer saber de mim – disse ele. – Teria achado que eu estava t-tripudiando.

Mas a verdade é que ele *se sentira* culpado todos aqueles meses desde que ouvira a notícia da morte de Leonard – e se ressentia daquele sentimento.

– Você nunca conseguiu fechar essa porta em sua vida, não é? – perguntou George. – E a morte de Hazeltine parece ter tornado tudo ainda mais difícil. É realmente uma péssima situação, Flavian. Sinto muito.

Flavian ergueu a cabeça e olhou para George com ar melancólico.

– A porta foi fechada, trancada e a chave foi jogada fora há s-sete anos.

Ele sabia – *maldição!* – que aquilo não era verdade. Todos sabiam. Mas ninguém disse nada nem insistiu no assunto antes que ele voltasse a se manifestar. Aquelas pessoas nunca passavam de determinado ponto, nunca invadiam a privacidade umas das outras. Mas houve um silêncio que permitia que ele falasse mais, se assim desejasse.

– Ela está v-voltando para casa – disse ele. – O ano de luto acabou. Ela está v-voltando.

Sua mãe e suas cartas infernais! Como se ele estivesse interessado nas últimas fofocas de Candlebury Abbey, sua antiga residência em Sussex, onde não punha os pés havia mais de oito anos. Lady Frome fizera uma visita para dar as notícias, a carta explicava. Sir Winston e lady Frome viviam a pouco mais de 10 quilômetros de Candlebury, em Farthings Hall. As duas famílias sempre haviam mantido as melhores relações de amizade, pois sir Winston e o pai de Flavian cresceram juntos, além de terem frequentado a mesma escola e universidade. Velma era filha única, adorada pelos pais.

A carta chegou a Flavian, em Londres, pouco antes da viagem para Gloucestershire. Com toda a certeza, ele desejaria passar a Páscoa em Candlebury naquele ano, agora que *contava com um incentivo*, escrevera a mãe. Tinha sublinhado as quatro palavras importantes.

Velma voltaria para casa na companhia de uma filha pequena. A filha de *Len*. Não teve um menino. Não havia herdeiro.

– Não importa que ela esteja v-voltando para Farthings – acrescentou Flavian, bebendo de uma só vez o que restara em sua taça. – Não pretendo passar nem perto de C-Candlebury.

Imogen tocou de modo carinhoso o joelho de Flavian e, depois de um breve silêncio, Vincent começou a contar a todos sobre a alegria que o nascimento do filho trouxera à sua vida – e sobre os ataques de pânico que precisava enfrentar quando se sentia devastado pela constatação de que nunca veria a criança ou os outros filhos que poderia vir a ter.

– Ah, mas a alegria é imensa! – Havia lágrimas nos olhos de Vincent, percebera Flavian ao erguer a cabeça.

Por isso, naquela manhã, ninguém estranhou quando Flavian anunciou que preferia ficar sozinho. Certas coisas precisavam ser enfrentadas na solidão, como todos sabiam por experiência própria. E isso o levou a pensar sobre o casamento – em particular o casamento de três dos sobreviventes –, quando saiu da casa meia hora depois do desjejum e dirigiu-se ao lago. Haveria espaço no casamento? Tinha de haver, não era? Senão a pessoa se sentiria sufocada. Mesmo que estivesse loucamente apaixonada. Felizes para sempre não significava que o casal precisava ficar preso por uma solda, por toda a eternidade – o que era um pensamento assustador.

Então o que aquilo *significava*, afinal?

Não significava nada, claro, pois não existia aquela história de felizes para sempre. Mesmo o casamento de seus três amigos desmoronaria se eles e suas esposas não fizessem um tremendo esforço para manter o relacionamento saudável pelo resto da vida. Valeria a pena tanto trabalho?

Flavian havia acreditado no amor romântico e nos finais felizes no passado, como o tolo que era. Ou, pelo menos – ele parou de andar e franziu a testa por um momento –, tinha quase certeza de que devia ter acreditado naquilo. Às vezes, achava que sua cabeça se parecia um pouco com um tabuleiro de xadrez – os quadrados escuros representavam as lembranças conscientes e os brancos eram os espaços vazios que separavam as memórias. Se essas lacunas significavam mais do que isso, ele não conseguia se lembrar. Quando se esforçava demais para entender, duas coisas podiam acontecer: ou ele era acometido por uma de suas dores de cabeça insuportáveis ou procurava algo para socar que não quebrasse todos os ossos da mão.

Com toda a certeza havia *algo* naqueles quadrados brancos. No mínimo, havia violência.

As senhoras e Ben – usando as muletas em vez da cadeira de rodas – haviam chegado antes dele ao lago. Ben abrira a porta do abrigo dos barcos e as damas olhavam para o interior do espaço. Estaria ele planejando bancar o galante e remar até a ilha para que elas pudessem examinar de perto o templo ornamental que havia por lá? Flavian saudou-os e houve uma animada troca de amabilidades, durante a qual ele *não* se ofereceu para remar também. Continuou a caminhar em torno do lago e passou pela faixa de árvores do outro lado. Era uma longa caminhada.

Os não iniciados presumiriam que a propriedade terminava no lago e nas árvores na outra margem. Mas não. O terreno se estendia por uma área espaçosa, menos cultivada, mais discreta, propícia à solidão ou a um encontro reservado com uma companhia bem escolhida.

Era a solidão que Flavian desejava e necessitava naquela manhã. Que droga! De onde saíra aquela explosão da noite passada? Tinha recebido o comunicado da morte de Len com alguma surpresa, mais ou menos um ano antes. A morte de um contemporâneo era um lembrete perverso da própria finitude, especialmente quando se tinha apenas 30 anos. E especialmente quando, no passado, ele havia conhecido o indivíduo em questão quase tão bem quanto conhecia seus amigos Sobreviventes naquele momento. No entanto, ele poderia apostar a vida que nenhum dos Sobreviventes seria capaz de roubar a noiva de outro integrante do grupo que se encontrasse incapacitado, muito menos se casar com ela.

Lera o comunicado com alguma surpresa, mas sem grande emoção. Afinal de contas, todos aqueles episódios desagradáveis haviam acontecido muito tempo antes, pouco depois de ele voltar para casa, vindo da Península, e pouco antes de seguir para Penderris Hall para se tratar e convalescer. Parecia que uma vida inteira se passara desde então. Nada daquilo tivera qualquer significado para ele na primavera anterior. Len não significava nada. Velma não significava nada.

Uma alarmante quantidade de *nadas*.

E continuavam não significando.

A não ser pelo fato de que Velma deixaria o norte da Inglaterra, o que era praticamente o outro lado do mundo, como Flavian gostava de pensar. E não exigia nenhuma genialidade imaginar a empolgação que a volta dela despertaria nos corações românticos e casamenteiros das mães dos dois. O fato de a mãe de Flavian ter a expectativa de que ele iria passar a Páscoa em Candlebury só porque Velma estaria em Farthings falava por si só. Além de demonstrar que todos esperavam que ele ainda nutrisse por Velma os mesmos sentimentos – e ela por ele – que experimentara antes dos ferimentos e da traição de Len.

Voltou a pensar, horrorizado, naquela inesperada explosão da noite anterior e na inesperada recaída à condição quase incontrolável de incapacidade de se expressar. Por muito pouco, se alguém tivesse dito algo de errado, ele teria usado os punhos e feito sabe-se lá que tipo de estrago na casa de Vincent. Era alarmante como estivera próximo de retornar ao estado de loucura animal que tomara conta dele depois da guerra. E tinha enfrentado uma dor de cabeça latejante naquela noite em que quase não dormira.

Pensou na bolha de Vince e riu com amargura.

E então percebeu que não estava sozinho naquele lugar isolado.

Não tinha sido muito inteligente ir até lá naquele dia, em especial quando havia campos infindáveis transbordando de brotos e flores silvestres do início da primavera por todo o vilarejo. Flores silvestres eram o que Agnes mais amava pintar. Mas os únicos narcisos amarelos que vira estavam nos canteiros dos jardins de outras pessoas – e na grama da campina do recanto mais afastado de Middlebury Park. E os narcisos não floresceriam para sempre. Ela simplesmente não podia esperar que se passassem três semanas e que os hóspedes de lorde Darleigh partissem.

Margaridas, botões-de-ouro e trevos floresceriam naquela campina durante todo o verão. Algumas semanas antes, Agnes encontrara campânulas brancas, e ainda havia prímulas. Mas aquela era a época dos narcisos amarelos, e ela não poderia perdê-la.

A campina era uma área pouco frequentada da propriedade. Não havia um caminho direto saindo da casa principal, e chegar lá exigia uma longa caminhada. Era preciso contornar o lago e a faixa de árvores plantadas na margem oeste. Seria improvável que os hóspedes passeassem por ali com frequência. E seria *muito* improvável que caminhassem até lá logo pela manhã.

Por isso Agnes assumira o risco de voltar, levando o cavalete debaixo do braço e papel, tintas, pincéis e tudo o mais de que poderia precisar em uma grande sacola de lona. Tinha caminhado em meio às árvores que acompanhavam o lado sul do muro e emergira à luz do sol dos amplos espaços abertos apenas quando já estava bem longe do campo de visão da casa e dos jardins diante dela.

Havia pintado um único narciso amarelo dois dias antes, mas ficara insatisfeita com o resultado. A figura ficara grande demais, forte demais, amarela demais, praticamente dissociada do ambiente em que se encontrava. Como se ela tivesse colhido a flor, levado para casa, colocado num vaso e feito uma nova pintura.

Tinha voltado para pintar os narcisos na campina onde cresciam. E foi recompensada com a visão de uma quantidade muito maior de flores do que dois dias antes. Formavam um tapete amarelo diante dela, oscilando suavemente com uma brisa que até então ela não havia percebido. Tinham o efeito de tornar mais intenso o verde da grama onde nasciam. Ah, as flores mereciam ser pintadas daquela maneira, decidiu Agnes.

Mas como poderia capturar o que via com os olhos e o que sentia como uma onda de emoções em seu coração? Como seria possível pintar não apenas os narcisos ondulando na grama, mas também a luz eterna e a esperança da própria primavera? Era a primeira vez que passaria uma primavera inteira naquele lugar, ao lado de Dora, e Agnes saudara a nova estação com uma espécie de desejo por algo que não conseguia sequer exprimir em palavras. O desejo de que a vida retomasse seu curso, talvez, e se tornasse mais do que uma existência delicada. Ou talvez o sonho de que a vida *começasse*, embora aquela ideia parecesse um tanto absurda, pois tinha 26 anos e já havia casado e enviuvado.

Não costumava agir de acordo com as emoções.

Tentaria pintar. Era sempre uma tentativa, pois o caminho para a perfeição tinha um apelo irresistível, embora o destino permanecesse, provocante, além do horizonte mais distante.

Agnes pousou o cavalete e a sacola na grama e ficou parada. Observou o ambiente ao redor por muito tempo, inalando os aromas da natureza, ouvindo o canto dos pássaros nos galhos dos cedros próximos, sentindo o frescor do ar de março sobrepujado pela renovada quentura do sol.

Depois de alguns minutos, porém, ela sabia que estava vendo apenas metade da cena, e talvez até menos do que isso. Pois os narcisos erguiam-se para o céu, as pétalas levantadas. Se as flores fossem capazes de enxergar, como de certo modo Agnes supunha ser possível, estariam contemplando o céu em vez da relva abaixo delas. Ela, por outro lado, observava as flores e a relva de cima para baixo. Levantou o rosto e constatou que o céu tinha um tom imaculado de azul, sem uma nuvem sequer à vista. Ao fazer isso, claro, deixava de enxergar os narcisos.

Pois bem, havia uma solução.

Ajoelhou-se e deitou-se, esticando-se na relva, com cuidado para não esmagar nenhuma flor. As folhas se esgueiravam por seus braços abertos, seu corpo e entre os dedos da sua mão sem luva quando ela os abriu. Os narcisos floresciam por todos os lados. Agnes podia sentir o perfume e ver a parte inferior das pétalas mais próximas a ela – e o céu acima delas. E então havia um vasto azul a acrescentar ao amarelo e ao verde.

E ela fazia parte de tudo aquilo, não era algo separado contemplando a criação. Era a criação contemplando a si mesma. Ah, como amava momentos raros como aquele, e como era consumida pelo desejo de capturar com tinta algo da experiência interior, assim como da beleza exterior. Talvez fosse assim que os pintores verdadeiramente grandes se sentissem o tempo todo.

Talvez os pintores verdadeiramente grandes *sentissem* o tempo todo.

De repente, porém, teve uma sensação intensa e incômoda de não estar sozinha. Estava deitada na grama, na campina, entre os narcisos amarelos, indefesa e tola, invadindo a propriedade alheia, apesar de ter ouvido de lorde Darleigh e de Sophia que poderia entrar no terreno sempre que desejasse.

Talvez estivesse errada. Talvez não houvesse mais ninguém ali, afinal de contas. Levantou a cabeça com cautela e olhou ao redor.

Não estava errada.

Ele estava parado a uma curta distância, o rosto coberto pela sombra projetada pela aba da cartola, de modo que ela não conseguia discernir a direção de seu olhar nem a expressão em seu rosto. Mas era impossível que não a tivesse visto. Nem um *cego* deixaria de vê-la. Até o visconde de Darleigh sentiria sua presença. Mas aquele homem não era o visconde de Darleigh.

De todas as pessoas possíveis – e havia dez na casa –, ele era exatamente a que ela *menos* queria ver. Qual era a probabilidade de aquilo acontecer de novo?

Foi a primeira a falar.

– Tenho permissão para estar aqui – disse, e desejou não ter dito nada. Tinha se colocado de imediato numa posição defensiva.

– A beleza entre os n-narcisos – disse ele. – M-muito atraente.

Parecia completamente entediado. Se fosse possível que alguém falasse e suspirasse ao mesmo tempo, ele o faria. Usava o casaco de montaria. Tinha seis capas – dessa vez ela contou –, longas o bastante para cobrir parte de suas botas muito bem engraxadas. Era uma completa besteira sentir que ele era mais másculo do que qualquer outro homem que ela conhecera até então – mas era *exatamente* o que sentia.

Em vez de se levantar depressa, como deveria ter feito, Agnes deixou a cabeça tombar na grama e fechou os olhos. Talvez ele desaparecesse. Era possível sentir mais constrangimento, mais humilhação do que aquilo?

Ele não desapareceu. Uma nuvem subitamente se colocou entre os olhos dela, fechados, e o sol – mas não havia nuvens no céu. Abriu os olhos e descobriu que ele estava de pé a seu lado, olhando para baixo. E, dessa vez, conseguiu ver o rosto dele, embora ainda estivesse encoberto pela sombra da cartola. Os olhos eram verdes e intensos, como na lembrança que ela guardava da noite do baile. A sobrancelha esquerda estava parcialmente erguida, assim como os cantos da boca, embora ela não conseguisse dizer se ele estava achando graça ou se a desprezava, ou talvez as duas coisas. Uma mecha de cabelo louro caía sobre a testa.

– Eu poderia oferecer minha m-mão para ajudá-la – disse ele. – P-poderia até mesmo bancar o tipo cavalheiresco e carregá-la em meus braços até a c-casa, embora esteja convencido de que cairia morto a seus pés em consequência de algum p-problema cardíaco ao chegar. Está ferida ou indisposta?

– Não, não estou – tranquilizou ela. – Estava apenas contemplando o mundo do ponto de vista dos narcisos.

Agnes estremeceu – temia que de modo visível. Era possível se sentir mais constrangida do que o próprio constrangimento? Que coisa mais ridícula de se dizer! Ah, Deus, por favor, faça com que ele vá embora. E ela ficaria feliz em esquecê-lo para todo o sempre.

A mão direita dele, enluvada na melhor e mais cara pelica disponível no mercado, desapareceu sob o casaco e reapareceu com um monóculo. Flavian levou o objeto ao olho e, sem nenhuma pressa, vistoriou a campina. Em seguida, voltou-se brevemente para ela. Foi um gesto estranho. Se havia algo de errado com sua visão, ele deveria usar óculos.

Durante todo o tempo ela permaneceu no mesmo lugar, do mesmo modo, como se fosse incapaz de se levantar – ou como se acreditasse que ficaria mais bem escondida junto ao solo.

– Ah – disse ele, por fim. – Imaginei q-que haveria uma explicação perfeitamente sensata para essa situação, e agora percebo que estava certo. L-lembro-me da senhora como uma pessoa sensata, Sra. Keeping.

Ele se lembrava do nome dela, afinal de contas, ou havia perguntado a Sophia. Agnes desejou que fosse a primeira opção.

– Não – continuou ele, tirando a cartola e lançando-a, descuidadamente, na direção do cavalete e da sacola de Agnes. – Isso não é o correto, certo? Eu esperava que a senhora fosse s-sensata, mas na realidade foi encantadora.

O sol dava ao cabelo dele um tom dourado intenso. Flavian sentou-se ao lado dela e abraçou os joelhos. Sob o casaco, vestia uma calça de camurça muito justa que apertava suas coxas musculosas. Agnes desviou o olhar.

Encantadora.

Ó céus, ele se lembrava daquela valsa.

– E sua presença aqui, em meio aos n-narcisos, faz todo o sentido – disse ele.

Por quê? Porque não era sensata, mas... encantadora?

Ah, ela gostaria que ele falasse como as outras pessoas, para que fosse possível compreender o significado de suas palavras sem suposições ou dúvidas.

Ainda estava deitada na relva. Devia ao menos se sentar, mas aquilo faria com que ficasse mais próxima dele.

– Vim para cá pintar – informou ela. – Mas vou embora. Não tenho o menor interesse em invadir sua privacidade. Não esperava que algum dos hóspedes de lorde Darleigh se aventurasse tão longe. Pelo menos, não tão cedo assim.

Agnes por fim fez menção de se sentar *e* se levantar. Mas, assim que se mexeu, Flavian pousou a mão em seu ombro e ela ficou paralisada. A mão dele também ficou paralisada, o que fez com que o corpo de Agnes ardesse inteiro, da cabeça à ponta dos dedos dos pés, embora ele usasse luvas.

Por quê? Por que ela se arriscara a visitar aquele lugar? E que acaso infeliz o tinha levado até ali?

– A senhora *invadiu minha p-privacidade* – disse ele – assim como eu invadi a sua. O que fazer? Devemos os dois voltar para casa insatisfeitos ou ficar por aqui e desfrutar de momentos de privacidade juntos, por algum tempo?

De repente a campina pareceu a Agnes bem mais solitária e remota do que aparentara quando ela estava sozinha.

– *Como* os narcisos contemplam o mundo? – perguntou ele, retirando a mão do ombro dela e voltando a segurar a haste do monóculo.

– Eles olham para cima – respondeu ela. – Sempre para cima.

Ele ergueu uma das sobrancelhas e lançou a ela um olhar zombeteiro.

– É um bom c-conselho para todos nós, não acha, Sra. K-Keeping? – disse ele. – Todos nós devemos sempre olhar para cima e nossos p-problemas deixarão de existir.

Ela sorriu.

– Quem dera a vida fosse tão simples assim.

– Ela é simples para os narcisos – disse ele.

– Não somos narcisos.

– Eis um fato pelo qual eu serei grato por toda a eternidade – prosseguiu ele. – Narcisos nunca veem agosto ou dezembro, nem mesmo junho. A senhora deveria sorrir com mais frequência.

Ela parou de sorrir.

– Por que veio até aqui sozinho quando tem a companhia de um grupo de amigos?

Flavian tinha os olhos mais estranhos do mundo. À primeira vista, sempre pareciam um tanto sonolentos, mas na verdade não eram. E naquele momento contemplavam-na, concentrados, com ar de zombaria. No entanto, havia algo intenso sob os olhos dele. Como se houvesse uma pessoa totalmente desconhecida oculta por trás deles.

Tal pensamento fez com que ela perdesse o fôlego.

– E por que v-veio sozinha até aqui quando t-tem uma irmã, amigos e v-vizinhos no vilarejo?

– Perguntei primeiro.

– É verdade.

Agnes deixou a cabeça e as mãos tombarem mais frouxamente na grama quando ele sorriu. Era uma expressão perturbadora.

– V-vim para cá a fim de comungar com minha alma, Sra. Keeping, e encontrei encantamento entre os narcisos. Devo voltar para casa em breve e escrever um poema sobre a experiência. Um s-soneto, talvez. Sem dúvida, um soneto. Nenhuma outra forma de poema seria c-capaz de fazer justiça ao incidente.

Agnes sorriu devagar e então soltou uma risada.

– Mereci a resposta. Não devia ter feito tal pergunta.

– Mas como vamos descobrir alguma coisa um sobre o outro... se não fizermos perguntas? Quem foi o Sr. K-Keeping?

– Meu marido – disse ela, voltando a sorrir quando a sobrancelha esquerda dele se ergueu mais um pouco. – Era nosso vizinho no lugar onde fui criada. Pediu minha mão quando eu tinha 18 anos e ele, 30. Ficamos casados durante cinco anos, até sua morte, há cerca de três anos.

– Ele era um fazendeiro, certo? – perguntou. – E a senhora estava loucamente apaixonada por ele, suponho. Um homem mais velho, mais experiente?

– Eu o *estimava*, lorde Ponsonby – disse ela. – E ele a mim.

– Soa como se ele fosse um velho ch-chato – provocou ele.

Agnes ficou dividida entre sentir-se indignada e achar graça.

– O senhor não sabe *nada* a respeito dele – retrucou ela. – Era um homem digno.

– Se eu fosse c-casado com a senhora e me descrevesse como um homem digno, eu daria um tiro na cabeça para pôr fim à minha m-miséria.

– Isso não faz o menor sentido! – protestou ela, mas riu novamente.

– Não havia p-paixão, então? – perguntou ele, voltando a parecer entediado.

– O senhor está me ofendendo.

– O que significa que não havia p-paixão – insistiu ele. – Uma p-pena. Pois parece que a senhora foi feita para a paixão.

– Ah!

– E com toda a certeza é encantadora – disse ele.

Mudou de posição, inclinou-se sobre ela e então a beijou.

O susto deixou Agnes imóvel mesmo depois que ele ergueu a cabeça alguns centímetros para olhar seu rosto. De perto, os olhos verdes de Flavian faiscavam, sua boca parecia um tanto cruel, além de zombeteira. E ela sentia tamanhas pontadas de desejo nos seios, entre as coxas e na altura do ventre que foi incapaz de protestar ou de afastá-lo.

Queria que ele a beijasse novamente.

– Deveria ter permanecido trancada em casa, na segurança do vilarejo, Sra. K-Keeping – disse ele. – Vim para cá sozinho p-porque estava me sentindo um tanto selvagem.

– Selvagem?

Ela engoliu em seco e ergueu a mão até passar a ponta dos dedos de leve no rosto dele. Era cálido e liso. Devia ter se barbeado pouco antes de sair. No entanto, Agnes sabia que ele dizia a verdade. Quase sentia o pulsar de um perigo contido, guardado naquela pessoa escondida dentro dele.

Ela o *tocara*. Olhou para a mão como se pertencesse a outra pessoa e afastou-a.

– Passei três anos aprendendo a c-controlar – disse ele. – Minha selvageria. Mas ela ainda espreita e aguarda o momento de atacar alguma vítima incauta. Teria sido melhor se a senhora não estivesse aqui.

Era curioso, ou talvez tolo, mas Agnes não teve medo. Sentia o hálito morno junto a seu rosto.

– O que fez com que ela quase viesse à tona esta manhã? – perguntou Agnes.

Mas Flavian apenas sorriu para ela, baixou a cabeça e voltou a encostar seus lábios nos dela, e provou-os com a língua antes de alcançar a carne tenra e adentrar sua boca.

Agnes ficou paralisada, como se qualquer movimento pudesse acabar com o encanto.

Se aquilo era um beijo, não se parecia em nada com o que havia experimentado com William. Era *totalmente* diferente. Era carnal, pecaminoso, cheio de luxúria e, pelo menos naquele momento, muito além da sua capacidade de resistir. Ela podia sentir o perfume dos narcisos. E dele. E da tentação.

E do perigo.

A mão que tocara o rosto dele foi até sua nuca, os dedos de Agnes passeando pelo cabelo espesso e cálido, enquanto a outra mão seguia para a cintura dele, sob o casaco de montaria. Apesar de tantas camadas de roupa, ela podia sentir a masculinidade rija de seus músculos e o calor do sangue que pulsava por seu corpo.

Ele era a própria imagem da masculinidade – algo que se encontrava muito além da sua experiência.

Era perigoso. Terrivelmente perigoso.

Mas a mente de Agnes recusava-se a reagir ao chamado para se proteger e ela foi tomada por inteiro pela sensação física – choque e assombro, prazer e pura luxúria. E por um medo que a atraía mais do que repelia.

A língua dele explorava sua boca. A ponta alcançou o céu da boca e deslizou por ali, provocando uma onda de puro desejo que a fez estremecer até que, por fim, Agnes conseguiu reagir. Colocou as mãos nos ombros de Flavian e afastou-o.

Com muito mais relutância do que deveria.

Flavian não resistiu nem demonstrou qualquer sinal de selvageria. Ergueu a cabeça, abriu um sorriso devagar, sentou-se e então se levantou. Quando Agnes se sentou também, ele estendeu a mão para ajudá-la. Permanecia enluvada.

– É preciso ser um p-perfeito cavalheiro mesmo quando se encontra o encantamento na relva – disse ele. – Mas, ao mesmo t-tempo, existe a necessidade de honrá-lo c-com um beijo. Infelizmente, a vida está cheia dessas c-contradições e conflitos espinhosos. B-bom dia, Sra. Keeping. É provável que eu tenha apavorado sua m-musa artística pelo dia de hoje, não é? Talvez volte a encontrá-la aqui amanhã. Ou talvez eu v-volte a encontrar a senhora antes dela. Quem sabe?

Agnes fitou aqueles olhos astutos e zombeteiros, que permaneciam semicerrados. O que diziam? O que pediam? Estaria ele marcando um encontro?

Que tipo de mulher ele pensava que ela era? E ele teria razão em seu julgamento, considerando o fato de que ela não havia soltado gritos de ultraje nem dera um tapa em seu rosto quando se encontrava a centímetros do dela?

Ainda sentia o gosto dele. Sentia a presença dele em seus lábios. Sua mente estava quase entorpecida. Aquele lugar secreto e feminino dentro dela ainda latejava. E ela sabia que aquele beijo tinha sido uma das experiências mais gloriosas e memoráveis de sua vida.

Como uma pessoa podia ser tão *patética*?

– Os narcisos não viverão para sempre – disse ele.

– Não – concordou ela.

Mas nunca seria capaz de pintá-los se não pudesse ficar sozinha, a mente plácida e composta. Voltaria àquele lugar? E qual seria sua motivação, caso voltasse? Pintar? Reencontrá-lo?

Ele não esperou qualquer resposta. Curvou-se para pegar a cartola, inclinou a cabeça diante de Agnes antes de colocá-la e partiu em direção ao lago.

Era, de longe, o homem mais másculo que ela já encontrara – ou beijara. O que não queria dizer grande coisa, pois até então só havia sido beijada por William, e os beijos de William eram mais como ternas demonstrações de carinho, depositadas em seu rosto ou em sua testa.

Ela se sentia como uma nadadora inexperiente lançada de súbito nas águas mais profundas de um rio turbulento.

Levou a ponta dos dedos de uma das mãos aos lábios. Tremiam – tanto os dedos quanto os lábios.

CAPÍTULO 4

Vincent ainda se encontrava na sala de música quando Flavian abriu a porta em silêncio e entrou discretamente. O visconde de Darleigh estava ao piano, praticando uma música de modo cuidadoso e lento. O cão-guia levantou a orelha e deu uma boa olhada em Flavian sem erguer a cabeça, decidindo que o intruso não era uma ameaça. O gato da viscondessa – qual era mesmo o nome do bichano? Squiggles? Squabble? Squat? – ocupava uma ponta do sofá. Flavian sentou-se na outra, mas o gato não ficou satisfeito com a simples simetria. Caminhou pelo estofado, parou para examinar o visitante, tomou uma decisão e acomodou-se no colo dele, formando um círculo de calor felino. Não havia nada que Flavian pudesse fazer com as mãos além de acariciar a cabeça do animal.

Flavian tivera muitos animais de estimação na infância, nenhum na idade adulta.

O exercício de piano de Vincent foi interrompido. Ele inclinou a cabeça.

– Quem está aí? – perguntou.

– Eu – disse Flavian vagamente, sem desperdiçar um verbo.

– Flave? Aparecendo na sala de música por vontade própria? Enquanto pratico uma fuga de Bach com extrema lentidão na tentativa de aprender as notas e o ritmo exatos?

– Squeak? Squawk? S-squid? Qual é mesmo o nome do diabo desse gato? – perguntou Flavian.

– Tab.

– Ah, claro. Sabia que era algo parecido. Tab. Tab vai encher m-minha calça e meu casaco de pelos.

Vincent girou no banco do piano e o encarou quase diretamente, daquele modo desconcertante que ele tinha de *não* parecer cego.

– Sente-se deprimido, Flave? – perguntou.

– De modo algum – garantiu o outro, abanando uma das mãos na direção do piano, embora Vincent não pudesse vê-la. – Continue a tocar. Achei que conseguiria me esgueirar para cá sem incomodá-lo.

Como se aquilo fosse possível. Embora tivesse ficado cego e surdo por alguns meses, depois que um canhão fora disparado ao lado dele no campo de batalha, Vincent recuperara a audição e era capaz de ouvir um alfinete cair a 100 metros de distância sobre um tapete grosso.

– Tem relação com o que aconteceu na noite passada? – perguntou Vincent.

Flavian moveu a cabeça e fitou o teto antes de fechar os olhos.

– Toque uma canção de ninar para mim – pediu ele.

Vincent tocou, quase levando o amigo às lágrimas. Flavian gostava de implicar com os esforços musicais de Vincent, em especial com seus estudos de violino, mas a verdade era que o amigo tocava muito bem e estava sempre se aperfeiçoando. Havia algumas questões mínimas de andamento e de precisão, mas o sentimento estava presente. Vince conseguia entrar na música e tocá-la de dentro para fora.

Seja lá o que isso queira dizer.

E o que, *em nome do trovão*, havia de encantador numa mulher com um vestido fora de moda, que já não era tão jovem nem possuía uma beleza óbvia, e ainda era idiota o bastante para se deitar na relva de uma campina a fim ver o mundo sob a perspectiva dos narcisos? Uma mulher que, ao ser flagrada em tal situação, não tivera o bom senso de se levantar e correr para casa na velocidade de um furacão?

Na verdade, ela era um tipo bastante *comum*. Alta, esguia, com um cabelo de um tom de castanho indefinível penteado de modo pouco elaborado. Tinha um rosto bonito, mas que dificilmente faria os homens pararem numa rua movimentada – ou mesmo num salão de baile semivazio. Com toda certeza, Flavian não teria reparado nela naquele baile de outono se lady Darleigh não houvesse lhe pedido para dançar com a amiga, pois não queria que ela tomasse um chá de cadeira. E o que tal pedido dizia a respeito da Sra. Keeping? Ele não teria percebido a presença dela no vilarejo dois dias antes se a rua não estivesse quase deserta. Não teria percebido sua presença naquela manhã se ela não estivesse... deitada na grama em meio aos narcisos.

Parecendo tão graciosa, tão descontraída e... convidativa.

Que diabo. Ela não era comum.

Não devia tê-la *beijado*. Não tinha o hábito de beijar senhoras respeitáveis. Havia muitos riscos. E aquela senhora respeitável em particular era, por acaso, amiga de sua anfitriã em Middlebury Park.

Não devia ter beijado aquela mulher, em especial quando se sentia daquele jeito. Mas tinha beijado.

E, na verdade, pensando em retrospecto, sabia que ela tinha uma característica nada comum. Era sua boca. Flavian teria se perdido naquela boca pelo resto da manhã se um pássaro não tivesse soltado um grito nada melódico do galho de um cedro e interrompido sua concentração. E se ela não tivesse empurrado seus ombros no mesmo momento.

Maldição. Não devia tê-la beijado. Não teria notado aquela boca se não a tivesse tocado com a sua. E agora ele ansiava por ela...

Ignore.

Aquela mulher não deveria estar naquele lugar, não deveria ter invadido uma propriedade particular. Apesar de ter dito que não invadira, pois tinha permissão e era *amiga* da viscondessa. Ele ficara mudo de raiva no instante em que a vira. Tinha caminhado a manhã inteira na intenção de ficar sozinho e lá estava uma maldita mulher bem diante dele, tirando uma sesta no meio da manhã e parecendo incrivelmente atraente. Por pouco não dera meia-volta e se afastara antes que ela pudesse vê-lo.

Era o que ele deveria ter feito, claro.

Mas decidira fazer uma pausa, para se assegurar de que ela não estava morta, embora fosse óbvio que não era o caso. Então ficou parado, pensando em contos de fada, feito um palerma. Pensando na Bela Adormecida, para ser preciso.

Qualquer um que acreditasse que a cabeça dele havia se recuperado em Penderris precisava ter a *própria* cabeça examinada.

Ele lhe dissera, com todas as letras, que voltaria no dia seguinte. Se a mulher fosse sábia, se trancaria dentro de casa, no dia seguinte e em todos os demais, até que ele tivesse desaparecido de Gloucestershire.

Seria ela tola o bastante para voltar?

E ele?

Havia a luz do sol, a primavera e os narcisos a seu redor...

– Flave – alguém chamou em voz baixa.

– Ahn?

– Lamento despertá-lo – desculpou-se Vincent. – Percebi que estava dormindo pelo ritmo da sua respiração. Mas me pareceu um gesto mal-educado deixá-lo sozinho sem aviso.

Ele estivera *dormindo?*

– Devo ter c-cochilado – disse Flavian. – Que g-grosseria de minha parte.

– Você pediu uma *canção de ninar* – ressaltou Vincent. – Devo ter tocado melhor do que imaginava. Creio que a essa altura Sophie já foi para o lago. Vou me encontrar com ela e com os outros, mas antes pretendo passar mais ou menos meia hora no quarto do bebê. Presumo que não gostaria de me acompanhar.

Flavian sentia-se confortável onde estava. O gato o mantinha aquecido e parecia relaxado em seu colo. Seria fácil voltar a cochilar. Não tinha dormido muito na noite anterior, na verdade mal havia pregado os olhos. Mas Vince queria exibir o filho, embora não fosse admitir aquilo com tais palavras, claro. Sabia muito bem que bebês entediavam a maioria dos homens.

– Por que não? – disse Flavian, endireitando as costas enquanto o gato se levantava de seu colo, pulava do sofá e se dirigia até um local próximo da porta, com as costas arqueadas e a cauda apontando diretamente para o teto. – Ele se parece com você?

– Disseram que sim. – Vincent deu um breve sorriso. – Mas, se a memória não me falha, os bebês se parecem apenas com bebês.

– V-vamos ver esse bebê – brincou Flavian.

Quem diria, pensaria Flavian depois, que ele seria capaz de passar uma hora inteira daquela manhã em particular, iniciada numa disposição tão... selvagem, no quarto de um bebê que se parecia com um bebê, ao lado do pai da criança, que se comportava diante do filho como se estivesse em êxtase, para o mundo inteiro ver? E quem diria que Flavian se sentiria reconfortado com aquela experiência? E que leria dois livros infantis escritos pelo Sr. e a Sra. Hunt – Vincent e Sophia, que também havia ilustrado os livros? E que acharia graça genuinamente das histórias e das imagens?

– Esses livros são p-preciosos, Vince – disse Flavian. – E outros virão, não é? Como lhe ocorreu a ideia de publicá-los? E como conseguiu?

– Foi ideia de Sophie – respondeu Vincent. – Ou melhor, foi ideia da Sra. Keeping. Você a conheceu, não é mesmo? Ela é irmã da Srta. Debbins, nossa professora de música. A Sra. Keeping e Sophie são inseparáveis. Ela leu a primeira história escrita e ilustrada por Sophia e se lembrou de um primo, na verdade primo de seu falecido marido, que morava em Londres. Achou que ele poderia gostar da obra e enviou-lhe o livro. Acontece que esse primo é editor e realmente gostou do que viu e quis mais. Assim, Sophie e eu nos tornamos autores famosos e você deveria se curvar para nos prestar uma homenagem, Flave. Ele inicialmente queria publicar as histórias apenas sob meu nome, apenas Sr. Hunt, para proteger Sophia. Você pode imaginar algo mais estúpido?

Sim, pensou Flavian. Ele podia. Tinha se encontrado três vezes com a Sra. Keeping. Uma vez no baile, em outubro, uma na rua do vilarejo, quando chegara, dois dias antes, e mais uma vez na campina de narcisos, atrás dos cedros, naquela manhã. E ele a beijara, maldição.

– Acabei de lhe fazer três reverências – brincou Flavian. – Pena que não possa ver, Vince. Eu parecia devidamente respeitoso.

– Espero que tenha feito suas saudações de joelhos – disse Vincent, acariciando a cabeça do filho, coberta por poucos fios de cabelo.

Não voltaria à campina no dia seguinte, decidiu Flavian ao virar-se para a janela e ver Ben percorrendo devagar, com dificuldade, o caminho de volta do lago com a ajuda das muletas, tendo a viscondessa a seu lado, enquanto lady Harper caminhava à frente deles, na companhia da esposa de Hugo. Ben ria de alguma coisa dita por lady Darleigh e as damas olhavam para trás, sorrindo, para descobrir qual teria sido a piada.

Todos naquele encontro em particular pareciam tão *felizes*.

Len já estava morto havia mais de um ano e fazia mais de seis anos que Flavian e ele deixaram de se falar. Nunca mais se falariam. Velma tinha ficado com uma filha e voltaria para sua casa em Farthings.

A Sra. Keeping rira quando ele disse que ia escrever um soneto sobre o encontro entre os narcisos amarelos.

Ela deveria rir sempre.

À tarde, Sophia apareceu para uma visita, acompanhada pelo visconde de Darleigh, bem como por lorde e lady Trentham e por lady Barclay.

Lorde Trentham era um gigante de aparência feroz, enquanto a esposa era uma mulher miúda, muito bonita e elegante, dona de um sorriso generoso e de uma simpatia calorosa. Parecia estranho, considerando que o integrante do Clube dos Sobreviventes era ele, que fosse lady Trentham quem mancasse visivelmente ao caminhar. Lady Barclay era a única mulher do Clube. Ela havia presenciado a tortura e a morte de seu marido na Península, conforme Sophia explicara a Agnes. Era uma dama alta de uma beleza fria como mármore, embora tivesse olhos gentis.

O visconde de Ponsonby não os acompanhara.

– Srta. Debbins – disse o visconde de Darleigh para Dora, depois que todos haviam tomado chá e conversado sobre uma série de assuntos. – Vim implorar que salve meus convidados da agonia de me ouvirem tocar a harpa ou o violino por mais do que alguns minutos. Devo oferecer-lhes música, mas a que posso ofertar deixa muito a desejar, apesar de tê-la como professora.

– E meus talentos não agradariam a ninguém além de uma mãe devota, caso eu tivesse 8 anos de idade – disse Sophia.

– A senhorita viria a nossa casa amanhã à noite, como nossa honrada convidada? – perguntou o visconde. – Para tocar para nós?

– E para jantar antes, é claro – acrescentou Sophia.

– Estaria nos prestando um favor singular, madame – disse lorde Trentham, e então acrescentou, com uma careta: – Vincent nos castigou com o violino nos anos anteriores e fez com que os gatos uivassem num raio de quilômetros.

– O problema com sua provocação, Hugo – disse lady Barclay, dirigindo-se ao amigo –, é que aqueles que não o conhecem talvez não compreendam que é uma provocação. Vincent toca muitíssimo bem e honra sua professora. Todos nós, inclusive Hugo, estamos orgulhosíssimos.

– De qualquer modo, ficaremos encantados em ouvi-la, Srta. Debbins – acrescentou lady Trentham. – Tanto Sophia quanto Vincent elogiam muito sua habilidade e seu talento no piano e na harpa.

– Eles exageram – minimizou Dora.

Mas havia um rubor em seu rosto que informava a Agnes que a irmã estava feliz.

– Exagerar? Eu? – disse lorde Darleigh. – Nem conheço o significado de tal palavra.

– Ah, *aceite*, por favor – implorou Sophia. – E também deve vir, Agnes. Assim teremos o mesmo número de damas e cavalheiros à mesa de jantar!

Será um sonho realizado organizar a disposição dos convidados. Diga que sim, Srta. Debbins! Por favor!

– Pois bem, aceito – disse Dora. – Obrigada. Mas seus hóspedes não devem esperar muito de minha apresentação, sabe? Sou uma instrumentista apenas competente. Pelo menos, *espero* ser competente.

Agnes sabia, ao sorrir para Dora, que a irmã transbordaria de empolgação pelo próximo dia e meio. Ao mesmo tempo, era provável que sofresse das agonias do medo, da insegurança e que tivesse uma noite turbulenta. Ficaria preocupada por ter que tocar para um grupo de pessoas tão ilustres.

– Esplêndido! – exclamou o visconde de Darleigh. – E a Sra. Keeping? Também estará conosco?

– Ah, certamente – disse Dora, apressada, no mesmo momento em que Agnes abria a boca para inventar uma desculpa. – Vou precisar de alguém para *segurar minha mão*.

– Mas não quando estiver tocando, esperamos – brincou lorde Trentham.

– É claro que Agnes também estará conosco – disse Sophia, batendo palmas. – Ah, *mal* posso esperar pela noite de amanhã.

A viscondessa levantou-se enquanto falava, e seus convidados fizeram o mesmo e se despediram.

Ninguém parecia perceber que Agnes não tinha dado uma resposta. Mas não era necessário fazê-lo, era? Como poderia recusar? Seria uma noite importante para Dora, e Agnes sabia que, apesar de todo o sofrimento por antecipação, aquela também poderia ser uma das noites mais felizes da vida de Dora.

Como Agnes poderia pensar em estragar aquela experiência?

– Ah, Agnes, minha querida – disse Dora, assim que viram os visitantes se afastarem pela rua do vilarejo. – Acha que eu devia ter recusado o convite? Juro que não vou conseguir...

– Claro que vai conseguir – interrompeu Agnes, tomando o braço da irmã. – Se achar que isso ajuda, imagine que são apenas pessoas comuns, Dora. Lavradores e açougueiros, padeiros e ferreiros.

– Não há ninguém entre eles que não tenha um título – disse Dora, fazendo uma careta.

Agnes riu.

Verdade, e um deles era o visconde de Ponsonby. A quem Agnes realmente não deveria querer ver de novo. Sua única experiência anterior no enfrentamento de um redemoinho de emoções havia sido em outubro e não fora fácil nem agradável. E, naquela ocasião, o visconde nem a beijara.

Esperava-se que as pessoas aprendessem com a experiência.

George voltara a ter um antigo pesadelo com frequência cada vez maior. Era aquele em que tentava alcançar a mão da esposa, mas não conseguia nada além de roçar em seus dedos antes que ela saltasse do alto do penhasco próximo à casa em Penderris, ao encontro da morte. Naquele exato momento, ele pensava nas palavras que poderiam ter persuadido a mulher a recuar.

A duquesa de Stanbrook tinha realmente cometido suicídio daquele modo e George de fato assistira à cena, embora não estivesse tão próximo. Ela o vira correndo em sua direção, ouvira seus chamados e desaparecera, sem emitir um som. Tudo havia se passado apenas alguns meses depois do falecimento do filho do casal – seu único filho. Ele morrera na Espanha, durante as guerras.

– Diria que o sonho voltou a ocorrer com mais frequência desde o noivado de seu sobrinho? – perguntou Ben.

George franziu a testa e pensou.

– Sim, suponho que sim – respondeu. – Acredita que haja uma ligação? Mas, com toda a sinceridade, sinto-me feliz por Julian, e acho Philippa uma jovem encantadora. Cumprirão com dignidade os papéis de duque e duquesa quando meu tempo terminar, e me parece que teremos notícia do casamento dentro dos próximos meses. Estou satisfeito.

– E exatamente por isso sente-se culpado, não é, George? – perguntou Ben.

– Culpa? Seria isso?

– Chamamos de culpa de Sobrevivente – disse Ralph com um suspiro. – Você sofre com isso, George. Assim como Hugo e Imogen. Assim como eu. Sente-se culpado porque o futuro do seu título, de sua propriedade e de sua fortuna foram resolvidos de uma forma que considera satisfatória. No entanto, essa mesma satisfação parece de certo modo traição a sua esposa e a seu filho.

– Será? – O duque pousou um dos cotovelos no braço da poltrona e apoiou o rosto. – Não acho que me sinto assim.

– Às vezes sente-se arrasado ao perceber que um dia inteiro passou, ou talvez mais tempo ainda, sem você pensar naqueles que não sobreviveram quando você sobreviveu – afirmou Hugo. – E em geral isso acontece nos momentos de maior felicidade.

– Não acredito que tenha passado um dia inteiro sem pensar neles – afirmou George.

– Um dia é muito tempo – concordou Imogen. – Vinte e quatro horas. Como é possível desabilitar a memória por tanto tempo? E seria algo desejável? Às vezes acreditamos que sim, mas tal certeza não dura mais do que algumas horas.

– É isso mesmo que quero dizer – afirmou Ralph. – É culpa, pura e simplesmente. Culpa por estar vivo e por ser *capaz* de esquecer... E de sorrir e gargalhar e ter momentos de felicidade.

– Se eu tivesse morrido – disse Vincent –, desejaria que minha mãe e minhas irmãs continuassem a viver e levassem uma vida feliz, lembrando-se de mim com sorrisos e alegria. Mas não que fizessem isso todos os dias. Não desejaria que ficassem obcecadas pela minha lembrança.

– Uma boa forma de esquecer – começou Flavian – é cair do cavalo e bater com a cabeça no chão depois de ter sido atingido por um tiro, e em seguida ser pisoteado por algum animal a galope. Contemplem a bênção da minha memória fraca: não t-tenho culpa alguma.

Todos sabiam muito bem que era mentira.

Mas se Flavian tivesse morrido, teria ficado feliz com a ideia do casamento de Velma e Len – sua noiva e seu melhor amigo, respectivamente. Pelo menos *achava* que teria ficado feliz. O único problema era que ninguém podia ser feliz depois de morto. Nem infeliz, aliás.

De qualquer modo, ele não morrera – mas aquilo havia acontecido. Velma aparecera e contara a ele. Len não o procurara. Talvez tivesse desistido ao ouvir o que havia ocorrido depois da visita de Velma. Talvez tivesse julgado ser mais prudente manter distância.

Mas Len estava morto, e eles não haviam se falado por mais de seis anos. Flavian se sentia culpado – sim, por mais injusto que aquilo pudesse parecer. Por que *deveria* se sentir culpado? Não tinha sido ele que cometera a traição.

Em condições normais, aquelas conversas no fim da noite faziam com que todos se sentissem um pouco melhor, mesmo que não conseguissem resolver nada. Flavian não se sentiu melhor na manhã seguinte, porém. Tinha ido para a cama com a sensação de carregar chumbo na barriga, nos sapatos e na alma. Despertou com uma de suas dores de cabeça e afundado em uma tristeza extrema.

Odiava aquela sensação mais do que as dores de cabeça – aquele sentimento devastador de pena de si mesmo e o medo de que nada valesse a pena. Era um dos sentimentos compartilhados, e enfrentados com energia, por todos os membros do Clube dos Sobreviventes naqueles anos que haviam passado juntos em Penderris. Era possível curar ferimentos do corpo, fazê-lo voltar a funcionar, ou pelo menos seguir em frente, apesar das limitações físicas. A mente podia ser curada a ponto de funcionar de novo com eficiência. E a alma podia ser reconfortada e alimentada por um poço interior de inspiração e a partir do compartilhamento de experiências, da amizade e do amor.

Mas nunca se alcançava o ponto em que era possível relaxar e saber que a travessia até o outro lado do sofrimento havia sido concluída e que era possível, dali por diante, ficar apenas satisfeito, até mesmo feliz, vivendo o equilíbrio entre corpo, mente e espírito.

Pois bem, é claro que aquilo não era possível. Flavian nunca fora ingênuo a ponto de esperar que isso acontecesse. Com certeza, mesmo quando estava com a cabeça virada de paixão por Velma, e ela por ele, ou quando os dois noivaram ao fim daquelas breves semanas de licença do Exército, nem naquela ocasião ele tivera a expectativa de viver um final feliz. Nem mesmo naquela época ele acreditara que algo assim seria possível. Afinal de contas, era militar e havia uma guerra pela frente. E seu irmão, David, estava morrendo.

Por que diabo haviam ficado noivos e celebrado o evento com um grande baile em Londres na noite anterior a seu embarque para a Península, enquanto David permanecia em Candlebury, moribundo? Flavian voltara para casa com o objetivo expresso de ficar com o irmão. E por que retornara para a guerra quando o fim de seu irmão estava tão próximo e ele estava a ponto de receber as responsabilidades do título e das propriedades? Franziu a testa, tentando se lembrar, tentando entender, mas o simples esforço fazia sua cabeça latejar de modo mais dolorido.

O sol brilhava de novo num céu azul sem nuvens, e havia o chamado dos narcisos amarelos. Ou melhor, da encantadora mulher em meio aos narcisos amarelos. Ela voltaria para a campina? Ele se sentiria desapontado se fosse até lá e não a encontrasse? *Ela* ficaria desapontada se fosse até lá e não o encontrasse? E o que ele pretendia fazer se fosse até lá? Conversar? Fazer galanteios? Seduzi-la? Na propriedade de Vincent? Sendo ela amiga da viscondessa? Era melhor ficar longe.

Ben, Ralph, George e Imogen iam sair para cavalgar. Ficariam longe a manhã inteira, pois pretendiam seguir para além dos limites da propriedade.

– Por que não vem conosco, Flavian? – perguntou Imogen no desjejum.

Ele hesitou por um brevíssimo momento.

– Tudo bem – disse ele. – Vince vai levar Hugo e as d-damas para uma caminhada pela trilha, o que me parece terrivelmente extenuante. Prefiro c-cavalgar com vocês e d-deixar que meu cavalo faça todo o exercício.

– O que *eu* vou fazer – retrucou Vincent – é mostrar a todos o que não conseguem enxergar porque têm olhos intocados.

– Vejam só, ele começou a falar por enigmas – disse George, olhando-o com carinho. – No entanto, por mais estranho que possa parecer, sabemos exatamente o que quer dizer, Vincent. Pelo menos, eu sei.

– Vou até sacrificar minha prática diária na sala de música – informou Vincent.

– Ele me fez d-dormir ontem de manhã – disse Flavian.

– Com uma *canção de ninar*, Flave – protestou Vincent. – Pedida por você. Diria que tive um sucesso singular.

Flavian soltou uma risadinha.

– Ah – disse lady Darleigh, levando as mãos ao peito. – Estou *tão* ansiosa para que chegue a noite. Tenho certeza de que ficarão impressionadíssimos, apesar de visitarem Londres e, com certeza, frequentarem todos os tipos de concerto com os melhores músicos.

O que haveria naquela noite?

– Acredito – disse lady Trentham – que a Srta. Debbins recebeu o convite com grande prazer, Sophia. Que senhora simpática! E a irmã também.

Srta. Debbins? Era a professora de música, não era? E era irmã de...

– Estou longe de ser uma profunda conhecedora de música – confessou lady Darleigh. – Mas acredito que o talento em qualquer modalidade artística é inconfundível, quando encontrado. E acredito que a Srta. Debbins é talentosa. Poderão tirar suas próprias conclusões hoje à noite.

– A Srta. Debbins vem tocar aqui? – perguntou Flavian.

– Ah, eu não lhe contei? – perguntou a viscondessa. – Sinto muito.

– Ele não estava ouvindo – disse Hugo.

– Talvez não estivesse presente quando fiz o anúncio. – Lady Darleigh abriu um grande sorriso para Flavian. – A Srta. Debbins vai tocar esta noite, assim como qualquer um de nós que puder ser persuadido a nos entreter. Ela também virá para o jantar. Pelo menos hoje teremos o mesmo número de damas e de cavalheiros à mesa.

O mesmo número? Flavian fez as contas de cabeça, mas não chegava àquele resultado. A não ser...

– Ela vem acompanhada da irmã – disse Vincent. – A Sra. Keeping. Nós temos grande estima por ela, não é, Sophia? Foi ela quem permitiu que nos tornássemos escritores de fama mundial.

Ele deu uma risada, assim como os outros – inclusive Flavian.

Que diabo, pensava ele. Tinha acabado de resistir à tentação de partir em direção à campina e aos narcisos. No entanto, iria reencontrá-la naquele dia, afinal de contas. Ali. Ela viria para o jantar.

Pois bem, pelo menos naquela noite ela não estaria cercada por pequenas partículas solares, recém-caídas do céu.

E se não fosse muito cuidadoso, acabaria escrevendo sonetos, afinal de contas. Sonetos terríveis, de arrepiar.

Pequenas partículas solares recém-caídas do céu. Pelo amor de Deus.

Mas a dor de cabeça, de repente, pareceu ter diminuído.

CAPÍTULO 5

Agnes não voltou à campina, apesar de estar fazendo um dia lindo e de saber que os narcisos amarelos não floresceriam para sempre, ou mesmo por muito mais tempo. Ficou em casa para lavar o cabelo e imaginar desculpas para não participar do jantar. Não poderia fazer nada além de imaginar, pois Dora parecia disposta a agarrar qualquer desculpa, por mais esfarrapada que fosse, para ficar em casa a seu lado.

Agnes se perguntou se *ele* teria voltado à campina naquela manhã e, em caso positivo, como se sentiria ao descobrir que ela não estava por lá. Provavelmente teria dado de ombros e esquecido tudo depois de um momento. Não deveria ser difícil para um homem como ele encontrar uma mulher para beijar sempre que quisesse.

Um homem como ele.

Não sabia nada sobre ele, além do fato de que tinha servido ao Exército e de que sofrera ferimentos graves a ponto de precisar passar alguns anos recuperando-se na residência do duque de Stanbrook, na Cornualha. O único sinal de qualquer problema era o leve gaguejar, algo que não necessariamente tinha relação com as guerras. Talvez sempre tivesse tido problemas de fala.

Ainda assim, *um homem como ele*. Era dono de um poder de atração extraordinário. Mais do que isso, irradiava uma masculinidade magnética, quase avassaladora. Seus olhos pesados e a sobrancelha expressiva sugeriam que era um libertino. E aquela aparência, seu físico, o ar de comando e segurança certamente contribuíam para que fosse um libertino muito bem-sucedido e, provavelmente, cruel.

Não que ela pudesse ter certeza de algo. *Não o conhecia.*

Quando chegou a hora de se aprontar, Agnes colocou o vestido de seda verde-claro e se lembrou de que era o mesmo que usara no baile da colheita. Não havia o que fazer. Era seu melhor vestido de festa e nenhum outro serviria para aquela ocasião. Ninguém se lembraria, de qualquer modo. *Ele* não se lembraria. E, além de Sophia e Dora, nenhum dos outros convidados a vira naquela noite. Ela arrumou o cabelo com mais severidade do que gostava. Não deveria tê-lo lavado. Ficava sempre mais sedoso e indomável no primeiro dia.

Quem se importaria com sua aparência?

Dora parecia muito pálida, com o cabelo escuro preso de um modo ainda mais austero que o da irmã.

– Sente-se e deixe-me ajeitar seu cabelo – disse Agnes.

Lidar com a aparência da irmã e tranquilizá-la fizeram com que Agnes acalmasse os próprios desconforto e constrangimento até a chegada da carruagem de Middlebury e o momento de partir.

Havia apenas dez pessoas reunidas no salão quando ela e Dora foram anunciadas, entre as quais Sophia e o visconde de Darleigh, a quem conheciam bem, e os três que haviam aparecido no chalé no dia anterior. Com certeza não deveria ser um sacrifício conhecer os outros. No entanto, o aposento parecia estar bem mais cheio, e era difícil se convencer de que seus ocupantes eram iguais a todo mundo, dada a grandiosidade dos títulos nobiliárquicos.

Na verdade, Agnes era obrigada a admitir que havia apenas um naquele grupo a quem ela temia encontrar e ele não era um desconhecido.

O duque de Stanbrook era um cavalheiro mais velho, alto, elegante, de aparência austera, com um cabelo escuro que se mostrava grisalho nas têmporas, de modo atraente. Sir Benedict Harper era esguio e bem-apessoado – e estava sentado numa cadeira de rodas. Sua esposa, lady Harper, era alta, com uma bela silhueta, cabelo muito escuro e uma beleza atordoante, com um vago traço estrangeiro. O conde de Berwick era um jovem moreno que continuava bonito apesar da cicatriz terrível que atravessava seu rosto e distorcia ligeiramente um dos olhos e um dos cantos da boca.

Agnes concentrou-se em cada apresentação, sorrindo e fazendo um meneio para lady Barclay e para lorde e lady Trentham. Era quase como se ela acreditasse que, daquele modo, conseguiria evitar o contato visual com a décima pessoa.

– E você já conhece o visconde de Ponsonby, acredito – disse Sophia, assim que terminou as apresentações. – De fato, sei que *já se conhecem*, Agnes. Dançou com ele no baile da colheita. Srta. Debbins, também foram apresentados na ocasião?

– Fomos. – Dora fez uma reverência. – Boa noite, meu senhor.

Agnes, ao lado dela, inclinou a cabeça.

Ele sorriu e estendeu a mão direita para Dora.

– Acredito que a senhora será n-nossa salvação esta noite, Srta. Debbins – disse Flavian. – Se não viesse tocar, estaríamos condenados a ouvir Vincent ranger o violino a noite inteira.

Dora pôs a mão sobre a dele e devolveu o sorriso.

– Ah, mas não deve esquecer, meu senhor, que sua excelência, o visconde, aprendeu esses rangidos comigo. E eu talvez prefira discordar de sua descrição da forma como ele toca violino.

O sorriso dele aumentou e Agnes sentiu uma indignação inexplicável. Parecia disposto a encantar Dora e estava tendo sucesso. A irmã aparentava estar bem mais descontraída do que quando chegara.

– Cuidado – disse lorde Trentham. – Melhor ter cautela, Flave. Não há ninguém tão feroz quanto uma mãe ao defender seus filhotes ou uma professora de música ao defender um aluno.

– Acabou de inventar isso, Hugo, admita – disse o conde de Berwick. – Mas foi boa uma tirada. A Sra. Keeping é uma pintora de talento, pelo que lady Darleigh nos informa. Aquarelas, não é, ou óleo?

Bebidas foram servidas e a conversa fluiu de forma surpreendente durante mais ou menos quinze minutos, quando o mordomo apareceu na porta para informar a Sophia que o jantar estava servido. *Claro* que a conversa tinha fluído com facilidade. Aquelas pessoas pertenciam à *alta sociedade*. Ficavam à vontade em eventos sociais e eram adeptas da boa educação e da boa conversa. Não teria lhes custado tempo algum avaliar as visitantes na chegada, assustadas e mudas na entrada do salão, apesar de serem duas damas respeitáveis.

Sophia tinha feito a distribuição de lugares na mesa para o jantar. Agnes se viu conduzida até o salão pelo braço bastante firme de lorde Trentham. Sentou-se no centro da mesa, e ele ocupou o lugar a seu lado. Dora, como percebeu, tinha recebido o lugar de honra à direita do visconde de Darleigh, na cabeceira. Do outro lado encontrava-se o duque de Stanbrook.

Pobre Dora! Ela estaria apreciando a honra dispensada a ela, mas, com certeza, também estava aterrorizada. Felizmente, o duque baixou a cabeça e disse algo que fez com que Dora sorrisse com genuína alegria.

O visconde de Ponsonby assumiu o lugar do outro lado de Agnes.

Que falta de sorte, pensou ela. Teria sido muito ruim se ele se sentasse diante dela, mas pelo menos não haveria expectativa de conversa. Lady Harper estava ao lado dele.

– Normalmente não costumamos ser tão formais – disse lorde Trentham, em voz baixa. – O jantar de hoje é em homenagem à senhora e à Srta. Debbins.

– Bem, é bom se sentir importante – disse ela.

Ele parecia um cavalheiro formidável. Os ombros eram colossais, o cabelo bem aparado, o rosto severo. Como oficial, teria empunhado uma espada, mas, com certeza, ficaria mais à vontade com um machado. Porém, havia um sorriso à espreita em seu olhar.

– Eu costumava tremer de medo – disse ele, num tom de voz que só podia ser ouvido por ela. – Meu pai era um comerciante de Londres que, por acaso, tinha dinheiro suficiente para me financiar quando insisti em servir como soldado.

– Ah. – Ela o olhou com interesse. – E o seu título?

Ela podia jurar que ele quase corara.

– Foi apenas uma maluquice – disse ele. – Trezentos homens mortos mereciam mais do que eu, mas o príncipe de Gales gostou de mim. Mas parece impressionante, não acha, *lorde* Trentham?

– Acredito que existe uma história por trás de toda essa... maluquice, meu senhor, mas me parece que ficaria constrangido em contá-la. Lady Trentham também pertence à classe dos comerciantes?

– Gwendoline? Bom Deus, não... perdão pela minha linguagem. Ela era lady Muir, viúva de um visconde, quando a conheci em Penderris no ano passado. E é filha e irmã dos condes de Kilbourne. Se furar o dedo dela, não tenha dúvida de que o sangue será azul. No entanto, ela me escolheu. Não foi muito esperto da parte dela, não acha?

Ah, Agnes gostou dele. E depois de mais alguns minutos, percebeu o que ele estava fazendo. Talvez não dominasse a arte de uma conversa polida, como a empregada por outros cavalheiros para deixar as damas à vontade, mas tinha encontrado outra forma de agir. Com suas palavras, tentava dizer que se *ela*, que era uma dama de berço, estava pouco à vontade, como achava que *ele* se sentia em situações semelhantes, uma vez que havia nascido na classe média?

Lady Gwendoline fora sábia ao escolhê-lo, pensou Agnes. A dama, sentada do outro lado da mesa, à esquerda, estava absorta ouvindo algo que sir Benedict lhe dizia.

Naquele momento, lady Barclay, do outro lado, tocou a manga de lorde Trentham e ele voltou sua atenção para ela.

– Agnes – disse lorde Ponsonby, a seu lado.

Ela se voltou, estarrecida, mas ele não se dirigia a ela. Fazia uma observação.

– É um nome f-formidável – disse ele. – Estou quase f-feliz por não ter conseguido manter nosso compromisso.

Ela mal sabia por onde começar.

– Formidável? Agnes? – disse ela. – E *tínhamos* um compromisso, meu senhor? Se assim era, eu não estava ciente. Não apareci por lá, de qualquer modo. Tinha coisas mais importantes a fazer essa manhã.

– Essa manhã? E *aonde* não foi essa m-manhã? – perguntou ele, sorrateiro.

Que tropeço mais elementar. Ela atacou o peixe com fúria.

– Por que formidável? – perguntou ela, quando percebeu que ele ainda a olhava, com a faca e o garfo suspensos acima do prato. – Agnes é um nome perfeitamente decente.

– Se fosse Laura – disse ele –, ou Sarah, ou mesmo M-Mary, eu faria planos para voltar a beijá-la. São nomes suaves, dóceis. Mas Agnes sugere firmeza de caráter e uma palma da mão formigante na f-face de qualquer homem audacioso o bastante para roubar um b-beijo pela segunda vez, quando se presume que ela possa estar vigilante. Sim, estou *quase* feliz por não ter c-conseguido encontrá-la. Não esteve m-mesmo por lá? Só porque eu poderia aparecer? Os narcisos não ficarão em flor para sempre.

– Minha ausência não teve qualquer relação com o senhor – respondeu Agnes. – Tive que cuidar de outros assuntos.

– Mais importantes que a sua pintura? – perguntou ele. – Mais importantes q-que eu?

Ah, céus! Estavam na mesa de jantar. Qualquer um poderia ouvir trechos daquela conversa a qualquer momento, embora parecesse improvável. E como Agnes havia se envolvido nisso? Ela não estava disposta ao flerte nem tinha a intenção de aliviar o tédio dele pelas próximas duas semanas e meia participando daquilo.

– Mais importantes do que eu, então – disse ele com um suspiro exagerado, ao não receber resposta.

Ela não o olhou. Mas sorriu para o prato e então deu uma risada.

– Ah, bem melhor – disse ele.

Agnes ergueu a taça de vinho e voltou-se para ele.

– Sente-se menos selvagem esta noite? – perguntou ela.

Os olhos de Flavian estavam imóveis e ela desejou não ter lembrado a ele de suas palavras do dia anterior.

– Espero ser reconfortado pela música – confessou ele. – Sua irmã é m-mesmo tão talentosa quanto Vincent alega?

– Ela é – afirmou Agnes. – Mas o senhor poderá julgar por si mesmo mais tarde. Gosta de música?

– Quando é bem executada – respondeu ele. – V-Vincent toca bem, embora eu goste de implicar com ele afirmando o contrário. Gostamos de nos p-provocar, sabe? É um dos aspectos cativantes da verdadeira amizade.

Às vezes, ela sentia que Flavian não era tão raso quanto sua expressão parecia indicar. Lembrou-se de ter tido o mesmo pensamento durante o baile. Ele não era, pensou Agnes com um arrepio, um homem com quem se sentia confortável.

– Algumas vezes ele t-toca uma nota errada – continuou Flavian –, e tem o hábito de tocar mais d-devagar do que deveria. Mas, quando toca, seus olhos se abrem, Sra. Keeping, e é isso que importa. Isso é *tudo* que importa, concorda?

E, além do mais, também tinha o costume de falar por meio de charadas. Sem dúvida, ele a julgaria, Agnes intuía, de acordo com seu sucesso em interpretá-las.

– Os olhos da alma, o senhor quer dizer? E não está se referindo apenas a lorde Darleigh nem à prática musical, não é?

Mas a expressão no rosto dele voltara a ser zombeteira.

– Tornou-se p-profunda demais para mim, Sra. Keeping – disse ele. – Está filosofando, o que é algo alarmante numa senhora.

E ainda fez a afronta de estremecer de leve.

Agnes viu que lorde Trentham tinha encerrado a conversa com lady Barclay, pelo menos por um momento. Então virou-se para o outro lado e perguntou-lhe se passava o ano inteiro em Londres.

Agnes, pensou Flavian quando se dirigiram à sala de música depois do jantar e ele a observou numa conversa com Hugo, com quem caminhava de braço dado. Não era possível imaginar alguém dedicando um soneto à sobrancelha delicadamente arqueada da doce Agnes, era? Ou chorar a tragédia imortal de *Romeu e Agnes*. Os pais deveriam ter mais cuidado ao escolher o nome dos filhos.

Permaneceu de pé, depois de conduzir lady Harper até um assento próximo ao piano. Manteve as mãos às costas enquanto Vincent tocava violino – uma cantiga folclórica animada. Vince tinha progredido muito – havia mais *vibrato* na execução daquele ano do que na do ano anterior –, embora fosse espantoso por si só o fato de ele conseguir aprender tanto. Como era possível? Seu sucesso era um verdadeiro trinfo do espírito humano. Flavian não acompanhou os aplausos depois da execução da peça. Apenas sorriu com carinho para o amigo, esquecendo-se por um momento de que Vince não podia vê-lo. *Havia* certa tendência ocasional em esquecer esse fato.

O gato ronronou de modo um tanto barulhento quando os aplausos cessaram, e houve uma risada geral.

– Recuso-me a fazer qualquer comentário – disse Flavian.

Lady Harper tocou piano por alguns minutos, embora protestasse que só voltara a praticar nos últimos tempos, depois de um lapso de muitos anos. Em seguida, tocou e cantou uma canção do País de Gales – em galês. Tinha uma bela voz de *mezzosoprano*, capaz de fazer o ouvinte quase sonhar com as colinas e as neblinas de Gales. *Quase*.

Ali estava uma *mulher*, pensou Flavian, uma mulher com quem se poderia tecer fantasias românticas ou eróticas se ela não fosse, por acaso, a esposa de um de seus mais queridos amigos – e se os sentimentos despertados fossem mais do que pura apreciação estética.

Imogen e Ralph surpreenderam a todos cantando um dueto com o acompanhamento de lady Trentham. Flavian não precisou implicar com os dois – todo mundo fez isso por ele. Lady Trentham tocou mais uma música, dessa vez sozinha, com uma habilidade que era resultado de muita prática, enquanto Hugo sorria como um idiota e parecia prestes a explodir de orgulho.

Vincent tocou harpa e Flavian se aproximou, estarrecido pelo fato de o amigo conseguir distinguir entre tantas cordas, mesmo sendo incapaz de vê-las.

Em seguida, foi a vez de a Srta. Debbins tocar, e Flavian ficou sem poder se manter de pé, à espreita, pois, com certeza, ela tocaria por mais do que alguns minutos. Devia ter escolhido um assento antes. A opção disponível era apertar-se no sofá entre George e Ralph, o que pareceria um tanto peculiar e poderia aborrecer o gato, que naquele instante jazia enrolado na almofada entre os dois – ou se sentar ao lado Sra. Keeping num sofá de dois lugares um pouco afastado do piano.

Escolheu não irritar o gato.

Perguntou-se se a mulher havia sido sincera ao lhe dizer que não fora até a campina naquela manhã. Percebeu, então, como era pretensioso de sua parte imaginar que ela tivesse ido até lá e sentido uma decepção tão grande ao não encontrá-lo que preferira fingir não ter saído de casa.

Era possível que ele, Flavian, houvesse lhe causado um nojo eterno ao beijá-la. Parecia provável que ela não tivesse beijado outro homem além de seu marido até aquele momento. Sem dúvida, não tinha beijado. Era um fato. *Mulher virtuosa* eram as palavras adequadas a ela.

– O entretenimento vai finalmente começar? – perguntou ele enquanto a Srta. Debbins se acomodava junto à harpa.

– Isso significaria que as outras performances foram triviais? – rebateu Agnes.

Flavian segurou o cabo do monóculo e levantou-o ligeiramente.

– Está em clima de combate, Sra. Keeping – observou ele. – Mas eu d-diria que nenhum dos que tocaram ou cantaram hoje gostaria de se apresentar d-depois da Srta. Debbins.

– Nisso o senhor tem razão – cedeu ela.

O vestido de Agnes era o mesmo que usara no baile da colheita. Como diabo ele conseguia se lembrar daquilo? Estava longe de ser uma notável criação da moda, embora fosse bonito. A luz de um dos candeeiros fazia cintilar o bordado prateado na barra, do mesmo modo que acontecera na outra ocasião.

Então ele baixou o monóculo e ficou de queixo caído. Ou pelo menos era assim que se sentia por dentro, mesmo se seus sentimentos não se manifestassem de modo visível. De súbito a música inundou o salão, ondulou, cresceu e fez uma série de coisas estarrecedoras, impossíveis de descrever.

E tudo criado por uma harpa e pelos dedos de uma mulher. Depois de um ou dois minutos, Flavian voltou a erguer o monóculo, olhou para o instrumento, para as cordas, para as mãos da mulher que tocava. Como era possível...

O aplauso ao final foi mais do que educado, e pediram que a Srta. Debbins voltasse a tocar harpa, antes de passar ao piano. Quando ela finalmente chegou ao teclado, George deu um salto e, como um vassalo, ajudou-a a posicionar o banco.

– E a senhora, t-toca também? – perguntou Flavian a Agnes enquanto a irmã se preparava.

– Muito pouco.

– Mas pinta – disse ele. – É talentosa? Lady Darleigh g-garante que sim.

– Sophia é gentil – respondeu a Sra. Keeping. – *Ela* é talentosa. Já viu suas caricaturas? E as ilustrações para os contos? Pinto bem o suficiente para me distrair e mal o suficiente para sonhar sempre com a pintura perfeita.

– S-suponho que até Michelangelo e Rembrandt fizeram o mesmo – disse ele. – Talvez Michelangelo tenha esculpido a *Pietà*, recuado para observá-la e se perguntado se algum dia conseguiria produzir algo realmente digno. Devo v-ver sua obra para julgar c-como se sai diante dos mestres.

– Deve? – Havia um mundo de desdém na sua voz.

– Mantém suas pinturas escondidas a sete chaves? – perguntou ele.

– Não, mas escolho quem as vê.

– E eu não estou incluído entre essas p-pessoas?

– Tenho minhas dúvidas – disse ela.

Uma excelente resposta. Ele olhou-a com grande apreciação.

– Por quê?

Os olhos de Agnes voltaram-se para ele, que sorriu suavemente.

Foi poupada da necessidade de resposta. A Srta. Debbins tinha começado a tocar algo de Handel.

Tocou por mais de meia hora, apesar de tentar se levantar do piano ao fim de cada peça. Ninguém a deixou encerrar a apresentação. E ela, de fato, demonstrou um talento verdadeiramente extraordinário. Poderia ser considerado inesperado. Devia ser uns dez anos mais velha do que a irmã, talvez mais. Era mais baixa, menos bonita, pouco atraente – até colocar as mãos num instrumento musical.

– Como é fácil descartar as aparências sem ter um pingo de noção de toda a beleza interior que está despercebida.

Seus pensamentos ganharam o mundo, e Flavian percebeu, com profundo constrangimento, que tinha falado em voz alta.

– Verdade.

E a Sra. Keeping o ouvira.

O recital chegara ao fim e alguns dos convidados estavam aglomerados em torno da Srta. Debbins, ao piano. Lady Darleigh pediu licença, depois de um ou dois minutos, para ir ver o filho – Flavian suspeitava de que Sophia não seguia a moda de contratar uma ama de leite para a criança. Lady Trentham perguntou se poderia acompanhá-la e as duas damas partiram juntas. Vincent anunciou que o chá seria servido no salão, se todos fizessem a gentileza de seguir para lá. Ralph passava os dedos nas cordas da harpa. George ofereceu o braço para a Srta. Debbins, informando-a de que estava mais do que na hora do seu chá. Ben, que não levara a cadeira de rodas para a sala de música, erguia-se devagar com a ajuda das muletas enquanto lady Harper sorria para ele e fazia algum comentário que se perdeu no burburinho.

– Sra. Keeping. – Flavian se levantou e ofereceu o braço. – Permita-me.

Tinha a sensação de que Agnes permanecera sentada, muito tranquila onde estava, na esperança de que ele saísse da sala e se esquecesse dela. Talvez *essa* fosse uma parte de sua atração, não é? O fato de ela nunca se colocar em evidência para chamar a atenção dele? As outras mulheres faziam isso – a não ser aquelas que o conheciam ou que conheciam sua fama, embora algumas dessas ainda o perseguissem. Para algumas mulheres havia um fascínio irresistível em um homem perigoso, embora nos últimos tempos sua reputação superasse a realidade. Pelo menos ele esperava que sim.

– Obrigada.

Ela se levantou e deu-lhe o braço, com apenas um ligeiro toque da ponta dos dedos na parte interior da manga da casaca. Era mesmo bem alta. Talvez fosse por isso que tivesse apreciado tanto dançar com ela. Cheirava a sabonete. Nenhum perfume. Nada forte nem caro. Apenas sabonete. Ocorreu-lhe, quase como uma surpresa, que ele gostaria muito de levá-la para a cama.

Nunca pensava em cama e *damas* no mesmo contexto. E era melhor que banisse tal pensamento. O que era uma pena, pois não poderia sequer se permitir um leve flerte com ela, caso houvesse qualquer risco de que aquilo terminasse na cama.

Tais pensamentos demonstravam muita sensatez da parte dele embora de modo algum explicassem por que, quando todos chegaram ao grande átrio vindos da ala oeste, ele não a levara até a escadaria e a conduzira ao salão. Em vez disso, pegou uma das velas que se encontrava na mesa, acendeu-a na chama de outra que queimava em um suporte na parede e fez um sinal com a cabeça para um lacaio, que permitiu que entrassem na ala leste da casa.

O mais surpreendente talvez tenha sido o fato de que a Sra. Keeping o tivesse seguido sem emitir um único murmúrio de protesto.

A ala leste, com as mesmas dimensões que a ala oeste, abrigava praticamente apenas os salões nobres. Aqueles salões tinham se enchido de luzes e esplendor para o baile da colheita, em outubro. Naquele momento, porém, encontravam-se às escuras e ecoavam o som de seus passos. Também estavam um tanto frios.

Que diabo fora fazer naquele lugar?

– Há uma tendência a ficarmos s-sentados por muito tempo nesses saraus – disse ele.

– E ainda estamos muito perto do inverno para caminhar ao ar livre depois do jantar – acrescentou ela.

Ah, concordavam que estavam apenas em busca de um pouco de exercício depois de passar tanto tempo ouvindo música? Quanto tempo tinham permanecido *sentados*? Uma hora? Ele diria que menos que isso.

– Não devo me demorar muito neste passeio – acrescentou Agnes enquanto ele demorava a continuar a conversa. – Dora vai pensar que eu a abandonei.

– Acredito que a S-Srta. Debbins está sendo coberta de atenção – disse ele. – E merece. Não vai s-sentir a falta de uma simples irmã.

– Mas uma simples irmã pode sentir a falta *dela* – respondeu Agnes.

– Acha que eu a trouxe aqui para s-seduzi-la? – perguntou Flavian.

– Fez isso? – A voz dela era suave.

Ninguém admitia participar de um jogo de sedução. Quase ninguém, aliás.

– Fiz isso, Sra. Keeping – admitiu ele. – Eu a trouxe de novo ao salão de baile onde a vi pela primeira vez. Para v-valsarmos novamente. Para beijá-la... mais uma vez.

Agnes não se desvencilhou do braço dele nem exigiu voltar para perto da irmã quanto antes.

– Acredito que só poderemos enxergar do salão o que a luz de uma única vela nos permite – disse ela. – E não conseguiremos dançar... não há música.

– Ah, então teremos de nos conformar com o beijo.

– *No entanto* – disse ela, falando deliberadamente ao mesmo tempo que ele dizia as últimas palavras –, consigo cantar de forma tolerável, embora ninguém com o juízo perfeito pensasse em me convidar para fazer um solo diante de uma plateia.

Ele deu um breve sorriso, mas Agnes mantinha os olhos fixos adiante.

O salão de baile era amplo, estava vazio e, de fato, a luz de uma única vela não dissipava muito da escuridão. Estava frio. Era o cenário menos romântico que ele poderia ter escolhido para seduzi-la, se de fato tivesse sido essa a intenção que o conduzira até ali.

Pousou a vela sobre uma elegante mesa de apoio ao lado das portas duplas.

– Madame – disse ele, fazendo uma elegante reverência –, poderia me dar este prazer?

Ela retribuiu com uma ampla saudação e colocou a ponta dos dedos no punho dele.

– O prazer é todo meu, meu senhor.

Ele a pôs na posição inicial da valsa, mantendo a distância correta entre os corpos, e olhou para ela com um ar inquisitivo. Agnes pensou por um momento, franziu o cenho ao se concentrar e começou a cantarolar com timidez, e depois com mais confiança, a melodia daquela valsa que haviam dançado tantos meses antes. Ele fez com que ela rodopiasse pelo salão vazio, entrando e saindo das sombras lançadas pela vela, e notou como a luz fraca fazia cintilar o bordado prateado no acabamento das mangas do vestido dela.

Agnes ficou ofegante depois de alguns minutos. Sua voz vacilou e então a música parou. Mas ele continuou dançando com ela por mais um minuto inteiro, a melodia e o ritmo conduzindo o corpo dos dois. Flavian ouvia as respirações, os sons dos sapatos no piso, no mesmo ritmo, e o farfalhar da seda nas pernas dela.

Nos quatro anos após sua partida de Penderris, Flavian teve uma série de parceiras sexuais e todas lhe deram grande satisfação. Não mantivera nenhuma amante permanente. Tinha flertes ocasionais com damas da alta sociedade, sempre aquelas com idade suficiente para conhecer as regras do jogo. Não levara nenhuma delas para a cama, nem mesmo aquelas que indicaram disposição, ou mesmo avidez, para se deitar com ele. Raramente as beijava.

A Sra. Agnes Keeping não se encaixava em nenhuma categoria conhecida, um pensamento que ao mesmo tempo o desconcertava e o empolgava.

Quando pararam de dançar, ele não conseguia pensar em nada para dizer e não lhe ocorreu a ideia de soltá-la. Ficou com uma das mãos em sua cintura e a outra segurando-a pela mão. Olhou-a até que Agnes baixou a cabeça e afastou uma poeirinha invisível do decote do vestido com a mão que estivera pousada no ombro dele. Devolveu a mão ao mesmo lugar e encarou-o.

Ele a beijou, mantendo-a, a princípio, na posição da valsa, embora a mão na cintura gradualmente a apertasse contra seu corpo.

A mão dela apertava a dele de um modo quase doloroso. Seus lábios estavam trêmulos.

Fácil, disse para si mesmo. Fácil. Era uma viúva de berço e de virtudes indubitáveis. Era a amiga mais próxima da viscondessa Darleigh. Estavam na casa de Vincent.

Soltou a mão dela para envolvê-la em seus braços e dar mais intensidade ao beijo. Ela passou um dos braços em torno dos ombros dele e apertou sua nuca com a outra mão.

Estava correspondendo ao beijo.

O mais interessante era que ela o beijava com evidente prazer, até mesmo com desejo, mas sem aparentar qualquer *paixão*. No entanto, com certeza, com toda a certeza, Flavian sentia algo pulsante sob a superfície do prazer controlado que ela se permitia. Havia autocontrole em sua entrega – o que talvez fosse um tanto contraditório.

E se ela perdesse aquele controle?

Ele conseguiria fazer com que isso acontecesse.

O desejo de se dedicar a tal tarefa ardia dentro dele enquanto explorava aquela boca com a língua, enquanto deslizava as mãos pela curva das costas, quando por um breve momento ele envolveu suas nádegas com as mãos e puxou a mulher para junto de si.

Ele seria capaz de liberar nela a paixão que ninguém antes havia descoberto – nem mesmo aquele marido chato. A paixão que ela provavelmente não sabia que a espreitava.

Ele seria capaz...

Levantou a cabeça e pôs as mãos de volta na cintura de Agnes.

– Ouvi alguém f-falar alguma c-coisa sobre chá no salão? – perguntou.

– O visconde de Darleigh falou sobre isso – disse ela. – Mas acredito que nos perdemos no caminho, meu senhor.

– Ah, como sou descuidado. – Soltou-a e buscou a vela sobre a mesa. Ofereceu-lhe o braço. – Devemos refazer nossos passos e ver se sobrou algo na chaleira?

– Seria uma ótima ideia.

Ele a queria.

Maldição!

Nada de sedução e flerte. Nada de viúvas virtuosas e de berço respeitável.

Ele a queria.

Era quase como se *precisasse* dela, pensou, alarmando-se com aquela constatação.

E se *aquilo* não era um pensamento capaz de fazer um homem correr uma centena de quilômetros sem parar para respirar, então ele não sabia o que mais provocaria tal reação.

Especialmente em um homem selvagem. E perigoso.

CAPÍTULO 6

Agnes evitou Middlebury, tanto a casa quanto a propriedade a seu redor, durante três dias depois do sarau musical. Foi uma decisão facilitada pelo fato de ter chovido em dois daqueles dias.

Middlebury Park, porém, apareceu no chalé dela na forma de duas visitas – a primeira, de Sophia, lady Trentham e lady Harper, no dia seguinte ao sarau; e a segunda, do duque de Stanbrook e do conde de Berwick, dois dias depois. Sophia levara o filho e ele tinha sido o centro das atenções durante boa parte da visita, como acontece quase sempre com os bebês. Os dois grupos foram agradecer a presença delas no jantar e elogiar a habilidade musical de Dora. O duque expressou a esperança educada de que pudessem voltar a ouvi-la antes do fim de sua estada.

Na manhã do quarto dia, o sol voltou a brilhar, embora ainda houvesse algumas nuvens no céu, e Dora saiu a pé para dar a costumeira aula do visconde. Agnes ficou no pequeno jardim na frente de casa e acenou ao vê-la se afastar. Com frequência, costumava acompanhar a irmã e passar uma hora com Sophia enquanto a lição do visconde estava em curso. Naquela semana, porém, decidira não ir até lá, embora a própria Sophia tivesse garantido três dias antes que ela seria muito bem-vinda a qualquer momento e que não deveria se afastar por causa dos visitantes.

Cavalos se aproximavam pela rua – eram quatro. Os cavaleiros fizeram uma pausa para cumprimentar Dora. Agnes teve vontade de correr para se esconder dentro de casa, mas temia já ter sido vista e parecer muito mal-educada por não esperar para dar bom-dia a eles, quando passassem. Então um dos cavaleiros se afastou do grupo e seguiu na direção dela.

Lorde Ponsonby.

Agnes segurou as mãos na altura da cintura e tentou demonstrar tranquilidade, ou pelo menos não transparecer que havia passado muito tempo nas últimas quatro noites – ah, e durante o dia também – revivendo aquela valsa e aquele beijo. Sentia-se como uma jovenzinha atordoada por uma paixonite, e não parecia ser capaz de convocar as forças necessárias para se desvencilhar daquela tolice.

– Madame.

Ele tocou a aba da cartola com o chicote e fitou-a com olhos que pareciam fazê-la arder. Uma fantasia tola. Ou talvez não fosse. Mais uma vez, Agnes observou que ele demonstrava ser muito experiente na arte do flerte.

– Meu senhor.

Inclinou a cabeça na direção dele e prendeu as mãos com mais forças, até que sentiu o olhar de Flavian baixar na direção delas.

– Não está p-pintando narcisos amarelos hoje? – perguntou ele.

– Pensei em pintar mais tarde – disse ela.

Por certo, Agnes se sentia incomodada pela possibilidade de perder o melhor momento daquelas flores e ser obrigada a esperar um ano inteiro até que voltassem a desabrochar.

Foi todo o teor da conversa. Ele seguiu pela estrada junto de seus três companheiros, que desejaram a Agnes uma ótima manhã, antes de seguirem seu caminho. Iam até Gloucester, informou o duque, para dar uma olhada na catedral.

Precisariam percorrer uma boa distância. Não estariam de volta antes do final da tarde, mesmo que não se demorassem mais do que uma hora por lá. Ali estava a oportunidade de Agnes. Poderia sair para pintar.

Em condições normais, haveria alegria e serenidade naquele pensamento, pois ela fazia a maior parte de suas pinturas ao ar livre, e seus temas eram quase sempre as flores silvestres que cresciam nas sebes e nas campinas além do vilarejo. Enquanto pintava, Agnes esquecia a duradoura tristeza que sentia pelo fim de seu casamento, curto demais, pelo tédio essencial de seus dias, pela solidão que tentava esconder de si mesma, pela sensação de que a vida estava passando rápido demais – assim como passava para milhares de mulheres. Não era a única. Não deveria se render à terrível aflição da autopiedade.

Não havia serenidade naquele dia enquanto partia com o cavalete e o material de pintura. Havia apenas a determinação de apaziguar aquelas emoções turbulentas e de viver a vida como costumava fazer, de modo que, dentro de duas semanas, depois que os hóspedes partissem de Middlebury Park, ela não alimentasse a fantasia de ter sido abandonada com o coração partido.

Estar apaixonada não era nada agradável – a não ser, talvez, quando ela revivia certa valsa sem música e certo beijo que pareceu chocante e lascivo na ocasião, mas que provavelmente não deveria ser considerado assim por nenhum padrão vigente. No entanto, não era possível viver para sempre de lembranças e de sonhos. Não era possível ignorar para sempre o fato de que estava só e de que talvez fosse permanecer assim pelo resto da vida.

Partiu, decidida, na direção do ponto mais recôndito da propriedade de lorde Darleigh.

Flavian não chegou a Gloucester. Depois de mais ou menos meia hora alegou que seu cavalo parecia ter um problema na pata dianteira direita. Ralph saltou da sela, sem que tivesse sido convidado, para dar uma olhada, fazendo com que Flavian também descesse e examinasse o animal. Não havia nenhum problema evidente e Imogen, que vinha um pouco atrás dele, comentou que não reparara que o cavalo estava mancando. Mas Flavian declarou estar temeroso de se afastar mais e talvez aleijar sua montaria. Anunciou que voltaria e pediria ao cavalariço principal de Vincent que examinasse a pata, por uma questão de segurança.

Não permitiu que ninguém o acompanhasse de volta. Não, não. Deviam continuar e aproveitar Gloucester.

Ralph deu uma boa olhada no amigo antes de partir com os outros, mas não disse nada. Tinha sido o único a reparar na ausência dele e da Sra. Keeping no chá, na outra noite.

– Perdeu-se entre a sala de música e o salão, Flave? – perguntara.

Flavian erguera o monóculo.

– Isso mesmo, meu amigo – dissera Flavian. – Vou t-ter de pedir à viscondessa um novelo de lã e desfiá-lo, a fim de c-conseguir ir de um aposento a outro.

– Ou poderia pedir a Vincent que lhe emprestasse o cão – zombara Ralph. – Embora seja costume dizer que três é demais.

Flavian levara o monóculo até o olho para examinar o amigo, mas Ralph apenas abrira um sorriso maroto.

Voltou cavalgando devagar para Middlebury. Na noite anterior, a conversa se aprofundara quando Ralph contara a eles sobre a carta que recebera no início do dia. Malditas cartas! Era da Srta. Courtney, irmã de um dos três amigos de Ralph que haviam morrido momentos antes de ele ser gravemente ferido no campo de batalha, na Espanha. Não era apropriado que uma jovem solteira se correspondesse com um cavalheiro também solteiro, mas a Srta. Courtney vinha escrevendo a Ralph de tempos em tempos, desde a morte do irmão, alegando o privilégio de ter se tornado uma espécie de irmã honorária. Naquele momento, já com 22 anos, ela estava prestes a se casar com um sacerdote próspero e bem relacionado, de algum lugar próximo da fronteira escocesa.

– Mas ela ainda tem uma queda por você, Ralph? – perguntara Ben.

– Acredito que não – respondera Ralph –, senão não estaria se casando com esse tal reverendo, não é?

Mas todos sabiam que ela nutria um carinho especial por Ralph desde os tempos em que ele era apenas um rapaz e ela, uma garotinha. E sabiam também que adorava seu único irmão e que se voltara para Ralph na dor e no desespero, enviando cartas para Penderris Hall e em seguida para Londres, depois que ele retornara para lá. Ralph não havia respondido à maioria das correspondências, alegando problemas de saúde nos poucos bilhetes que escrevera. Chegara ao extremo de se oferecer para providenciar um copo de limonada para ela, durante um baile, e deixá-la com sede, saindo da festa na mesma hora e deixando Londres no dia seguinte.

– Você se sente culpado por não ter se casado com ela – dissera George na noite anterior.

Culpa de novo! Nada além da maldita culpa. Flavian se perguntava se havia pessoas que conseguiam levar uma vida sem culpa.

– Eles eram muitíssimo próximos – explicara Ralph. – Max e a Srta. Courtney, quero dizer. Estavam sozinhos no mundo. Se eu *realmente* tivesse sido tão amigo de Max quanto eu dizia ser, teria tomado conta da irmã dele, não teria? É o que ele teria esperado de mim.

– A ponto de querer que você se casasse com ela? – perguntara Imogen. – Max certamente não desejaria que sua tão adorada irmã se casasse apenas por obrigação, Ralph. E era exatamente o que teria acontecido, de sua parte. Ela saberia, talvez não no início, mas acabaria percebendo. E teria sido infeliz. Você não teria prestado a ela um bem duradouro.

– Eu poderia, pelo menos – dissera ele –, ter demonstrado alguma compaixão, algum afeto, algum... *Que Deus nos condene a todos ao inferno!* Eu costumava ser capaz de sentir tantas e tão belas emoções. Desculpe-me pela linguagem, Imogen.

Ralph vinha alegando por muitos anos que o pior de seus ferimentos fora o entorpecer das emoções. Estava errado, naturalmente. Sentia culpa e tristeza. Mas claramente havia uma grande parcela de sua vida emocional que lhe fazia falta de um modo que só ele mesmo saberia dizer.

– Um dia desses você vai amar de novo, Ralph – dissera Hugo. – Tenha paciência com você mesmo.

– Palavras do m-maior amante do mundo – dissera Flavian, erguendo uma sobrancelha e o monóculo na direção de Hugo e conquistando para si uma das mais ferozes caretas do amigo.

– Ralph já ama – dissera Vincent. – Ele *nos* ama.

E aquilo fizera lágrimas brotarem nos olhos de Ralph.

Ele e três amigos de infância tinham partido para a guerra aos 17 anos com ideais gloriosos e visões ainda mais gloriosas de feitos corajosos e de honra a ser conquistada no combate militar. Pouco depois, os três amigos foram vítimas de uma carga de cavalaria mal concebida, que explodiu numa chuva vermelha de sangue, vísceras e miolos ao encontrar os grandes canhões do Exército francês. Ralph observara tudo num horror impotente, antes de também ser atingido.

– Parece um casamento decente, esse da Srta. Courtney – dissera George. – Arrisco-me a dizer que ela será feliz.

Flavian não tinha mencionado a carta que *ele* havia recebido, escrita por Marianne, sua irmã. Ela e o marido estavam em Candlebury com os filhos, havia explicado, e por ali ficariam para a Páscoa, antes de seguirem para Londres, para a temporada. Ele já sabia das novidades? Velma chegara a Farthings Hall. Marianne faria uma visita a ela, na companhia da mãe. Será que Flavian pretendia ir até lá depois de deixar Middlebury Park? Ela esperava que sim, com sinceridade. As crianças ficariam em êxtase, pois o tio era a pessoa favorita deles no mundo inteiro, desde que os levara a um passeio na Torre de Londres, seguido de sorvete no Gunter's, no ano anterior.

Flavian não se deixara enganar pela breve menção, quase casual, a Velma. Era claro como o dia que as duas famílias esperavam reavivar a história de amor que acabara em tragédia, depois de Flavian ter sido derrubado do cavalo na batalha e ficado fora de si ao ser retirado da cena. Velma e Len encontraram consolo no casamento. Como era conveniente que Len tivesse morrido apenas sete anos depois. Tinha sido uma extrema delicadeza de sua parte.

Velma casara-se com Len porque Flavian estava incapacitado, morto para todos os fins e propósitos, embora seu corpo conservasse vida. Ninguém esperava que ele se recuperasse, nem mesmo o médico que o visitava com regularidade e que balançava a cabeça, emitindo sons em negativa, e parecia ser sério e sábio. Tais comentários haviam sido feitos ao alcance dos ouvidos de Flavian. E, mesmo sem entender metade do que as pessoas diziam, o que *conseguia compreender* eram invariavelmente coisas que ele preferiria não ter ouvido. Ele ficaria fora de si para sempre. Alguém em dado momento teria que fazer *alguma coisa*, em vez de manter uma esperança que não condizia com a realidade. Velma e Len foram os primeiros a enfrentar a situação. Voltaram-se um para o outro, tomados pela dor inconsolável, e encontraram algum alento no fato de que, juntos, poderiam se lembrar de Flavian como no passado.

Ou pelo menos era essa a história que costumava ser contada em sua família. A mãe, a irmã, as tias, os tios e primos de terceiro e quarto graus de Flavian propalavam aquela narrativa em todos os encontros. Era tocante e costumava umedecer os olhos de mais de uma pessoa. O tristíssimo epílogo, claro, era o fato de que ele havia, no fim das contas, recobrado mais ou menos o juízo durante sua longa estada em Penderris. Uma de suas tias – Flavian não fazia ideia de qual delas – sempre se lembrava de Julieta despertando de seu sono, pouco depois de Romeu se matar por acreditar que ela estava morta.

Mas agora Len tinha morrido. Não era de causar espanto que certo número de parentes tivesse a esperança de ver Flavian e Velma, enfim, felizes para sempre.

Flavian, porém, nunca havia perdoado nenhum dos dois.

Ainda não estava em condições de falar com clareza ou coerência quando foi comunicado por Velma, menos de dois meses após voltar para casa, que uma nota informando o rompimento de seu compromisso seria publicada nos jornais da manhã seguinte e que, três dias depois, haveria o anúncio do noivado dela com Len. Flavian não conseguia falar, mas compreendia o suficiente. Ela fez carinhos em sua mão, com delicadeza, e chorou copiosamente.

– Nunca se recuperará, Flavian – dissera ela. – Nós sabemos disso... Ou melhor, não. Não acredito que você saiba disso, nem que um dia saberá. Talvez seja uma bênção o fato de não saber de nada... menos cruel do que o que ocorreu comigo. Eu o amo. E o amarei até o dia de minha morte. Mas não consigo permanecer presa. Preciso de mais da vida, e tentarei encontrar isso com Leonard. Tenho certeza de que se compreendesse, se pudesse falar comigo, você concordaria plenamente. Tenho certeza de que ficaria feliz por mim... por nós. Você ficaria feliz se soubesse que eu passarei minha vida com Leonard, e ele comigo... as duas pessoas que mais o amam.

Desesperado, Flavian tinha tentado responder, mas não conseguira fazer nada além de emitir alguns sons desconexos e gaguejados. De qualquer modo, naqueles dias sua mente ainda não havia retomado a capacidade de formular frases completas. Tudo o que conseguiria seria dizer uma ou duas palavras discerníveis se, por algum milagre, fosse capaz de balbuciá-las. E havia grandes chances de escolher as palavras erradas, algo bem diferente do que tinha em mente, provavelmente blasfêmias. A mãe lhe pedira algumas vezes que parasse de soltar impropérios. Porém, as consequências de seus ferimentos eram de tal natureza que ele perdera o controle da fala e das palavras que usava, quando conseguia produzir sons.

– Tenho certeza de que nos dará sua bênção – disse Velma naquela ocasião, acariciando a mão dele. – Estou certa disso. Foi o que garanti a Leonard. Nós sempre o amaremos. *Eu* sempre o amarei.

Depois que Velma partiu, deixando para trás seu perfume de lírios-do-vale tão familiar, Flavian praticamente destruiu a sala de visitas, onde estava deitado numa espreguiçadeira. Só pôde ser contido com a ajuda de dois lacaios robustos e de seu criado pessoal, e, mesmo assim, apenas depois de não deixar quase nada intacto.

Len não lhe fizera uma visita, mesmo se antes tivesse essa intenção. E quem poderia culpá-lo? Não tinha sido o primeiro ataque violento de Flavian. Com cada vez mais frequência ele descobria que a frustração provocada pelas consequências de seus ferimentos – a memória falha, a mente confusa, as palavras congeladas – manifestava-se num impulso incontrolável para a violência física.

Três dias depois, precisamente no dia em que a notícia do compromisso entre a Srta. Velma Frome e Leonard Burton, conde de Hazeltine, apareceu em todos os jornais londrinos, George, duque de Stanbrook, fez uma visita a Flavian na Casa Arnott.

Flavian havia saudado o novo desconhecido com palavras vulgares e arremessara um copo d'água em direção à cabeça do homem, errando por um metro, mas apreciando o agradável som de vidro partido quando o copo bateu na parede. Não andava no seu melhor momento, depois de ter sido trancado num quarto vazio desde o ataque que sucedera à visita de Velma. Pensando bem, era impressionante que houvesse um copo por perto, para ser jogado. Alguém tinha sido descuidado.

Em pouco tempo Flavian partira em viagem para Penderris Hall, na Cornualha, na companhia do duque – sem nada que o amarrasse, nem mesmo guardas corpulentos disfarçados de criados. George conversara com ele em voz baixa, de modo sensato – ou melhor, ele havia feito monólogos dos quais Flavian só conseguia apreender mais ou menos um quarto do conteúdo –, durante a maior parte da viagem longa e entediante, antes que Flavian descobrisse que Penderris não era o sanatório que ele esperava, mas um hospital com outros pacientes – outros veteranos de guerra – tão problemáticos quanto ele.

E amara George desde então, numa relação intensa. O amor era mesmo um sentimento engraçado. Na maioria das vezes não era algo sexual – na verdade, quase nunca.

Ele não se dirigiu à campina de imediato, assim que voltou para Middlebury. De fato, tentou se convencer a manter distância. Vincent estava terminando sua aula de música e ia dar uma volta com Ben pela pista de montaria, na companhia de Martin Fisk, seu valoroso valete. Flavian poderia ir junto. Mas seu cavalo estava supostamente manco, embora ele suspeitasse de que o cavalariço teria dificuldade para encontrar algum problema. Hugo e a esposa iam passar algum tempo sentados no ponto mais alto da trilha rústica, de onde esperavam contemplar a melhor vista. Flavian tinha sido convidado para ir com eles, mas acreditava, como Ralph, que três era demais, e que aqueles dois, casados havia menos de um ano, ainda estavam obviamente encantados um com o outro. Lady Harper e lady Darleigh iam fazer algumas visitas sociais e ficariam felizes em contar com a companhia de Flavian. Ele respondeu que precisava escrever algumas cartas e que deveria tratar do assunto antes que o impulso desaparecesse por completo. Então, naturalmente, sentiu-se obrigado a escrever para a irmã. Deixou claríssimo que, ao partir de Middlebury, ele seguiria direto para Londres. Informou-a até a data em que esperava chegar, para que ficasse evidente que pretendia passar a Páscoa na cidade, como fazia todos os anos. Não importava que não houvesse sessões no Parlamento, nem que a temporada só ganhasse fôlego depois daquela data. Ele gostava de Londres quando a cidade estava relativamente tranquila. Era melhor do que estar em Candlebury, de qualquer modo – em especial naquele ano.

Saíra de Candlebury Abbey pela última vez quatro dias antes da morte de David, dois dias antes do noivado com Velma, num grandioso baile em Londres.

Que diabo o possuíra para fazer com que levasse aquilo adiante? Numa ocasião daquelas? Franziu a testa, coçando o queixo com a pena com que escrevia, tentando se lembrar da sequência precisa dos eventos que se desenrolaram durante as mais tumultuadas e sinistras das semanas. *Sinistras*? Mas quanto mais pensava, mais próximo parecia estar de uma dor de cabeça e de uma espécie de frustração que, no passado, era o prelúdio de um episódio de violência descontrolada.

Levantou-se de modo abrupto, derrubando a cadeira, e partiu para o recanto mais remoto da propriedade de Vincent. Ela já teria ido embora muito antes, mesmo se tivesse ido pintar lá, e não em outro lugar, dizia a si mesmo. Tentou se convencer de que esperava que a mulher *tivesse partido*. Mas por que raios caminharia tanto? Apenas para se exercitar? Nem tentou responder a si mesmo. Era uma *longa* caminhada.

Ele não seria uma boa companhia.

Naquela manhã, ela escolhera um vestido simples de algodão, e não usava touca. Prendera o cabelo num coque simples na altura do pescoço. A postura era recatada e contida; a expressão, plácida. Flavian tentara dizer a si mesmo que lhe faltava apelo sexual, que ele devia estar mesmo entediado no interior, se andava tecendo fantasias sobre uma viúva sem graça, recatada e virtuosa.

Só que ele *não* se sentia entediado. Seus amigos mais próximos estavam por perto e três semanas nunca bastavam para desfrutar ao máximo da companhia deles. Uma daquelas semanas já se passara num piscar de olhos. Eram sempre as três melhores semanas do ano, e a mudança de local não afetara em nada.

Ele talvez tivesse se convencido a esquecê-la naquela manhã caso não tivesse reparado na única coisa que a traíra. As mãos dela, na altura da cintura, estavam brancas, sugerindo que ela não estava tão à vontade nem tão despreocupada ao vê-lo quanto tentava demonstrar.

Às vezes a atração era ainda mais irresistível quando não era tão óbvia.

Ele a quisera de novo naquele momento com uma intensidade um tanto alarmante.

Ela não era sem graça. Nem recatada. E se era virtuosa – e ele não tinha dúvida disso –, também transbordava de desejo reprimido.

Quando chegou ao canto mais recôndito do parque, Flavian descobriu que Agnes não havia escolhido outro local e que ainda não partira.

Estava ali, como cinco dias antes, embora não estivesse estendida na grama como da outra vez. Agachada diante do cavalete, apoiada nos calcanhares, Agnes pintava. Flavian sabia por que se abaixara tanto. Ela explicara que queria enxergar da perspectiva dos narcisos. Apesar de ter parado a alguma distância dela, os braços cruzados na altura do peito, um dos ombros encostado num tronco de árvore, Flavian via que a pintura exibia principalmente o céu, com a grama abaixo e os narcisos se estendendo entre os dois, ligando-os. Não estava perto o suficiente para julgar a qualidade da obra – não que ele fosse um especialista no assunto.

Ela parecia absorta. Com certeza não ouvira nem sentira a aproximação dele como ocorrera na última vez.

Os olhos dele acompanharam a agradável curva das costas dela, contornaram seu traseiro arredondado, seguiram até as solas dos sapatos, os dedos para dentro, os calcanhares para fora. Ela usava uma touca para se proteger do sol. Flavian não conseguia ver seu rosto.

Devia dar meia-volta e partir, embora soubesse que não faria tal coisa. Não depois de percorrer todo aquele caminho e de abrir mão da companhia dos amigos e de uma visita a Gloucester.

Ela mexia mesmo com ele, pensou com alguma surpresa e com muita inquietude.

Então ela mergulhou o pincel na água e na tinta, desenhou um traço com violência de um canto a outro da pintura, depois de um lado a outro, deixando um grande X sobre o papel. Arrancou-o do cavalete, amassou-o e jogou-o na relva. Foi só nesse momento que Flavian percebeu outras bolas de papel semelhantes, espalhadas à volta de Agnes.

Ela estava tendo um dia ruim.

Com certeza não tinha qualquer relação com ele. Além daquele breve encontro matinal, Agnes e Flavian não haviam se visto nos últimos quatro dias.

Ela pôs o pincel na água e estreitou os olhos com os punhos fechados. Ele ouviu um suspiro.

– Eis que vejo a artista frustrada! – exclamou ele.

Agnes não virou a cabeça de modo brusco, como ele esperava. Por um momento ficou onde estava. Ela então abaixou as mãos e virou-se devagar.

– Gloucester deve ter sido transferido para as proximidades.

– Quis o destino que eu e Gloucester não nos encontrássemos hoje, infelizmente – disse ele. – Meu c-cavalo ficou manco.

– Ficou? – Ela pareceu cética.

– Talvez não – disse ele, descruzando os braços, desencostando da árvore e se aproximando dela. – Mas poderia ter ficado, se eu tivesse v-viajado mais.

– É sempre melhor usar a cautela – disse Agnes.

– Ah. – Ele parou. – Duplo sentido, Sra. Keeping?

– E, se for assim – continuou ela –, não sigo meu próprio conselho, não é mesmo? Tinha planejado ficar por aqui apenas uma hora e passei umas três ou quatro. Deveria ter imaginado que o senhor encontraria um motivo para voltar mais cedo.

A voz dela parecia amarga.

– Quando me disse que sairia para pintar – falou ele, suavemente –, estava me c-convidando para descobrir algo de errado com meu c-cavalo?

– Não sei – disse ela, com o vislumbre de um sorriso. – Quem sabe? Não tenho experiência com galanteios, lorde Ponsonby. E não desejo adquiri-la.

– Tem c-certeza de que não está tentando enganar a si mesma, Sra. Keeping?

Ela virou a cabeça para contemplar a campina.

– Não consigo pintar – disse ela. – Os narcisos continuam aí e eu continuo aqui, mas não consigo encontrar um vínculo.

– E a responsabilidade é m-minha?

– Não. – Ela o encarou. – Não é. Eu poderia ter evitado aquele beijo, quase uma semana atrás. Poderia não ter ido com o senhor até a ala leste, naquela noite em que acompanhei Dora. E, mesmo indo até a ala leste, eu poderia ter deixado de dançar com o senhor e de beijá-lo de novo. Gosta de flertar, meu senhor, e é provável que seja um libertino, mas não consigo fingir que tenha me obrigado a fazer qualquer coisa. Não, a responsabilidade *não* é sua.

Ele ficou um tanto perturbado pelo julgamento que ela fazia dele.

Gostava de flertar? Ele era *assim*?

Um libertino? Ele era *assim*?

E a responsabilidade era *dele*. Tinha destruído sua tranquilidade. Era bom em destruir coisas.

Postou-se ao lado dela, olhou a página em branco no cavalete, observou os desenhos descartados, viu os narcisos.

– Costuma ter tanta dificuldade assim quando p-pinta? – perguntou.

– Não. – Ela voltou a suspirar e ficou de pé. – Talvez porque costumo ficar satisfeita em capturar a beleza simples das flores silvestres. Mas há algo nos narcisos que exige mais de mim. Talvez porque sugiram audácia, raios de sol e música, algo mais que as próprias flores. A esperança, talvez? Não finjo ser uma artista com ampla visão.

Olhava para as próprias mãos, abertas, com as palmas viradas para baixo. Parecia estar à beira das lágrimas.

Flavian tomou suas mãos. Como suspeitava, estavam frias como se fossem dois blocos de gelo. Colocou-as estendidas sobre o próprio peito e apertou-as com as suas. Ela não protestou.

– Por que me d-disse que vinha para cá? – perguntou ele.

Ela arqueou as sobrancelhas.

– Eu não disse – protestou. – O senhor me perguntou se eu ia pintar hoje e respondi que talvez pintasse, mais tarde.

– Estava me dizendo. – Ele aproximou a cabeça da dela.

– Acha que eu o convidei para me encontrar aqui? – A voz de Agnes estava cheia de indignação. As faces estavam rosadas.

– Convidou? – Ele murmurou as palavras, quase roçando sua boca.

Agnes franziu a testa.

– Não compreendo *galanteios*, lorde Ponsonby.

– Mas se sente atraída, Sra. Keeping.

Ela respirou fundo, prendeu o ar e olhou direto nos olhos dele. Flavian esperou pela negativa, com um ar zombeteiro.

– Sim, eu me sinto.

O grande problema parecia ser que ela não seguia as regras – talvez pelo fato de não *conhecer* as regras. O que se devia fazer com uma mulher que admitia se sentir atraída por galanteios?

Fazer-lhe galanteios?

Não ajudava o fato de desejá-la tanto, de haver um elemento incômodo de necessidade naquele desejo.

– Se eu for embora, a senhora vai continuar sua pintura?

Ela balançou a cabeça.

– Estou sem concentração. Já estava sem concentração antes de sua chegada. Até mesmo antes de chegar *aqui*.

– Então g-guarde suas coisas – disse ele. – Deixe-as aqui. E c-caminhe comigo.

CAPÍTULO 7

Ela fez tudo com cuidado deliberado. Lavou os pincéis, secou-os com uma toalha fina, cobriu as tintas, despejou a água na grama, guardou as bolas de papel amassado na sacola, dobrou o cavalete, pouso-o na grama, colocando a sacola por cima. Então levantou-se e olhou-o de novo.

Flavian ofereceu-lhe o braço e ela aceitou. Ele a levou na direção da alameda de cedros, passando entre os troncos de duas árvores e saindo na metade do caminho verdejante. Os cedros-do-líbano não tinham a retidão bem-comportada dos limoeiros ou dos olmos. Os galhos cresciam em todas as direções, alguns bem próximos do chão, outros quase se encontrando no alto e também em direção ao céu. A alameda lembrava os romances góticos – não que ele tivesse lido muitos deles. Ao final do caminho, havia um gazebo.

Ele voltou a sentir o perfume de sabonete. Alguém deveria engarrafar o perfume de sabonete da pele dela. Ganharia uma fortuna.

– No que consistem os galanteios? – perguntou ela.

Flavian olhou para a aba de sua touca e segurou uma gargalhada. *Nisto*, quase disse, *exatamente nisto.*

– Respostas maliciosas, olhares l-lânguidos, beijos, carícias – disse ele.

– Nada mais?

– Apenas se as duas p-pessoas envolvidas desejarem mais.

– E nós desejamos?

– Não p-posso responder pela senhora, Sra. Keeping.

– E o senhor?

Ele riu baixinho.

– Acredito que a resposta seja positiva – disse ela. – Não sei como dar nenhuma resposta maliciosa. E acredito que o senhor a acharia muito boba, se eu conseguisse dar uma.

Ele se sentia quase sufocado pelo desejo. Nenhuma cortesã chegaria perto dela em termos de astúcia. A diferença era que ela não agia de modo deliberado.

Entravam e saíam do sol ao caminhar pela alameda. Flavian sentia que seus olhos estavam um tanto ofuscados, assim como todo o restante dele. Estranhamente, parecia estar fora de seu habitat.

– N-não existem regras, na verdade – disse ele. – Quero dizer, se existem, não as conheço.

– O que quer de mim, lorde Ponsonby? – perguntou Agnes.

– E o que quer de mim, Sra. Keeping?

– Não – disse ela. – Perguntei primeiro.

Era verdade.

– Sua companhia – afirmou ele.

Não poderia ter encontrado uma resposta mais esfarrapada, nem se tivesse tido uma hora para pensar.

– E isso é tudo? Tem a companhia de seus amigos, não tem? – perguntou ela.

– Tenho.

– Então o que quer de mim que eles não podem lhe dar?

– É preciso haver uma resposta? – perguntou ele. – Não podemos apenas c-caminhar e desfrutar da tarde?

– Podemos. – Ela suspirou. – Mas pareço ser a última espécie de mulher que um homem como o senhor pensaria em ter como companhia.

– Alguém que gosta de flertar? – questionou ele. – Um libertino?

– Pois bem. – Houve um breve silêncio. – Isso mesmo. – E então ela riu. – O senhor é *assim?*

– Acredito, Sra. K-Keeping – disse ele –, que seria melhor me explicar o que quer dizer quando se descreve como a última espécie de mulher que eu pensaria em buscar. E acho que p-poderíamos nos sentar no gazebo enquanto a senhora fala. Há um pouco de friagem por aqui. Quero dizer, a menos que tema q-que eu a ataque e faça coisas terríveis com a senhora.

– Eu diria que, se sua intenção fosse me atacar, o fato de estarmos ao ar livre não o deteria.

– É verdade – concordou ele, abrindo a porta do gazebo para que ela pudesse passar antes dele.

Era uma estruturazinha graciosa, com quase todas as paredes feitas de vidro. Assentos de couro estofado contornavam todo o perímetro interno. Do lado de fora, as árvores ofereciam sombra e abrigo do calor no verão, sem tornar o gazebo frio demais nas outras estações. Naquele dia, fazia um calor agradável.

– C-Conte-me por que está morando na companhia de sua irmã – pediu ele depois que se sentaram frente a frente, os joelhos quase se tocando.

– A propriedade de meu marido foi herdada por seu irmão caçula – disse ela. – E, embora ele tenha sido gentil o bastante para garantir que eu deveria continuar morando lá, não achei justo, pois ele não é casado e se sentiria obrigado a procurar outro lugar. Meu pai voltou a se casar um ano antes de minhas núpcias, e a mãe de sua esposa e uma irmã solteira foram viver com ele depois que parti. Eu não desejava retornar. Decidi ficar com meu irmão em Shropshire por algum tempo. Ele é clérigo, mas também tem uma família para cuidar, por isso não quis ficar para sempre. Quando Dora apareceu para uma visita e sugeriu que eu me mudasse para cá, aceitei com alegria. Ela precisava de companhia e eu precisava de um lar onde não me sentisse uma intrusa. E sempre tivemos grande estima mútua. O arranjo funcionou bem.

Flavian ficou feliz por não ser mulher. As opções eram tão limitadas.

– Seu gaguejar é consequência dos ferimentos de guerra? – perguntou Agnes.

Flavian olhou-a e deu um meio sorriso. Ela estava sentada com as costas bem eretas e as mãos educadamente pousadas sobre o colo. Os pés estavam lado a lado no chão. A virtude e o recato às vezes podiam ser inexplicavelmente sedutores.

– Sinto muito – disse ela. – Foi uma pergunta muito pessoal. Por favor, não se sinta obrigado a respondê-la.

– Foi um f-ferimento na cabeça. Um ferimento duplo. Levei um tiro e c-caí do cavalo antes de ser pisoteado. Devia ter morrido três vezes. Por muito tempo eu não sabia onde estava, nem quem eu era ou o que havia acontecido. E, quando entendi o que se passava, não conseguia me c-comunicar com ninguém f-fora da minha cabeça. Às vezes, as palavras das pessoas me p-pareciam embaralhadas ou eu d-demorava demais a entender o que queriam dizer. E aí as minhas p-palavras n-não saíam, e quando saíam, nem sempre e-eram o que eu tinha em mente. Eu esqueci como formar f-frases.

Flavian não mencionou as dores de cabeça arrasadoras nem as grandes lacunas na sua memória.

– Ah. – Ela franziu a testa com ar de preocupação.

– Às vezes, quando as p-palavras não saíam – disse ele –, outras coisas eram liberadas.

Agnes ergueu as sobrancelhas.

– Eu era p-perigoso, Sra. Keeping – continuou. – Fazia com os punhos o que não conseguia fazer com minha mente ou com minha voz. Em pouco tempo, fui d-despachado para a Cornualha, e por ali f-fiquei por três anos. Às vezes ainda tenho aquilo que minha família costuma chamar de s-surtos.

Agnes abriu a boca para falar, mas pensou melhor e voltou a fechá-la.

– Seria melhor para a senhora se ficasse longe de mim. – Ele zombava dela com o olhar e com o sorriso.

– Seus amigos não o temem – disse ela.

– Mas não d-desejo levar para a cama nenhum de meus amigos – disse ele. – Nem mesmo Imogen.

O rosto de Agnes ficou ainda mais rosado.

– Uma pessoa não pode ser ao mesmo tempo uma amiga e uma amante? – perguntou ela.

– Apenas num relacionamento c-conjugal em que exista amor – afirmou ele.

– É por isso que deseja que me afaste do senhor, lorde Ponsonby? – perguntou ela. – Não por temer manifestar violência, mas porque não tem em mente nem o amor nem o matrimônio?

– N-nunca poderei oferecer tais coisas a uma mulher – respondeu ele.

– Nunca?

– Finais felizes podem se t-transformar num segundo em f-finais m-muito ruins – disse ele.

Ela fez uma pausa diante daquelas palavras e fitou com firmeza os olhos dele, como se enxergasse algo além.

– Já houve um tempo em que acreditava em finais felizes? – a voz dela estava bem baixa.

De repente Flavian sentiu como se estivesse vendo-a no final de um longo túnel. *Teria acreditado?* Era estranho que não conseguisse se lembrar.

Devia ter acreditado, naquela noite cintilante do baile de noivado, em Londres. Abandonara seu irmão moribundo por esse motivo. Por Velma.

Ele cerrou os punhos nas laterais do assento e a viu baixar a cabeça para contemplar as mãos dele.

– Não existe tal coisa, Sra. Keeping – disse ele, abrindo os dedos e segurando com suavidade a beira do assento. – Sabe tão b-bem quanto eu.

– Não deveria ter me casado com William, então – disse ela –, porque ele morreria? Mas tivemos cinco anos de boa companhia. Não lamento ter me casado.

– Companhia – disse ele, com um tom de deboche. – Mas sem paixão.

– Acredito que a paixão é supervalorizada – disse ela. – E talvez a companhia e a satisfação sejam subestimadas por pessoas que não as experimentaram.

– Pessoas como eu?

– Acredito que o senhor conheceu muito bem a infelicidade, lorde Ponsonby, e que isso o tornou cínico. A infelicidade *pessoal*, sem relação com seus ferimentos. E agora persuadiu-se de que a paixão tem mais importância que a satisfação tranquila e o amor comprometido. Porque a paixão não exige um comprometimento real, mas faz com que se sinta vivo quando uma parte tão grande de si morreu desde que sua vida foi alterada de forma irreversível.

Meu Deus! Ele inspirou o ar, que de súbito parecia escasso, e forçou as mãos a se manterem relaxadas. Mas estava perto de perder a cabeça.

– E eu acredito, madame, que a senhora está se permitindo fazer especulações sobre algo que desconhece inteiramente – retrucou ele.

– Eu o aborreci – disse ela. – Sinto muito. E tem razão. Não o conheço de forma alguma.

Não perderia a cabeça. Naqueles dias, era preciso muita coisa para que ele perdesse o controle. Não apreciava observar quando o louco que existia dentro dele destruía o mundo exterior por não conseguir lidar com o mundo interior. Era estranho como havia sempre um guardião interno quando o louco entrava em ação. Quem era aquele homem?

– Pois bem, Sra. Keeping – disse ele, olhando-a com indolência e baixando o tom de voz –, *quanto a isso*, podemos resolver a qualquer momento, se a s-senhora quiser.

– *Ficando juntos?* – perguntou ela.

Ele cruzou os braços.

– Só precisa p-pedir.

Agnes baixou o olhar para as mãos em seu colo e demorou a responder. Riu baixinho.

– Fico esperando a hora de despertar – disse ela. – A hora de descobrir que tudo isso faz parte de um sonho bizarro. Não tenho conversas desse tipo. Não fico a sós com cavalheiros. Não escuto propostas tão indecorosas para as quais o comportamento mais correto seria um desmaio.

– Mas está acontecendo.

– Tenho 26 anos – disse ela – e há quase três estou viúva. Talvez, em algum momento no futuro, se não passar muito tempo até lá, alguém me peça em casamento, embora eu não conheça ninguém nas redondezas. Talvez o futuro me reserve outro casamento, até mesmo a maternidade. Ou talvez não. Talvez minha vida permaneça como está até que eu morra. Talvez eu nunca vá conhecer... a *paixão*, como o senhor diz. E talvez eu me arrependa, quando estiver mais velha. Ou talvez, se eu ceder à tentação, eu venha a me arrepender *disso*. Não podemos saber, não é mesmo? Nunca poderemos nos beneficiar hoje da sabedoria que teremos conquistado amanhã.

O que ele devia fazer era se levantar, retornar às pressas para a casa e nunca mais voltar. Se tinha imaginado experimentar galanteios agradáveis, desmiolados ou talvez um breve caso, começava a perceber que nada seria tão simples nem tão direto com a Sra. Agnes Keeping. Ele não queria representar a única chance dela de conhecer a paixão, sua única experiência para se libertar do mofo tedioso de sua vida. Que Deus o livrasse disso. Não queria deixá-la com o arrependimento de ter cedido à tentação de explorar a paixão. Não queria partir o coração dela – *se* tivesse esse poder.

Aquele... encontro secreto não estava se desenrolando como ele imaginara quando conseguiu inventar um modo de se dirigir até ali a fim de encontrá-la.

De repente, e de um modo bastante injusto, ele se ressentiu dela. E daquele lugar, da mudança do local da reunião naquele ano. Nada parecido teria acontecido em Penderris.

Levantou-se, de súbito, e postou-se diante da porta, contemplando toda a extensão da alameda de cedros.

– Vai pintar amanhã? – perguntou a ela.

– Não sei.

Então ele fez exatamente o que dissera a si mesmo que era o melhor. Abriu a porta e saiu, teve alguns momentos de indecisão e então partiu pela alameda, sem ela.

Se tivesse dado meia-volta, poderiam ter feito amor. Ela não o impediria, aquela mulher idiota. Pelo menos, era o que ele pensava.

Talvez no dia seguinte...

Talvez não.

Precisava de tempo para pensar.

Agnes trabalhou em casa durante a semana seguinte. Pintou os narcisos a partir de suas lembranças, embora, na verdade, estivesse quase enjoada deles, e ficou satisfeita com a primeiríssima tentativa. De fato, estava bastante certa de que se tratava do melhor trabalho que já havia feito. De forma surpreendente, pegou-se pintando as flores de cima, como se fosse o sol contemplando-as. Não havia céu na pintura, apenas a relva e as flores.

O tempo se arrastava quando não estava pintando e às vezes mesmo quando pintava. Mal podia esperar pela partida dos hóspedes de Middlebury Park. Talvez recuperasse a paz quando eles se fossem.

Quando *ele* se fosse.

Nunca mais cometeria o erro de se apaixonar. Era um estado emocional que supostamente criava grande felicidade, até mesmo euforia, mas Agnes não havia sentido nem uma coisa nem outra. Claro, a poesia e a literatura em geral estavam recheadas de histórias trágicas do amor perdido ou desprezado. Devia ter prestado mais atenção quando as lera. A não ser pelo fato de que tanta cautela teria sido inútil. Não tivera qualquer intenção de se apaixonar pelo visconde de Ponsonby, que era inadequado de quase todas as formas possíveis. Sentia falta de William, com uma dor de saudade do contentamento tranquilo de sua vida em comum.

Lorde Ponsonby seria capaz de lhe dar *paz*?

Quando havia paixão, quanto tempo levava para o amor acabar? Em outubro, havia levado várias semanas – embora parecesse que o sentimento tinha apenas adormecido em vez de terminar. Quanto tempo seria necessário dessa vez? E quando acabaria para sempre?

E por que ele havia deixado que uma semana inteira passasse – mais do que uma semana, oito dias – sem procurá-la? Todas as vezes que ouvia um cavalo na rua ou uma batida à porta, Agnes prendia o fôlego e aguardava, com a esperança de que não fosse ele. Com a esperança de que fosse ele.

Então, na manhã do oitavo dia, Sophia enviou um bilhete para Agnes pedindo desculpas profusas por negligenciar tanto a amiga e implorando que tanto Agnes quanto a Srta. Debbins aparecessem para tomar chá com ela e com as outras duas esposas.

Tenho uma nova história com novas ilustrações para mostrar, escrevera. *Contamos para Thomas e ele balbuciou em aprovação. Mostrei as figuras e ele quase sorriu.*

Agnes sorriu ao dobrar o bilhete. Thomas ainda não tinha dois meses.

– Fomos convidadas para tomar chá em Middlebury com Sophia e duas de suas hóspedes – disse ela a Dora, quando a irmã terminou uma aula de música para uma menina de 12 anos que tivera o azar de nascer com dez dedos polegares e uma alma incuravelmente prosaica, ou pelo menos era o que Dora dizia com exasperação crescente a cada semana. E com pais dedicados que não tinham nenhum ouvido musical e que estavam determinados a crer que a filha era um prodígio.

– Será encantador – disse Dora, animando-se. – E será bom para você. Anda meio desanimada nos últimos tempos.

– Não ando – protestou Agnes.

Ela vinha se esforçando para parecer animada.

O chá no salão de Middlebury Park era mesmo apenas para as três senhoras casadas e as duas convidadas. Lady Barclay tinha saído para algum lugar na companhia dos outros seis integrantes do clube, pelo que Sophia relatara.

– Tive medo – disse ela – de que o fato de terem vindo para cá este ano, em vez de irem para Penderris Hall, como sempre, e ainda com a presença das esposas, pudesse estragar as coisas para eles, mas acredito que isso não aconteceu.

– Na noite passada, quando Ben enfim foi para a cama – falou lady Harper com um ligeiro sotaque galês –, me disse que esse encontro com os amigos estava sendo, até agora, a melhor parte de sua lua de mel. E então ele teve a graça de fazer uma espécie de malabarismo verbal muito inteligente para garantir que é *apenas* porque estou com ele este ano.

Todas riram.

Sophia leu a nova história em voz alta, a pedido de lady Trentham, e as ilustrações passaram de mão em mão para que todos pudessem admirá-las e dar risadas.

– Bertha e Dan – disse Agnes – são meus personagens preferidos da literatura.

Sophia riu, alegre.

– Tem gosto pouco sofisticado, Agnes. Já pintou os narcisos? Disse que pretendia pintá-los.

– Pintei – respondeu Agnes. – Mas eles se mostraram muito resistentes a serem retratados.

– Acredito que Agnes tem andado desanimada por esse motivo – disse Dora. – Mas vi a pintura terminada e acho que tem uma beleza notável.

Agnes sorriu para a irmã com carinho.

– Diz isso sobre todas as minhas pinturas, Dora. Você não é muito imparcial em seu julgamento.

– É assim que todas as irmãs devem ser – disse lady Harper. – Eu sempre quis ter uma irmã.

Quando estava quase na hora de se levantarem para as despedidas, os outros chegaram e foram até o salão, num burburinho, trazendo consigo o mundo exterior, ou pelo menos era o que parecia.

Tab, o gato de Sophia, que se acomodara ao lado de Dora, levantou-se, arqueou as costas, guinchou para o cão de lorde Darleigh e voltou a cochilar. Lorde Darleigh sorriu para todos a sua volta, como se pudesse ver cada um deles. Sir Benedict Harper comentou que não teria acreditado que a nova pista de corrida tinha mais de 7 quilômetros, se não tivesse percorrido um terço de sua extensão impulsionando sua cadeira de rodas. O duque de Stanbrook fez uma saudação em nome dos recém-chegados e deu boa-tarde às damas. Lady Barclay aceitou uma xícara de chá das mãos de Sophia e sentou-se para conversar com Dora. Lorde Trentham passou o braço depressa em torno na cintura da esposa e deu-lhe um beijinho nos lábios antes de fazer uma careta, como se esperasse que ninguém tivesse percebido. O conde de Berwick serviu-se de um pedaço do bolo confeitado que estava na bandeja do chá e soltou sons de apreciação enquanto o saboreava. E o visconde de Ponsonby permaneceu postado perto da porta, com ar sonolento.

Agnes o odiava. Não, odiava a *si mesma*. Pois estava ciente de que ninguém mais naquele salão despertava nem metade da atenção que ela dispensava a ele.

– Acredito que todos nós caminhamos até que nossos pés se transformassem em tocos – comentou o conde. – Tentamos subornar Ben e convencê-lo a nos emprestar a cadeira de rodas, mas ele foi egoísta e teimoso como sempre e nem se mexeu. – Ele deu uma piscadela para lady Harper.

– Este é seu mais novo livro, lady Darleigh? – perguntou o duque. – Teríamos permissão para vê-lo?

– É brilhante – disse lorde Darleigh, enquanto tateava em busca do assento de sua poltrona perto da lareira, antes de se sentar nela. – Vejam por si mesmos.

– Escritor, violinista, harpista, pianista... – enumerou lorde Trentham. – Em breve ninguém mais vai suportar esse homem.

– Mas apenas Sophia tem essa obrigação – retrucou lorde Darleigh, com um sorriso doce.

– As ilustrações são muito espirituosas, lady Darleigh – elogiou lady Barclay enquanto as olhava por cima do ombro do duque. – Eu me pergunto como alguém poderia ter a ideia tola de que os livros para crianças não são para adultos!

– Existe uma criança em cada um de nós, não é verdade, Imogen? – perguntou o conde.

– Sim, precisamente, Ralph – disse ela, olhando para ele com uma sombra tão dolorida de saudade no olhar que Agnes se sentiu mexida.

O visconde de Ponsonby foi o único a permanecer calado.

Depois de alguns minutos, Dora se levantou e Agnes a seguiu.

– Devemos pedir sua licença e nos despedir, lady Darleigh – disse Dora. – Obrigada pelo convite. Foi encantador.

– Foi, sim – concordou Agnes. – Muito obrigada, Sophia.

Lorde Ponsonby permanecia postado na entrada, Agnes reparou.

– E eu terei o prazer de acompanhar as duas até sua casa – disse o duque de Stanbrook.

Dora olhou-o um tanto surpresa.

– Depois de tão longa caminhada, Vossa Graça?

– Será como a sobremesa de um banquete – garantiu o duque. – E a sobremesa é sempre a melhor parte.

Ele falou aquilo com um brilho nos olhos e nenhuma sugestão de flerte. Dora, que estava aterrorizada por sua titulada magnificência, chegou a rir.

– Eu o acompanharei, George – anunciou o visconde de Ponsonby daquele seu jeito lânguido, falando quase como quem suspira.

Foi inevitável. Quando partiram, dividiram-se em dois casais, e, como o duque ofereceu o braço a Dora antes mesmo de saírem, Agnes não teve opção senão dar o braço a lorde Ponsonby.

– Foi desnecessário – disse ela, depois de mais ou menos um minuto de silêncio.

Dora e o duque, caminhando em uma conversa profunda, tinham se afastado dos dois.

– Não está se comportando com gentileza, Sra. K-Keeping – disse ele.

Era verdade. Embora Agnes preferisse não ter de passar por aquela situação.

– V-voltou lá? – perguntou ele.

Não precisava perguntar o que ele queria dizer, muito menos a *qual* lugar ele se referia.

– Não – disse ela. – Pintei em casa. Tem feito frio.

E *ele*? Quer dizer, teria voltado? Mas Agnes não faria tal pergunta.

Prosseguiram em silêncio – não queria ser ela a rompê-lo, e ele tampouco parecia propenso a fazê-lo – até que avistaram os portões. O duque e Dora já haviam entrado na rua do vilarejo.

O visconde de Ponsonby de repente parou e Agnes parou ao lado dele. Ele fitou de modo melancólico o terreno na frene deles antes de virar a cabeça para olhá-la.

– Acredito, Sra. Keeping – disse ele, de forma abrupta –, que é melhor que a senhora se case comigo.

Agnes ficou tão chocada que seu cérebro parou de funcionar. Fitou-o e só voltou a raciocinar quando observou a franqueza incomum no semblante de Flavian dar lugar àquela expressão de olhos semicerrados e ar zombeteiro que lhe era mais familiar. Era quase como se ele tivesse recolocado uma máscara.

– Minha nossa, isso foi m-muito ruim – disse ele. – Eu devia, no mínimo, ter me a-ajoelhado. E devia ter parecido emotivo. Eu *pareci* emotivo?

– Lorde Ponsonby – disse ela, tola –, acabou de me fazer um pedido de casamento?

– Foi *muito ruim* – repetiu ele, fazendo uma careta teatral. – Nem ao menos d-deixei claras as minhas intenções. P-perdoe-me. Sim, eu pedi que se c-casasse comigo. Ou melhor, eu disse que era m-melhor que se casasse comigo, o que n-não foi apropriado de forma alguma. Um homem da m-minha idade d-deveria saber se c-comportar de m-modo mais elegante. *Casaria* c-comigo, Sra. Keeping?

Ele gaguejava mais do que o habitual.

Ela soltou a mão do braço dele e reparou pela primeira vez na palidez em seu rosto, nas sombras negras sob os olhos, como se ele tivesse passado uma ou duas noites em claro.

– Mas por quê? – perguntou ela.

– Por que se c-casaria comigo? – Ele ergueu uma sobrancelha. – Porque sou b-bem-apessoado, encantador, tenho um título e riqueza, e talvez a senhora tenha uma q-queda por mim?

Ela olhou para ele com uma expressão de impaciência.

– Por que *o senhor* quer se casar *comigo*?

Ele franziu os lábios. O olhar zombava dela.

– Porque é uma mulher virtuosa, Sra. Keeping – disse ele –, e é provável que o casamento seja a única m-maneira de eu levá-la para a c-cama.

Ela sentiu o calor subir às faces.

– Isso é de um absurdo absoluto! – exclamou ela.

– Que seja virtuosa? – perguntou ele. – Ou que eu deseje levá-la para a cama?

Agnes apertou as mãos, levou-as até a boca e fitou o chão.

– De que se trata tudo isso? – Ela voltou a olhá-lo, dessa vez com firmeza. – E não, não vai escapulir olhando para mim desse jeito. Nem dando uma resposta tola, como dizer que deseja... me levar para a cama. Nem me fazendo um pedido de casamento como se fosse uma espécie de chiste e depois sair correndo para se esconder por trás da sua máscara de zombaria e cinismo. É *insultante*. Pretendia insultar-me? *Pretende* insultar-me?

Ele estava mais pálido.

– Eu não tinha a intenção de insultá-la – disse ele, com rigidez. – P-peço-lhe desculpas, m-madame, se é insultante a proposta de assumir o posto de viscondessa de P-Ponsonby. P-peço perdão.

– Ah! – exclamou ela. – O senhor é impossível. Interpretou errado as minhas palavras de propósito!

Mas ele estava ereto como o oficial do Exército que fora no passado, as botas ligeiramente afastadas, as mãos às costas, os olhos semicerrados, a boca formando uma linha reta. Parecia um desconhecido.

– Não me sinto insultada por desejar se casar comigo – disse ela –, mas sim por não responder o *porquê. Por que* desejaria se casar comigo? Sou uma viúva de 26 anos, sem berço nobre nem fortuna que me recomendem, e também sem uma beleza extraordinária. Mal me conhece e a recíproca é verdadeira. Na última vez que nos encontramos, garantiu-me que nunca pediria nenhuma mulher em casamento. No entanto, hoje, de repente, depois de uma semana sem nos encontrarmos, despeja o pedido, ou o que considero que tenha sido um pedido: *acho que é melhor que a senhora se case comigo.*

A postura dele relaxou um pouco.

– Devia ter escrito um d-discurso e decorado – disse ele e sorriu com um charme tão atordoante que ela quase deu um passo atrás. – Embora minha m-memória seja lamentável desde que bati com a cabeça. Eu teria esquecido. P-poderia até mesmo ter esquecido o que desejava propor.

Ela se manteve firme.

– O que vai se lembrar à noite, com toda a certeza, lorde Ponsonby – disse ela –, é de que essa tarde escapou por pouco de um destino terrível.

Ele inclinou a cabeça de leve.

– *A senhora* seria um destino terrível, Sra. Keeping?

Ah, ela não sucumbiria ao charme dele.

– Minha irmã e Sua Graça devem estar se perguntando onde fomos nos meter – disse ela.

Lorde Ponsonby ofereceu-lhe o braço e, depois de alguma hesitação, ela aceitou.

– Estou curiosa – disse ela, quando chegaram à rua. – Quando foi exatamente que concebeu a ideia de se casar comigo?

O ar de deboche tinha voltado com firmeza ao rosto dele.

– Talvez tenha sido quando nasci – disse ele. – Talvez a ideia da sua existência, a possibilidade da sua existência, tenha sido o primeiro ar que respirei.

Ela riu, contrariada.

– Acha que exagero – observou ele.

– Acho.

– Devo voltar para M-Middlebury – disse ele – e escrever aquele d-discurso... se me lembrar. Talvez componha um texto em verso branco. Poderia p-permitir, por favor, que eu lhe faça uma visita pela m-manhã? *Se* eu me lembrar.

Dora e o duque de Stanbrook encontravam-se diante do portão do jardim, olhando na direção dos dois. Embora a rua estivesse deserta, Agnes imaginava que mais de um vizinho espreitasse por trás de mais de uma cortina, em mais de uma janela. E não podia sentir-se indignada, pois tinha sido a mesmíssima coisa que ela e a irmã fizeram no dia da chegada dos hóspedes a Middlebury Park.

– Muito bem – disse ela, e não havia tempo para dizer mais nada mesmo.

Os cavalheiros fizeram uma saudação e se despediram. Dora precedeu Agnes na entrada do chalé.

– Como foram gentis em nos acompanhar até aqui – disse Dora enquanto tirava a touca e a entregava com um sorriso para a governanta, que ofereceu chá. – Não, obrigada, Sra. Henry. Acabamos de tomar chá. A não ser que Agnes queira mais.

Agnes fez que não com a cabeça e foi a primeira a chegar à sala.

– Sua Graça conversou comigo durante todo o caminho – disse Dora – como se eu fosse alguém com quem valesse a pena conversar.

– Já superou o terror que sentia dele, então? – perguntou Agnes.

– Bem, suponho que sim – disse Dora –, embora ainda esteja assombrada. Sinto-me estarrecida como se tivesse sido apresentada ao próprio rei. Espero que o visconde tenha sido educado com você. Nunca confiei muito nesse rapaz. Acredito que é um tratante. Um tratante bem-apessoado e atraente.

– O segredo é não levá-lo a sério demais – disse Agnes, com leveza. – E deixá-lo saber que não o leva.

– E as damas, não são todas encantadoras? – perguntou Dora. – Eu me diverti *muito*, Agnes. E você?

– Também me diverti – garantiu Agnes. – E acho que as ilustrações de Sophia estão ficando cada vez melhores.

– E as histórias mais engraçadas – concordou Dora.

Conversaram mais sobre diversos assuntos da visita enquanto Agnes segurava uma almofada contra o peito e desejava escapar para o quarto sem que tal atitude fosse notada pela irmã.

Raios! O que tinha acontecido? Não era possível que ele quisesse se casar com ela. Por que tinha feito um pedido, então? E não era possível que ela quisesse se casar com ele. Não *de verdade*, aquilo pertencia apenas ao reino da fantasia.

Mas como poderia continuar a viver depois que o visconde partisse sabendo que poderia ter se casado com ele, embora fosse óbvio que ele havia feito aquele pedido sem nenhuma consideração anterior?

O que havia possuído o visconde?

Ele iria mesmo vê-la no dia seguinte, como dissera – *caso* se lembrasse? O que ele diria? E o que *ela* diria?

Ah, o que poderia fazer para impedir que seu coração fosse partido?

CAPÍTULO 8

George e Flavian não conversaram por algum tempo enquanto ainda estavam na rua do vilarejo. Depois de passarem pelos portões de Middlebury, George saiu da estrada de acesso à casa sem hesitação, dirigindo-se para o bosque. Flavian o seguiu, sob protesto.

– Já não c-caminhamos o bastante para uma tarde, ainda t-temos de voltar pelo caminho mais longo? – reclamou.

George não respondeu até que as árvores rareassem um pouco e os dois pudessem andar lado a lado.

– Quer falar sobre o assunto? – perguntou.

– Sobre o quê?

– Ah! – exclamou George. – Lembre-se de com quem está falando, Flavian.

Falava com George Crabbe, duque de Stanbrook, que certa vez viajara da Cornualha até Londres para levar para sua casa um indivíduo delirante e violento que batera com a cabeça na Espanha e ficara sem nada na mente, a não ser a compulsão para ferir e destruir. Que, de algum modo, no decorrer dos três anos seguintes, dera a cada um de seus seis principais pacientes a impressão de que dedicava todo seu tempo e preocupação apenas a eles. Que garantira a Flavian, logo após sua chegada a Penderris, que não havia pressa, que tinham todo o tempo do mundo, e que quando estivesse pronto para dividir o que passava em sua cabeça, encontraria nele um ouvinte, mas que nesse meio-tempo, a violência era desnecessária, bem como inútil – era amado de qualquer modo, do jeito que era. Que encontrou um médico paciencioso e com habilidade suficiente para fazer com que Flavian conseguisse enfim pronunciar palavras, que forneceu estratégias para o relaxamento e para a junção dessas palavras em frases, que o ajudou a lidar com as dores de cabeça e os lapsos de memória em vez de apenas entrar em pânico e enfurecer-se.

George era alguém que conhecia aqueles seis talvez melhor do que eles mesmos. Às vezes essa era uma ideia desconcertante. Também era infinitamente consoladora.

Mas quem conhecia George? Quem oferecia *a ele* conforto e consolo pela perda do único filho no campo de batalha e da mulher, que se matou? Será que ele sofria *apenas* com os pesadelos recorrentes?

– C-cartas – disse Flavian, de maneira abrupta, quando chegaram próximo ao lago. – P-preferia que não tivessem sido inventadas.

– Da sua família? – perguntou George.

– Uma de Marianne – disse Flavian. – Não bastou escrever-me para c-contar que ela ia até Farthings para fazer uma visita a V-Velma. Teve de escrever de novo para me informar que *fez* a visita. E minha m-mãe teve de me escrever para dar a própria versão da m-mesma visita.

– Ficaram todas felizes por se reencontrarem, não foi? – perguntou George.

– Sempre t-tiveram uma g-grande estima por ela, você sabe – disse Flavian. – Ela era a doçura em pessoa. E acharam que eu a t-tratei mal, embora admitam que eu não tinha condições de agir de outro modo. Uma vez, joguei o conteúdo de uma t-taça no rosto dela, como fiz com você. Era v-vinho. E no caso de Velma, não errei o alvo.

– Você estava muito doente – disse George.

– Elas apoiaram a decisão de Velma de romper o compromisso comigo e de se casar com Len – continuou Flavian. – Pareciam achar que era uma coisa b-boa para os dois, porque ele sempre tinha sido tão próximo... um homem fazendo algo n-nobre em nome de seu melhor amigo, e toda essa coisa. Acharam que aquilo tudo era uma espécie de tragédia romântica. É uma pena que Shakespeare não estivesse mais vivo p-para escrever a história. Derramaram oceanos de lágrimas por Velma, na época, e então mandaram um mensageiro especial para chamar você quando me comportei mal e destruí o salão principal.

– Você estava muito doente – insistiu George. – E elas não sabiam mais o que fazer por você ou com você, Flavian. Não deixaram de amá-lo. Ouviram dizer que eu cuidava dos casos mais desesperadores e mandaram me chamar. Rezaram pedindo que eu pudesse realizar um milagre. Não deixaram de amá-lo. Já falamos sobre isso muitas vezes.

Era verdade, e Flavian passara a acreditar que era mesmo assim – até certo ponto.

– Querem q-que eu acredite que V-Velma me amava... Que me amou o tempo todo, sem cessar, mesmo quando estava c-casada com Len. E que Len sabia disso e encorajava esse sentimento e t-também me amava. É um p-pouco desagradável, não acha? Até mesmo n-nauseante? E d-decerto não é verdade. Espero q-que não seja verdade.

– Foi isso que lady Hazeltine contou para sua mãe e para sua irmã? – perguntou George. – Talvez elas acreditem que seria reconfortante se você soubesse que os dois sempre lhe dedicaram uma grande estima.

Caminhavam perto do abrigo dos barcos. Flavian assustou a si mesmo e chegou a fazer George dar um salto ao acertar uma das paredes de madeira do abrigo com o punho, com toda a força, fazendo o barulho de um canhão e provocando uma chuva de farpas.

– *Maldiçãoo!* – exclamou ele. – Será que *ninguém* sabe de *nada*?

– Ainda a ama? – George perguntou baixinho, interrompendo o silêncio que se fez. Sempre falava baixo. Nunca sucumbia a demonstrações ruidosas e passionais.

Flavian tirou uma farpa da lateral da mão e apertou o lenço contra a pequena bolha de sangue que apareceu no lugar.

– Acabei de pedir a Sra. Keeping em casamento – disse ele.

George não soltou uma exclamação de incredulidade. Era quase impossível causar-lhe qualquer abalo.

– Por causa das cartas? – perguntou ele.

– Porque q-quero me casar com ela.

– E ela aceitou?

– Ela aceitará – disse Flavian. – Esqueci-me das r-rosas e de ajoelhar-me dessa vez. E esqueci de preparar um discurso emotivo.

Os dois caminharam na margem do lago.

– Dancei com ela no baile da colheita organizado por Vince, no outono passado – explicou Flavian. – E encontrei-a algumas vezes ali atrás. – Ele projetou o queixo na direção das árvores do outro lado do lago. – Há uma campina e está cheia de narcisos amarelos no momento. Ela tentava pintá-los. Eu a encontrei.

– E o que o atrai é que ela é muito diferente de lady Hazeltine, certo? – perguntou George.

Flavian parou de caminhar e lançou um longo olhar para o lago antes de fechar os olhos.

– Nela consigo encontrar a paz – disse ele.

Não tinha planejado dizer aquelas palavras. Ele não *sabia* por que se sentia tão atraído por Agnes Keeping. Não tinha pensado em nada além do óbvio – que queria levá-la para a cama, embora também não entendesse isso muito bem. Ela era muito diferente das mulheres com quem costumava satisfazer seus apetites sexuais. A atração sexual não era a primeira coisa que chamava atenção nela.

Mas por que dizia que nela ele conseguia encontrar a paz? Ele não acreditava que a paz pudesse ser encontrada em nenhuma mulher. Em ninguém, na verdade. A paz não era para esta vida e ele não estava certo se acreditava em outra.

Tinha sido uma estupidez pedi-la em casamento.

George mantinha-se a seu lado, a uma pequena distância, silencioso. Sempre sabia quando era o momento certo de falar e quando era melhor se calar. Como conseguia ser daquele jeito? Teria sido assim sempre? Ou aquilo tinha relação com o próprio sofrimento?

Flavian riu e ouviu um som áspero.

– A p-paz seria a última c-coisa que ela encontraria a meu lado – disse ele. – É melhor aconselhá-la a recusar meu pedido, George.

– Mas ela já não recusou?

– Quando eu pedir de novo, quero dizer – explicou Flavian. – Com as rosas, ajoelhado e com um discurso todo floreado. Amanhã.

– Gosto dela – disse George. – E da Srta. Debbins. São desprovidas de afetação e levam vidas respeitáveis.

– É um destino terrível – disse Flavian. – Nascer mulher.

– Pode ser – concordou George. – Mas as mulheres tendem a se acomodar a algo e a algum lugar melhor do que nós. São mais propensas a aceitar sua sorte e fazer o melhor possível com o que têm. Estão menos propensas a perder tempo com hesitações, como acontece conosco. Ficamos nos indagando em que direção devemos ir, o que devemos fazer em seguida.

Nós, dissera George. E não *você*. Mas George não *hesitava*, certo? E quem não ficaria feliz em aceitar o destino de ser o duque de Stanbrook? Ou de ser o visconde de Ponsonby?

– Você a ama? – perguntou George. A mesma pergunta que fizera em relação a Velma.

– Amor. – Flavian deu uma risada breve. – O que é o amor, George? Não, não responda. Não estou t-tão estragado a ponto de não saber o que é o amor. Mas o que é o amor r-romântico? Essa história de estar apaixonado? Eu perdi a cabeça por amor certa vez, mas f-felizmente superei esse sentimento. Isso significa que na verdade eu não amava? *O amor não é amor que se altera q-quando encontra alterações.* Com todos os d--diabos, onde foi que ouvi isso? É de um poema? Citei de modo correto? Quem escreveu? Quando todos os palpites falham, escolha Shakespeare. Estou certo?

– Um de seus sonetos – disse George. – Não perguntei se estava *apaixonado* pela Sra. Keeping.

– Perguntou se eu a amo. – Flavian virou-se de costas para o lago e se dirigiu para a trilha que subia até a casa. A viscondessa a construíra no ano anterior, com um corrimão robusto que acompanhava todo o caminho, para que Vincent pudesse caminhar até o lago sozinho, sempre que quisesse.

– Amo lady Darleigh.

George riu baixinho.

– Seria difícil não amá-la – disse ele –, quando se vê tudo o que tem feito para facilitar a vida do nosso amado Vincent... e quando se vê como ela o fez feliz.

Flavian parou, com a mão no corrimão.

– Será que eu amo a Sra. Keeping o suficiente para f-facilitar sua vida? O suficiente para fazê-la feliz? Se for verdade, suponho que devo demonstrar tal amor deixando de pedir sua mão para todo o sempre.

– Flavian. – George pousou a mão no ombro dele e apertou com certa suavidade. – Você não destrói tudo e todos que você ama, sabe muito bem disso. Você nos ama... Ben e Hugo, Ralph e Vincent, Imogen e eu. Não destruiu nenhum de nós e nunca destruirá. Ao contrário, enriqueceu nossas vidas e nos fez amá-lo.

Flavian piscou rapidamente, ainda olhando para o outro lado.

– Mas não quero me casar com nenhum de vocês – disse ele.

George voltou a apertar seu ombro antes de retirar a mão.

– Eu diria não mesmo que me fizesse o pedido – respondeu.

Quando as pessoas dizem que choram até adormecer, com certeza mentem, pensou Agnes em algum momento por volta das duas horas da madrugada seguinte. Seu nariz estava tão entupido que ela precisava respirar pela boca; os olhos, vermelhos e inchados, os lábios, secos e rachados. Era um desastre. A última coisa que conseguiria fazer era dormir.

E estava cansada de si mesma.

Ou dizer sim para aquele homem horrível, pensava Agnes, enquanto contemplava sua imagem no espelho da penteadeira, na luz vacilante de uma única vela – ela lembrava alguma coisa que pairava sobre uma sepultura na véspera do Dia de Todos os Santos. Ou dizer sim – *se* ele viesse no dia seguinte e tornasse a fazer o pedido, o que estava longe de ser uma certeza – ou dizer não.

Parecia uma opção bem simples.

Afinal de contas, *o que* estava fazendo? Debulhando-se em lágrimas por um sujeito dissoluto e confuso? Mas os *dissolutos* não se precipitavam em fazer propostas de casamento a viúvas decadentes – pois bem, *em decadência*. E os dissolutos não caminhavam por aí de tarde com rostos pálidos e olheiras por falta de sono. Ah! Bem, sim, talvez tivessem esse costume. Mas *isso* não havia sido o motivo daquela palidez no dia anterior. Nem era a ansiedade por um pedido de casamento prestes a ser feito, de resposta incerta.

Ele pretendera pedir sua mão em casamento tanto quanto Agnes tinha vontade de subir na árvore mais próxima.

E por que ela estava chorando? Por que não conseguia dormir? Fungou sem conseguir um resultado satisfatório. Havia apenas uma cura – para a falta de sono e para o nariz entupido. Uma xícara de chá acalmaria o aperto em seu peito e ajudaria a desobstruir suas vias nasais. Seria reconfortante. Ajudaria a fazer com que ela voltasse a ser a pessoa que era.

Ficaria *muito* surpresa se *ele* estivesse desperto, no leito, derramando lágrimas por sua causa.

O que o fizera perder o sono na noite anterior e talvez na outra? Não havia sido ela, com certeza. Sentiu uma pontada de ciúme do objeto de suas atenções e então olhou para a própria imagem, cheia de desprezo por si mesma.

Não foi fácil reanimar o fogo na cozinha. Ainda mais difícil foi fazer aquilo, encher a chaleira, pegar uma xícara e um pires, tudo em silêncio. Tinha fechado a porta com firmeza, mas, como era inevitável, ela se abriu quando Agnes acabou de realizar todas as tarefas mais barulhentas.

Com um grosso xale enrolado sobre os ombros e a camisola, Dora entrou na cozinha e fechou a porta. Claro que era Dora. Nem um terremoto seria capaz de despertar a Sra. Henry depois que ela pegava no sono.

– Não consegui dormir – explicou Agnes enquanto se ocupava diante do fogo, como se a chaleira precisasse de incentivo para ferver a água. – Tentei não acordá-la.

– Não é a frustração com sua pintura que a tem deixado um tanto fora de si nos últimos tempos, é? – perguntou Dora, esticando o braço para alcançar outra xícara no armário da cozinha e verificando na chaleira se Agnes já havia posto as folhas de chá.

Agnes fungou e descobriu que conseguia respirar de novo, mas com uma narina apenas.

– Ele me pediu em casamento – disse ela. – Ou melhor, informou-me que o melhor para mim era me casar com ele.

Dora não perguntou *quem* havia feito o pedido.

– Sempre pensei – disse Dora, soando quase melancólica – que se alguém me pedisse em casamento, eu derramaria lágrimas de *alegria*. Mas as suas não são alegres, não é?

– Ele não falava a sério, Dora.

– Então é um homem muito tolo – disse a irmã –, pois você poderia ter aceitado. Presumo que tenha recusado.

– Como poderia aceitar, quando sei que ele não falava a sério? – perguntou Agnes.

A água começou a ferver. Dora preparou o chá e deixou que descansasse na chaleira.

– Mas teria aceitado se ele falasse a sério? – perguntou a irmã. – Você o *conhece*, Agnes, além de ter dançado com ele no baile da colheita e desaparecido em sua companhia por uns vinte minutos naquela noite do sarau? E na caminhada de hoje à tarde?

Dora havia percebido sua ausência na noite em que tinha tocado em Middlebury? Quem mais teria percebido? Todos, Agnes imaginou.

– Ele me encontrou certa manhã quando eu estava em Middlebury Park, pintando os narcisos amarelos – explicou Agnes. – Foi antes do sarau. E voltou a me encontrar ali em outro dia.

Serviu-se de chá. Não contou que ele a beijara. Dora ficaria chocada. Além do mais...

– Um cenário romântico – disse Dora. – Desenvolveu um fraco por ele, Agnes? É claro que sim. Caso contrário não estaria aqui embaixo a uma hora dessas, com o rosto assim.

Agnes voltou a fungar e então assoou o nariz. Quase conseguia respirar novamente.

– Sinto falta de William – disse ela.

Dora estendeu o braço e acariciou a mão da irmã.

– William era uma rocha de estabilidade – disse ela. – Mas, perdoe-me, por favor, ele estava longe de ser romântico, Agnes. Fiquei um pouco preocupada quando se casaram, pois sempre achei que você poderia encontrar alguém melhor. Ah, essa palavra foi muito mal escolhida. Mas sim, alguém *melhor*, de fato. Ninguém poderia ter sido melhor que William, Deus o abençoe, mas sempre achei que você era feita para a luz do sol, o riso e... ah, para o *romance*. Era minha irmãzinha querida e eu nutria a expectativa de me realizar acompanhando sua vida quando eu fosse reduzida à velhice. O visconde de Ponsonby tem um título, é bem-apessoado e é... qual é a palavra? Atraente. E misterioso. Faz pensar no que esconde por trás daquela sobrancelha impertinente. E... perigoso. Ou talvez seja apenas minha imaginação de solteirona que me faça vê-lo assim.

– Não – disse Agnes, colocando açúcar no chá. – Ele é perigoso. É uma ameaça à paz de espírito de qualquer uma que seja tola o bastante para se apaixonar por ele.

– E você se apaixonou – disse Dora.

– Eu me apaixonei – admitiu Agnes. – Mas não me casarei com ele. Seria tolice.

Dora suspirou.

– É verdade que não estou em posição de lhe dar conselhos, Agnes – disse ela. – Não tenho experiência. Absolutamente nenhuma. Quero que seja feliz. Amo você, sabe disso, mais do que qualquer outra pessoa no mundo.

– Não me faça voltar a chorar – disse Agnes, levando a xícara aos lábios e inalando o vapor.

O fato de Dora não ter experiência, de ser uma solteirona com 38 anos de idade, era, em parte, culpa de Agnes. Ou melhor, não era exatamente sua culpa, mas tinha relação com ela. No entanto, não podia pensar nisso naquele momento, ou voltaria a transbordar. Além do mais, nunca se sentia disposta a pensar na mãe e no que ela havia feito tantos anos atrás. Agnes e Dora nunca falavam no assunto.

– Venha! – Dora bebeu o chá ainda escaldante e pousou a xícara vazia no pires. Foi na frente até a sala de estar e dirigiu-se, resoluta, ao piano. – Deixe-me tocar para você.

Costumava fazer isso quando a pequena Agnes se recusava a dormir de tarde e ficava sonolenta e amuada. Dora sempre conseguira fazer com que a irmã dormisse ouvindo música.

Agnes sentou-se e encostou a cabeça numa das almofadas do sofá.

O que teria causado insônia ao visconde?

Por que subitamente havia pensado que a solução para o que o atormentava seria casar-se com ela?

Conhecia apenas a máscara de tédio zombeteiro que ele apresentava ao mundo – com pouquíssimos vislumbres do que escondia. Suspeitava de que existiam camadas e mais camadas a serem descobertas antes que alguém conseguisse se aproximar de sua alma. Alguém um dia conseguiria? Seria ele capaz de permitir que isso acontecesse, mesmo à mulher com quem se casasse?

E a mulher que fosse imprudente o bastante para explorar o que havia por trás da máscara? Não se perderia durante o processo?

Sentiu que estava prestes a adormecer e abriu os olhos para ouvir o final da peça que Dora tocava. Estava na hora de as duas irem para a cama. Céus, com que aparência ela estaria na manhã seguinte?

Faltava menos de uma semana para o fim da reunião anual – um pensamento melancólico. Vincent queria levar todo o grupo para uma excursão por suas fazendas depois do desjejum. Lady Harper ia junto para ver os cordeiros e outros filhotes. Lady Darleigh ficaria em casa para ter uma aula de piano com a Srta. Debbins e cuidar do bebê. Lady Trentham estava de cama, apesar de na noite anterior ter expressado entusiasmo pela visita às fazendas. Estava cochilando depois de uma crise de náusea.

Hugo anunciou o fato na mesa do desjejum com um ar meio sem graça e meio triunfante.

– É possível que ela passe algumas manhãs assim, por algum tempo – disse ele –, embora tenha sido capaz de resistir até hoje. Não que ela esteja doente ou algo parecido. Longe disso. Mas... pois bem.

Esfregou as mãos, olhou para os pratos do desjejum no aparador e então demonstrou que o apetite da esposa podia estar prejudicado, mas o dele *não estava.*

– Deve receber então congratulações, não é, Hugo? – perguntou George.

– Não ouviu isso de mim – disse Hugo, um tanto alarmado. – Gwendoline não quer que ninguém saiba. Não quer rebuliço. Nem constrangimento.

– Não ouvi nada – disse Ben. – Esses talheres são muito barulhentos, Vince. Impedem que se ouça a conversa à mesa e deixam a pessoa muito desinformada. *O que disse, Hugo*? Ou o que você *quase* disse?

– Também tinha reparado nos talheres – completou Imogen. – Mas acredito que não perdemos nada de grande importância.

Flavian não saiu com o grupo. Tinha cartas a escrever, informou aos amigos, antes de lembrar que já havia usado aquela desculpa uma vez. Meu Deus, iam achar que ele estava se transformando no maior correspondente do mundo.

Ficou sozinho, espreitando pela janela do salão para ter uma boa visão da estrada de acesso e observou quando a Srta. Debbins se dirigiu para a casa no que lhe pareceu ser o ritmo de uma lesma, embora ela caminhasse a uma velocidade respeitável. Assim que ela desapareceu nos degraus sob a janela, ele esperou por mais um momento até que ela atravessasse o saguão e fosse para a sala de música, e então desceu a escada, pegou o casaco, o chapéu e as luvas, que havia separado mais cedo, fez um sinal cordial com a cabeça para o lacaio de plantão, desceu os degraus e atravessou o jardim.

Era um daqueles dias de céu azul sem nuvens, de novo. Tinham sido afortunados com vários dias assim durante a estada. O vento era quase inexistente. As tulipas desabrochavam num frenesi de cores. Com toda a certeza, tinham se antecipado naquele ano. Não combinariam, porém, com a alma de Agnes Keeping. Eram disciplinadas e organizadas.

Organizadas.

Não havia escrito um discurso. Nem tinha planejado em sua cabeça o que dizer. Cada vez que tentava, seus pensamentos se dispersavam, assustados, e se mantinham longe, sem dúvida à procura de cantos que nem existiam ali.

Também não levava rosas. Não era a época de rosas. As tulipas não pareciam muito adequadas. E os jardineiros de Vince teriam olhado para ele com desaprovação caso tivesse marchado para os canteiros empunhando uma tesoura de jardim. E os narcisos, como sem dúvida ela o informaria, ficavam melhores florescendo na relva.

Assim, ele chegou à porta do chalé de mãos e de cabeça vazias.

Bateu à porta e pensou se ainda daria tempo de dar meia-volta e desaparecer. Era tarde demais. Uma mulher com um menininho a reboque e um grande cesto no braço livre passava do outro lado da rua. Ela o observava com curiosidade e executou uma reverência desajeitada quando percebeu que ele a olhava.

Ele dissera a ela que viria.

A porta se abriu e ele preparou um sorriso educado para a governanta. Mas quem estava ali, na entrada da casa, era a própria Sra. Keeping.

– Ah – disse ela, com as faces ganhando cor.

– Posso ter a esperança – perguntou ele, tirando o chapéu e fazendo uma saudação – de que basta me ver para que fique desprovida de um discurso coerente, Sra. Keeping?

– Dora foi à casa do visconde – disse ela –, e a Sra. Henry está no açougue.

– Então o território está livre para a entrada do lobo mau? – perguntou ele.

Ela olhou para ele com ar exasperado. Mas, pensando bem, aquela mulher não tinha nenhum senso de autopreservação, para, de imediato, informar que se encontrava sozinha em casa?

– Então não p-posso entrar – corrigiu-se ele. – Suas vizinhas sofreriam um desmaio coletivo, depois se recobrariam e s-sairiam correndo para compartilhar a notícia escandalosa com as vizinhas mais d-distantes. Pegue a capa e a touca e venha caminhar comigo. O dia está bonito demais para ser passado entre quatro paredes.

– Há algum momento em que o senhor faz perguntas em vez de declarações? – perguntou ela, franzindo a testa. Mas os ombros perderam a tensão depois que ele apenas ergueu uma sobrancelha. Ela suspirou. – Achei que soubesse que Dora estava em Middlebury.

– Eu sabia – admitiu ele. – O que não sabia era que sua governanta estava no açougue. Ela teria me informado que a s-senhora não se encontrava em casa?

A Sra. Keeping lhe lançou um olhar eloquente e balançou a cabeça, de leve, como se estivesse lidando com uma criança problemática.

– Vou pegar minhas coisas.

Não parecia que ela vinha esperando agitadíssima, prendendo a respiração, que ele aparecesse e renovasse seu discurso. Esperara que parecesse?

CAPÍTULO 9

Flavian falou sobre amenidades enquanto caminhavam pela rua e adentravam os portões de Middlebury. E Agnes estava disposta a fazer o mesmo. Era melhor que o silêncio, devia ter decidido.

Os dois, porém, ficaram em silêncio depois que ele a ajudou a sair da estrada para caminhar entre as árvores. Ele fez um trajeto diagonal, embora não houvesse como caminhar em linha reta no meio de um bosque. Chegaram perto do lago, como ele e George fizeram na véspera. Ela olhava para ele com curiosidade. Sem dúvida, esperava que caminhassem até a alameda de cedros e além, mais uma vez.

– Já foi até a ilha no meio do lago? – Ele fez um sinal com a cabeça apontando o local.

– Não, nunca.

Ele a levou até o abrigo de barcos.

Sentada no barco minutos depois, enquanto Flavian remava, Agnes olhou para a água e depois fitou-o direto nos olhos. Estava um tanto pálida, Flavian achou. As faces pareciam murchas, como se ela estivesse doente ou não tivesse dormido bem – o que era provável. Para alguém supostamente experiente, ele havia estragado o pedido do dia anterior de um modo abominável. Teria ajudado, supunha, se ele soubesse de antemão que faria aquela proposta.

Ele queria dizer algo. Parecia que *ela* queria dizer algo. Mas nenhum dos dois falou. Eram como um par de adolescentes tímidos que acabavam de descobrir que o sexo oposto tinha mais diferenças que apenas as roupas. Ela desviou o olhar para a ilha e ele olhou para trás, para garantir que não ia colidir contra o pequeno ancoradouro. Ocupou-se em prender o barco e ajudá-la a sair. Levou-a para olhar o interior do pequeno templo decorativo, como se aquela fosse apenas uma excursão corriqueira.

Era um belo santuário, com uma cadeira meticulosamente esculpida, um altar, um rosário e vitrais.

– Acredito que foi construído para a antiga viscondessa – disse a Sra. Keeping. – Ela era católica. Posso imaginá-la sentada sozinha neste lugar, em meditação tranquila.

– Com as contas do rosário piedosamente passando por entre seus dedos, presumo – disse ele. – Será que ela remava s-sozinha até aqui? Tenho minhas dúvidas. É mais provável que viesse na companhia de um lacaio forte e cheio de energia.

– Um amante, imagino. – Agnes riu baixinho enquanto passava por ele para sair dali. – E assim o senhor destrói a visão romântica deste lugar, lorde Ponsonby.

– Depende da sua definição de r-romance.

– É. Acho que sim. – Ela voltou a olhá-lo. – Onde estão os outros?

– Caminhando e andando a cavalo pelas f-fazendas – respondeu ele. – Lady Darleigh e lady Trentham estão em c-casa.

– Por que não foi com eles? – perguntou ela. – Suponho que tenha propriedades e fazendas. Com toda a certeza, deve se interessar pelo assunto. E são seus amigos, este é um momento especial. Por que não foi com eles?

– Eu d-desejava vê-la – disse ele. – E eu disse que voltaria.

Ela caminhou para trás do templo e ele a seguiu. Havia uma faixa de grama que descia até a água. Era um local completamente reservado. O templo o escondia da margem mais próxima da casa. Árvores que cresciam às margens do lago esparramavam-se ao redor, escondendo-os de olhares curiosos nos outros três lados.

Ela parou na metade do caminho gramado.

– Por quê?

Ele apoiou as costas na construção e cruzou os braços na altura do peito.

– Ontem lhe f-fiz o que deve ter sido o pedido de casamento mais incompetente da história – disse ele. – V-vim para corrigir.

– Por quê?

Todas as mulheres perguntavam "por que" quando um homem as pedia em casamento? Idiota que era, Flavian tinha caído numa armadilha provocada por ele mesmo, devido a sua incapacidade de falar antes. Naquele momento, seria difícil se pôr de joelhos, com a elegância pitoresca, e fazer algum discurso muito floreado, saído das profundezas vazias de sua mente. A grama deixaria manchas na calça, aliás.

E por que diabo ele *queria* se casar com ela? Tinha tido a noite inteira para pensar no assunto, mas seus pensamentos vagaram para todos os outros temas existentes no planeta, menos aquele. Acabou pegando no sono. Tinha tão pouca concentração assim antes de sofrer seus ferimentos? Era difícil lembrar. E teria sido sempre tão difícil lembrar?

Ele a fitou com os olhos semicerrados e ela aguardou a resposta, de sobrancelhas erguidas, mãos presas na altura da cintura. Parecia vibrante, saudável e... confiável.

Meu bom Deus! Era melhor não falar a ela daquelas duas últimas qualidades.

Ela parecia o fim de um arco-íris. Não – aquela era uma imagem horrenda. Agnes não tinha qualquer semelhança com um pote de ouro – que comparação mais crassa. Ridícula. Ela era como o sonho que todos sonham, algo que parecia estar, por pouco, fora do alcance, mas que talvez pudesse ser obtido desde que...

Xingou baixinho, jogou o chapéu na grama, mandou as luvas para o mesmo lugar e caminhou na direção dela. Segurou-a pelos antebraços e a puxou para junto de si.

– Por que eu desejaria me casar com a senhora, se não fosse para p-poder fazer isso e mais, sempre que tiver vontade, de noite ou de dia? – disse ele antes de beijá-la com força, com a boca aberta.

Esperava que ela o empurrasse para longe. Teria permitido que ela agisse assim. Ela *deveria* repeli-lo. Em vez disso, de algum modo, ela deslizou as mãos enluvadas entre os dois, segurou o rosto dele e tornou o beijo mais suave.

Ele afastou a cabeça um pouco, fechou os olhos e descansou a testa na dela, sob a aba da touca. Não poderia ter feito pior papel ou proferido pior insulto a ela, mesmo que tivesse essa intenção. Acabara de dizer que queria se casar pelo sexo e mais nada. Ele a agarrara e a beijara como um jovem excitado que nunca ouvira falar na palavra *finesse*.

– Vamos nos sentar – disse ela com um suspiro.

Soltou-o e sentou-se na grama antes de tirar as luvas e colocá-las a seu lado.

Ele sentou-se ao lado dela, envolveu os joelhos com os braços e fitou a água e depois as árvores do outro lado do lago.

– Lorde Ponsonby – disse ela –, o senhor nem me conhece.

– Então fale sobre a senhora – pediu ele.

– Ah, sabe dos fatos essenciais – disse ela –, e não há muito mais a acrescentar. Não tenho levado uma vida de grandes aventuras. Tanto meu pai quanto minha mãe vieram de boas e respeitáveis famílias, mas não há o mínimo vestígio de aristocracia entre nossos ancestrais. Somos pessoas comuns. Fui casada com William Keeping durante cinco anos.

– O velho tedioso – disse ele.

Ela se virou para ele, em fúria.

– Não o *conheceu*! – exclamou. – E eu não toleraria que ele fosse desrespeitado, mesmo se o tivesse conhecido. Sinto falta dele. Sinto uma falta terrível. Existe um vazio imenso *aqui dentro*. – Ela bateu no peito com uma das mãos.

– Peço perdão – disse ele.

Talvez *houvesse* alguma paixão, afinal de contas.

– A segunda esposa de meu pai morava na vizinhança – disse ela. – Viúva de seu grande amigo. Fiquei feliz e estou feliz pelos dois, embora tenha me sentido ansiosa o bastante para me casar e me mudar depois que celebraram sua união. Dora havia partido e nossa casa não parecia mais a mesma. Desde que vim para cá, me envolvo com a comunidade e com as atividades da igreja, sempre que acredito que posso ser útil. Leio, pinto, faço cerzidos e bordados. Tenho uma renda modesta, proveniente de meu falecido marido, que me permite viver. É o suficiente para minhas necessidades. Sophia... lady Darleigh... é minha amiga mais próxima, e não por causa de seu título grandioso, mas pela pessoa que *ela é*. Nunca fui ambiciosa. Continuo não sendo. A ideia de um possível casamento com um visconde não faz meu coração palpitar com esperança delirante. Estou perfeitamente feliz com a vida que levo.

Ele ficou satisfeito em ouvir aquela última frase.

– Acho que m-mente, Sra. Keeping – disse ele.

Ela pareceu brava.

– O senhor perguntou e eu respondi. Há muito pouco que contar. Mas ainda não me *conhece*, apesar de todas essas informações. Os fatos contam apenas uma pequena parte da história de uma pessoa.

– Não é c-completamente feliz – continuou ele. – Ninguém é, a não ser talvez por breves momentos. E admitiu certa vez que não se sente c-completamente satisfeita. T-talvez o casamento e a maternidade estejam no seu f-futuro, a senhora me disse, e sua voz parecia triste ao pronunciar essas palavras. Mas não sabia quem p-poderia pedir a sua mão, nesta região. *Eu* estou pedindo.

– Por quê? – Ela franziu a testa. – Poderia ter qualquer uma. Qualquer dama de posição e fortuna. E beleza.

– *A senhora é* bela – disse ele.

– Sim, eu sou. – Ela o surpreendeu ao dizer aquilo, levantando o queixo e ganhando cor nas faces. – Mas não de um jeito que possa atrair um homem do seu tipo, lorde Ponsonby.

Estava decidida a vê-lo como um libertino.

Ele sorriu e observou-a com ar de preguiça.

– Há uma r-resposta certa para a sua pergunta? – quis saber. – Se eu acertar, ganharei o prêmio?

Ela balançou a cabeça devagar.

– Eu seria louca se me casasse com o senhor.

– Por quê? – Era a vez dele. – É por mim que anda perdendo o sono?

– Não ando... – ela começou a falar, mas ele pôs a mão na sua nuca e avançou, decidido, para junto dela.

– Mentirosa.

Beijou-a e então ergueu a cabeça. Ela devolveu o olhar e não completou a frase interrompida. Ele desfez o laço sob o queixo dela e jogou a touca na grama, sobre as luvas que ela havia tirado.

E beijou-a de novo antes de desabotoar a própria casaca e então soltar a capa que ela vestia. Deslizou as mãos no calor que se escondia ali e puxou-a para junto dele, para dentro da casaca.

Às vezes, ele pensava, havia coisas mais eróticas do que a carne nua.

Ele colocou a língua em sua boca, segurou sua cabeça com uma das mãos, com firmeza, traçando círculos em volta de um de seus seios com a outra. Eram pequenos, firmes, empertigados sobre o espartilho. Não eram voluptuosos. Eram simplesmente... perfeitos.

Quando uma das mãos dela envolveu seu rosto, ele se afastou alguns centímetros. Os olhos de Agnes reluziam, com lágrimas.

– Quer q-que eu... – começou ele.

– Não – disse ela, com a boca aberta sobre a dele.

Estava na grama, deitada de costas, e ele, meio por cima, apoiando-se nos cotovelos, as mãos em seus seios, a boca sobre seu rosto, suas têmporas, seus olhos, suas orelhas. Voltou a encontrar seus lábios. Sua ereção pressionava o quadril dela.

Movimentou-se com mais liberdade sobre ela, passando as mãos nos contornos de seu corpo e por baixo, envolvendo suas nádegas. Aninhou-se entre as coxas dela. Apenas as camadas de tecido de suas vestimentas os separavam. Ele quis então a nudez. Quis explorar seu calor com a mão, quis introduzir-se, entrar com força. Queria que aquele corpo fosse seu.

E ele ficaria a salvo.

Era uma ideia estranha – e não era a primeira vez que passava por sua cabeça, como se fosse um objeto desconhecido.

A salvo.

A salvo de quem?

E de quê?

Encaixou o rosto no espaço entre o ombro e a cabeça de Agnes e esforçou-se para que seus batimentos cardíacos voltassem à normalidade.

– V-você me impediria? – perguntou ele, erguendo enfim a cabeça e olhando para ela. – T-teria me impedido?

Era provável que aquela fosse uma pergunta injusta. Mas ele não acreditava que ela o teria impedido.

Afastou-se dela e deitou-se a seu lado, com o dorso de uma das mãos cobrindo os olhos. Respirava tão profundamente, tão silenciosamente quanto era capaz, retomando o controle de seu corpo.

– Perdi minha v-virgindade quando tinha 16 anos – contou a ela. – Não pratiquei o celibato desde então, a não ser nos três anos que passei em P-Penderris Hall. Mas não c-creio ser um libertino. E *acredito* que qualquer voto solene realizado por v-vontade própria deve ser indissolúvel, inclusive os votos matrimoniais.

Ela sentou-se, abraçou os joelhos. Uma mecha de cabelo se soltara do coque e esvoaçava por trás de seu vestido, brilhosa e levemente ondulada. Ele ergueu a mão e passou os dedos nos fios. Eram macios e sedosos. Agnes mexeu os ombros, mas não se afastou dele.

– Acabei de acusá-lo de não me conhecer – disse ela. – Mas também não o conheço, não é? Parti de pressupostos, mas eles não são necessariamente verdadeiros. Mas *sei* que o senhor se esconde por trás de uma máscara de ironia.

– A pergunta, porém, é a seguinte, Sra. Keeping: *quer* m-me conhecer? Ou deseja permanecer aqui, em sua existência plácida e respeitável, não tão feliz mas também não inteiramente *infeliz*? Pode ser p-perigoso me conhecer melhor.

Agnes levantou-se e caminhou até a beira da água. Mas não foi o bastante. Seguiu a margem até ela dobrar à direita. Ficou parada, com o olhar perdido na margem leste do lago e nas árvores que a cobriam. Ele não a seguiu, e ela se sentiu grata por isso.

Ele havia se deitado sobre o corpo dela. Por um ou dois minutos, todo seu peso a tinha feito afundar na grama. Ele havia se colocado entre suas coxas. Ela o sentira...

Foram detidos apenas pelas roupas.

E ela o quisera. Não era apenas o querer de alguém apaixonado. Não era apenas vontade de beijá-lo. Ela o *quisera.*

Nunca se sentira assim em relação a William – o que fazia sentido, supunha, pois não tinha relações com ele com muita frequência. Uma vez por semana, como rotina, no primeiro ano de casada, mais ou menos, e então com intervalos cada vez maiores até que, por fim, nos últimos dois anos, nada havia acontecido. Nunca negara a ele seus direitos quando ele assim exigia, nem evitara aqueles encontros ou os considerara particularmente desagradáveis. Mas houve certo alívio quando cessaram, certa sensação de liberdade – a não ser pelo fato de que gostaria de ter um filho. A amizade e o afeto que existiam entre eles resistiram, porém, bem como um confortável sentimento de pertencimento. Ele costumava dizer com frequência quanto a estimava, e Agnes acreditava nele. Também o estimara, embora, se quisesse ser sincera, tivesse de admitir que só se casara porque a casa de seu pai deixara de parecer um lar com a partida de Dora e a chegada da madrasta, além da grande possibilidade de que a mãe e a irmã da nova esposa do pai também viessem a morar com eles – como de fato aconteceu.

Agnes quis o visconde de Ponsonby como nunca quisera o marido. Ainda sentia a palpitação do desejo físico em seus seios e na parte interna das coxas. E aquilo a amedrontava – ou, pelo menos, a perturbava, porque *medo* talvez fosse uma definição radical demais. Não, não era radical demais. Estava aterrorizada pela paixão, pela entrega inconsequente.

Seus pensamentos se dirigiram à própria mãe, mas ela os afastou com firmeza, como fazia sempre que ameaçavam se intrometer.

Continuou a percorrer a margem da ilha até ser capaz de ver a casa do outro lado do lago. Ele estava sentado no ancoradouro, perto do barco, a uma curta distância, um joelho erguido, um braço em volta dele, a imagem da descontração e do bem-estar – ou pelo menos era o que aparentava. Observava a aproximação dela.

Acredito que qualquer voto solene realizado por vontade própria deve ser indissolúvel, inclusive os votos matrimoniais.

Levando em conta que ela havia se apaixonado por ele no outono anterior e de novo naquela primavera, devia ter ficado louca de felicidade com o desejo dele de se casar com ela, em especial diante de tais palavras. Por que então não se sentia feliz? Por que hesitava?

Pode ser perigoso me conhecer melhor.

Sim, era o que ela sentia. Não que temesse o visconde do ponto de vista físico, apesar dos surtos violentos que ele admitia sofrer e da energia contida que ela espreitava sob aquela fachada que com frequência parecia sonolenta. Os acessos aconteceram numa época em que ele havia ficado encerrado dentro da própria cabeça, como resultado de ferimentos de guerra. Tal etapa já havia sido ultrapassada. Um ligeiro gaguejar, que às vezes piorava um pouco, não era o suficiente para frustrá-lo a ponto de torná-lo violento. Porém... ela temia o perigo que ele representava.

Representava a *paixão.* E era isso que ela temia mais do que qualquer outra coisa na vida. A violência vinha da paixão. A paixão matava. Talvez não liquidasse o corpo, mas, com certeza, matava o espírito e tudo o que era mais valioso na vida. A paixão matava o amor. Os dois sentimentos se excluíam mutuamente – uma estranha ironia. No entanto, não conseguia separar as duas coisas quando se tratava do visconde de Ponsonby. Sentia que não seria capaz de apenas amá-lo e de se manter intacta. Teria de se entregar e...

Não!

Ele se levantou quando Agnes se aproximou. Trazia a touca nas mãos. Ele a olhou nos olhos languidamente enquanto colocava a touca, com cuidado, sobre o cabelo dela. E ela permaneceu ali, como uma criança, com os braços junto ao corpo, enquanto ele amarrava um laço sob sua orelha esquerda. Ela o fitou nos olhos o tempo inteiro.

Você me impediria? Teria me impedido?

Não insistira em obter uma resposta, e ela não respondera – um ato de covardia de sua parte. Ela *teria* impedido? Estava quase certa de que não teria impedido. Seu coração foi tomado de decepção quando ele parou. E *por que* ele havia parado? Um libertino certamente não pararia.

Retiradas do bolso da casaca, as luvas de Agnes se materializaram em uma das mãos dele. Estendeu-a e então vestiu seus dedos. Fez o mesmo com a segunda. Ela abriu um meio sorriso.

– Você daria uma excelente aia para uma dama – disse ela.

Os olhos dele a contemplaram com intensidade, sob as pálpebras semicerradas.

– Com certeza – disse ele. – É apenas uma pequena prova dos serviços que eu poderia fornecer.

– Nunca poderia pagar por seus serviços – disse ela, e riu baixinho.

– Ah – disse ele –, mas meu pagamento não seria em dinheiro. Certamente *conseguiria* arcar com o pagamento que eu exigiria, em abundância. Em superabundância, madame.

Os joelhos de Agnes quase cederam. E, ao que parecia, não havia tanto ar naquele lado da ilha como havia no outro.

Os cantos da boca do visconde se ergueram naquele pequeno sorriso perverso que ele sabia dar. Ofereceu-lhe a mão para ajudá-la a entrar no barco.

Estavam na outra margem e ele a ajudava a desembarcar quando Agnes percebeu que Sophia e lady Trentham caminhavam em direção ao lago, vindas da casa. Sophia segurava o bebê, muito bem agasalhado por uma manta.

O que ela *pensaria*?

Não seria possível saber o que Sophia pensava, mas ela estava sorridente quando chamou os dois.

– Foram até a ilha? – perguntou ela. – Esta é uma manhã perfeita para ser aproveitada ao ar livre, não é?

Sophia olhou para Agnes com mais atenção conforme se aproximou, ao lado de lady Trentham. Flavian estava guardando o barco no abrigo.

Ah, se fosse possível controlar os rubores!

– Eu nunca havia ido até lá – disse Agnes. – O pequeno templo é mais bonito do que se imagina, não é? Os vitrais tornam a luz em seu interior bastante mágica. Talvez *mística* seja uma palavra mais apropriada.

– Sir Benedict remou até a ilha, levando Samantha e eu há umas duas semanas – disse lady Trentham. – Concordo com o que diz, Sra. Keeping. E aqueles vitrais me deram muitas ideias para *nossa* propriedade.

– Dora voltou para casa? – perguntou Agnes.

– Depois de me elogiar e me repreender em igual medida – riu Sophia. – Por algum milagre, toquei todas as notas da peça da semana passada de modo correto, mas o fiz com dedos de madeira. É a pior censura que sua irmã consegue fazer aos pupilos, Agnes, e é arrasador quando isso acontece. Mas eu mereci inteiramente tal censura. Não ando praticando de modo tão disciplinado quanto deveria.

Ergueu uma ponta da manta e sorriu para o rosto adormecido de seu filho.

– Dora não quis ficar nem para uma xícara de café – prosseguiu Sophia –, então Gwen e eu decidimos sair, também sem tomar café. O sol estava convidativo demais.

O visconde de Ponsonby retornou do abrigo de barcos e todos os olhares se voltaram para ele.

Ele e Agnes não haviam trocado nenhuma palavra durante a travessia. Ela não sabia se ele havia encerrado seus esforços ou se renovaria o pedido. Havia menos de uma semana pela frente...

Agnes teve uma súbita premonição de como se sentiria no dia em que todos os hóspedes deixassem Middlebury Park. Sentiu um nó no estômago, um peso que se afundava até a sola de seus sapatos, deixando em seu lugar a náusea e uma sensação parecida com o pânico.

Ele sorriu.

– Não estava com d-disposição para escrever cartas, afinal de contas – disse ele. – Estava tarde demais para p-partir com os outros e não vi mais ninguém na casa além de alguns l-lacaios, que não pareciam apreciar uma boa c-conversa. Então parti para o v-vilarejo para ver se a Sra. Keeping teria pena de mim. E ela teve.

– Venha para a casa e tome um café conosco – convidou Sophia, sorrindo para Agnes.

– Mas acabaram de sair – protestou Agnes.

– Não é bem assim – disse lady Trentham. – Caminhamos pelos jardins antes de vir para cá.

– Venha – insistiu Sophia.

Ser sociável era a última coisa que Agnes queria, mas nenhuma das alternativas a agradava. Dora teria voltado para casa e certamente ia querer saber por onde a irmã andava. E, mesmo se conseguisse escapar de Dora depois de uma breve explicação e retirar-se para seu quarto, ainda teria de lidar com os próprios pensamentos, e eles não seriam uma boa companhia por algum tempo.

– Obrigada – disse Agnes.

– E agora enfrento um dilema – brincou o visconde de Ponsonby. – Três d-damas e apenas dois braços para oferecer.

Sophia riu.

– Não sei como uma criança que ainda não completou dois meses pode pesar uma tonelada – disse ela –, mas é, com exatidão, o que Thomas *pesa*. Aqui está, meu senhor, pode carregá-lo até a casa e nós três encontraremos o caminho sem assistência.

Flavian pareceu alarmado de um modo quase cômico. Pegou o embrulho feito com a manta – Sophia não lhe deu escolha – e segurou-o como se estivesse apavorado com o risco de deixá-lo cair.

Lady Trentham deu o braço para Agnes e o visconde de Ponsonby olhou para o rosto do bebê.

– Pois bem, m-meu rapaz – disse ele –, quando as d-damas não querem nada conosco, nós, homens, nos unimos e falamos sobre cavalos e corridas ou lutas de boxe e... ora, coisas interessantes. Sim, você pode muito bem abrir seus olhos... azuis como os de seu p-papai, estou vendo. Vamos nos dar ao luxo de ter uma conversa franca, só n-nós dois, e seria falta de educação cochilar no m-meio.

Sophia voltou a rir e Agnes podia ter chorado. Com toda a certeza *nada* era tão tocante quanto ver um homem segurando um bebê e falando com ele de verdade. Mesmo quando não era *seu filho* e quando segurá-lo não tinha sido sua escolha. Era provável que ele preferisse estar em qualquer outro lugar da Terra que não ali, carregando o filho do amigo.

Flavian levou a criança aninhada em seus braços e cortou caminho pela grama, deixando a trilha para as três damas.

– Agnes – disse Sophia em voz baixa –, ele tem uma queda por você? Se for verdade, que homem sensato ele é.

– Tenho uma queda por ele, devo confessar – contou lady Trentham. – Mas, para falar a verdade, tenho uma queda por *todos* eles. Hugo tem tanta estima por cada um, e todos passaram por sofrimentos terríveis. É impossível não se encantar.

Agnes ficou pensando no modo de mancar de lady Trentham, que não parecia ser algo temporário. O devaneio manteve sua mente afastada dos eventos daquela manhã. Ou quase.

Ele ainda queria se casar com ela – talvez.

Ele voltara a beijá-la. E mais do que beijá-la.

Mas não expressara uma vez sequer que sentia qualquer estima por ela. Apenas o desejo de *levá-la para a cama*, usando a linguagem dele.

– Ainda não vi nenhuma de suas pinturas, Sra. Keeping – disse lady Trentham –, apesar de já estarmos aqui por mais de duas semanas. *Posso* vê-las se passar pelo vilarejo algum dia antes de partirmos? Sophia diz que a senhora é muito talentosa.

Flavian havia alcançado a casa antes delas e estava sentado num dos degraus diante da porta principal, com o bebê no colo, a cabeça para fora da manta, apoiado em uma de suas mãos. Ainda conversava com ele.

Agnes engoliu em seco e esperava ter abafado o som das lágrimas não derramadas que haviam ficado presas em sua garganta.

CAPÍTULO 10

Agnes sentou-se na sala matinal com as damas durante meia hora, apreciando o café e a conversa. O visconde de Ponsonby levara o bebê para o quarto, garantindo a Sophia que sabia o caminho e que não abandonaria o jovem Thomas até que ele estivesse em segurança sob os cuidados de sua ama.

Agnes achou que ele não se juntaria a elas, mas foi o que fez, quando ela já se preparava para sair.

– Ah, bem a tempo – disse ele. – Devo acompanhá-la até sua casa, Sra. Keeping.

– Não há nenhuma necessidade – garantiu ela. – Faço o caminho entre minha casa e Middlebury o tempo todo, para visitar Sophia, e nunca me ocorreu trazer uma criada ou outro acompanhante.

Ela precisava ficar sozinha para pensar.

– E se um l-lobo sair do bosque e atacá-la? Com toda a certeza, é preciso que haja alguém a seu lado para l-lutar com o animal, enfrentá-lo com as próprias mãos. Alguém como eu, na verdade.

Lady Trentham riu.

– É o que eu chamo de um verdadeiro herói – disse ela, batendo a mão no peito de um modo teatral.

– E os bosques estão cheios de lobos – acrescentou Sophia. – Para não falar dos javalis selvagens.

Agnes olhou com desaprovação para as duas damas, e Sophia inclinou a cabeça ligeiramente, observando-a com atenção mais uma vez.

O visconde de Ponsonby a acompanhou. Com determinação, ela manteve as mãos atrás do corpo assim que deixaram a casa enquanto ele caminhava a uma pequena distância a seu lado. Durante quase todo o trajeto ele conversou de modo agradável sobre uma série de assuntos inconsequentes.

– Sem lobos – disse ele quando se aproximaram dos portões – nem j-javalis selvagens, eu lamento. Como é possível esperar que um homem impressione sua d-dama nesta época civilizada quando ele não pode nem realizar um g-grandioso feito de heroísmo para arrancá-la do p-perigo mortal e arrebatar seu corpo sem sentidos em seus braços fortes e protetores?

Sua dama?

Tinha parado de caminhar – estavam praticamente no mesmo lugar em que escolhera informá-la, no dia anterior, de que era melhor que se casasse com ele.

Agnes sorriu.

– Gostaria de ser um cavaleiro numa armadura brilhante? – perguntou a ele. – Gostaria de ser esse clichê de masculinidade valorosa?

E então ocorreu-lhe que ele provavelmente ficaria irresistível vestido com o uniforme de oficial, com a casaca escarlate, calça branca, a faixa vermelha e a espada balançando a seu lado.

– Não s-sonha ser uma donzela em perigo? – Ele ergueu uma sobrancelha. – Que estraga-prazeres, Sra. Keeping.

– Um homem não precisa matar dragões para ser um herói – informou ela.

– Nem lobos? Ou javalis? Então o que precisa fazer?

Ela não sabia responder. O que tornava um homem um *herói*?

– Partir? – sugeriu ele, com suavidade, como se respondesse à própria pergunta. – É isso que deve fazer?

Ela franziu a testa rapidamente, mas não disse nada.

O silêncio pairou entre os dois por um momento, até que ele segurou o antebraço dela com firmeza e afastou-a da estrada de acesso, levando-a para dentro do bosque alguns passos antes de encostá-la num grande tronco e apoiar as mãos na casca da árvore, dos dois lados da cabeça dela. Poucos centímetros separavam seus rostos.

– Vi algo encantador – disse ele. – Num salão de baile e numa campina de narcisos amarelos. E fiquei obcecado... pela ideia de levá-la para a cama, presumi. É o que se *presume* quando se encontra uma mulher encantadora. Mas não me deitei com você, embora o desejo esteja presente em nós dois e a oportunidade tenha se apresentado em m-mais de uma ocasião. Estou em território desconhecido, Agnes Keeping, e você precisa me ajudar. Ou não. Não poderia lhe ordenar que me ajude. Quero que faça parte da minha vida e só existe um modo para que isso p-possa acontecer, posto que não é o tipo de mulher para quem se oferece qualquer outra espécie de arranjo, e mesmo se fosse, eu não proporia. Em vez disso p-proponho casamento, com um título, uma residência ancestral, propriedades, mais uma casa em Londres, riqueza, p-posição social, segurança pelo resto da vida. Sei que essas questões m-materiais não significam nada para você, mas não tenho mais a lhe oferecer, a não ser paixão. Isso eu posso lhe dar. Posso fazer com que se sinta viva como nunca se sentiu antes. Posso lhe dar f-filhos, ou pelo menos suponho que eu posso. E, apesar de tudo isso... apesar de tudo, você seria muito sensata se r-recusasse meu pedido. Sou p-perigosamente instável. Devo ser. Faz pouco tempo que disse a você que nunca pediria ninguém em casamento e no entanto agora estou aqui pedindo sua mão, e nem sei como pude dizer aquilo que falei então, e ao mesmo tempo querer dizer o que digo agora. Não teria uma vida fácil a meu lado, Agnes.

– Também não teria uma vida fácil comigo – disse ela, com lábios que pareciam tensos demais para obedecer à sua vontade. – Não posso lhe dar o que deseja, meu senhor. E não posso me dar aquilo que *eu desejo*. O senhor quer alguém a quem possa arrebatar numa grande onda de paixão para conseguir esquecer, para conseguir ignorar tudo que ainda precisa ser resolvido em sua vida, seja lá o que for. Eu preciso de alguém que seja tranquilo, estável, confiável.

– Para que *você* consiga ignorar tudo que precisa ser resolvido em *sua vida*? – perguntou ele. – Seja lá o que for?

Agnes umedeceu os lábios, subitamente secos.

Ele a contemplou, os olhos muito verdes na dupla sombra da árvore e da aba de seu chapéu.

– Está errada sobre mim – disse ele –, e está errada sobre si mesma. Não diga n-não. Se não consegue dizer sim, pelo menos não diga não. É uma palavra tão definitiva. Uma vez dita, não pode ser discutida, sob pena de parecer intimidação. Depois que eu partir, não v-voltarei. Ficará livre de mim para s-sempre. Mas ainda não parti. Diga não quando eu estiver de partida, se for preciso, mas não antes. Promete?

Não queria dizer não. Desesperadamente, não queria dizer não. Mas também não conseguia dizer sim. Como a resposta a uma pergunta tão simples não podia ser nem sim nem não?

Depois que eu partir, não voltarei. Ficará livre de mim para sempre.

Para sempre, de repente, pareceu a ela um tempo longuíssimo. Agnes sentiu o pânico crescer dentro dela.

– Prometo – sussurrou.

Ele deixou as mãos caírem ao lado do corpo, afastou-se dela por um momento e em seguida virou-se para lhe oferecer o braço. Levou-a de volta à estrada de acesso e os dois caminharam em silêncio até o chalé.

Dora estava arrancando ervas daninhas de um dos canteiros de flores.

O visconde de Ponsonby assumiu no mesmo instante seu comportamento mais encantador. Cumprimentou-a pelo jardim e agradeceu-lhe profusamente por tornar lorde Darleigh suportável de ser ouvido quando tocava violino ou harpa.

– Amo os animais, Srta. Debbins – explicou ele. – Partiria meu c-coração ouvir Tab e todos os gatos da vizinhança uivando de dor.

Não demorou nada para que Dora começasse a rir. E, quando ele se despediu, curvou-se com elegância para as duas e saiu saltitante, como se nunca tivesse se ocupado de um único pensamento sério em toda a vida.

Dora olhou para Agnes com as sobrancelhas erguidas.

– Ele ficou para trás quando o visconde de Darleigh levou os outros para uma visita às fazendas, essa manhã – explicou Agnes –, a fim de escrever algumas cartas. Mas então sentiu-se entediado e veio até aqui para me persuadir a caminhar com ele.

– E? – perguntou Dora.

– Ele me levou de barco até a ilha no centro do lago de Middlebury Park – contou Agnes. – O templo é lindo por dentro, Dora. Eu não fazia ideia. Há um vitral voltado para o sul que recebe toda a luz e a dispersa como um caleidoscópio de cores. E então, quando voltávamos do lago, Sophia estava caminhando com lady Trentham e convidou-me para tomar um café. Disse que você não tinha aceitado.

– As ervas me esperavam – disse Dora. – Ele fez o pedido de novo, Agnes?

– Ficarão aqui por menos de uma semana – disse Agnes. – Ele me disse que, quando partir, não voltará. Nunca mais. Mas nunca é muito tempo e o visconde de Darleigh é *amigo* dele.

– Ele voltou a pedir – disse Dora em voz baixa, respondendo à própria pergunta. Começou a juntar os apetrechos de jardinagem. – Por que hesita,

Agnes? Está apaixonada por ele e seria um casamento extremamente vantajoso para você. E para ele.

– Eu teria de deixá-la – disse Agnes.

Dora olhou para trás.

– Sou bem grandinha – disse ela. – E fiquei sozinha por aqui durante vários anos antes da sua chegada. *Por que* hesita? Tem alguma relação com nossa mãe?

Pela segunda vez no dia, os joelhos de Agnes quase cederam. *Nunca* falavam sobre a mãe.

– Claro que não – disse ela. – Que relação poderia ter?

Dora continuou a olhá-la sem se virar totalmente para encará-la.

– Não deve me levar em consideração, Agnes – disse ela. – Escolhi meu caminho na vida. É a *minha* vida. Fiz com ela o que quis fazer e estou feliz assim. Era feliz antes da sua chegada. Tenho sido feliz desde que chegou e serei feliz se escolher partir. Você tem a *sua* vida para viver. Não pode viver a minha... e não precisa viver a vida de mamãe. Se o ama...

Mas Dora parou sem concluir o pensamento, balançou a cabeça e voltou a fazer o que estava fazendo antes. Agnes suspeitou de que havia lágrimas em seus olhos.

– Eu devia ter voltado para cá em vez de tomar café – disse Agnes. – Não deixou nenhuma erva para mim.

– Ah, olhe de novo amanhã – disse Dora –, ou mesmo hoje à tarde. Uma coisa que nunca falta neste mundo são ervas daninhas.

Naquela noite, foi a vez de Imogen. Não acontecia com frequência. Ela costumava ter sempre um ótimo controle de seus pensamentos e de suas emoções. Ou quase sempre. Quem não a conhecesse tão bem quanto seus amigos Sobreviventes poderia presumir que a frieza de sua fachada de mármore se estendia a seu coração. E, mesmo para os Sobreviventes, ela não revelava muito de si naqueles dias, a não ser a estima eterna pelos seis e uma disposição constante para apoiá-los de todas as formas possíveis. Seria fácil imaginar que Imogen estivesse curada, mas nenhum deles cometeria tal erro. De todas as feridas, as de Imogen eram as mais profundas e era improvável que ela algum dia conseguisse superá-las. Jamais.

– Espero que eu não tenha feito papel de idiota hoje de manhã.

– Todos presumiram que você tinha passeado demais e passado muito tempo em pé, Imogen – garantiu Hugo. – Todos adoram ajudar uma dama frágil.

– Que imagem terrível – disse ela, mas parecia aliviada.

Aparentemente, quando pararam na cabana do encarregado da caça naquela manhã para ouvir o relato do administrador da propriedade sobre alguma coisa, Imogen havia desabado no chão como uma trouxa inerte, e várias pessoas saíram correndo à procura de uma cadeira e de um copo d'água enquanto Hugo a recolhia em seus braços e Ralph abanava seu rosto com um grande lenço.

– A porta da cabana estava escancarada – explicou ela. – Qualquer um poderia ter entrado. As crianças...

– Mas o guarda-caça estava bem ali – salientou Ben.

– E ele sempre mantém a porta trancada quando se ausenta – acrescentou Vincent. – Uma tranca fica no alto, totalmente fora do alcance de qualquer criança. Tenho um rigoroso cuidado com a segurança. Todos sabem.

– Eu sei, Vincent – disse Imogen. – Sinto muito. *Sei* que seus empregados não são descuidados. Juro que não entendo o que aconteceu comigo. Vejo armas o tempo inteiro. Obriguei-me a vê-las. Cheguei mesmo a sair para atirar. George já me levou três vezes, e uma dessas vezes eu mesma disparei.

Ela estremeceu e cobriu o rosto com as mãos.

– Mas, quando olhei para todas aquelas armas hoje de manhã – prosseguiu –, de repente, vi todas apontadas para o meu rosto sem que houvesse ninguém por trás. Estavam apenas esperando por mim para fazer a mira, preparar e atirar.

Imogen respirava com dificuldade, e Flavian foi até ela, apoiando seu pescoço com uma das mãos, enquanto Vincent, sentado a seu lado, procurou pelo joelho da amiga e deu batidinhas carinhosas.

– Será que *nunca* vou conseguir esquecer? – perguntou ela. – *Nenhum de nós* jamais esquecerá?

– Não, não esqueceremos – disse George com naturalidade, em uma voz bastante tranquila. – Mas você também nunca esquecerá que ele a amou, Imogen.

– Dicky? – disse ela. – Sim, ele me amou.

– Nem que você o amou.

– Amei? – Ela baixou a cabeça e Flavian massageou seus ombros com as duas mãos, com leveza, enquanto Vincent acariciava seu joelho. – Escolhi uma forma estranha de demonstrar esse amor.

– Não – discordou Vincent. – Foi a *melhor* forma que alguém poderia ter escolhido para demonstrar amor, Imogen.

Ela soltou um som abafado, mas logo se recuperou, abaixou as mãos e pareceu tão calma como sempre.

Não, nenhum deles esqueceria.

Ele nunca esqueceria, pensou Flavian – o que era uma ideia estranha, levando em conta que ele suspeitava de que havia todo tipo de coisa da qual ele não se lembrava. Mas nunca esqueceria *uma* coisa. Uma coisa, duas pessoas.

Seria capaz de perdoar um dia?

– Vou viajar ao amanhecer – disse ele, de modo abrupto. – Devo me ausentar por alguns dias, mas v-voltarei.

Todos olharam para ele com surpresa. Flavian vinha pensando naquilo durante a tarde inteira, mas não tinha tomado uma decisão definitiva até aquele exato momento.

Naqueles dias, sua vida inteira parecia ser governada por impulsos repentinos.

– Ausentar-se por *alguns dias*, Flave? – perguntou Vincent. – Justo na nossa última semana juntos?

– Preciso resolver uma questão urgente – disse ele. – Mas voltarei.

Continuaram a olhá-lo – até Vincent, cujos olhos cegos se desviavam de Flavian por uma questão de centímetros. Mas ninguém fez a pergunta óbvia. Nenhum deles faria, claro. Não se intrometeriam. E ele não lhes ofereceu a resposta.

– Se vai longe, Flave – ofereceu Ralph –, leve o meu cabriolé. Apenas se assegure de deixar meus cavalos no estábulo de uma estalagem decente. Poderá pegá-los no caminho de volta.

– Vou a Londres – informou Flavian. – E obrigado, Ralph. Assim o farei.

– Se pretende partir quando o galo cantar – disse George –, é melhor que nos recolhamos. Já passou da meia-noite há muito tempo.

Mas ainda não parti. Diga não quando eu estiver de partida, se for preciso, mas não antes. Promete?

E Agnes prometera. Tinha sido uma promessa facílima de manter. Como poderia dizer não – ou mesmo sim –, quando não havia uma oportunidade? Durante quatro longos dias ela não pusera os olhos no visconde de Ponsonby nenhuma vez, e a visita já estava quase no fim. Depois que partisse, ele não voltaria. Nunca mais. Fora o que lhe dissera.

Pois bem, ele já poderia estar longe dali e ela, por seu lado, poderia perfeitamente começar a superar sua perda.

Se não fosse uma dama com longa prática do autocontrole, com certeza já teria começado a atirar coisas, de preferências coisas que se espatifassem, pensava Agnes enquanto os dias se arrastavam.

Ela e Dora faziam parte do grupo da igreja que se reveza para visitar os doentes da região, e aquela era a semana delas. Não que ignorassem vizinhos adoecidos ou idosos em outras ocasiões, mas, naquela semana, visitá-los era sua responsabilidade oficial. Dora levava a pequena harpa consigo para onde quer que fossem, a fim de fornecer um pouco de música reconfortante – e, de vez em quando, uma música animada para divertir as crianças ou fazer com que pés idosos batessem no chão acompanhando o ritmo. Agnes, por sua vez, levava esboços de flores selvagens que pintava especialmente para a ocasião, colocava-os sobre aparadores ou mesas próximas de pessoas doentes e os deixava como um presente.

Estava feliz por ter com que se distrair. As visitas ajudavam a passar os dias e impediam que esperasse por uma batida na porta a cada momento. Aguardava com ansiedade, com fervor, a hora em que poderia parar de contar os dias, atar novamente os fios da sua vida e voltar a ficar em paz.

Ela suspeitava, porém, que a paz não viria com tanta facilidade depois que a esperança partisse. Estremecia ao pensar que sentia *esperança*.

No quinto dia, lady Harper apareceu para uma visita com lady Trentham, assim que Agnes e Dora voltaram para casa. Lady Trentham tinha ido implorar para ver as pinturas de Agnes. As duas damas tratavam as irmãs com atenção lisonjeira e muita apreciação, embora não tivessem sido convencidas a ficar para o chá. Estavam incumbidas de uma tarefa, a pedido de Sophia, e ainda precisavam fazer mais uma visita, ao Sr. e à Sra. Harrison. Já tinham passado na casa paroquial. Sophia esperava que alguns de seus amigos e do visconde de Darleigh fizessem uma visita naquela noite para jogos de carta, conversas e aperitivos.

– Digam que virão – disse lady Trentham olhando para Dora e depois para Agnes. – Ficaremos em Middlebury Park por apenas mais um dia. Como o tempo voou! Foi ótimo, não foi, Samantha?

– Foi pura alegria – disse lady Harper – observar amizades tão próximas como as de nossos maridos com os outros seis. Desejaria, porém, que o visconde de Ponsonby não tivesse partido.

Agnes sentiu o coração e o estômago despencarem na direção de seus sapatos, e parecia que os dois haviam colidido na descida.

– Ele já se foi? – perguntou Dora.

– Ah, garantiu aos outros que voltaria – disse lady Harper. – Mas eles sentem sua falta. E não deu explicações, aquele miserável.

Os olhos de lady Trentham estavam pousados em Agnes.

– Tenho certeza de que ele *retornará*, se foi o que garantiu – disse ela. – Além do mais, ele levou o cabriolé e dois cavalos do conde de Berwick, e se sentirá obrigado a devolvê-los. Virão esta noite? Srta. Debbins? Sra. Keeping? Fomos encarregadas de lhes dizer que nenhuma resposta negativa seria aceitável e que a carruagem será enviada para pegá-las às sete.

– Nesse caso, devemos ser generosas e dizer que sim – falou Dora, rindo. – Não há necessidade de mandar a carruagem. Ficaremos felizes em ir a pé.

Lady Harper riu.

– Fomos informadas de que diria exatamente essas palavras, e recebemos a resposta do próprio lorde Darleigh. Deveríamos informá-las de que a carruagem estará aqui de qualquer modo, caso queiram caminhar ao lado dela ou viajar dentro dela.

– Muito bem. Ficaríamos parecendo um tanto tolas caminhando ao lado da carruagem, imagino eu. – Dora voltou a rir.

Partiu. Sem dizer uma palavra.

Dissera que retornaria e parecia inevitável que retornasse, pois estava com um transporte emprestado. Mas sobrava apenas um dia de visita.

Depois que ela e Dora se despediram das damas, Agnes se virou e subiu a escada quase correndo a fim de retirar-se para seu quarto. Não queria falar no assunto. Não queria falar de forma alguma. Nunca mais. Queria se esconder sob as cobertas, encolher-se e ficar ali até o fim de seus dias.

E ela pensou, vislumbrando sua imagem no espelho da penteadeira e fazendo uma pausa para acenar para si mesma com algum desgosto, *isso* é uma bela forma de se comportar aos 26 anos. Uma viúva educada, equilibrada e sábia o bastante para recusar um pedido de casamento vantajoso porque ele só poderia levar a uma infelicidade duradoura.

Mas *isso* não era infelicidade?

Além do mais, ela não recusara, não era verdade? Tinha prometido não recusar até que ele partisse.

E ele *partira*. Embora houvesse dito que dessa vez não voltaria. Parecia tão *típico* do visconde de Ponsonby. Ela devia ser uma tola...

Mas pelo menos poderia se preparar para a noite sem palpitações no coração. Ele não estaria lá. Ela ocuparia sua mente com nada mais perturbador do que a questão de extrema importância que era escolher entre seus três vestidos de noite. Com certeza não usaria o verde. O azul ou o lilás, então. Mas qual dos dois?

Fez uma cara feia para a própria imagem no espelho e se afastou.

CAPÍTULO 11

Há um grau de cansaço em que a exaustão consome o indivíduo até os ossos e que passa longe da sensação de sonolência.

Flavian havia chegado a esse ponto quando atravessou o vilarejo de Inglebrook no meio da noite. Não havia luz no chalé. Já deviam estar na cama. Não conseguia se lembrar da última vez que havia dormido, embora tivesse arranjado um quarto na mesma estalagem na ida e na volta e, com certeza, se deitara na cama nas duas ocasiões. Lembrava-se de ter tirado as botas e de desejar ter trazido o valete.

Deveria conduzir os cavalos até o estábulo, deixar seu cabriolé, ou melhor, o cabriolé de Ralph sob os cuidados dos cavalariços de Vince, ir para o quarto e desabar na cama sem chamar o valete, que provavelmente ainda deveria estar de mau humor diante da inesperada folga de cinco dias que havia recebido.

Havia luzes brilhando nas janelas do salão principal, ele percebeu enquanto se aproximava da casa. Não era surpreendente, claro. Não era *tão* tarde assim, apesar de já ter escurecido.

Havia duas charretes desconhecidas do lado de fora do estábulo. Ah, visitantes. Mais uma razão para ir direto para a cama. Teria de trocar de roupa, lavar-se e barbear-se até mesmo para aparecer diante dos amigos e de suas esposas, claro, mas seria necessário um esforço maior para os visitantes. E teria de sorrir e ser sociável. Não tinha certeza de que *conseguiria* sorrir. Parecia um esforço grande demais.

No entanto, era possível que também não conseguisse dormir, suspeitava. Sentia-se enrolado como o pião de uma criança. E quanto mais perto chegava de Middlebury, mais louca parecia toda aquela missão. Que diabo o possuíra? Mas já era tarde demais para ponderações. Tinha partido e voltado e, se havia desperdiçado seu tempo, não havia nada que pudesse fazer naquele momento.

Fez um sinal para o lacaio de plantão no saguão e instruiu-o a procurar seu valete. Talvez banhar-se, barbear-se e exercitar um pouco de sociabilidade o deixassem suficientemente cansado para que conseguisse dormir naquela noite.

Quem seriam os visitantes?

Descobriu meia hora depois quando apareceu no salão, com o monóculo na mão. Vincent estava sentado perto do fogo com Imogen e Harrison, seu grande amigo. George estava de pé ao lado da lareira com um dos cotovelos apoiado na cornija. A esposa de Harrison encontrava-se em uma das mesas de jogos, assim como o vigário. A mulher do sacerdote e a Srta. Debbins estavam em outra. Ben, sua esposa, Ralph e lady Trentham completavam as duas mesas. Lady Darleigh levava duas bebidas para a mesa do vigário. Hugo mantinha-se de pé, atrás da cadeira da esposa, mas conversava com a Sra. Keeping, a seu lado.

Ela usava um vestido muito simples, quase austero, azul, um modelo que nunca tinha sido nem remotamente elegante. O cabelo fora domado de forma impiedosa, sem nenhuma mecha solta por acidente ou com a intenção de provocar a imaginação.

Parecia absolutamente deliciosa.

Apesar do pouco tempo que passara em Londres, ele com certeza olhara as damas de uma forma bastante deliberada. Havia algumas verdadeiras beldades, e outras que conseguiam *parecer* belas, ou pelo menos atraentes, graças ao que vestiam e à forma como o vestiam. Não encontrara qualquer encanto em nenhuma delas.

Aquilo era muito alarmante.

Os olhares dos dois se encontraram por um segundo quando lady Darleigh percebeu que ele estava ali, o que ocorreu no mesmo momento em que George e Imogen também o viram.

– Flavian!

– Lorde Ponsonby.

– Está de volta, Flavian – disse Imogen, dirigindo-se a ele com as mãos estendidas.

Ela virou o rosto para um beijo enquanto ele deixou o monóculo pender em sua fita e segurou suas mãos.

– T-tinha que devolver o cabriolé e os cavalos de Ralph – disse ele –, senão ele ficaria r-ressentido pelos próximos dez anos, mais ou menos. Ele é s-sensível assim.

– Eu teria levado sua carruagem, Flave – disse Ralph, levantando os olhos do baralho. – Nenhum assento de carruagem tem o direito de ser tão extravagante e confortável.

– Deixem-me trazer algo para beber e comer – falou lady Darleigh, depois que todos saudaram Flavian, com uma ou duas exceções. – Está com frio? Aproxime-se do fogo.

Flavian foi apertar o ombro de Vincent e dizer como era bom estar de volta entre amigos. Trocou algumas palavras com George e Harrison, falou com Hugo por um ou dois minutos, então postou-se ao lado da Sra. Keeping, que tinha se movido para uma posição que lhe permitia olhar com tanta atenção por cima do ombro da irmã, que parecia que era *ela* que estava na mesa jogando cartas.

Ela fingiu não reparar na presença dele. Poderia ter sido um desempenho convincente se cada músculo de seu corpo não tivesse se contraído de modo visível diante da aproximação de Flavian.

– Não está nada frio aqui – observou ele sem se dirigir especificamente a ninguém, embora todos exceto uma determinada pessoa próxima a ele estivessem envolvidos no jogo. – Na verdade, está muito abafado. Estou quase assando de tanto c-calor.

Ninguém concordou nem discordou.

– Embora a escuridão já tenha chegado – continuou –, e ainda seja apenas março, não é uma noite fria, não há nem um sopro de v-vento. Está perfeito para uma volta pelo terraço, de fato, d-desde que se use uma boa capa.

Foi a Srta. Debbins que respondeu. Olhou para trás, primeiro para ele e depois para a irmã.

– Pegue a minha capa, Agnes – disse ela. – É mais quente que a sua.

E voltou a atenção para as cartas.

Agnes não teve qualquer reação por um momento. Depois, virou-se para olhá-lo.

– Muito bem – disse ela. – Por alguns minutos. *Está mesmo* quente aqui.

E virou-se de novo, para sair antes dele do aposento. Flavian precisou movimentar-se com astúcia a fim de conseguir abrir a porta para ela.

E lá estava ele. Mais uma vez agindo por puro impulso antes de ter se preparado adequadamente, ou de criar um discurso bonito, ou de colher botões de rosa ou seu equivalente no mês de março. E com a mente confusa pela falta de sono. Será que um dia aprenderia?

Suspeitava que a resposta fosse negativa.

Agnes pediu ao lacaio no saguão que pegasse a capa de sua irmã. Enquanto o criado cuidava do assunto, ela e Flavian ficaram lado a lado, sem se tocar, sem se olhar. Ele tomou a capa da mão do lacaio e colocou-a sobre os ombros de Agnes, mas, antes que pudesse tocar nos fechos, ela mesma abotoou com firmeza.

O lacaio saíra antes deles e segurava a porta aberta.

Flavian esperava que os Sobreviventes, suas esposas e todos os convidados não estivessem amontoados nas janelas do salão, olhando para os dois. Poderia ser dia claro. A lua estava quase cheia, e todas as estrelas existentes reluziam e piscavam no céu limpo.

Felizmente, ninguém bisbilhotaria de uma janela. Eram bem-educados demais. Mas ele apostaria que não havia um único entre eles que não tivesse reparado na situação e tirado as próprias conclusões.

A Sra. Keeping manteve as mãos dentro da capa, muito decidida, enquanto ele indicou o terraço que ladeava a ala leste da casa.

Tudo o que Agnes foi capaz de pensar quando ele entrou no salão parecendo perfeito e perfeitamente encantador foi que deveria ter escolhido o vestido lilás. Entre um e outro, preferia o azul, mas era mais sério do que o lilás.

Como os pensamentos de uma pessoa poderiam ser tão estúpidos, aleatórios e triviais! Como se a entrada dele no aposento não tivesse virado seu mundo de ponta-cabeça.

– Sentiu m-minha falta? – perguntou ele.

– Sua falta? – disse ela, com voz de surpresa inconsistente. Se estivesse em um palco, com certeza receberia uma vaia, com direito talvez a um tomate podre. – Nem percebi que havia partido até hoje, quando alguém mencionou. Por que motivo eu *deveria* sentir sua falta?

– Certamente não deveria – disse ele, cordial. – Foi apenas a vaidade que me fez ter esperanças.

– Eu imagino que *seus amigos* sentiram sua falta, lorde Ponsonby. Pensei que a reunião anual do Clube dos Sobreviventes significava mais para os sete do que qualquer prazer fugaz que pudesse atraí-lo para alguns dias de diversão em outro lugar.

– Está zangada – disse ele.

– Por causa deles – respondeu ela. – No entanto, nem agora que voltou está confraternizando com eles. Saiu para um passeio comigo.

– Talvez seja um daqueles prazeres f-fugazes – disse ele com um suspiro.

– Grande prazer devo ser – disse ela, ácida –, quando parte por cinco dias inteiros sem dizer uma palavra para se dedicar a outro capricho.

– Você é um capricho, Agnes? – perguntou a ela.

– Não sou o *motivo* da sua partida – respondeu. – E, para o senhor, eu sou a Sra. Keeping.

– Mas é mesmo – protestou. – É a Sra. K-Keeping para mim. Bem como Agnes. E você é o motivo da minha partida.

As narinas de Agnes se dilataram. Seus passos perderam a velocidade. Ela havia estabelecido um ritmo acelerado. Com mais alguns passos, passariam do terraço e iriam além da ala leste, saindo pelo gramado a leste da trilha rústica. Não tinha intenção de caminhar em nenhum terreno rústico com o visconde de Ponsonby.

– Não sou alguém difícil de evitar, meu senhor – disse ela. – Não é como se eu me colocasse em seu caminho de propósito a cada hora de cada dia. Em nenhuma ocasião, na verdade. Não precisava se afastar por cinco dias inteiros para não me ver.

– Andou contando, não foi?

Era aquela voz preguiçosa, um tanto entediada.

– Lorde Ponsonby. – Ela parou e se virou para ele. Esperava que o homem conseguisse enxergar a indignação eu seu rosto. – O senhor se lisonjeia. Tenho uma *vida*. Andei ocupada demais... e *feliz* por estar ocupada demais... para dispensar-lhe um pensamento. Ou mesmo para reparar na sua ausência.

Ele estava contra a luz da lua. Mesmo assim, ela conseguiu ver o súbito sorriso maroto no rosto dele – antes de dar um passo firme para trás e mais outro até haver uma parede atrás dela e nenhum lugar para recuar. Ele avançou sobre ela.

– Não sabia que podia ser p-provocada até ficar com raiva – disse ele, em voz baixa. – Gosto quando fica zangada.

Ele abaixou a cabeça na direção dela, e Agnes esperou ser beijada. Chegou a semicerrar os olhos, na expectativa.

– Mas eu precisava partir – disse ele, com a voz se reduzindo a um sussurro – para poder voltar.

– Presumindo que a ausência faz o coração aumentar sua estima? – Ela ergueu as sobrancelhas.

– É *assim*? – perguntou ele. – Tem mais estima por mim do que há c-cinco dias, Agnes Keeping?

Era difícil falar com a indignação adequada quando havia um homem tão próximo dela que era possível sentir o calor do corpo dele e sabendo que bastava mexer a cabeça um mero centímetro para que suas bocas se tocassem.

– *Mais estima* implica que eu já tinha estima, para começar – disse ela.

– E *tinha*?

Ele era um dissoluto, um libertino, um sedutor, e ela sempre soubera. Como Dora havia ousado ajudá-lo e encorajá-lo, oferecendo a própria capa porque era mais quente do que a sua? Dora deveria ter pulado entre os dois e proibido que ele desse um passo para fora do aposento com a irmã.

Agnes tirou as mãos da parede atrás dela. Apoiou-as no peito dele.

– Por que se foi? – perguntou ela. – E, tendo partido, por que voltou?

– Fui para *poder* voltar – disse ele e cobriu as mãos dela com as dele. – De que tipo de cerimônia de casamento você gostaria, Agnes? Algo g-grandioso com p-proclamas e todo o tempo para convocar todos que a conheceram e seus parentes desde os tempos de seus bisavós? Ou algo mais tranquilo e discreto?

Agnes tornou a sentir uma fraqueza nos joelhos. Ela umedeceu os lábios.

– Se prefere a p-primeira opção – disse ele, jogando ligeiramente a cabeça para trás a fim de poder olhar no rosto dela, as pálpebras preguiçosas disfarçando os olhos atentos –, então temos o p-problema de ter de decidir o local. A igreja de São Jorge, na praça Hanover, em Londres, seria p-provavelmente a opção mais sensata, porque daria para convidar meio mundo, e b-boa parte desses convidados já conta com uma residência na cidade ou conhece alguém que tem, e a outra metade não terá dificuldade para encontrar um b-bom hotel. Se for em outro lugar... na casa de seu p-pai, na minha, aqui... temos toda a d-dor de cabeça de decidir onde todo mundo vai ficar. Se prefere a s-segunda opção...

– Ah, pare! – exclamou Agnes, tirando as mãos das dele. – Não vai haver casamento, por isso não importa qual tipo prefiro.

Ele passou os dedos de leve na mandíbula dela, contornando o queixo e subindo pelo outro lado para segurar seu rosto.

– Em c-cinco dias sem muito que fazer além de conduzir um cabriolé – disse ele. – Não compus uma tocante proposta matrimonial. Nem mesmo uma proposta que *não* fosse tocante. Mas sei que eu a quero. Na cama, sim, mas não apenas lá. Quero você na minha vida. E, p-por favor, não faça a pergunta de sempre. *Por que* é a p-pergunta mais difícil do mundo. Case-se comigo. Diga que sim.

E de repente, pareceu ridículo a Agnes dizer não quando ansiava por dizer sim.

– Tenho medo – disse ela.

– De mim? – perguntou ele. – Nem nos piores momentos feri ninguém fisicamente. O m-mais grave que fiz foi lançar uma taça de vinho na cara de alguém. Perco as estribeiras de vez em quando, mais do que antes, mas não demora. É tudo som e fúria... Será que estou citando alguém? Se eu gritar com você, sinta-se livre para gritar comigo de volta. Nunca a machucaria. Posso prometer isso com toda a segurança.

– De mim – disse ela, fixando os olhos no primeiro botão da casaca dele e, mesmo sem querer, inclinando o rosto de leve na palma da mão dele. – Tenho medo de mim.

Flavian fitou-a com profundidade. Era estranho como ela conseguia enxergar naquela escuridão.

– Mesmo esta noite – disse ela –, fiquei zangada. *Estou* zangada. Não tinha ideia de que ficaria assim, mas aconteceu. Você brinca com minhas emoções, embora talvez não o faça de forma deliberada. Você me encontra, conversa comigo, me beija e então... *nada*... durante dias, e aí começa tudo de novo. Cinco dias atrás, fez com que eu prometesse que não diria não, e então partiu e me tirou a chance de dizer qualquer coisa. E nem me avisou que iria partir. Não precisava, é claro. Eu não tinha o direito de esperar tal coisa. E agora tenho uma premonição de que é assim que será o casamento com você, porém numa escala maior. A vida como eu a conheço por muitos anos, incluindo o período de meu casamento, ficaria virada de cabeça para baixo e eu não *saberia* onde estou. Não poderia suportar a incerteza.

– Teme a paixão? – perguntou ele.

– Porque é algo *incontrolável*! – exclamou ela. – Porque é egoísta. Porque dói... machuca outras pessoas, quando não machuca a nós mesmos. Não quero a paixão. Não quero a incerteza. Não quero que grite comigo. Pior do que isso, não quero responder aos seus gritos. Não consigo suportar. Não consigo suportar *isso*.

Ele voltou a aproximar o rosto do dela.

– O que aconteceu na sua vida que a feriu? – perguntou ele.

Os olhos de Agnes se arregalaram.

– *Nada* aconteceu. É isso que quero dizer.

Mas não era. Não era mesmo nada disso.

– Você m-me quer tanto quanto eu a quero.

Os olhos dele reluziam com um novo brilho.

– Tenho medo – repetiu Agnes, mas até para ela mesma o protesto parecia fraco.

Cálida na friagem da noite, a boca do visconde cobriu a dela, os braços de Agnes subiram até seu pescoço e os dele envolveram sua cintura. Ela se apoiou nele, ou ele a apertou contra si – não importava. E ela sabia – ah, ela sabia que não podia deixá-lo, apesar de todo o seu *medo*. Era como se aproximar da beira de um precipício com uma venda nos olhos.

Ele não dissera *nada* sobre amor. Nem William. O que era o amor, afinal de contas? Ela nunca acreditara no amor, nem o desejara para si.

Ele ergueu a cabeça.

– Poderíamos casar amanhã – disse ele. – Estava pensando em d-depois de amanhã, mas apenas porque não esperava v-vê-la até amanhã. E o vigário está lá dentro. Eu poderia trocar umas palavras com ele hoje à noite, e nos casaríamos amanhã de manhã, Agnes. Ou você preferiria uma cerimônia g-grandiosa na igreja de São Jorge? Com a presença de toda a sua família e da minha também?

Agnes apoiou as mãos nos ombros dele e riu, embora não achasse graça. Nunca tinha sentido tanto medo na vida. Tinha medo de estar a ponto de fazer algo de que se arrependeria para sempre.

– Existe a questão insignificante dos proclamas – disse ela.

Ele abriu um breve sorriso.

– Licença especial – disse ele. – T-tenho uma na mesa de cabeceira, lá em cima. Foi por isso que fui a Londres, embora tenha me ocorrido no caminho que talvez eu p-pudesse ter conseguido uma em algum lugar mais próximo, talvez até mesmo em Gloucester. Não tenho g-grande conhecimento dessas coisas. Não importa. Consegui evitar todos os meus conhecidos, a não ser um tio, porque já era tarde demais quando o v-vi. Mas é um bom sujeito. Informei-o de que ele não havia me visto e ele ergueu a taça e perguntou quem eu era afinal de contas.

Agnes não estava escutando.

– Foi a Londres para obter uma *licença especial*? – perguntou, apesar de ele ter sido perfeitamente claro em suas palavras. – Para se casar comigo aqui, sem necessidade de proclamar? *Amanhã?*

– *Se feito fosse, seria bom fazermo-lo de pronto.*

Ela o fitou, sem conseguir dizer nada por um momento.

– Macbeth falava sobre um *assassinato* – disse ela. – E você esqueceu o *quando fosse feito* no meio... *Se feito fosse, quando fosse feito...* Tais palavras fazem toda a diferença no sentido.

– Você tem um efeito perturbador em mim, Agnes. C-começo a b-balbuciar poesia. Mal. Mas... *seria bom fazermo-lo de pronto.* Acredito nessas palavras.

– Antes que possa mudar de ideia? – perguntou ela. – Ou antes que eu possa?

– Porque quero estar a s-salvo a seu lado – disse ele.

Ela o olhou, atônita.

– Porque q-quero f-fazer amor com você – acrescentou ele –, e não posso fazer antes de nos casarmos porque você é uma mulher v-virtuosa e eu tenho uma regra contra a sedução de mulheres v-virtuosas.

Mas ele havia dito *porque quero estar a salvo a seu lado.*

No entanto, Agnes temia que *ela* não estivesse em segurança ao lado dele.

– Lorde Ponsonby... – disse ela.

– Flavian – interrompeu ele. – É um dos nomes m-mais ridículos que um pai poderia infligir a um filho, mas foi o que fizeram comigo, e não tenho como me livrar disso. Sou Flavian.

Ela engoliu em seco.

– Flavian – disse ela.

– Não parece tão r-ruim na sua voz – disse ele. – Repita.

– Flavian. – E, de modo surpreendente, ela riu. – É apropriado para você.

Ele fez uma careta.

– Diga o resto. Você disse meu nome e ia dizer m-mais alguma coisa. Diga o resto.

Ela havia esquecido. Tinha alguma relação com sua dúvida a respeito de os dois ficarem a salvo juntos. Mas... *a salvo*? O que significava aquilo?

O dia seguinte. Ela poderia estar casada no dia seguinte.

– Acredito que meu pai e meu irmão achariam inconveniente viajar até Londres – disse ela. – Em especial quando se trata de um segundo casamento. Tem uma família grande?

– Enorme – respondeu ele. – Poderíamos encher duas igrejas de São Jorge e permitir a entrada de quem se dispusesse a assistir de pé.

Foi a vez dela de fazer uma careta.

– E o que *toda essa gente* dirá? – perguntou.

Ele jogou a cabeça para trás, com os braços ainda em volta dela, e então... uivou para a lua. Não havia outro modo de descrever o som de triunfo que saiu de dentro dele.

– *Dirá*? E não *diria*? Eles ficarão furiosos, todos os 7.060 deles, por lhes ser negada a oportunidade de dar um palpite no meu c-casamento. Amanhã, Agnes, se puder ser providenciado? Ou depois de amanhã, no máximo. Diga sim. Diga *sim*.

Ainda não conseguia entender. Por que ela? E por que aquela reviravolta completa desde aquele tempo, não muito distante, em que ele dissera que nunca pediria ninguém em casamento? Que tipo de atração ela exercia sobre um homem como o visconde de Ponsonby?

Porque quero estar a salvo a seu lado.

Qual seria o significado dessas palavras?

Ela voltou a deslizar as mãos pela nuca dele e aproximou seu rosto.

– Então digo sim – falou, exasperada. – Você não aceita mesmo uma resposta negativa, não é? Então digo sim. Sim, Flavian.

E seus lábios voltaram a se encontrar.

CAPÍTULO 12

Flavian sentia-se novo em folha – ou qualquer outra bobagem parecida. Tinha ido para a cama à meia-noite e despertara às oito apenas porque o valete fizera barulho no quarto de vestir com grande determinação.

E então ele se lembrou de que era o dia de seu casamento.

E que ele havia dormido a noite inteira sem nenhum tipo de sonho ou de perturbação.

Deus do Céu! Era o dia de seu casamento.

Ele havia voltado ao salão com Agnes Keeping na noite anterior e ninguém demonstrou ter reparado que os dois haviam retornado – até que ele pigarreou. Aquilo provocou um silêncio instantâneo. Então Flavian contou a todos que a Sra. Keeping tinha lhe dado a honra de aceitar seu pedido de casamento. Sim, ele acreditava ter realmente usado palavras pomposas como essas. Mas elas foram eficientes para transmitir a mensagem.

E, pensando bem, pareceu-lhe que todos tinham aberto um sorriso forçado coletivo, embora essa reação presunçosa tenha sido logo seguida por muito barulho, tapinhas nas costas, apertos de mãos, abraços e até lágrimas. A Srta. Debbins havia derramado lágrimas pela irmã, assim como lady Darleigh. E até *George*. Não que ele tivesse chegado a chorar, e com certeza não por causa de Agnes, mas seus olhos pareciam suspeitamente brilhantes quando ele deu um forte aperto no ombro de Flavian, capaz de quase deslocar um osso.

Flavian prosseguiu anunciando que as núpcias aconteceriam na manhã seguinte, caso o reverendo Jones estivesse disposto a realizar a cerimônia num prazo tão curto.

– *Amanhã* de manhã?! – exclamaram a Srta. Debbins e Hugo em uníssono.

O vigário tinha feito apenas um sinal com a cabeça, muito cortês e lembrado a lorde Ponsonby que havia um pequeno problema a ser considerado, os proclamas.

– Não se houver uma l-licença especial – dissera Flavian. – E há. Acabei de v-voltar de Londres com ela.

– Então, Flave, seu bandido – dissera Ralph. – Foi para *isso* que utilizou meu cabriolé?

E houve mais burburinho e tapinhas nas costas. Lady Darleigh saiu correndo para procurar a cozinheira e a governanta e depois voltou com a notícia de que os aposentos nobres da ala leste seriam preparados para o dia seguinte, de modo que os noivos pudessem passar a noite de núpcias com luxo e privacidade. George se ofereceu para levar Agnes até o altar, mas, depois de agradecer-lhe, ela disse que preferia ser conduzida pela irmã, pois não havia nenhuma lei da igreja que impedisse uma mulher de desempenhar tal papel. Flavian pediu a Vincent que fosse seu padrinho, o que seria, respondeu Vince, brincalhão, um pouco como um cego conduzindo outro cego.

Algum tempo depois, os convidados do vilarejo partiram, inclusive Agnes Keeping, quase meia-noite. Flavian se sentira inebriado sem o benefício da bebida e tão exausto que mal conseguiu obrigar as pernas a seguirem até o quarto. E talvez não tivesse conseguido se George e Ralph não o acompanhassem até a porta. Talvez também não tivesse se despido se o valete não o aguardasse afirmando que ele *não* tinha permissão para dormir em trajes de noite.

Mas lá estava ele, quase onze horas depois, sentindo-se novo em folha, e esperando a chegada de sua noiva diante do altar da igreja do vilarejo. Seus amigos e esposas estavam sentados nas fileiras diante dele e a esposa do sacerdote e os Harrisons estavam do outro lado.

Vincent estava morrendo de medo de derrubar as alianças – que Flavian se lembrara de comprar, embora tivesse que ter adivinhado o número do dedo de Agnes – e não ser capaz de encontrá-las.

– Mas eu as encontraria – disse Flavian, tocando a mão do amigo. – Não há nada que eu gostaria mais de fazer do que r-rastejar pelo piso de pedra de uma igrejinha do interior, no dia do meu c-casamento, com minha calça até o joelho e meias brancas.

– Está dizendo isso para me *reconfortar*? – perguntou Vincent. – Espere um minuto... presume-se que seja o padrinho que acalme o noivo e não o contrário.

– Um noivo s-supostamente deve ficar nervoso? – perguntou Flavian. – Melhor não me avisar, companheiro, ou t-talvez eu descubra que possa estar.

Mas não estava, a não ser que pudesse ser considerado sinal de nervosismo o fato de quase esperar que a mãe aparecesse à porta, em proporções maiores que a realidade, o dedo em riste, ordenando que a cerimônia fosse interrompida.

Ele estava se sentindo... feliz? Não sabia dizer como era a felicidade nem estava certo de que queria mesmo saber, pois onde havia felicidade também havia infelicidade. Tudo de positivo tinha seu correspondente negativo, mais uma das irritantes leis da vida.

Queria apenas que ela chegasse. Agnes. Queria se casar com ela. Queria *estar casado* com ela. Ainda não tinha se livrado da noção de que se sentiria a salvo quando se casasse com ela. E não tinha entendido ainda o que sua mente queria dizer.

Era melhor não analisar certas coisas.

Seu valete era um assombro, uma surpresa, pensou ele. O que tinha passado em sua cabeça para colocar na mala calça curta branca para uma estada de três semanas no campo, com o Clube dos Sobreviventes?

Por sorte, talvez, pela qualidade de seus pensamentos, houve uma pequena agitação no fundo da igreja e o vigário atravessou a nave, esplêndido em suas roupas cerimoniais, sinal de que a noiva chegara e de que a cerimônia de casamento estava prestes a começar.

Agnes usava um vestido verde musgo com peliça e um chapéu de palha que havia comprado no ano anterior. Não houve tempo, naturalmente, para providenciar roupas novas para a cerimônia. Não importava. Na verdade, era melhor assim. Se tivesse tempo para fazer compras ou costurar, também teria tempo para pensar.

O pensamento, ela suspeitava, era seu pior inimigo naquele momento. Ou talvez fosse a ausência de pensamentos que fosse o inimigo a longo prazo. Não tinha a *mínima ideia* de onde estava se metendo.

O que a possuíra?

Não, ela não ia pensar. Tinha aceitado o pedido na noite anterior porque concluíra que era impossível dizer não e era tarde demais para mudar de ideia.

Além do mais, se ela tivesse dito não, Flavian teria partido no dia seguinte com todos os outros, para nunca mais voltar, e ela não poderia suportar isso. Teria partido seu coração. Com certeza teria, por mais extravagante e tola que a ideia pudesse parecer.

A suíte nupcial na ala nobre...

Não, ela não pensaria naquilo.

Houve uma batida na porta e Dora entrou no quarto.

– Fico esperando acordar, como se estivesse num sonho – disse ela. – Mas estou feliz que não seja um sonho, Agnes. Estou feliz por você. Acredito que *você* será feliz. *Gosto* desse rapaz, embora ainda não confie nada naquela sobrancelha dele. É uma imagem que *não* admite escrutínio, não é?

– Dora. – Agnes prendeu as mãos com muita força e as levou para junto do peito. – Sinto-me péssima. Por deixá-la.

– Não deve se sentir assim, de forma alguma – assegurou-lhe Dora. – Era inevitável que voltasse a se casar um dia. Nunca esperei que ficasse comigo para sempre. Tudo o que peço é que seja feliz. Sempre amei você mais do que qualquer pessoa em minha vida, sabe disso, o que é uma afirmação chocante quando se tem pai, um irmão, sobrinhas e um sobrinho. Mas você sempre foi tanto uma filha quanto uma irmã para mim. Tinha 5 anos quando eu tinha 17.

Foi a época em que as duas ficaram sozinhas com o pai, que se recolhera para dentro de si depois da partida da mãe, e se tornara uma presença quase invisível em suas vidas. Oliver, o irmão, já tinha ido para Cambridge.

– Dora – hesitou Agnes. Nunca tinha perguntado e achara que nunca o faria. Com certeza não era uma pergunta para aquele dia. Mas ela saiu, de qualquer modo. – Somos *irmãs*?

Dora fitou-a com olhos que pareciam cavernas vazias, a boca semiaberta.

– Quero dizer – falou Agnes –, somos *totalmente* irmãs?

O pai, Oliver e Dora tinham cabelos escuros e olhos castanhos, assim como sua mãe. Mas Agnes não, nascida tantos anos depois dos outros dois. Era algo sem importância. Houve explicações, mas nunca aquela na qual ela passara metade da vida tentando não pensar. Algumas características físicas às vezes pulam uma geração.

– Se não somos – disse Dora –, eu nunca soube... tinha apenas 12 anos quando você nasceu, lembre-se. E nunca quis saber.

Então Dora também já havia pensado no assunto.

– *Não quero* saber – disse Dora, com ênfase. – Você é minha irmã, Agnes. Minha irmã adorada. Nada... *nada* poderia mudar isso, em tempo algum.

– Desistiu de tanta coisa por mim – disse Agnes.

Dora vinha planejando e sonhando com sua apresentação à sociedade durante a temporada em Londres, quando fizesse 18 anos. Agnes, aos 5 anos, compartilhara de suas esperanças e animação, pensando que a irmã crescida era dona de uma beleza vibrante e que com certeza arranjaria para si um marido bem-apessoado. Mas, quando a mãe desapareceu de repente, tudo teve fim para Dora, e ela teve de ficar em casa para tomar conta de Agnes, para criá-la, amá-la, para cuidar da casa para o pai. E desde aquele tempo, nunca mais tivera uma beleza vibrante.

– As coisas das quais abri mão – falou Dora. – Abri porque *quis*. Foi *minha* escolha. Tia Millicent teria me recebido. Teria me levado para Harrogate e arranjado um marido para mim por lá. *Escolhi* ficar, assim como *escolhi* vir para cá quando papai se casou de novo. É a *minha* vida, Agnes. O que fiz com ela, o que estou fazendo com ela, é o que escolhi fazer. Não me deve nada. Está me ouvindo? *Nada.* Se sentir que me deve algo, então faça o seguinte por mim, algo que nunca poderia ter feito com William: seja *feliz*, Agnes. É tudo o que peço. E mesmo isso é um pedido, não uma exigência. Não fiz sacrifícios por você. Sempre fiz apenas o que quis fazer.

Agnes engoliu em seco, de uma forma desajeitada.

– E eu a proíbo *terminantemente* – disse Dora, com a voz estranhamente vacilante – de derramar lágrimas, Agnes. Está na hora de partir para a igreja e não quero que lorde Ponsonby olhe para você e imagine que tive que arrastá-la até lá.

Agnes riu e então mordeu o lábio superior.

– Amo você – disse ela.

– Isso basta – respondeu Dora, agitando um dedo. – Não é da sua personalidade ser sentimental, Agnes. Mas é o dia de seu casamento e vou levar isso em consideração e perdoá-la. Agora, vamos. Você não quer se atrasar.

Não se atrasaram. Eram exatamente onze horas quando entraram na igreja. Havia três carruagens do lado de fora, uma delas com uma decoração festiva, com flores. E havia gente também. A notícia devia ter se espalhado, embora Agnes não pudesse imaginar quem a teria espalhado. As notícias, num vilarejo, parecem viajar pelo ar. As pessoas a saudavam com meneios de cabeça, sorriam para ela, e pareciam que iam ficar ali por algum tempo.

Ao entrarem na igreja, Agnes percebeu que o interior também tinha sido decorado. Os cheiros familiares de pedra antiga, incenso, velas e velhos livros de oração se misturavam aos perfumes das flores da primavera. E ocorreu-lhe, como se pela primeira vez, que era o dia de seu casamento. De seu segundo casamento. Estava deixando para trás o primeiro, para sempre, abrindo mão do nome de William naquela ocasião e entrando num segundo matrimônio.

Com o visconde de Ponsonby.

Flavian.

Quase entrou em pânico por um momento. Flavian *de quê*? Nem sabia o sobrenome dele. O sobrenome que seria o dela em alguns minutos. No entanto, ela ignorava qual era.

Dora tomou-lhe a mão com firmeza e sorriu para ela. Juntas, atravessaram a nave, de mãos dadas.

Flavian esperava por ela diante do altar, vestido com formalidade antiquada e magnífica, usando calções brancos de linho até os joelhos e um colete cor de ouro velho com uma casaca marrom-escura, bem ajustada ao corpo. Seu cabelo reluzia, dourado, sob a luz que entrava por uma das janelas altas. Parecia tão lindo quanto um príncipe de contos de fada.

Que pensamento mais tolo.

Na noite anterior, Flavian tentara convencer lady Darleigh a aceitar que o desjejum nupcial fosse servido na estalagem do vilarejo, por conta dele, e garantira que ele e a noiva ficariam felizes em passar a noite em algum lugar na estrada para Londres. A viscondessa era uma mulher miúda, um fiapo de pessoa, de fato, e parecia ser pouco mais que uma menina. Mas, quando tomava uma decisão, não havia como fazer com que mudasse de ideia. E na noite anterior, antes mesmo de ele falar sobre o assunto, ela já havia tomado uma decisão.

Fariam uma refeição juntos em Middlebury Park, dissera, e ela mandaria preparar a suíte de hóspedes da ala nobre. Tinha sido decorada havia uma centena de anos mais ou menos, aparentemente para receber um príncipe real e sua consorte, em visita à propriedade. Ninguém sabia dizer se a visita havia ocorrido ou não, os detalhes haviam se perdido com o tempo, mas os aposentos permaneciam com todo o seu opulento esplendor.

E foi para Middlebury Park que seguiram depois que a cerimônia foi encerrada e o registro, assinado. O sino da igreja tocava sua única nota quando os dois saíram e o sol acabava de se livrar de uma nuvem. Um pequeno aglomerado de moradores do vilarejo aplaudiu e saudou os noivos de um modo um tanto envergonhado. E Ralph e Hugo, os dois malditos, esperavam com sorrisos de orelha a orelha, as mãos cheias de pétalas de flores que logo começaram a chover sobre a cabeça de Agnes e Flavian. Ele apostaria metade da sua fortuna que, àquela altura, sua carruagem já estava enfeitada com *uma tonelada e meia* de flores.

Virou a cabeça para olhar para Agnes, tão familiar, embora só a conhecesse havia três semanas e duas danças, ocorridas cinco ou seis meses antes. Um porto tão... seguro. Continuava sem conseguir pensar numa palavra mais apropriada para ela. Estava corada, com brilho nos olhos, e lhe era tão familiar, que ele sentiu uma satisfação crescente. Parecia quase uma contradição.

– É inacreditável – disse ela, rindo.

Os outros vinham atrás deles e o que se seguiu foram burburinho, tapas nas costas, apertos de mãos, abraços e beijos, repetidos inúmeras vezes. E os aldeões sorriam na rua.

– Muito bem, Agnes – disse Flavian por fim, pegando sua mão. – Então v-vamos?

Ele a ajudou a entrar na carruagem enquanto George mantinha a porta aberta como um lacaio, fechando-a em seguida e fazendo um sinal para o cocheiro. Flavian inclinou a cabeça e beijou a noiva, para o deleite dos espectadores.

Separaram-se num pulo, um momento depois – no mesmo instante em que a carruagem colocou-se em movimento, arrastando o que parecia ser um verdadeiro arsenal de panelas velhas. Ou pelo menos Flavian esperava que fossem velhas.

– Minha nossa – disse Agnes, parecendo bastante alarmada.

Ele deu um sorriso maroto.

– Fiz o m-mesmo com três amigos no último ano. É justo que queiram r-retribuir.

Ele olhou dentro dos olhos dela, em meio a toda aquela balbúrdia, e ela retribuiu.

– Lady Ponsonby – disse ele.

Parecia irreal. Ele ainda não conseguia acreditar que tinha feito aquilo, que ela tivesse concordado, que estivessem *casados*.

O que diria sua mãe? E Marianne?

– Arrependimento? – perguntou ele quando a carruagem deixou a rua e entrou na estrada que atravessava o bosque.

– É tarde demais para arrependimento – disse ela. – Nossa, que balbúrdia infernal. Vamos ficar surdos.

Sim, era tarde demais para arrependimento. Ou para mais deliberação cuidadosa e planejamento. Meu Deus, mal se conheciam. Teria ele sempre sido tão impulsivo? Não conseguia se lembrar.

Segurou uma das mãos de Agnes nas suas e examinou-a com olhos preguiçosos. Estava arrumada, elegante e bonita. Vestia aquele que devia ser obviamente seu melhor traje de dia. Era decente e a cor combinava com ela. Também era recatado e fora de moda, e com toda a certeza não era novo. Estava sentada com as costas eretas, os joelhos unidos e os pés lado a lado – uma postura familiar. Parecia tranquila e reservada.

Se lhe tivessem pedido, um mês antes, que descrevesse o tipo de dama que considerava menos atraente, talvez ele descrevesse Agnes Keeping com uma incrível precisão, sem se lembrar sequer de que havia conhecido e dançado com tal mulher. Mesmo então, cinco ou seis meses atrás, ele voltara para uma segunda dança – nada menos do que uma valsa –, quando não havia necessidade disso. E a achara encantadora.

Agnes Keeping – não, Agnes *Arnott* – e o encantamento deveriam parecer polos opostos. Por que não seriam?

O que havia *nela*?

Levou a mão dela até os lábios e beijou seus dedos enluvados.

Sua esposa.

Agnes poderia ter se sentido culpada por dar tanto trabalho se Sophia não parecesse tão satisfeita e se lorde Darleigh também não estivesse sorrindo com alegria.

Embora Sophia tivesse salientado na noite anterior que teria de oferecer uma refeição a todos os hóspedes, mesmo que ninguém tivesse decidido se casar no último dia da visita, e que alguns convidados a mais à mesa fariam pouca diferença, ficou óbvio que o que os esperava na volta da igreja estava muito longe de ser uma refeição corriqueira.

Era um desjejum de casamento, servido numa sala de jantar, engalanado com flores, fitas e velas. Havia até mesmo um bolo decorado com glacê. Como teria sido possível que a cozinheira assasse e decorasse um bolo, além de tudo o mais, com apenas uma noite de trabalho, Agnes não conseguia imaginar. Com certeza, ninguém havia dormido. Teria pedido a Sophia para ir até a cozinha elogiar pessoalmente a cozinheira, mas lhe ocorreu que sua visita ia apenas contribuir para aumentar o caos na cozinha, que devia estar funcionando a todo o vapor. Em vez disso, mandou os elogios por Sophia.

Houve uma refeição suntuosa, e depois discursos e brindes com muitos aplausos e risadas.

Houve o momento de cortar o bolo.

Todos se demoraram à mesa e a conversa passou a tratar de assuntos gerais. Agnes lembrou que era o último dia do encontro do Clube dos Sobreviventes e que todos relutariam em deixar a companhia dos amigos e poderiam ficar um pouco emotivos mesmo sem acrescentar a distração fornecida pelo casamento de um de seus membros. Não que aqueles sete excluíssem alguém de suas conversas. Eram muito bem-educados para fazer algo parecido. Os Harrisons foram incluídos, assim como o reverendo e a Sra. Jones. Dora permaneceu em silêncio, sorridente, mas foi bastante requisitada por lorde Trentham, sentado à sua direita.

Enfim, quando a tarde já avançava, o vigário e a esposa levantaram-se para as despedidas, os Harrisons os seguiram e ofereceram uma carona a Dora.

De repente, ao que parecia, estavam todos reunidos no grande saguão. A Sra. Harrison e a Sra. Jones abraçavam Agnes e lhe diziam, entre risos, que ela agora estava em um patamar muito distante do delas, pois havia se tornado a *viscondessa* de Ponsonby.

Dora, depois de esticar a mão para Flavian, e acabar sendo abraçada por ele, ficou diante de Agnes e segurou-a pelos cotovelos.

– Seja feliz – disse em voz baixa, para que mais ninguém pudesse ouvir. – Lembre-se, é tudo o que peço. É tudo o que sempre desejei para você. – E beijou o rosto da irmã antes de se retirar, com o sorriso que tinha exibido o dia inteiro firme, no mesmo lugar. – Verei você de manhã, quando partir – disse ela.

– Sim, verá.

Agnes não confiou em sua voz para dizer mais nada. Mas agarrou Dora e a apertou com força. Era estranho que não tivesse se sentido desse modo ao se casar com William. Seria porque não esperava a felicidade? Seria porque agora ela esperava encontrá-la? Com certeza esperara satisfação, e a encontrara. Era mais duradoura, uma base mais confiável para construir uma vida.

– Deve nos visitar e passar um tempo conosco. Você *irá*?

– Mesmo sem convite – prometeu Dora, afastando-se. – Você vai acordar uma manhã dessas e descobrir que estou acampada na soleira da porta. Vai me receber por pura piedade. E me recusarei a partir.

Ela ria.

Mas para *onde* convidaria Dora? Agnes quase voltou a entrar em pânico. Não sabia onde seria sua casa. Não sabia de *nada* – a não ser que seu sobrenome era Arnott. Viscondessa de Ponsonby. Parecia uma desconhecida para si mesma.

E então todos partiram. A charrete do vigário já marchava pelo terraço e fazia uma volta para contornar os jardins. O duque de Stanbrook ajudou Dora a entrar na carruagem do Sr. Harrison e, assim que o Sr. Harrison entrou, depois da irmã, e fechou a porta, partiu.

Dora voltara para o chalé onde Agnes não mais morava. Seu baú e suas bolsas já haviam sido embalados – ela passara algumas horas da noite anterior aprontando-os, bem como a mala com os artigos de que necessitaria naquela noite e na manhã seguinte. Seus bens seriam levados no dia seguinte e então ela não mais pertenceria a Inglebrook.

Flavian tinha colocado o braço dela dentro do dele e contemplava seu rosto, com um grande lenço branco na mão livre.

– Vou garantir que você nunca s-se arrependa – disse em voz baixa. – P-prometo, Agnes.

As lágrimas que vinham sendo contidas transbordaram e ela tomou o lenço para enxugá-las.

– Não estou arrependida – disse ela. – Estou apenas triste por dizer adeus a Dora. Não é fácil deixar uma casa, apesar de ter sido meu lar por menos de um ano. E nem sei onde será meu novo lar. Não sabia nem qual seria meu *sobrenome* quando cheguei à igreja, hoje de manhã.

– Arnott? – sugeriu ele. – Escondi de você. Achei que p-poderia pesar contra mim, na noite passada. Achei que talvez não gostasse do s-som de Agnes Arnott.

Ela dobrou o lenço e permitiu que ele o pegasse.

– Às vezes você diz coisas absurdas – disse ela.

Ele sorriu. Era uma nova expressão, uma que ela nunca vira. Provocava pequenas rugas nos cantos dos olhos e não continha qualquer vestígio visível de ironia. Agnes achou que ele ia dizer algo mais, mas pareceu que ele havia mudado de ideia. Apenas deu um tapinha na mão dela que estava sobre seu braço e voltou com ela para dentro de casa.

Céus, ele era seu *marido*.

CAPÍTULO 13

A suíte de hóspedes ficava sobre os dois salões nobres. Descrevê-la como grande era o mínimo que se poderia dizer. Flavian concluiu que duas pessoas poderiam viver ali facilmente sem nunca se encontrar.

Havia dois quartos de dormir com dois quartos de vestir adjacentes, cada um grande o bastante para receber um príncipe ou princesa com todo seu séquito de damas de companhia ou cavalheiros, com espaço de sobra. E havia também uma grandiosa sala de estar, espaçosa o bastante para acomodar toda a corte mencionada anteriormente acrescida de um número generoso de convidados.

Todos os aposentos reluziam de tão limpos. Um aparador estava meio coberto por garrafas de vinho, licores e taças. Havia também pratos de prata e de cristal com frutas, nozes e bombons sobre diversas mesinhas. Em outro aparador encontravam-se pratos cobertos, cheios de bolos e biscoitos, e uma bandeja com chá e café, deixados ali momentos antes da chegada dos noivos. E o jantar seria servido às nove da noite, informou o criado fardado, com um cumprimento – dali a duas horas, em outras palavras.

– Mas, com certeza, você deseja ficar com seus amigos esta noite – Agnes disse a Flavian, depois de afundar num dos assentos de um sofá magnífico e, óbvio, extremamente confortável, com pés e braços dourados, assim como a parte de trás. – É a última noite que vão passar juntos.

– E, por coincidência – disse ele, posicionando-se diante dela, com as mãos para trás e os pés um pouco separados –, é minha *primeira* noite com minha e-esposa. Meus amigos bateriam na minha c-cabeça com uma das b-bengalas de Ben se eu optasse por eles e não por você.

Agnes ainda usava o vestido verde. Ainda parecia uma preceptora bela e recatada. Flavian quase chegou a dizer isso no terraço, quando ela afirmara que ele às vezes dizia coisas bem absurdas. Mas ela poderia ter se ofendido por ser chamada de recatada e nem reparar no *bela*. As mulheres podiam ser assim.

– E v-você também poderia me bater, com suas p-próprias mãos, se eu os escolhesse – acrescentou ele. – Teriam de se revezar.

– Eu não... – começou ela.

– E *eu* bateria em minha própria cabeça se f-fosse pateta ao ponto de deixá-la aqui para c-correr até eles – continuou ele. – Teríamos de organizar uma fila. Acredito que vamos ficar em segurança, eu e minha cabeça, porém. A conversa com os a-amigos, de um lado, e o sexo com a nova e-esposa do outro. Não é uma disputa justa.

Como ele esperava, o rosto dela, o pescoço e a pequena área do colo que aparecia sob o decote do vestido coraram de súbito. Os lábios fizeram algo que a deixaram ainda mais parecida com uma preceptora. Mas ela manteve o olhar firme no dele.

– Preferia que não ficasse me rondando assim – disse ela –, tentando parecer sonolento, quando sei muito bem que não é o caso.

Ele abriu um sorriso bem devagar.

– *Com toda a certeza*, não estou sonolento – disse ele. – Ainda não.

Sentou-se no sofá ao lado dela e percebeu que estavam a quase um metro de distância. Onde diabo o antigo visconde de Darleigh encontrara um móvel tão gigantesco? Devia pesar uma tonelada e meia e, com certeza, acomodaria vinte pessoas sentadas lado a lado, desde que fossem esguias e não se incomodassem com tanta proximidade. No entanto, estava longe de parecer desproporcional naquele aposento.

Tomou a mão dela e envolveu-a com seus dedos.

– O que faremos no intervalo até as nove horas? – perguntou ele. – Vamos nos sentar aqui e c-conversar, como desconhecidos educados, ou vamos para a cama?

Ela inspirou o ar pelo nariz e soltou pela boca.

– Ainda nem escureceu.

Aquele comentário dizia uma imensidão. O sexo em seu primeiro casamento havia sido conduzido nas sombras de uma escuridão decente, não era mesmo? Mas ele *não* queria falar sobre o tedioso William.

– Onde é a nossa casa? – perguntou ela.

Tinha optado pela conversa entre desconhecidos, ao que parecia.

– Candlebury Abbey, em Sussex – disse ele. – A parte antiga foi m-mesmo uma abadia, mas pode ter certeza de que não vai se deslocar de aposento a aposento por um claustro cheio de correntes de ar, nem vai d-dormir numa cela de pedra fria. Não passo muito tempo no interior... na verdade, não passo tempo nenhum. Há também a Casa Arnott, em L-Londres.

– Por quê? – A pergunta inevitável. – Por que nunca vai a Candlebury Abbey?

Flavian deu de ombros e abriu a boca para responder que a casa era grande demais para um homem sozinho. Mas ela era sua esposa. Deveria saber alguns fatos simples sobre o homem com quem havia se casado.

– Ainda penso em Candlebury Abbey como a casa de David – disse ele. – Meu irmão mais velho. Ele amava cada centímetro daquele lugar e conhecia toda sua história. L-leu e releu tudo que conseguiu encontrar sobre o assunto. Conhecia cada p-pincelada em cada p-pintura. Conhecia cada pedra e cada laje da velha abadia. Conhecia a p-paz, o lado s-sagrado. Sempre desejou ser capaz de convocar espíritos ou fantasmas, mas o único espírito que ali reside é o d-dele. Ou pelo menos é o que imagino. Morreu aos 25 anos. Havia uma diferença de quatro anos entre nós. Era o visconde antes de mim, embora tivesse ficado cada vez mais claro, depois da morte de nosso pai, quando David tinha 18 anos, que ele não teria uma vida longa. Sempre teve uma saúde delicada. Eu era 15 centímetros mais alto do que ele quando cheguei aos 13 anos, e era bem mais pesado, embora fosse magricela, desajeitado. Todos nós compreendemos que ele tinha tísica, o que nunca foi mencionado em voz alta, ao alcance dos meus ouvidos. Contudo, eu *estava* sendo preparado com firmeza para assumir o posto de v-visconde por dois de nossos seiscentos tios nomeados como nossos guardiões. Não se t-tomou nenhum cuidado especial para tratar do assunto. Nenhum esforço para ser sutil ou delicado. David estava ciente... Como não poderia estar? Mas permitiu que tudo acontecesse s-sem fazer nenhum comentário. Eu era seu herdeiro, afinal de contas. Mesmo que ele fosse robusto e saudável, eu teria sido o herdeiro até que ele se c-casasse e tivesse um filho. Por fim, não consegui mais s-suportar. R-recusei-me a ir para a universidade aos 18 anos, como haviam planejado para mim. Insisti em seguir a carreira m-militar e David bancou os custos da aquisição de meu posto. Já era maior de idade, àquela altura, e se tornara meu guardião oficial.

Aí estava. Eram alguns dos fatos simples, ligeiramente distorcidos. Não havia mencionado seu real motivo para desejar a carreira militar nem o real motivo de David para fazer sua vontade.

Mas Agnes perguntara por que ele nunca ia a Candlebury. Ainda não havia respondido.

– Ele permaneceu neste mundo por mais tempo do que qualquer um esperava – prosseguiu Flavian. – Mas, três anos depois da minha partida, ficou claro que estava à beira da morte. Fui para casa durante uma licença, vindo da Península. Todos presumiram que eu havia voltado para ficar. Eu mesmo presumia. Vinha enfrentando novas responsabilidades. Mas, naquele meio-tempo, David estava morrendo e nada mais importava. Era m-meu irmão.

Fez uma pausa para engolir em seco. Agnes não fez qualquer tentativa de dizer nada.

– E então eu o deixei – disse ele. – D-deveria voltar para a Península e decidi seguir para lá, embora sua morte estivesse próxima. De fato, saí de casa quatro dias antes do necessário e fui para Londres, me divertir num g-grandioso baile. David morreu no dia em que meu barco partiu. Recebi a notícia duas semanas depois, mas não retornei. De que adiantaria? Ele tinha m-morrido e eu não estava a seu lado quando importava e não q-queria o título que pertencera a ele nem todo o resto que se t-tornara meu. N-não queria C-Candlebury. Por isso fiquei na guerra até que uma bala na minha cabeça e a queda do cavalo fizeram o que a morte de David não realizou. Voltei para casa, ou melhor, fui levado de volta para casa... para Londres, melhor dizendo, não para Candlebury, graças a Deus.

Ele esperou pelas recriminações. Por que tinha deixado o irmão? Só para ir a um *baile*? Por que retornara à Península? Por que não tinha largado tudo e voltado para casa ao tomar conhecimento das notícias? Seria capaz de dar respostas, embora elas fizessem pouco sentido. Bastava permitir que sua mente resvalasse em tais perguntas para criar a ameaça de uma dor de cabeça insuportável ou de uma crise de pânico cego. Trazia o perigo de punhos cerrados e do despejar de sua energia em objetos inanimados, como se reduzi-los a gravetos fosse clarear suas ideias e fazer com que encontrasse sentido no passado e desculpas para cada ato desprezível que cometera.

Mas Agnes não fez nenhuma dessas perguntas. Nem mesmo seu habitual "por quê?". Em vez disso, segurava as mãos dele entre as dela.

– *Sinto muito* – disse ela. – Ah, pobre Flavian. Que situação terrível! Não consigo nem imaginar algo parecido em relação a Dora. Não, não *quero* imaginar. Mas acho que também poderia ter fugido e tentado me esquecer de tudo no meio de uma festa cintilante, cheia de gente. Não acredito que tenha ajudado, mas compreendo por que fez isso. E por que não conseguiu ficar. Mas não foi capaz de deixá-lo partir, não é? Pois não estava lá. E também não se perdoou.

Ela tirou as mãos das dele e levantou-se.

– Deixe-me servir café ou chá enquanto ainda estão quentes. Ou prefere algo que se encontra no aparador?

– Chá – disse ele. – Por favor.

Observou-a enquanto ela se envolvia na tranquila tarefa doméstica de servir o chá e de colocar um par de biscoitos no pratinho. Aquilo estava destinado a ser uma cena familiar para ele, pensou, uma atividade simples como aquela – tomar chá com sua esposa. Talvez houvesse paz a ser conquistada, afinal de contas.

E absolvição. Ela não tinha o poder de concedê-la, mas era capaz de reconfortá-lo. No entanto, ele havia omitido boa parte da informação. Era muito pior do que fizera parecer.

– Conte-me sobre o resto de sua família – pediu ela enquanto se sentava ao lado dele. Sorriu. – *Seiscentos* tios?

– Tem minha mãe e uma irmã, Marianne, lady Shields. Oswald, lorde Shields, seu marido. Dois sobrinhos e uma sobrinha. Seis *mil* tios, tias e p-primos, segundo a última contagem... Falei em seiscentos? Ao sair daqui, vamos primeiro para L-Londres, e você poderá conhecer alguns deles. Há outras coisas a fazer, também. Iremos para C-Candlebury na Páscoa, talvez. Minha mãe estará por lá, assim como minha irmã e sua família. Escreverei para minha mãe e a-avisarei que nos espere.

Deveria levar Agnes direto para Candlebury, ele supunha. Ela precisava fazer uma montanha de compras, mas isso possivelmente poderia ser adiado até depois da Páscoa, quando se mudassem para Londres para a temporada, com o resto do mundo elegante. E ela *deveria* estar em Londres para a temporada, por pior que a ideia pudesse parecer. Como sua viscondessa, precisaria ser introduzida à aristocracia, talvez até apresentada na corte. Às vezes, era desejável que a realidade sob a forma de obrigações não tivesse que se intrometer tão cedo e com tanta frequência na vida de uma pessoa.

Ele ignorara a realidade quando se apressara em obter a licença e em voltar para se casar com ela.

Agnes levou a xícara até os lábios. Havia um ligeiríssimo tremor em sua mão, ele notou.

– Sua mãe e sua irmã vão ficar aborrecidas com você – disse ela. – E comigo. Não sou uma noiva muito recomendável para o visconde de Ponsonby.

Ficariam mais aborrecidas do que ela imaginava. Teriam uma predisposição para não gostar dela, não importando sua origem, apenas por não ser Velma. Ele deveria ter sido mais direto com ela, mas era tarde demais – tarde demais para que ela mudasse de ideia em relação ao casamento. No entanto, precisava lhe explicar algumas coisas antes que partissem para Candlebury. Não seria justo permitir que ela ingressasse às cegas numa situação de potencial tão explosivo.

Mas cuidaria daquilo mais tarde. Já havia falado o bastante de si.

– Bobagem – respondeu. – E o seu pai? Ele ficará aborrecido porque eu não pedi sua mão a ele e a fiz se c-casar correndo comigo, antes que ele pudesse me conhecer? Devo escrever para ele também.

– Ele apreciaria o gesto, tenho certeza – disse ela. – Embora eu tenha escrito para ele esta manhã, e também para meu irmão. Estou certa de que os dois ficarão tão encantados quanto surpresos. Perceberão que cuidei muito bem de mim.

– Mesmo sem n-nunca terem posto os olhos em mim?

– Quando isso *acontecer*, talvez mudem de ideia – os olhos dela brilharam com a própria piada.

– Quando sua mãe morreu? – perguntou ele.

– Quando eu era... – Ela parou para pousar a xícara com muito cuidado sobre o pires, e inclinou-se para colocá-los na bandeja. – Não morreu. Pelo que sei, ainda está viva.

Ele a fitava quando ela veio se sentar a seu lado de novo e abriu os dedos sobre o colo para examiná-los com grande atenção.

Um momento. O pai voltara a se casar, não era verdade?

– Ela partiu quando eu tinha 5 anos – disse ela. – Meu pai fez uma petição ao Parlamento pouco depois, e se divorciou. Custou muito tempo, aborrecimento e dinheiro, embora na época eu não soubesse de nada, por ser uma criança. Tudo o que eu sabia era que ela havia partido, não ia voltar e eu sentia sua falta e chorava noite após noite, e com frequência também durante o dia. Mas Dora ainda estava conosco e por ali ficou, em vez de ir para Londres para ser apresentada à sociedade e encontrar o marido com quem sonhara. Fiquei feliz com isso. Dora sempre foi a pessoa que eu mais amava no mundo... com exceção de nossa mãe, quero dizer. Ela me garantiu muitas e muitas vezes, até me fazer acreditar, que preferia ficar comigo acima de tudo a ir para outro lugar. Como são inocentes as crianças. Ela ficou até que nosso pai voltou a se casar e, no ano seguinte, *eu* me casei com William. Foi só então que compreendi que, no passado, haviam nos reservado quantias que serviriam de dotes bastante decentes para as duas, mas que a maior parte do dinheiro tinha sido usada no divórcio e que quase tudo o que sobrara tinha sido utilizado para instalar Dora em Inglebrook antes que ela conseguisse ganhar a vida por conta própria. Pouquíssimos homens teriam me escolhido nessas condições, praticamente sem dote. William sempre me garantiu que queria se casar *comigo* e não com o meu dinheiro.

Meu bom Deus! *Todo mundo* tinha uma história para contar quando alguém se dava o trabalho de ouvi-la... ou quando a pessoa em questão podia ser persuadida a contar.

– E ele estava disposto a se casar comigo apesar de toda a desgraça – acrescentou ela, olhando para o dorso das mãos. – Sabia de tudo, claro. Sempre foi nosso vizinho. Você não teve essa opção, não é?

– O que aconteceu com ela? – perguntou Flavian. – Com sua mãe, quero dizer.

Ela não encolheu os ombros, manteve-os erguidos por um momento.

– Nunca se falava dela, em especial perto de mim, acredito. De qualquer modo, ouvi algumas coisas, claro, dos criados, dos filhos dos vizinhos. Acho que ela se casou com o amante. Não sei quem ele era. Acredito, embora não tenha certeza, que eram amantes havia algum tempo antes de partirem juntos. Tenho poucas lembranças dela. Tinha cabelos escuros, era bela, vibrante, cheia de vida. Ria, dançava, e me levantava bem alto, me jogava para cima até que eu gritasse de medo e pedisse que fizesse de novo. Ou pelo menos *acredito* que era bela. Talvez uma mãe sempre pareça bela a um filho pequeno. E ela não podia mesmo ser tão jovem. Oliver tinha 14 anos quando nasci.

– Sente c-curiosidade em relação a ela?

Agnes ergueu os olhos, encontrando os dele por fim.

– Não – respondeu. – Não tenho mesmo o mínimo interesse. Não sei quem ele era ou é, e não sei se quero saber. Não sei *quem* ela é ou mesmo *se* ela é. Não reconheceria seu nome nem seu rosto, imagino. Também não desejaria reconhecer. Não quero encontrá-la. Abandonou Dora e a mim também, e as consequências para Dora foram bem mais terríveis do que para mim. Não, não tenho curiosidade a esse respeito. Mas há algo que você deve saber, algo que deveria ter sabido antes desta manhã.

Ele pousou a xícara e voltou a tomar uma de suas mãos. Estava fria, como ele esperara. Sentia o que estava por vir.

– Nem tenho certeza de que meu pai é meu pai.

Os olhos estavam sem brilho, a voz inexpressiva. Ele simplesmente não acreditava que ela não sentisse curiosidade em descobrir a verdade. Ah, sua Agnes tão calma, tão disciplinada, tão *segura*, que carregava dentro de si um universo de dor desde que era pouco mais do que um bebê.

– Alguém já disse que ele não é seu pai? – perguntou.

– Não.

– Ele a tratava de forma diferente de seus dois irmãos?

– Não, mas não me pareço com ele, nem com Dora, nem com Oliver. Nem com *ela*.

– Talvez se pareça com uma tia, um tio ou uma avó – disse ele. – Seu pai é seu p-pai, de qualquer modo, Agnes. O b-berço e a educação nem sempre dependem de pequenos detalhes como a proveniência da semente.

Agnes desviou o olhar.

– Você pode ter se casado com uma bastarda – disse ela.

Ele poderia ter soltado uma gargalhada, caso ela não parecesse tão séria.

– Alguns lhe dirão que foi v-você quem se casou com um b-bastardo – disse ele e então sorriu, erguendo a mão dela até seus lábios. – Tenho algo em comum com seu W-William, afinal de contas, pelo que parece, Agnes. Casei-me com você hoje de manhã porque eu a queria como esposa. Ainda a quero, mesmo se você for dez vezes bastarda. É possível ser dez vezes bastardo? P-parece um tanto sinistro, não?

Ele aproximara sua cabeça da cabeça dela, apesar do tamanho monstruosamente gigante das almofadas do sofá, até que ela foi obrigada a olhar nos olhos dele. E ela... riu.

– Você fala tantos absurdos.

E Flavian a beijou enquanto ela segurava a mão dele. Sentiu seus lábios estremecerem e se afastou. Envolveu seus ombros com um braço.

Ela era, pensou ele, tão ferida quanto ele.

Conseguiram manter o andamento da conversa durante a hora que sobrou até a ceia ser servida e durante a refeição – uma conversa num tom bem mais leve. Os dois lacaios que entraram com a comida montaram a mesa no meio da sala de estar com uma toalha branca bem engomada e as melhores porcelanas, pratarias, cristais e vinhos que lorde Darleigh poderia oferecer. Acenderam duas velas longas colocadas em castiçais de prata. Era um cenário gloriosamente romântico.

Flavian contou mais sobre a mãe e a irmã, seu marido e seus filhos. Recontou algumas anedotas envolvendo seu irmão e ele na juventude, e estava cada vez mais claro quanto ele adorara o irmão mais velho, menor e menos robusto. Contou sobre os anos de escola passados em Eton – o irmão fora educado em casa – e um pouco sobre o período no regimento de cavalaria, embora não mencionasse nada relativo às batalhas que enfrentou. Agnes falou do irmão e de sua esposa e seus filhos. Contou sobre a esposa do pai, a quem sempre estimara e continuava a estimar, embora considerasse um grande desafio viver na mesma casa que ela. Relatou alguns incidentes da infância que incluíam Dora.

Foi apenas perto do final da refeição, quando Flavian estava recostado à vontade, com o cálice de vinho na mão, que algo chocante ocorreu a Agnes.

– Ah, minha nossa! – exclamou ela. – Não troquei de roupa para o jantar.

– Nem eu – disse ele enquanto seus olhos perambulavam, preguiçosos, pela parte do vestido que ele podia ver do outro lado da mesa.

– Ah, mas você está vestido de forma esplêndida – destacou ela –, enquanto eu uso apenas um vestido para o dia.

– Não foi um jantar, Agnes – disse ele. – Foi uma c-ceia.

– Mas eu deveria ter mudado de roupa, de qualquer modo. Peço desculpas.

Deveria ter usado o vestido azul, ou o lilás, ou o verde. Não, o verde não. Era um pouco festivo demais, embora aquela *fosse* sua noite de núpcias. Ah, ele morreria de tédio se visse de novo o vestido verde – ou o azul, ou o lilás.

Ele a observou, pensativo, por um momento antes de pousar a taça e se levantar. Deu a volta na mesa e estendeu-lhe a mão. E ela estava consciente de que já passavam das dez da noite e de que se sentia nervosa, como se ainda fosse uma virgem.

Poderia muito bem ser uma virgem. Fazia tanto tempo...

Agnes deixou o guardanapo na mesa, deu a mão a ele e se levantou. Flavian levou a mão dela aos lábios.

– Vá se trocar – pediu ele. – Ponha sua camisola. Vou tocar o sino para que retirem os pratos e chamar meu valete. Não tem uma criada?

– Ah, não – disse ela. – Não é necessário.

– De qualquer modo, terá uma criada – disse ele –, assim que chegarmos a Londres. Bem como roupas novas.

– Ah, isso não seria nec... – ela começou a falar.

– Será de *primeira necessidade* quando chegarmos a L-Londres – interrompeu ele. – A criada e as roupas. Não é m-mais a Sra. Keeping do vilarejo de Inglebrook. É a viscondessa de Ponsonby, de Candlebury A-Abbey. Providenciarei para que esteja vestida à altura.

Era estranho que não tivesse pensado naquilo – no fato de não precisar mais se sustentar com a pequena herança que recebera de William, nem no fato de que era a esposa de um aristocrata rico que se sentiria envergonhado se ela parecesse maltrapilha. Não que suas roupas fossem *maltrapilhas*. Apenas não eram muito novas, nem numerosas, muito menos elegantes.

– Você é muito rico? – perguntou.

Ah, era chocante de fato ter se casado com ele sem saber toda a extensão de sua fortuna.

– Devia ter se l-lembrado de fazer essa pergunta na noite passada – disse ele, usando aquela voz suspirosa e baixando as pálpebras. – Até onde sabe, pode ter se c-casado com um pobretão ou com um sujeito com uma pilha de dívidas do tamanho do monte Olimpo. Mas pode se tranquilizar. Meu administrador em Londres nunca chegou a pedir demissão nem teve acessos de raiva após se encontrar comigo. Nem nunca ralhou comigo pelas extravagâncias ou me avisou que a p-prisão dos devedores paira sobre meu futuro próximo. Nas propriedades, a contabilidade sempre apresenta um equilíbrio saudável, para o lado p-positivo. Alguns vestidos bonitos não vão me fazer miserável, embora talvez seja necessário beber água e evitar o chá por um mês, se acrescentarmos chapéus na lista de compras. – Ele sorriu e continuou. – Não tenho vícios caros, creio que ficará aliviada em s-saber. Quando jogo, o que não ocorre com frequência, começo a suar f-frio se meus prejuízos se aproximam de cem libras, e costumo provocar a irritação e o desprezo dos meus parceiros ao desistir da minha m-mão. E considero os cavalos criaturas temperamentais, a não ser na batalha. Nunca faço apostas neles.

– Isso foi uma forma de dizer sim? – perguntou ela.

– Foi. Nunca poderei acusá-la de ter se casado comigo por dinheiro, não é? Privou-me de uma arma para usar quando tivermos nossas brigas.

– Eu me casei com você por causa do título – brincou ela.

Ele sorriu com ar preguiçoso.

– D-dormiu bem na noite passada? – perguntou.

– Chegamos tarde em casa. – Ela o olhou com cautela. – Depois tive de embalar minhas coisas. Mas dormi bem o bastante depois que consegui me deitar.

Sem falar dos momentos em que acordou no meio da noite. E dos sonhos que teve.

– Não vai d-dormir muito hoje à noite – avisou a ela. – E eu preferiria que a noite não fosse mais curta do que o necessário. Vá tirar essa roupa.

O quê? Passava pouco das dez horas. Com certeza conseguiriam ter uma boa noite de sono depois... Pois bem, *depois.* Se ela conseguisse dormir. Talvez ainda estivesse eletrizada pela estranheza dos eventos do dia, inclusive por aquele que em breve aconteceria.

Partiriam pela manhã. Para Londres.

Dirigiu-se à sala de vestir, sentindo que ele a seguia com os olhos.

Era uma camisola recatada, como ele já esperava. Não era barata – nenhuma das roupas dela era assim. Nem era nova – nenhuma das roupas dela era assim. E, com certeza, não tinha sido criada para empolgar a imaginação ou estimular o apetite de um homem.

Mesmo assim, funcionava. Cobria seus calcanhares, os punhos e o pescoço. O que sobrava *além* de imaginar e desejar o que estava oculto?

O cabelo estava arrumado em uma única trança que descia por suas costas, passando suavemente pela cabeça e pelas orelhas. Ela estava diante da janela de sua alcova, embora não houvesse muito que ver dali. A janela ficava diante da colina e da trilha rústica, e naquela noite não havia muito luar. Ela virou a cabeça para olhá-lo, o rosto destituído de qualquer expressão. Como um mártir a caminho da fogueira. Ou seriam as bruxas que costumavam ser condenadas a tal destino? Agnes parecia encantadora o bastante para ser uma delas. Podia dar algumas sugestões para a mais experiente das cortesãs.

Flavian havia batido à porta e aguardado a resposta. Entrou no quarto e fechou a porta ao passar.

– Já viu um quarto tão opulento quando este? – perguntou. – Que bom que as j-janelas não se abrem para o leste. Poderíamos ficar cegos com o reflexo da luz do sol em todo esse d-dourado, pela manhã.

– Eu me pergunto se o príncipe e a princesa *ficaram mesmo* aqui – disse ela. – Teria sido um desperdício terrível, se não vieram.

– Vamos dar um bom uso a tudo isto esta n-noite – disse ele. – E então todos os centavos dispendidos aqui terão valido a pena.

Era uma boa coisa que o valete tivesse resgatado um camisolão em algum lugar da bagagem, pensou ele – talvez do mesmo canto remoto ocupado pelas calças curtas que usara mais cedo. Ela poderia se sentir desconcertada ao descobrir a nudez sob seu roupão.

– Quanto t-tempo levou para trançar o cabelo? – perguntou.

– Dois minutos? – respondeu Agnes, como se não tivesse certeza. – Três?

– Deixe-me ver se consigo soltar essa trança em um minuto – disse ele.

Ele levou mais tempo, porque permaneceu diante dela e se distraiu com seus olhos, que eram azul-acinzentados e pareciam mais escuros à luz de vela, emoldurados por cílios ligeiramente arredondados nas pontas, em um tom mais escuro do que o de seu cabelo. Em seguida, deixou-se distrair por sua boca, que ninguém jamais compararia a um botão de rosa, fato que o deixava agradecido. Bocas maiores eram bem melhores de beijar. E se distraiu com o cheiro do cabelo, da pele ou *dela*. Era um aroma que não poderia ser descrito e que, com toda a certeza, não vinha de uma garrafa nem era inteiramente proveniente de qualquer barra de sabonete. Era um aroma que valeria uma fortuna se fosse *possível* engarrafá-lo, mas Flavian era egoísta demais para compartilhar, e para que engarrafar, quando ela era sua?

Deixou-se distrair pela ponta da língua dela que demorou-se umedecendo os lábios, embora fosse perfeitamente óbvio que ela não fazia aquilo com qualquer intenção de provocar uma forte reação em seu corpo.

De qualquer modo, provocara.

Agnes nunca fora apresentada à sociedade, pois seu pai empregara o dinheiro para garantir seu divórcio. Teria aprendido truques femininos, caso a história fosse diferente? Flavian se sentia feliz por ela não ter aprendido nenhum. Gostava daqueles gestos que vinham de modo natural e que não podiam ser considerados truques, pois a palavra em si já sugeria algo deliberado.

Era como ser casado com uma freira. Apesar de não ter descoberto ainda as habilidades que havia adquirido na cama em seu casamento anterior. Entretanto poderia apostar... Não, não apostaria. Uma aposta tinha de ser feita com outra pessoa.

Esperava que ela não tivesse qualquer habilidade.

Um pensamento estranho. Houve ocasiões em que ele dispendera quantias exorbitantes em habilidades, e até mesmo para ter acesso a um corpo feminino.

Ela não *parecia* uma freira depois que ele desfez seu cabelo e o espalhou sobre os ombros. Batia quase na cintura. Um comprimento que não seria considerado elegante.

– Não é escuro nem louro – disse ela. – Apenas um castanho sem graça.

– Não g-gostaria que tivesse cabelo escuro ou louro – disse ele. – Gosto de você com *essa* cor de cabelo.

Agnes parecia pelo menos cinco anos mais jovem com o cabelo solto. Embora ele não se incomodasse nem um pouco com a idade dela.

Beijou-a passando os dedos de uma mão em meio a todo aquele cabelo denso e sedoso, puxando para junto de si aquele corpo esguio, enquanto com a outra mão avançava para sua boca. Era úmida e quente. Ela agarrou-lhe os ombros, e havia uma tensão que não estivera presente nos encontros anteriores. Talvez porque dessa vez ela soubesse que não seria preciso parar.

– Faz muito tempo – disse ela, um tanto ofegante, quase como se pedisse desculpas, quando ele levantou a cabeça.

Ela não se referia à última vez que ele a beijara.

– *Quanto tempo*? – perguntou ele.

– Ah, uns cinco ou seis anos.

Então ela corou e mordeu o lábio e ele entendeu que, se pudesse reaver aquelas palavras, ela o faria no mesmo instante. Pois lhe dissera em outra ocasião que enviuvara três anos antes. Que tipo de casamento fora o dela?

Que tipo de homem havia sido William Keeping? Estivera doente pelos últimos dois ou três anos do casamento que durara cinco?

Mas Flavian não estava remotamente interessado em William Keeping, muito menos em sua vida sexual. Não estava sequer interessado na viúva de William Keeping.

Estava em chamas por sua própria esposa.

– Está na hora de ir para a cama – disse ele.

CAPÍTULO 14

Dormiram, mas apenas durante uma hora mais ou menos, num momento em que uma espécie de exaustão lânguida tomou conta dos dois. Fizeram amor várias e várias vezes quando despertos.

Em sua mente, Agnes chamava aquilo de fazer amor, embora estivesse ciente de que o que acontecia entre eles era mais selvagem e carnal do que o termo romântico poderia sugerir.

Ele a despiu e desfez-se das próprias roupas antes mesmo de deitarem. E não apagou as velas, embora ela tivesse chamado atenção para o fato de que ainda ardiam – quatro em um castiçal na penteadeira, com o espelho multiplicando-as, e uma em cada mesa nas cabeceiras da cama.

– Mas p-preciso vê-la, Agnes – protestou Flavian –, e ver o que faço com você e o que faz comigo.

A cama em si era enorme. Com certeza tinha largura suficiente para permitir que seis adultos dormissem lado a lado com muito conforto. Usaram cada centímetro durante aquela noite, mas muito poucas cobertas, apesar de ainda ser março e de que devia estar frio do lado de fora.

Nenhum dos dois reparou na friagem. Tinham um ao outro para se protegerem, como fonte recíproca de calor.

Era uma fonte inextinguível.

Agnes estava chocada com a nudez dos dois, as velas acesas, a falta de cobertas. Estava chocada pelo modo como os olhos de Flavian percorriam uma trilha ardente sobre seu corpo inteiro, inclusive nas suas partes mais íntimas, e pelas suas mãos, dedos, unhas, boca, língua, dentes que viajavam por todas as partes, acariciando, beliscando, arranhando, lambendo, soprando, mordendo – e fazendo milhares de coisas que despertavam nela um desejo ardente. Mas não era virgem, apesar da natureza muito limitada da sua experiência sexual. E não era uma menina. Tinha reprimido desejos que desconhecia desde que ainda era jovem e virgem, e não via mais razão para reprimi-los, quando era óbvio que ele queria que ela compartilhasse do seu prazer. Não se manteve por muito tempo passiva no ato do amor. Era revigorante e glorioso, muito além do que havia imaginado ser capaz de fazer um homem, tudo aquilo que jamais imaginara, tudo com que havia sonhado mas que nunca conhecera antes.

O amor, como descobriu, não era um encontro clandestino, às cegas, das partes inferiores dos corpos sob cobertores, na escuridão, com uma retirada apressada assim que o ato chegava ao fim, seguido por votos de boa noite murmurados de um modo quase furtivo, e pelo sono em quartos separados. Ah, não, era algo inteiramente diferente. Da primeira vez, ela e Flavian se entregaram a uma sensualidade vigorosa, quente, por um tempo que parecia se estender por muitas eras e que poderia não ter durado mais de meia hora antes que ele a penetrasse com uma estocada profunda, forte, deixando-a sem ar e quase sem sanidade. E, mesmo então, ele não se apressou. Manteve os movimentos lentos e profundos, cheios de firmeza, até que os quadris dela e seus músculos internos entraram no ritmo que ele ditava e trabalharam juntos, braços e pernas entrelaçados, os dois cheios de calor, molhados de suor e ofegantes pelo esforço.

E quando ele por fim suspirou junto à cabeça dela, se manteve bem fundo dentro dela, quando ela sentiu o jorro morno de sua semente, não veio o sentimento de alívio por ter cumprido seu dever por mais uma semana. Foi como escalar o cume de uma onda gigante e violenta, e então descer em queda livre para o outro lado, onde se encontrava o oceano tranquilo. Foi o fim do mundo e o começo da eternidade – ou pelo menos foi o que pareceu nos primeiros minutos, até que a respiração voltou ao normal, seu coração parou de trovejar e ela ficou ciente do peso que sentia sobre o corpo, apertando-a contra o colchão, e do fato de que ainda estavam unidos e que eram, de fato, marido e mulher.

Devia se sentir envergonhada, constrangida, exposta. Não sentiu nada disso, nem mesmo quando ele se colocou ao lado dela, contemplando-a sob a luz vacilante da vela com aqueles olhos verdes, semicerrados. Sentia apenas uma certa tristeza por ter chegado ao fim e por esperar que em seguida ele se dirigisse ao próprio quarto e ela talvez ficasse sem experimentar aquilo por algum tempo, talvez até mesmo uma semana inteira.

Mas ele não partiu. Passou um braço sob seu pescoço e o outro na altura da cintura e fez com que rolasse por cima dele. Agnes cochilou embalada pelas batidas constantes do coração dele, aquecida pelo calor de seu corpo e reconfortada pelo cheiro almiscarado, suado, que a ela parecia ser a própria essência da masculinidade.

Flavian em *sua* própria essência.

Estava profundamente apaixonada por ele.

Os dois fizeram amor seis vezes antes que ela despertasse na luz do dia e o encontrasse de pé ao lado da cama, olhando para ela enquanto vestia uma das mangas do roupão. Ainda parecia glorioso em sua quase nudez, embora seu corpo não tivesse sido poupado das marcas da guerra, como ela vira e sentira durante a noite. Havia numerosas cicatrizes de antigas feridas, feitas a sabre, e uma marca enrugada deixada por uma bala no ombro direito. Vários daqueles ferimentos deviam ter sido quase fatais na época em que aconteceram.

As cicatrizes não afetavam sua beleza. E ele era incrivelmente belo, dourado, atraente, forte e viril.

– Despertei a B-Bela Adormecida – disse ele. – Minhas desculpas, lady Ponsonby. Mas serei objeto de zombaria pelo resto dos meus dias se não fizer uma aparição antes da partida de meus amigos. E *nós* devemos partir também, em algum momento desta manhã.

Ele se abaixou, beijou-a de um modo demorado, profundo, com a boca aberta, ergueu uma sobrancelha quando ela suspirou e disse então que ela teria feito de Eva uma coadjuvante, caso tivesse perambulado no Jardim do Éden no início dos tempos. Desapareceu em seguida em uma das salas de vestir, fechando a porta ao sair.

Tinham se amado devagar e também com feroz velocidade, com ela de costas ou sobre ele – e uma vez muito, muito devagar, de lado, ela com a perna sobre o quadril dele enquanto ele observava seu rosto e ela o dele. Todas as vezes, ele cuidara para que ela sentisse tanto prazer quanto ele. Era muito habilidoso, como quem se orgulhasse de ser um bom amante.

Eram seis e meia da manhã, constatou Agnes ao olhar para o relógio sobre a lareira.

E percebeu algo ao sentir o frescor do ar da manhã sobre seu corpo nu enquanto jogava as pernas para o lado da cama e se sentava. Duas coisas, na verdade. Em primeiro lugar, se sentia completamente... casada. Todo seu corpo estava dolorido, até mesmo por dentro. As pernas pareciam bambas. Era maravilhoso.

Percebeu também que, para Flavian, a noite não tivera qualquer relação com amor ou paixão. Não tivera qualquer relação com o dever de um marido para com sua esposa e o casamento. Não tivera sequer relação com a consumação dos rituais do dia anterior. Para ele, se tratara de dar e receber prazer.

Era bom saber que ela o agradara. E ela o *agradara*. Não havia dúvida. Da mesma forma que ele a agradara – o que, com certeza, era dizer pouquíssimo sobre o que se passara. Assustava um pouco saber que tinha sido *apenas* prazer para ele, que provavelmente sempre seria assim. Ah, acreditava que ele gostava dela, que talvez sentisse até alguma estima. Acreditava, apesar da masculinidade feroz que ele sempre transmitia, que seria fiel a ela, pelo menos por algum tempo.

Mas deveria sempre se lembrar de que, para ele, o aspecto sexual do casamento seria de puro prazer. Não deveria presumir jamais que aquilo era amor. E não deveria procurar amor em outros aspectos do relacionamento. Não deveria se arriscar a ter o coração partido.

Ah, mas ela também sentia prazer. Até então não tinha a *mínima* ideia...

Mas precisava se vestir e se preparar para partir.

Partir.

Deixar para trás sua casa e Dora e tudo o que se tornara familiar e confortável em apenas um ano. Devia ter *enlouquecido* para se casar com um homem de quem sabia tão pouco. A questão é que ela não tinha se arrependido. Mantivera a cautela por muito tempo. Por toda sua vida.

Levantou-se e sentiu toda aquela deliciosa falta de firmeza nas pernas e a sensibilidade nos seios e no interior de seu corpo. Ousou sentir a esperança de que nunca se arrependeria. E de que talvez, enfim – ah, *enfim* –, ela conceberia um filho. Talvez filhos. Plural. Ousaria sonhar tanto assim?

Tinha apenas 26 anos. Por que devia sempre acreditar que os sonhos eram para os outros e não para ela?

Apareceram na sala de jantar da ala oeste da casa antes das sete e meia da manhã. Mesmo assim, foram os últimos a chegar para o desjejum.

– O quê? – disse Ralph, ao vê-los. – Não conseguiu dormir, não é, Flave?

– Isso mesmo, camarada – disse Flavian, soltando um suspiro ao erguer o monóculo até o olho e encarar com alguma desaprovação os rins amontoados no prato de Ralph. – Presumo que tenha dormido bem?

– Eu havia combinado enviar o desjejum para a suíte às oito e meia – disse lady Darleigh. – Mas é ótimo que tenham se juntado a nós. Agnes, venha sentar-se a meu lado. Detesto despedidas e serão muitas nesta manhã. Mas ainda não. Venha conversar comigo. Vou sentir sua falta terrivelmente.

Agnes parecia corada, Flavian percebeu – provavelmente sentindo algum constrangimento depois daquela noite. E talvez tivesse mesmo um bom motivo para se sentir assim, pensou ele com descarada satisfação masculina. Por mais que sua aparência estivesse bem-cuidada, de algum modo ela ainda parecia bastante mexida.

Ele nunca havia desfrutado de uma noite de sexo como aquela. *Jamais.* E, como suspeitara, e muito *além* de suas expectativas, ela se comportara como um barril de pólvora de sexualidade apaixonada que apenas esperava ser inflamado. E ele passara uma noite gloriosa acendendo as chamas e navegando pelas ondas dos fogos de artifício que se seguiam.

E ela fora dele aquela noite, e seria na noite seguinte, e por todas as noites – e por todos os dias, se assim desejassem – pelo resto de suas vidas. Talvez fosse porque ele não houvesse tido sexo suficiente desde que sofrera seus ferimentos. Talvez estivesse tão esfaimado quanto ela obviamente parecia. Mas não precisava considerar aquela possibilidade. Deleitariam-se com aquele banquete depois de tanta carência até se saciarem – e então tratariam do que viria a seguir.

Talvez o banquete durasse a vida inteira. Quem poderia saber?

Sentou-se entre George e Imogen e sentiu toda a infelicidade de saber que as três semanas haviam acabado e que ele mais ou menos desperdiçara os últimos sete dias com sua louca corrida de ida e volta até Londres, e depois o casamento e a noite de núpcias.

– Vai estar em Londres durante a temporada, George? – perguntou.

– O dever me chama, na forma da Casa dos Lordes – disse George. – Sim, vou para lá, pelo menos por algum tempo.

– E você, Imogen? – perguntou Flavian.

A amiga fizera uma rara aparição no ano anterior para o casamento de Hugo, seguido imediatamente pelo de Vincent.

– Eu não – disse ela. – Ficarei em casa, na Cornualha... – Ela cobriu a mão dele com a sua e apertou a palma da mão dele com os dedos. – Estou tão contente por você ter encontrado a felicidade, Flavian. Assim como Hugo, Ben e Vincent, e tudo isso em apenas um ano. É bem atordoante. Agora, só falta Ralph encontrar alguém.

– E você, Imogen – disse ele. – E G-George.

– Sou cachorro velho para aprender novos truques – disse George com um sorriso. – Vou me realizar com a felicidade de meus amigos. E de meu sobrinho. Fiquei mais próximo de Julian desde seu casamento. Ele se saiu bem melhor do que poderia ser esperado durante seus dias de juventude selvagem.

– Qual é a *sua* idade? – perguntou Flavian – Não tinha percebido que estava d-decrépito.

– Tenho 47 anos – disse George. – Casei-me ainda uma criança e ainda era uma criança quando meu filho nasceu. Há muito tempo.

Minha nossa, aquilo devia ser mesmo verdade. Flavian nunca tinha parado para fazer as contas. George não podia ter mais de 17 ou 18 anos ao se casar. Assustadoramente jovem.

A atenção de Imogen estava voltada para seu prato vazio.

– Não procure romance de minha parte, Flavian – disse ela. – Não vai acontecer. Nunca mais. Por opção minha.

Ela havia soltado a mão, mas Flavian voltou a tomá-la e levou-a aos lábios.

– A vida ainda será g-gentil com você, Imogen – disse ele.

– Ela já é. – Imogen olhou em seus olhos e o brindou com um de seus raros sorrisos. – Tenho seis dos mais maravilhosos amigos do mundo... e todos são muito bem-apessoados. O que mais uma mulher poderia pedir... mesmo quando eles *demonstram* uma tendência irritante para se apaixonar e casar com outras damas?

Ele devolveu o sorriso e encontrou o olhar de Agnes, do outro lado da mesa. Ainda parecia corada e agitada. Ele fechou um dos olhos, numa piscadela lenta, e ela corou mais ainda e abriu um meio sorriso antes de voltar sua atenção para lady Darleigh e lady Trentham.

Ele a queria de novo e se pegou imaginando como seria fazer sexo numa carruagem fechada, chacoalhando e sacolejado pelas estradas inglesas. Apertado, desconfortável, perigoso e muito, muito bom, suspeitava ele. Talvez resolvesse testar sua teoria mais tarde.

Mas naquele momento todos levantavam da mesa. Estava na hora de deixar Middlebury Park e de se despedirem. Era o dia mais terrível do ano inteiro. Só que daquela vez ele não partiria sozinho. Naquele ano, tinha uma esposa para acompanhá-lo.

E a mãe pra enfrentar em Candlebury, quando tivesse coragem de ir até lá. E Marianne.

E Velma.

Estava feliz por não ter comido rins. Já se sentia ligeiramente enjoado.

Todos partiam na mesma hora num burburinho de carruagens, cavalos, cavalariços, vozes, risos – e lágrimas. Todos se abraçaram e mantiveram abraços apertados por longos momentos. E Agnes foi incluída.

Foram abraços diferentes daqueles da véspera. No dia anterior, ela era a noiva e as pessoas sempre abraçavam as noivas. Era um ato quase impessoal.

Nesse dia ela foi abraçada e retribuía os abraços, pois, de certo modo, fazia parte do grupo – o Clube dos Sobreviventes e seus cônjuges.

Nunca fora uma pessoa emotiva, pelo menos desde a infância. Não era do tipo que tocava nos outros, a não ser em um aperto de mãos ocasional, em situações sociais. Era raro abraçar alguém e era raro ser abraçada. Em condições normais, evitava esse tipo de contato. Do mesmo modo que, de certa maneira, evitara o contato físico em seu primeiro casamento – embora sempre de uma forma interna, nunca exteriorizada – e ficara aliviada quando os encontros rarearam em frequência e, por fim, se encerraram.

Na noite anterior, tinha sido consumida por uma intensa paixão física e naquela manhã deu um abraço para cada abraço recebido de pessoas que ela mal conhecia, com exceção de Sophia. E sentiu um vínculo, um carinho no coração, uma estima que desafiava a razão e o senso comum.

Sentia-se completamente viva pela primeira vez. Ah, e loucamente apaixonada, claro, embora não permitisse que sua cabeça se demorasse muito nessa ideia, nem seu coração. Era a esposa de Flavian, e por enquanto isso era o suficiente.

Encostou os dedos no dorso da mão dele enquanto se afastavam da casa e contornavam os jardins formais para tomar a estrada entre as topiarias, passando pelas árvores e os portões. E ele tomou sua mão e a segurou com carinho, embora não a olhasse nem dissesse nada. Agnes sabia que era impossível para ela compreender todos os vínculos que uniam aquele grupo de sete. Eram mais profundos do que vínculos familiares, isso ela sabia.

Mas nem todas as despedidas tinham sido feitas.

Dora estava no jardim, do lado de fora do chalé, observando o movimento das carruagens, sorrindo e acenando à medida que cada uma diminuía o ritmo e as despedidas se faziam pelas janelas abertas. Ainda sorria quando a carruagem de Flavian parou e o cocheiro desceu de seu posto para abrir a porta e colocar a escada. Flavian desceu e ajudou Agnes, que foi envolvida pelos braços da irmã, separadas pelo portão. Por um momento, ficaram sem dizer nada.

– Está linda, Agnes – disse Dora, quando as duas se afastaram. O que era algo estranho de dizer, pois a irmã usava os mesmos costume e chapéu de viagem de milhares de vezes antes. Mas Dora repetiu as palavras com mais ênfase. – Está *linda*.

– Também estou l-lindo, Srta. Debbins? – perguntou Flavian com sua voz lânguida e suspirosa.

Dora o examinou com ar crítico.

– Pois bem, está sim – disse ela. – Mas está sempre lindo. Isso não quer dizer que eu tenha a mínima confiança. E é melhor me chamar de Dora, porque sou sua cunhada, Flavian.

Ele abriu um sorriso maroto e abriu o portão para lhe dar um abraço apertado.

– Vou t-tomar c-conta dela, Dora – disse ele. – P-prometo.

– Vou cobrar.

Em seguida, Agnes voltou a abraçá-la, foi devolvida à carruagem, a porta fechou com uma batida decisiva e o cocheiro jogou o baú e outras bolsas no compartimento de carga. Alguns minutos depois a carruagem sacolejou de leve sobre suas molas extravagantes e avançou. Agnes aproximou-se da janela e ergueu a mão. Ficou olhando a irmã sorridente, com uma postura altiva, até que ela tivesse desaparecido, e mesmo então manteve a mão erguida.

– Morei ali por pouco mais de um ano, no entanto sinto como se meu coração estivesse sendo arrancado – confessou ela.

Talvez aquele não fosse um comentário muito elogioso para fazer ao seu novíssimo marido.

– É sua irmã que v-você está deixando para trás, Agnes. Não é o vilarejo. E ela foi mais uma m-mãe do que uma irmã. Vai vê-la com muita frequência, porém. Quando formos morar em Candlebury Abbey, vamos recebê-la... e ela v-vai ficar por lá quanto quiser. Pode ficar conosco para s-sempre, se quiser, embora seja meu p-palpite que ela p-prefira a independência. Mas você vai vê-la m-muito.

Agnes recostou-se no assento, mantendo o rosto semioculto, mas ele pousou o braço em seus ombros e trouxe-a para junto de si, até que sua cabeça só pudesse descansar em seu ombro. Flavian soltou o laço sob seu queixo e jogou a touca no assento oposto, ao lado de seu chapéu.

– Despedidas são os momentos mais infelizes do m-mundo – disse ele. – Nunca diga adeus para mim, Agnes.

Era quase, pensou ela, *quase* como se ele estivesse dizendo que se importava de verdade. Mas ele logo arruinou a impressão.

– Andei p-pensando – disse ele com aquele suspiro agora familiar – se seria possível ou impossível, se seria s-satisfatório ou insatisfatório fazer sexo na carruagem...

Ele esperava que ela *respondesse*? Aparentemente, não.

– Não gostaríamos de ser vistos, claro – disse ele. Embora haja algo um tanto e-empolgante em imaginar as expressões nos rostos dos passageiros da diligência, ao passar. Contudo, essas cortinas funcionam perfeitamente bem para cobrir as janelas. Quanto aos sacolejos, o cocheiro mal vai reparar se estivermos num trecho normal da estrada. Tentaremos em algum momento desta tarde. C-creio que a experiência rivalizará com o prazer encontrado ao rolar por uma cama grande o bastante para dez pessoas.

– Tudo em que você pensa é no prazer? – perguntou ela.

– Hum. – Ele refletiu um pouco sobre a pergunta. – Às vezes também penso em trabalho duro, naquele tipo de trabalho que deixa os corpos suados pelo esforço e a respiração ofegante. E às vezes penso na sensação quase de dor por ter de me s-segurar para não explodir como um foguete que dispara antes do espetáculo principal ou como um adolescente que n-nunca ouviu falar em autocontrole. E às vezes penso sobre a r-respeitabilidade de esperar até a noite para ter relações maritais com minha esposa que talvez considere inadequado fazê-lo na luz do dia. A não ser às cinco da manhã, quero dizer, quando não demonstra qualquer r-relutância nem perde t--tempo nenhum pensando no que é r-respeitável.

Os ombros de Agnes estremeceram. Ela não ia rir. Ah, não *riria*. Ele não devia ser encorajado. Mas ele a segurava pelo ombro e devia saber que estava rindo ou sofrendo de malária. Desistiu de lutar para se manter em silêncio.

– Você fala *tantos* absurdos – disse ela, caindo na gargalhada.

– Não! – Ele ergueu o ombro para poder olhar para seu rosto. As pálpebras, como ela esperava, estavam semicerradas. – Achei que t-talvez eu fosse um dos maiores amantes do mundo.

– Pois bem, eu não saberia dizer, não é? – disse ela. – Mas eu arriscaria afirmar que você está bem perto deles.

Os olhos dele se arregalaram de súbito e o rosto foi tomado pelo riso. Agnes sentiu o estômago dar uma cambalhota completa.

– Você não ousaria – disse ela. – Fazer isso *aqui*, em plena luz do dia, quero dizer.

Ele voltou a se recostar no assento e inclinou a cabeça para descansar o rosto no alto da cabeça dela. E Agnes percebeu que ele havia desfiado uma série de absurdos para que ela deixasse de pensar na despedida de Dora e talvez para deixar de pensar na separação dos amigos *dele*.

– Agnes – disse ele minutos depois, quando ela se sentia um tanto sonolenta e começou a pensar que ele cochilara –, nunca ouse desafiar seu marido se suspeitar por um momento que corre o risco de ser derrotada.

Ah, ele falava *sério*. Era escandaloso, terrível, indigno e...

Ela voltou a sorrir, encostada no ombro dele, mas não respondeu.

Flavian havia escrito para Marianne uma semana antes, mais ou menos. Na carta, informara quando esperava chegar a Londres. Mas nada dissera sobre uma visita a Candlebury para a Páscoa, nem mencionara algo sobre estar acompanhado por uma esposa. Como poderia? Na ocasião, não sabia que haveria uma esposa.

Escreveu para a mãe da estalagem onde passaram a primeira noite da viagem. Era justo avisá-la. Informou que havia se casado, mediante licença especial, com a Sra. Keeping, viúva de William Keeping, filha do Sr. Walter

Debbins, de Lancashire. Fez uma menção especial ao fato de ela ser uma grande amiga da viscondessa de Darleigh, de Middlebury Park. Levaria a esposa para Londres, para uma curta estada, e então seguiriam para Candlebury, onde passariam a Páscoa.

A mãe não ficaria feliz, para dizer o mínimo. Mas não havia nada que pudesse fazer naquele momento, quando tudo já estava resolvido, e compreenderia, depois de um ou dois dias de reflexão. O espírito prático e as boas maneiras terminariam por prevalecer. Quando fosse apresentada a Agnes, no mínimo ela seria gentil e a trataria de modo impecável. Como poderia ser diferente? Agnes seria a nova senhora de Candlebury Abbey.

O próprio Flavian sentiu uma grande inquietação ao perceber a verdade desse fato. O tempo passara. David havia ficado ainda mais para trás na história. Assim como sua mãe. Passara a ser a *viúva* lady Ponsonby.

A carruagem parou diante da Casa Arnott, na praça Grovesnor, no final da tarde do terceiro dia de viagem, apenas uma hora mais tarde do que ele previra.

Ele não se mexeu por um momento depois que o cocheiro havia aberto a porta e instalado os degraus. Ficaria bem feliz em estender a viagem por alguns dias. Não tinha pressa para avançar para a próxima etapa de sua vida depois daquela lua de mel breve, inebriante e deliciosa.

Não tinha se arrependido do casamento impulsivo nem por um momento. O sexo era a melhor parte de sua vida, tanto aquele que acontecera todas as noites em camas decentes quanto o que acontecera na carruagem em três ocasiões diferentes – *em especial* o que acontecera ali, na verdade. Como esperara, tinha sido dificílimo, apertadíssimo e desconfortável, e escandalosamente satisfatório.

Agnes não admitiria tal coisa. Protestara todas as vezes, antes e depois. Mas fora incapaz de esconder o prazer intenso que sentia ao copular no interior de uma carruagem em movimento numa estrada do rei.

Havia uma coisa a respeito de Agnes. Em público, era uma dama muito recatada. Poderia passar por uma preceptora pudica em qualquer ocasião. Mas em particular, com ele, transformava-se e era tomada por uma paixão tórrida e desinibida. Quando se amavam, era como se levantassem nuvens de vapor.

Não conseguia se cansar dela e perguntava-se se um dia isso aconteceria.

Mas a lua de mel – se é que uma viagem de três dias podia ser chamada assim – tinha de acabar e ali estavam os dois na frente de sua casa em

Londres, e a porta estava escancarada e não havia mais nada a fazer além de saltar e seguir em direção ao futuro. Pelo menos, ele a trouxera primeiro para ali. Pelo menos, a teria para si por mais alguns dias. E havia a novidade e o apelo de imaginar a casa tão familiar com a presença pouco familiar de uma esposa a compartilhá-la.

O mordomo fez uma reverência rígida, deu-lhe boas-vindas e olhou com cautela para Agnes.

– Minha esposa, a viscondessa de Ponsonby, Biggs – disse Flavian.

Biggs voltou a se curvar com mais rigidez e cautela e Agnes inclinou a cabeça.

– Sr. Biggs – disse ela.

– Minha senhora.

Então o grande canhão soltou um estrondo, a bala caiu bem aos pés de Flavian e explodiu bem na sua cara. Ou pelo menos foi o que pareceu.

– A senhora sua mãe está no andar de cima, no salão, meu senhor – informou Biggs –, esperando sua chegada. – Parecia que ele queria dizer mais alguma coisa, mudou de ideia e cerrou a boca com um quase audível ranger de dentes.

Sua mãe? *Ali?* Esperando por ele? E se estava ali, então, era quase certo que Marianne também estivesse. Não tinham permanecido em Candlebury Abbey, afinal de contas. Mas seria possível que tivessem aparecido em resposta à sua carta? Ele a escrevera apenas duas noites antes. Ou... elas *não sabiam*?

A segunda hipótese era a mais provável, ele percebeu. Biggs, com certeza, não sabia, e os criados sempre sabiam o que os patrões sabiam, e com frequência sabiam antes.

Meu bom Deus! Ele fechou os olhos por um momento, arrasado. E durante aquele mesmo momento, considerou a possibilidade de dar meia-volta e sair em desonrosa disparada, arrastando Agnes a reboque. Em vez disso, voltou-se para ela e ofereceu o braço. Ela parecia tão pálida quanto ele.

– Venha, v-vamos encontrar minha m-mãe – disse ele com o que esperava que parecesse ser um sorriso reconfortante. – Vamos lá e v-vamos terminar logo com isso.

Deu-lhe o braço e os dois seguiram as costas rígidas e impassíveis de Biggs escada acima. Essa situação, pensou Flavian, era tremendamente injusta com Agnes e com sua mãe. Mas o que ele deveria fazer? Estava determinado a não se sentir como um garoto pilhado durante uma travessura. Maldição. Ele tinha 30 anos. Era o chefe da família. Era livre para se casar com quem quisesse e na circunstância que quisesse.

Não esperara que a mãe estivesse sozinha no salão. Havia se preparado para também encontrar Marianne e talvez Shields, seu marido. E tinha razão – os três estavam lá.

Assim como sir Winston e lady Frome.

Assim como a filha do casal, Velma.

CAPÍTULO 15

A súbita descoberta de que a mãe de Flavian se encontrava em Londres e naquela mesma casa deixou Agnes completamente desconcertada. Já se sentia cansada depois de mais um dia de viagem e um pouco aturdida ao constatar que a Casa Arnott era uma construção imensa e imponente de um dos lados de uma praça grande e elegante. Quando seu pé alcançou o primeiro degrau da escadaria, Agnes quase soltou o braço dele e insistiu em que ele fosse sozinho até o salão enquanto ela ia para... onde?

Ainda não tinha seus aposentos e não sabia onde eram os dele. Não podia dar meia-volta e fugir. Além disso... era verdade, teria que enfrentar o desafio de conhecer a sogra mais cedo ou mais tarde. Só não esperava que fosse *naquele momento.* Esperara ter alguns dias, talvez uma semana, e uma troca de correspondências primeiro. Parecia muito improvável que a carta de Flavian tivesse chegado à sua mãe antes de ela partir para a cidade. O que significava que *ela não sabia.*

Aquilo era mesmo impensável.

Logo chegaram ao andar de cima e o mordomo abriu as grandes portas daquilo que Agnes presumiu ser o salão, e ela entrou de braço dado com ele – percebendo com algum terror que havia gente no aposento. *Seis pessoas,* mais precisamente.

Soltou a mão e parou logo depois da entrada enquanto o Sr. Biggs fechava as portas. Flavian, por sua vez, deu mais alguns passos.

Havia quatro damas, três delas sentadas, uma de pé, ao lado do fogo que crepitava na lareira. Dos dois cavalheiros, o mais velho se encontrava de pé do outro lado, enquanto o mais jovem se mantinha atrás da cadeira de uma das damas.

Todas pareciam elegantes, formidáveis e... Mas não havia tempo para que mais detalhes se imprimissem na mente de Agnes. A dama na cadeira mais próxima da porta se levantou, o rosto se iluminando com alegria e... alívio?

– Flavian, meu querido – disse ela. – Enfim.

Encostou o rosto no dele e com leveza jogou um beijo na direção da orelha dele. Era a mãe, sem dúvida. Parecia ter a idade certa e ele se parecia um pouco com ela.

– Estávamos começando a pensar que tivesse atrasado sua viagem por um ou dois dias, Flavian – disse uma dama mais jovem, também levantando-se e apressando-se para dar um beijo em seu rosto. – Sem dizer uma palavra a ninguém, o que seria bem *característico* de sua parte, mas hoje seria uma provocação extrema.

Havia uma semelhança com a outra dama. Devia ser sua irmã.

Uma das outras duas damas, aquela que se encontrava próxima ao fogo, deu alguns passos na direção dele antes de parar, os olhos iluminados por algum tipo de emoção mal suprimida, as mãos no peito. Tinha provavelmente a mesma idade que Agnes, talvez um pouco mais velha, mas era de uma beleza impressionante. Talvez um pouco mais baixa do que a altura mediana, esguia, com traços delicados, um belo rosto, grandes olhos azuis e cabelos muito louros.

– Flavian – murmurou ela em uma voz suave e doce. – Está em casa.

E ele falou pela primeira vez.

– Velma.

Tudo se passou em uma questão de segundos. Agnes não poderia passar muito tempo sem ser percebida, claro. Por infelicidade, não era invisível. E todos pareceram percebê-la no mesmo instante. A mãe e a irmã de Flavian viraram a cabeça e a olharam com um ar vazio. A dama loura – *Velma* – parou de avançar. O cavalheiro do outro lado da lareira levou o monóculo ao olho.

E Flavian virou-se e segurou sua mão, parecendo visivelmente mais pálido do que na carruagem, minutos antes.

– Tenho o grande prazer de apresentar Agnes, minha esposa – disse ele, contemplando os olhos dela sem sorrir antes de se voltar para os demais. – Minha mãe, a viscondessa v-viúva de Ponsonby, e minha irmã, Marianne, lady Shields. – Ele indicou os outros enquanto os apresentava. – Oswald, lorde Shields, lady Frome, sir Winston Frome e a condessa de Hazeltine, sua filha.

Sir Winston havia dado mais um passo na direção da filha. Lady Frome também se levantara e se aproximara, como se quisesse proteger a jovem. Proteger de quê? Ela era a condessa de Hazeltine.

Houve um momento – uma eternidade – de silêncio.

Lady Shields foi a primeira a reagir.

– Sua esposa, Flavian? – questionou ela, olhando para Agnes com uma mistura de espanto e repugnância. – *Esposa?*

A mãe dele agarrou com uma das mãos as pérolas que davam voltas em torno de sua garganta.

– O que fez, Flavian? – perguntou, com a voz fraca, o olhar fixo no rosto do filho. – Casou. E fez isso de propósito, não foi? Ah, eu devia ter esperado. Sempre foi um filho desnaturado. Sempre, mesmo antes da morte de seu irmão. Mesmo antes de partir para a guerra, o que foi um gesto de irresponsabilidade, antes de ser ferido e de ter perdido a cabeça e ficado violento. Nunca deveriam ter permitido que saísse daquele lugar para onde o mandamos. Mas isso... *isso*... Ah, isso *extrapola* todos os limites.

– Mãe – disse lorde Shields, incisivo, dando a volta em torno da cadeira onde a esposa estava sentada para segurar o antebraço da sogra enquanto ela cambaleava de volta para o assento. Ele abaixou-se, franzindo a testa.

Os dedos de Flavian apertavam tanto a mão de Agnes que ele quase chegava a esmagar os dedos da esposa, machucando-a. Mas ela não ficou surpresa ao erguer os olhos e perceber que ele encarava a cena diante dele com ar preguiçoso e a boca zombeteira.

E fez isso de propósito, não foi?

– É uma notícia repentina, Ponsonby – disse sir Winston Frome, com a voz fria e altiva. Ignorou Agnes por completo. – Poderia ter levado um pouco mais em consideração os sentimentos de sua mãe.

– Está casado, Flavian? – quis saber lady Hazeltine com um sorriso que parecia assustador num rosto tão pálido quanto seu cabelo. – Mas que surpresa encantadora. Minhas congratulações. Para a senhora também, lady Ponsonby. Espero que sejam muito felizes.

Velma atravessou todo o aposento com os olhos em Agnes, a mão direita estendida. Estava fria como gelo, Agnes descobriu quando a mão tocou a sua por um momento.

– Obrigada – disse Agnes, devolvendo o sorriso.

– Acabei de completar um ano de luto pela perda de meu marido – disse a condessa. – Mamãe e papai insistiram em que eu viesse à cidade antes do início da temporada para comprar roupas novas com alguma tranquilidade, embora eu esteja muito pouco inclinada a deixar de usar preto. Lady Ponsonby também veio mais cedo... perdoe-me, a *viúva* lady Ponsonby... com Marianne e lorde Shields. Fomos convidados para o chá esta tarde. Vim porque seu marido era aguardado e faz anos desde que nos vimos pela última vez. Como sabe, éramos vizinhos desde a infância e sempre fomos melhores amigos.

Era a encarnação da dignidade sorridente e pálida.

– S-senti muito ao saber de sua p-perda, lady Hazeltine – disse Flavian. – D-deveria ter lhe escrito.

– Mas nunca foi muito adepto da correspondência, não é? – provocou ela, abrindo um sorriso.

– Lady Ponsonby – disse lady Frome, dirigindo-se à mãe de Flavian –, pedimos sua licença para partir e permitir alguma privacidade para desfrutar da notícia encantadora e conhecer melhor sua nova nora. O chá e a conversa foram muito agradáveis. Lorde Ponsonby, é de esperar que seja muito feliz.

Sorriu, vacilante, para Agnes enquanto partia. O marido a ignorou por completo. A filha exprimiu o desejo de conhecer melhor Agnes em breve.

A porta fechou-se depois que saíram, mas suas presenças pareceram pairar no aposento. Havia alguma coisa, pensou Agnes. Com toda a certeza, havia *alguma coisa. Flavian*, havia dito a condessa com um olhar de acolhimento no rosto. *Velma*, ele respondera.

Velma.

Mas tinham crescido como vizinhos. Como amigos. Amigos de infância usavam os nomes de batismo.

Não houve tempo para mais ponderações, porém. A sogra, a cunhada e o cunhado permaneciam no salão. A notícia trazida por Flavian os deixara profundamente chocados.

Sempre foi um filho desnaturado. Sempre, mesmo antes da morte de seu irmão. Mesmo antes de partir para a guerra, o que foi um gesto de irresponsabilidade, antes de ser ferido e de ter perdido a cabeça e ficado violento. Nunca deveriam ter permitido que saísse daquele lugar para onde o mandamos. Mas isso... isso... Ah, isso extrapola *todos os limites.*

Aquele lugar devia ser Penderris Hall, na Cornualha, residência do duque de Stanbrook.

Fez isso de propósito, não foi?

A mãe de Flavian estava recuperando a pose, sentada na cadeira, muito ereta.

– Então se casou, Flavian – disse a irmã. – E mamãe está certíssima. Claro que foi de propósito e é o tipo de coisa que você *faria*. Pois bem, é você quem vai ter de viver com as consequências. Agnes, perdoe-nos, por favor. Sofremos um severo abalo e quase nos esquecemos dos nossos modos. Mas onde foi que os dois se conheceram? Há quanto tempo se conhecem? E quem é *exatamente* a senhora? Estou segura de que nunca a vi antes.

E aquilo nem chegava a ser surpreendente, sua expressão parecia querer dizer enquanto os olhos vasculhavam a nova cunhada da cabeça aos pés.

– Nós nos conhecemos em Middlebury Park, no outono passado. E voltamos a nos ver no mês passado. Casamos mediante licença especial há quatro dias.

Agnes não teve oportunidade de responder à última pergunta da cunhada. Flavian soltara sua mão e agora segurava com firmeza sua cintura.

– V-venha, sente-se, Agnes – disse ele. – Sente-se perto do f-fogo. Poderia tocar a campainha, Oswald, por favor, e pedir uma b-bandeja de chá caso Biggs ainda não tenha pensado nisso? Achei que todos passariam a Páscoa em Candlebury. M-mandei uma carta para lá.

– Ao nos punir com tanta astúcia, Flavian – disse a mãe, como se ele não tivesse falado –, também se puniu, naturalmente. É tão típico de você. Mas, como Marianne observou, será você quem terá que sofrer as consequências, como aconteceu quando decidiu permanecer no Exército depois da morte de seu irmão. Como poderia ter sido diferente sua vida, caso tivesse cumprido com seu dever naquela ocasião. *Agnes*. Quem é você? Quem *era* você antes de meu filho elevá-la à condição de viscondessa?

Era pior do que os piores pesadelos de Agnes. Mas ela tentou dar um desconto àquela reação por toda a surpresa. Suspeitava que aquele primeiro encontro não teria sido tão ruim se os acontecimentos tivessem se desenrolado de acordo com os planos. Se a família dele permanecesse no interior e tivesse lido a carta com alguns dias de intervalo antes do encontro, se *ela* tivesse tido oportunidade de escrever antes da viagem, então teriam tido pelo menos algum tempo para se prepararem e para ocultar a expressão mais brutal de seu horror sob o véu das boas maneiras.

– Nasci Agnes Debbins, em Lancashire, senhora – explicou. – Meu pai é um cavalheiro. Casei-me com William Keeping, cavalheiro e fazendeiro e nosso vizinho, aos 18 anos, mas enviuvei há três anos. Permaneci por pouco tempo em Shropshire, com meu irmão, sacerdote, e então mudei-me para o vilarejo de Inglebrook, próximo a Middlebury Park, em Gloucestershire, para viver com minha irmã solteira.

– Debbins? Keeping? Nunca ouvi tais nomes – queixou-se a viúva olhando para a nora com óbvia irritação.

– Nem meu pai nem meu falecido marido frequentavam os círculos da aristocracia, senhora – disse Agnes. – Nem tinham qualquer interesse em passar temporadas em Londres ou em balneários elegantes.

Embora o pai tivesse planejado ir para Londres no ano em que Dora completou 18 anos, se sua esposa não o tivesse abandonado e partido com um amante. Mesmo assim, não teriam interagido com os mais altos escalões da sociedade.

– Suponho que não fossem cavalheiros muito prósperos. – Os olhos da viúva vasculharam Agnes da mesma forma que os de sua filha tinham feito minutos antes.

– Nunca busquei riqueza, senhora – afirmou Agnes.

Os olhos da viúva a encararam.

– Entretanto, casou-se com meu filho. Com toda a certeza sabia que estava fazendo uma excelente aliança.

– Agnes c-casou-se com um d-doido varrido, mamãe, como você m-mesma atesta, e merece algum t-tipo de m-medalha de honra – disse Flavian num tom entediado, embora estivesse com mais dificuldade do que o habitual para pronunciar as palavras. – Fui eu que fiz uma a-aliança b-brilhante. D-descobri alguém d-disposto a me a-aceitar. L-lamento que a senhora não tenha tido a oportunidade de l-ler minha carta antes de chegarmos em casa, m-mas a senhora também não informou que estava de v-viagem para minha residência em Londres... onde Agnes agora é a senhora. Ah, a b-bandeja de chá, enfim.

– Estamos despejando recriminações sobre Flavian por nos brindar com notícias tão inesperadas – disse lorde Shields, sorrindo para Agnes –, quando somos culpados por vir a Londres de modo tão impulsivo e até convidar visitantes no dia em que esperávamos a chegada de meu cunhado. Agnes, teve uma recepção lamentável por parte da família de seu marido e peço desculpas. Só posso esperar que Flavian teria recebido a mesma acolhida de seu pai, caso os dois aparecessem sem dar qualquer aviso. Devo colocar a bandeja diante de si?

Tinha sido colocada diante da viúva e ela já havia estendido o braço na direção da chaleira.

– Não, por favor – disse Agnes, erguendo a mão. – Ficarei muito feliz se me servirem o chá.

– Deve estar muito cansada, Agnes – disse lady Shields, entregando uma xícara de chá para a cunhada. – Viajar é tedioso e desconfortável, na melhor das hipóteses.

Agnes pensou na viagem com alguma saudade. Sabia mesmo durante seu desenrolar que era, de certo modo, uma ponte entre sua antiga vida e a nova, e tinha se agarrado àquele momento como se fosse uma espécie de intervalo no decorrer do tempo. Sua mente vislumbrou por um instante aquilo que haviam feito em três ocasiões diferentes para aliviar o tédio da longa jornada. Aquela era, pelo menos, a desculpa fornecida por Flavian.

Estivera certa em se agarrar àquela ponte.

Claro que foi de propósito e é o tipo de coisa que você faria. *Pois bem, é você quem vai ter de viver com as consequências.*

Ao nos punir com tanta astúcia, Flavian, também se puniu, naturalmente. É tão típico de você. Mas, como Marianne observou, será você quem terá que sofrer as consequências...

E, de algum modo, tudo tinha relação com a bela e doce Velma, condessa de Hazeltine, que concluía um ano de luto pela morte de seu marido. E a quem Flavian nunca escrevera com regularidade. Haveria motivos para que ele devesse ter escrito?

– Obrigada, senhora – disse Agnes, agradecendo o chá.

– Ah, deve me chamar de Marianne, por favor – pediu lady Shields. – Somos irmãs. E como *isso* parece estranho. Privaram-me do envolvimento na cerimônia de casamento, o que talvez seja algo bom, pois Flavian, sem dúvida, chamaria meu interesse de *interferência.* Conte-nos tudo sobre o casamento. Todos os detalhes. E reserve seu fôlego para tomar o chá. Os homens são péssimos na descrição desse tipo de evento em mais de uma única frase.

Flavian havia se sentado do outro lado da lareira e de lá olhava para Agnes, mantendo com firmeza a expressão sonolenta e um tanto zombeteira. Ela se perguntou se a mãe e a irmã percebiam que aquilo era uma máscara que escondia todos os tipos de incertezas e vulnerabilidades.

Agnes descreveu o casamento e o desjejum festivo em Middlebury Park. E ficou pensando no que queriam dizer quando falaram que ele tinha se casado com ela *de propósito*.

O problema era que ele nunca havia assumido o comando, pensou Flavian tempos depois, enquanto subia as escadas com a esposa. Nunca. Quando ainda era um garoto e David herdara o título após a morte do pai e todo mundo tentava *prepará-lo* para um dia não muito distante quando o título seria dele, aquilo havia sido um comportamento proposital. Houve planos para o casamento de David e a vaga esperança de que ele tivesse um herdeiro, mas aquela vaga esperança chegara ao fim quando Flavian fez 18 anos e já estava suficientemente maduro para que todos procurassem um matrimônio para ele.

Recusou-se categoricamente a tomar parte naquilo.

O quarto ao lado do dele já tinha sido preparado, descobriu com alívio ao entrar com Agnes. Ninguém tinha dado qualquer ordem, muito menos ele, embora ele *devesse* ter feito isso, mas quase sempre era possível confiar na iniciativa da criadagem. Pela porta aberta da sala de vestir, do outro lado do quarto, via-se uma jovem. Estava abrindo as malas da esposa. A criada fez uma reverência e explicou que tinha sido "designada para servir a senhora até a chegada de sua aia".

– Muito obrigada – disse Agnes, e Flavian fez um sinal com a cabeça para a menina antes de fechar a porta.

Voltou-se então para Agnes.

– S-sinto muito – disse ele, rompendo o silêncio que os dois mantinham desde que haviam saído do salão.

– Ah, eu também sinto muito – Agnes apressou-se em dizer. – Foi horrível, um choque terrível para sua mãe e sua irmã. Mas não foi sua culpa, Flavian.

Suas escovas já tinham sido arrumadas sobre a penteadeira. Ela se aproximou para rearranjá-las.

– O fato é que eu n-nunca afirmei minha posição – disse ele. – Já sou o visconde há mais de oito anos e n-nunca estabeleci minha autoridade. Não teriam se comportado de tal modo se eu tivesse agido de forma diferente. S-sinto muito.

Ela colocou dois castiçais numa posição mais a seu agrado, em cada ponta da penteadeira, e depois passou os dois para o mesmo lado.

– Esteve doente durante muitos desses anos – disse ela.

Era um quarto bonito, decorado principalmente em tons de verde-musgo e creme, muito diferente dos ricos brocados em vinho e dos veludos de seu próprio quarto. Era ali que ia gostar mais de fazer amor, suspeitava ele.

Meu Deus, Velma! Tinha sido como caminhar por uma dobra do tempo. Sete anos desapareceram como se nunca tivessem se passado e lá estava ela de novo, indo em sua direção em vez de se afastar, sorrindo com alegria em vez de chorando com dor e agonia. E parecendo tão linda como sempre.

Esfregou a ponta de um punho cerrado na testa. Uma dor de cabeça tentava se aproximar.

– Quem é Velma? – perguntou Agnes, como se pudesse ler a direção de seus pensamentos. Tinha virado a cabeça para olhá-lo por cima do ombro.

– A condessa de Hazeltine? – Ele franziu a testa.

– A princípio, chamou-a de Velma – disse ela. – E ela o chamou de Flavian.

Ele suspirou.

– Éramos v-vizinhos – disse ele. – Ela contou essa parte. Farthings Hall fica a 12 quilômetros de Candlebury. Nossas famílias foram sempre bem próximas.

Agnes sentou-se no assento almofadado diante da penteadeira, olhando para ele, com as mãos presas sobre o colo.

– Velma era prometida para D-David – disse ele. – Ficaram noivos quando ela f-fez 18 anos. Ele estava a-apaixonado por ela. Mas quando chegou a hora, n-não quis ir em frente. Já era óbvio que sofria de t-tísica e que não estava melhorando. R-recusou-se, embora todos insistissem em achar que ainda poderia ser pai de um herdeiro ou, quem sabe, ter até dois meninos. N-não quis. E isso p-partiu seu coração.

– Ah – disse ela, com suavidade. – E ela o amava?

– Teria cumprido seu dever – respondeu.

– Mas ela não o amava?

– Não.

– Pobre David – disse ela, olhando-o. – E seu coração se partiu por ele?

Ele caminhou, indócil, até a janela e tamborilou os dedos no parapeito. A janela do quarto de Agnes, como o dele, ao lado, contemplava a praça e o jardim perfeitamente bem-cuidado no meio. A dor de cabeça o irritava. Algo espreitava nos confins da sua mente e tornava tudo pior.

– Fiz por onde adquirir meu posto no Exército e fui me juntar ao regimento.

Parecia que os dois fatos não tinham ligação, mas tinham. Ele se recusara a noivar com Velma depois que David desistira. Precisava se afastar. Era a única forma de se salvar: fugir.

Sua cabeça começou a latejar.

– E Velma? – perguntou ela.

– Casou-se com o conde de Hazeltine alguns anos depois – disse ele. – O marido morreu no ano passado. Há uma filha, pelo que ouvi dizer. Não houve filhos, porém. Deve ter ficado bem d-desapontada.

Perguntou a si mesmo se Len também teria ficado desapontado. Claro que sim. Por que sequer fazia tal pergunta? Dane-se aquela maldita dor de cabeça.

– E David morreu antes do casamento de Velma? – perguntou Agnes.

– Sim. – Ele se manteve de costas.

– Deve ter ficado feliz por ele – disse ela.

– Claro. – Ela não sabia da missa a metade e ele não tinha energia nem disposição de lhe contar.

Ele percebeu que ela viera ficar a seu lado. Envolveu-a com um braço e puxou-a contra si. Sentiu a testa encostar no alto de sua cabeça. Ela não havia trocado de roupa nem se banhado depois de um dia de viagem. Nenhum dos dois havia. Mas ele aspirou aquele cheiro de sabonete tão familiar e abraçou-a com mais força ainda.

– Estamos bem em frente a uma janela – disse ela.

Ele esticou o braço e puxou a cortina. E a beijou com urgência, com a boca aberta, procurando a segurança que ela representava.

– Essa conversa precisa prosseguir na c-cama – disse ele, com os lábios junto a ela.

– Em plena luz do dia?

– F-funcionou bem na carruagem – argumentou ele.

– A criada. – Ela olhou para a porta da sala de vestir.

– Os criados não entrarão num aposento ocupado sem serem chamados – disse ele.

Não esperou despir-se ou despi-la. Jogou-a na cama, levantou suas saias até a cintura, desabotoou as calças, colocou-se sobre ela, entre suas coxas, e penetrou-a como se sua vida dependesse de algum tipo de salvação a ser encontrado naquelas profundezas. Entrou e saiu com força, o sangue trovejando em seus ouvidos até explodir em êxtase. Levou alguns segundos para sentir o ar entrando e saindo de novo de seus pulmões.

Saiu de cima dela e lançou um braço sobre os olhos. A dor de cabeça ainda estava à espreita.

– Sinto t-tanto – disse ele.

– Por quê? – Ela se deitou de lado e abriu a mão sobre o peito dele.

– M-machuquei você?

– Não – disse ela. – Flavian, precisa se perdoar por estar vivo enquanto seu irmão está morto.

Agnes não sabia *a metade* da história. Mas ele retirou o braço e virou a cabeça para olhá-la.

– O sexo foi b-bom? – perguntou. – Apesar de n-não ter muito *f-finesse*?

– E houve *finesse* na carruagem? – respondeu Agnes, as faces corando.

Flavian ergueu uma das sobrancelhas.

– Não faz ideia da habilidade necessária para tais manobras, madame – disse ele.

– Acredito que sei – respondeu ela. – Eu estava *lá*.

– Ah – disse ele, franzindo os olhos e contemplando os lábios da esposa. – Então era *você*?

Voltou-se para beijá-la de novo, dessa vez mais devagar, com mais habilidade, mais preocupado com o prazer dela. Perguntou a si mesmo como Velma devia estar se sentindo. O coração com certeza estava exposto em seus olhos assim que ele entrou na sala.

E como ele se sentia?

Ele se sentia a salvo com a esposa que escolhera. A dor de cabeça tinha dado meia-volta e desaparecia na distância.

– Agnes – sussurrou, e suspirou de satisfação.

CAPÍTULO 16

A vida, em seguida, mudou de um modo muito mais radical do que Agnes poderia ter esperado.

A sogra se recobrou do choque do primeiro dia já na hora do jantar e dominou a conversa. Não era difícil, pois Marianne e lorde Shields tinham voltado para a própria casa, Flavian preferiu parecer sonolento e Agnes não conseguia reunir os pensamentos de um modo satisfatório para ter a iniciativa na conversa.

Era muito bom que a Páscoa fosse mais tarde naquele ano, comentou a viúva, e ainda haveria um par de semanas antes que a aristocracia baixasse em Londres em grandes números e a temporada se iniciasse a sério. Teriam essas semanas, no mínimo, para montar o guarda-roupa. Mais cedo, ao dar uma olhada no vestido de noite lilás de Agnes, a viúva apresentou uma expressão condoída.

Agnes deveria parecer mais uma viscondessa, afirmou a viúva, sem meias palavras. Ela convocaria sua própria modista para uma visita domiciliar no dia seguinte e sua cabeleireira pouco depois. Não haveria chance de Agnes ser vista pelas pessoas erradas antes de estar pronta para ser apresentada a todos.

Flavian demonstrou irritação naquela altura.

– As p-pessoas *erradas* podem ir para a forca se não gostarem de Agnes como ela é, mãe – disse ela. – E eu vou levar Agnes a Bond Street amanhã. É onde se encontram os melhores costureiros.

– E *você* sabe exatamente quem são, eu suponho? – retrucou a mãe. – E sabe da última moda dos mais novos tecidos e adornos, eu suponho? Realmente, Flavian, deve deixar essas coisas comigo. Não vai querer que sua viscondessa pareça uma mulher antiquada.

– Acredito que isso não é p-possível – disse ele, inclinando-se para o lado, de modo que o lacaio pudesse reabastecer sua taça de vinho.

– E agora está sendo tolo de propósito, Flavian.

Era a hora de intervir. Agnes começava a se sentir como um objeto inanimado que causava uma arenga entre mãe e filho.

– Eu ficaria muito *feliz* em ir a Bond Street ou a qualquer lugar onde possam ser encontrados costureiros respeitáveis – disse ela. Talvez *os dois* possam me acompanhar amanhã. Apreciaria a companhia, Flavian, e estou certa de que sua mãe sente o mesmo. E, com certeza, apreciarei seus conselhos e conhecimentos, senhora.

Flavian franziu os lábios e ergueu a taça para brindar a ela em silêncio. A mãe suspirou.

– É melhor passar a me chamar de *Mãe*, Agnes, pois sou sua sogra – disse ela. – Amanhã de manhã, então. Faremos uma visita ao ateliê de Madame Martin. Que eu saiba, ela veste pelo menos uma duquesa.

Os olhos de Flavian reluziram, mas ele se controlou e não fez qualquer comentário. Devia ter percebido que era uma solução de compromisso.

– Estou ansiosa, Mãe – disse Agnes.

Seria apresentada à corte, a viúva prosseguiu, à sociedade, claro, pois afinal era desconhecida. Teriam de organizar um grande baile na Casa Arnott, no início da temporada, mas antes disso ela precisaria levar a nora para visitar todas as melhores famílias. E depois do baile deveria haver aparições frequentes nas festas e nos serões mais elegantes, desjejuns e concertos, bem como em visitas ao teatro e à ópera e Vauxhall. Deveria haver passeios a pé e de carruagem pelos parques, em especial por Hyde Park, durante a hora elegante da tarde.

– Com certeza não vai desejar que suspeitem que está escondendo sua viscondessa por ela não estar à altura do posto – disse a mãe a Flavian.

Ele ponderou enquanto cruzava a faca e o garfo sobre o rosbife e erguia o cálice de vinho pela haste.

– Não estou certo, Mãe – disse ele, por fim –, de que desejo ter o c-controle das suspeitas de alguém. As pessoas p-podem crer no que quiserem com minha benção, mesmo se for uma asneira desse tipo.

A mãe emitiu um som de desaprovação.

– Seu problema, Flavian, é que nunca se importou – disse, incisiva. – Não se importa com suas responsabilidades nem com a dor que provoca nos outros. Porém, não pode mais se omitir de modo honrado. Fez um casamento impulsivo com Agnes, que vem de uma boa família, mas não possui qualquer ligação com a elite nem tem experiência com o tipo de sociedade que vai passar a frequentar. *Precisa* se importar por ela, mesmo que não se importe comigo nem com Marianne. Nem com você mesmo.

A expressão de Flavian era zombeteira quando voltou a cortar a carne.

– Ah, mas eu me importo, Mãe – disse ele. – Sempre me importei.

– Viemos para Londres logo após as núpcias, Mãe – disse Agnes –, para que eu possa aprender algo sobre as exigências do meu novo papel. Compreendo que as roupas novas sejam apenas o princípio. E, embora eu tenha ficado desconcertada ao descobrir que a senhora tinha chegado aqui antes de ter oportunidade de saber de nosso casamento e de se acostumar com a notícia, agora estou feliz com sua presença. Pois minha sogra e, espero eu, minha cunhada podem me ajudar bem mais, de muitos modos, a me adaptar à nova vida, de um jeito que Flavian sozinho não conseguiria. Estou disposta a fazer tudo que é indicado e necessário.

Esperava não ter soado obsequiosa. Na verdade, estava sendo completamente sincera. Antes do casamento, não tinha parado para pensar que além de se tornar a esposa de Flavian, também se tornaria sua *viscondessa*. A verdade, no entanto, era que Agnes não tinha parado para pensar em *nada*.

Flavian sorriu com olhos sonolentos. A viúva olhou-a com atenção, e talvez com um princípio de aprovação.

E a vida se transformou num verdadeiro redemoinho, algo tão distante das experiências de Agnes que ela poderia muito bem ter sido tragada por um universo diferente.

Passou boa parte da primeira manhã e toda a tarde em Bond Street, no ateliê de Madame Martin – nome pronunciado à francesa, embora Agnes suspeitasse que a pequena modista de mãos eloquentes e sotaque pesado tinha nascido e crescido a poucos quilômetros de sua loja. Ali Agnes experimentou uma atordoante variedade de roupas adequadas a todas as ocasiões imagináveis. E mostraram-lhe volumes de figurinos e mais figurinos, rolos e mais rolos de tecido e uma infinidade de rendas, botões, fitas e faixas, de modo que ela acabou se sentindo como uma esponja que há muito se saturara de água.

Flavian acompanhou-a até lá, mas foi sua mãe quem permaneceu o tempo todo, enquanto ele desapareceu dez minutos depois, mais ou menos, para destinos desconhecidos e só reapareceu mais de cinco horas depois. *Cinco.* Mesmo depois de tanto tempo, ainda não tinham resolvido tudo para poder acompanhá-lo. Enquanto o tempo passava, era a mãe de Flavian quem sugeria, aconselhava e prevalecia, embora fosse óbvio que os gostos das duas divergissem de forma significativa. Mas como poderia Agnes enfrentar ao mesmo tempo o conhecimento de uma dama que passara toda a vida convivendo com a elite e uma das principais modistas de Londres, que não relutava em proclamar o fato de que vestia *duas* duquesas?

Tudo era muito atordoante e um tanto deprimente, talvez porque devesse ter sido empolgante. Ou talvez tudo fosse apenas exaustivo.

Agnes desistiu de pensar no dinheiro que estava sendo esbanjado com ela, em especial no segundo dia, quando ela, a sogra e Marianne começaram a visitar uma série de outras lojas em Bond Street e Oxford Street em busca de chapéus, leques, bolsinhas, sombrinhas, meias, roupas de baixo, perfumes, colônias, vidrinhos de sais, sapatos e botas e tudo o mais que as duas julgavam ser o mínimo necessário para uma dama de qualidade.

Pois era o que havia se tornado pelo simples fato de ter se casado com Flavian. Mas se tinha passado a ser uma dama *de qualidade,* perguntava-se com pesar, o que ela era antes de seu segundo casamento? Haveria um oposto para *qualidade*? Seria bem humilhante se houvesse.

No segundo dia, depois de ter voltado para casa exausta e desanimada, o mordomo informou-a de que três candidatas para o posto de criada pessoal a aguardavam na sala da governanta. Pela primeira vez na vida, Agnes compreendia que teria mesmo necessidade de ter uma criada e logo descobrira que Pamela, a camareira designada para acompanhá-la provisoriamente, não tinha nem aptidão nem ambição para a promoção. Mas precisava ver as candidatas *naquele momento*? Provavelmente precisava, se não quisesse que outra pessoa escolhesse por ela.

– Mande-as, uma de cada vez, para a sala matinal, Sr. Biggs – disse ela, entregando-lhe o chapéu e as luvas, e sentindo-se feliz pelo fato de sua sogra ter seguido para a casa de Marianne, para ver os netos.

Agnes alegou que estava exausta demais para acompanhá-la.

Rejeitou a primeira candidata. A mulher, cheia de recomendações da lady Fulana de Tal, amiga da viúva, tratou a futura patroa como *madame* em um tom de condescendência tão superior, que Agnes sentiu-se diminuída à metade de seu tamanho. E rejeitou a segunda, que fungava ruidosamente durante toda a entrevista e falava em um tom anasalado, e negou ter um resfriado quando indagada – chegou a parecer muito surpresa com a pergunta.

A terceira candidata, uma garota bem magricela enviada por uma agência, disse a Agnes que seu nome era Madeline.

– Mas pode me chamar de Maddy, minha senhora, se preferir, pois Madeline parece um pouco altivo para uma criada, não é? – disse ela. – Meu pai deu nomes compridos para todos nós. Sempre disse que se a vida não nos reservasse nada de grandioso, pelo menos tínhamos nossos nomes. Que Deus abençoe sua alma.

– Que bela ideia, Madeline – elogiou Agnes.

A garota não esperou para ser entrevistada. Disparou a falar.

– Eles me disseram que terá seu cabelo cortado amanhã – disse ela. *Eles*, supunha Agnes, devia ser a governanta. – Percebo que deve estar muito comprido, senhora, e que seria uma boa ideia arrumá-lo, se não o faz por algum tempo. Mas não deixem que cortem demais. Algumas damas ficam bem cheias de ondas e cachos nos cabelos, mas a senhora pode mais do que isso, se me permite dizê-lo mesmo sem ter me perguntado. Pode parecer *elegante* e virar cabeças por onde passar.

– E você consegue arrumar meu cabelo com elegância, Madeline? – perguntou Agnes, começando a relaxar, apesar dos pés doloridos.

– Ah, eu consigo, minha senhora – garantiu a moça. – Mesmo sem ter o nariz tão empinado quanto *aquela lá*, que acha que é digna de vestir uma duquesa.

Ah, Finchley, a aia da sogra, também devia ter aparecido na sala da governanta, pensou Agnes.

Madeline prosseguiu.

– Tenho seis irmãs e minha mãe, e não há nada no mundo que eu goste mais do que arrumar seus cabelos. E são todas diferentes. É o segredo, não é? Fazer um penteado que seja adequado ao rosto, à silhueta, à idade e ao tipo de cabelo de cada uma, não para que fiquem parecidas com todo o mundo, queiram ou não queiram.

– Se eu a empregasse, Madeline – disse Agnes –, haveria mais a fazer do que apenas cuidar do meu cabelo.

– Passou o dia de ontem inteiro na costureira e foi a outros lugares hoje, à procura de todas as coisas que acompanham os vestidos. Foi o que nos disseram quando chegamos aqui – disse Madeline.

– Minha nossa – falou Agnes. – Ficou esperando muito tempo, Madeline? Sinto muito.

A garota pareceu surpresa e depois começou a rir, feliz.

– É das boas – disse ela. – Posso perceber. Não é à toa que estavam todas de nariz em pé, lá embaixo... pelo menos *ela* estava... e dizendo que a senhora vem do interior e que não sabe nada de nada. Espero que não tenha deixado ninguém convencê-la a adotar muitos rufos e babados.

Agnes temeu que aquilo tivesse acontecido, embora mal conseguisse se lembrar do que havia aceitado no final.

– Devo evitar esses adornos? – perguntou. – Devo confessar, Madeline, que nunca me considerei uma pessoa de muitos babados.

– A senhora não é – disse a garota.

– Mas ser sem graça não é algo permitido na alta sociedade, ao que parece. – Agnes sorriu, pesarosa.

Madeline voltou a parecer surpresa.

– Sem graça? – disse ela. – A senhora? É capaz de deixar todas para trás com as roupas certas e o cabelo certo. Mas não com mais cachos e babados do que todas. Deve parecer *elegante*. Não uma senhora de idade, quero dizer. Qual a sua *idade*?

Agnes precisou fazer força para não soltar uma gargalhada.

– Tenho 26 anos – disse ela.

– Foi o que pensei – afirmou Madeline. – Dez anos a mais do que eu. Mesmo assim, não é *velha*. Também não é uma menina, e aposto que estão tentando fazê-la ficar parecida com todas aquelas jovenzinhas que logo estarão vindo para cá à procura de maridos ricos e nobres. Se eu cuidasse das suas roupas, minha senhora, diria o que vestir e não permitiria que usasse as coisas erradas. Não que eu deva falar com tanta liberdade quando todo mundo me diz que estou desperdiçando meu tempo vindo até aqui e que deveria me considerar sortuda se conseguisse um emprego de copeira. Estou falando demais, não estou? Faço isso quando quero muito alguma coisa.

– E você quer muito me vestir – disse Agnes, sorrindo – e cuidar do meu cabelo.

– Quero, minha senhora, eu quero – disse Madeline, ficando de repente com os olhos arregalados e muito ansiosa. – Em especial depois de vê-la. É bela. Ah, não é daquele jeito bonitinha de algumas garotas, mas tem *po-*

tencial. Não é uma palavra adorável? Aprendi há algumas semanas e desde então procuro uma boa ocasião para empregá-la.

– Eu acho, Madeline – disse Agnes –, que é melhor trazer suas coisas para cá amanhã e se preparar devidamente para assumir a posição de criada pessoal da viscondessa de Ponsonby. Nada de trabalho na copa. Seus talentos seriam desperdiçados com um esfregão, suspeito eu. Darei instruções. E depois de amanhã você me acompanhará à loja de Madame Martin, em Bond Street. Vou precisar fazer algumas pequenas mudanças nas instruções que deixei para as roupas que ela está fazendo para mim. Não adianta aprontarem os trajes e me entregarem se você não vai permitir que eu os use, não é?

– O emprego é meu? – Madeline parecia ter medo de acreditar no que ouvia.

– O emprego é seu – concordou Agnes, sorrindo. – Espero não desapontá-la.

Madeline ficou de pé num salto e, durante um momento de confusão, Agnes achou que a garota ia abraçá-la. Em vez disso, ela levou as mãos ao peito, apertando-as com muita força, e fez uma reverência.

– Não se arrependerá, minha senhora – disse ela. – Ah, não se arrependerá, prometo. Vai ver. Vou torná-la um sucesso. Ah, *espere* até eu contar para mamãe e para as meninas. Não vão *acreditar* em mim.

Agnes tirou apenas uns 5 centímetros do comprimento do cabelo no dia seguinte, o bastante para acertar as pontas. O Sr. Johnston, cabeleireiro a quem ela visitou, não ficou feliz. Nem sua sogra. Mas Flavian aprovou e disse isso quando a encontrou naquela noite e viu seu cabelo.

– Esperava e-encontrar uma ovelha tosquiada na m-mesa de jantar – disse ele. – Em vez disso, encontrei Agnes com t-tranças luminosas, elegantes. Foi isso que o cabeleireiro f-fez por você?

– Ele só aparou – disse ela. – Madeline fez o penteado... é minha nova criada.

– É aquele f-fiapinho de gente num uniforme novo tão engomado que seria capaz de ficar de pé mesmo se ela não o estivesse vestindo? – perguntou ele. – Aquela que f-franziu a testa ao me ver, quando saiu pela sua p-porta, como se pensasse que eu não era digno de beijar a unha do dedo mindinho do seu pé?

– Minha nossa – disse ela. – Parece que ela gosta de mim. Persuadiu-me a deixar o cabelo comprido e a mirar a elegância em vez de aspirar a uma beleza juvenil na minha aparência. Ao que parece, tenho *potencial,* e não sou *velha,* embora seja dez anos mais velha do que ela, ou seja, quase desmoronando. De fato, não devo tentar competir com todas aquelas jovens que serão apresentadas à sociedade este ano.

– Ela é alguém a ser temida, apesar das aparências, não é? – disse ele. – Em especial por alguém que é a-apenas o marido? Vou parecer m-mais humilde da próxima vez que a vir. Talvez pare de franzir a testa e permita que eu c-continue a entrar no seu quarto.

Agnes riu e ele prendeu os dedos em seu cabelo e a trouxe para junto de si, pela nuca.

– Graças aos Céus por M-Madeline – disse ele, junto à sua boca. – Espero estar pagando um salário decente. Gosto de seu cabelo c-comprido, Agnes. E já acho que é elegante. Todas aquelas g-garotas não deveriam tentar c-competir com você.

– Que absurdo. – Ela voltou a rir.

Então deixou-se arrebatar pela paixão.

Conseguia acreditar em sonhos impossíveis quando ele fazia amor com ela – e quando ela fazia amor com ele. Era sempre recíproco. Quem imaginaria que uma esposa poderia fazer amor com o marido?

E por que os sonhos deveriam ser impossíveis apenas por serem *sonhos*? Não era verdade que às vezes eles se realizavam?

Agnes, de fato, voltou ao ateliê de Madame Martin na manhã seguinte. Depois de três dias de compras incessantes, a sogra havia anunciado sua intenção de ficar na cama até uma hora decente da manhã ou do início da tarde, e foi fácil escapulir de casa acompanhada apenas por Madeline, que caminhava decentemente – e orgulhosamente – a seu lado. Flavian tinha saído depois do desjejum para se dedicar a algumas atividades masculinas que incluíam alguns clubes, um salão de boxe e de esgrima e Tattersall's.

Ajustes foram feitos nos pedidos colossais que Agnes deixara com a modista dois dias antes – alguns eram pequenos, outros bem maiores. Dois modelos – um vestido de baile e outro para caminhada – foram deixados de lado e substituídos por modelos mais simples e clássicos. Os babados foram sacrificados de forma bastante implacável, substituídos por bordados delicados, rendas e barras em concha. Madame Martin, que a princípio olhava para Madeline com horror e chegou a sugerir, com delicadeza, que talvez a senhora devesse voltar com a viscondessa viúva para discutir as mudanças propostas, acabou encarando a criada com certo respeito.

– Minha nora mencionou ontem – disse Agnes enquanto saíam do ateliê – que eu deveria mesmo fazer uma assinatura na biblioteca de Hookham. Dei uma olhada nos livros em casa, mas os volumes todos parecem ser muito antigos e de assuntos áridos. Tendem a ser sermões e tratados morais.

Com certeza deviam ter sido adquiridos por um dos viscondes anteriores.

– Pois bem, minha senhora, então eu pergunto – comentou Madeline, com algum desgosto. – Por que se dar o trabalho de aprender a ler se não é possível encontrar algo mais animador para ler do que sermões? Já é suficientemente ruim ter de sentar em bancos duros na igreja para ouvi-los uma vez por semanas. E não acha que alguns dos religiosos se estendem demais?

Encontraram a biblioteca sem dificuldade e Agnes pagou a inscrição e passou algum tempo examinando as prateleiras, feliz. Também havia livros de poesia, romances e peças, e o maior problema ia ser escolher apenas dois volumes para levar consigo. Embora pudesse voltar a qualquer hora, claro, para trocá-los por outros livros. Que invenção maravilhosa era uma biblioteca. Havia um verdadeiro tesouro de conhecimento e entretenimento naquele lugar.

– Lady Ponsonby? – Chamou uma voz ligeira e doce. – Sim, é a *senhora*.

Agnes virou-se, surpreendida. Ninguém a conhecia e ela não conhecia ninguém.

Ah, mas claro que conhecia alguém.

– Lady Hazeltine – disse ela, tomando a mão enluvada que lhe era estendida.

A condessa estava vestida em diversos tons de azul-claro, num estilo que Agnes reconheceu como sendo a última moda. Ondas reluzentes de cabelo louro caíam em cachos na testa, por trás das orelhas e junto ao pescoço, sob seu simpático chapéu. Os olhos azuis sorriam, as faces estavam tingidas de cor-de-rosa, os dentes eram brancos como pérolas e o queixo tinha uma levíssima covinha. Era o retrato da beleza e da calorosa simpatia.

– Estou tão feliz por ter falado comigo – disse Agnes. – Estava tão absorta nos livros que não a vi. Sinto muito. Como vai?

– Vou muito bem, obrigada – disse lady Hazeltine. – E também estou feliz por voltar a vê-la. Fiquei decepcionada por não ter acompanhado Flavian em sua visita de ontem.

Agnes segurou com força os dois livros escolhidos contra o peito e de algum modo manteve o sorriso.

– Também lamento ter perdido a visita – disse ela. – Saí para fazer compras com minha sogra e lady Shields por três dias seguidos. Não tinha ideia de que precisava de tantas coisas, mas as duas afirmaram que é apenas o começo.

Os olhos da condessa examinaram sua pessoa e o olhar dançava de alegria.

– Acabei de deixar minhas roupas de luto – falou ela. – Sei como é se sentir deselegante.

Flavian tinha feito uma visita à condessa no dia anterior – e supostamente a sir Winston e lady Frome – sem *ela*. E sem mencionar nada para ela na noite anterior, quando perguntara como havia sido seu dia.

– Sinto muito pela sua perda, mesmo que tenha sido há mais de um ano. Sei que o luto não termina quando se guardam as roupas pretas.

– Obrigada. – O sorriso de lady Hazeltine tinha um toque de melancolia. – Porém, não precisa sentir pena de mim. Hazeltine e eu vivemos praticamente separados durante os dois últimos anos de nosso casamento. Começamos nossa união com uma pressa impensada, em busca de apoio para um sofrimento mútuo e vivemos para nos arrepender. Eu devia ter esperado mais tempo para ver o que ia acontecer com... pois bem, com meu primeiro e único amor verdadeiro. Mas não foi o que fiz e agora será para sempre tarde demais.

Agnes se sentia constrangida, com toda a certeza. Como se deveria responder a tamanha confidência de uma quase desconhecida?

– Sinto muito – voltou a dizer. – Amava-o muito então? O visconde de Ponsonby, quero dizer?

Os olhos da condessa se arregalaram e, de súbito, ela pareceu ter ficado muito agitada. Pousou a mão enluvada sobre a manga de Agnes.

– Ah, então ele *contou*? – perguntou ela. – Que gesto travesso e *cruel* da parte dele. Mas o comportamento impetuoso raramente promove a felicidade duradoura, como eu bem poderia informá-lo a partir da minha experiência pessoal, se ele tivesse esperado para perguntar. Em especial, quando não se deixa outra opção além de viver com as consequências. Mas talvez não sejam tão terríveis nesse caso em particular, como foram para mim. Talvez... Pois bem, espero que tudo dê certo. Com toda a sinceridade, é o que espero.

Voltou a pousar a mão no braço de Agnes, apertando-o e sorrindo de forma afetuosa e melancólica.

Agnes não estava bem certa de ter compreendido o que havia sido dito. No entanto, tinha a estranha sensação de que lady Hazeltine escolhia cada palavra com grande cuidado e deliberação.

– Contei para mamãe que passaria aqui por apenas um momento – disse ela, deixando a mão tombar ao lado do corpo –, para pegar o último romance da editora Minerva. Tem o costume de lê-los? Juro que estou ficando viciada, por mais bobos que sejam. Mamãe me espera na carruagem e os cocheiros dos outros veículos vão ficar muito zangados se ela continuar bloqueando a rua por mais tempo. Espero vê-la de novo em breve, lady Ponsonby. Seremos vizinhas e... amigas, acredito eu.

– Sim. – Agnes agarrou seus livros com mais força ainda. – É o que também espero.

Observou a condessa abrir caminho até a frente da biblioteca e parar por um momento para apresentar seu livro. Madeline ainda permanecia paciente, perto da porta, olhando em volta com interesse.

O que tinha sido aquilo?

Ah, então ele contou? *Que gesto travesso e* cruel *da parte dele.*

O que havia sido dito antes daquelas palavras? Agnes franziu a testa tentando se lembrar.

Eu devia ter esperado mais tempo para ver o que ia acontecer com... pois bem, com meu primeiro e único amor verdadeiro. Mas não foi o que fiz e agora será para sempre tarde demais.

Agnes presumira que ela se referia ao irmão mais velho de Flavian, a quem fora prometida. Porém, não poderia ter esperado mais tempo para ver o que aconteceria a ele. Já estava morto quando ela se casou com o conde. O irmão mais velho de Flavian tinha sido o visconde de Ponsonby. Assim como Flavian, naquele momento. Ele já devia ter o título por ocasião do casamento do conde e da condessa de Hazeltine.

Eu devia ter esperado mais tempo para ver o que ia acontecer com... pois bem, com meu primeiro e único amor verdadeiro. Mas não foi o que fiz e agora será para sempre demais.

E Flavian tinha feito uma visita à condessa no dia anterior sem mencionar nada a *ela.*

Não havia nada de tão estranho assim em sua visita aos Frome, no entanto, e à sua filha, certo? Eram vizinhos no interior, afinal de contas, e talvez ele se sentisse obrigado a pedir desculpas de algum modo pelo constrangimento do encontro na Casa Arnott, dias antes.

Mas sem Agnes?

E sem mencionar nada a ela?

Mas o comportamento impetuoso raramente promove a felicidade duradoura, como eu bem poderia informá-lo a partir da minha experiência pessoal, se ele tivesse esperado para perguntar. Em especial, quando não se deixa outra opção além de viver com as consequências.

Comportamento impetuoso *de quem*? E *que tipo* de comportamento impetuoso? Que consequências?

– Perdoe-me, senhora – disse um cavalheiro, com educação, mas com uma clara nota de impaciência na voz.

– Ah – disse ela, percebendo que tinha ficado parada diante da prateleira por muito tempo. – Peço desculpas.

E dirigiu-se para o atendimento, quase sem se lembrar dos livros que selecionara.

CAPÍTULO 17

Flavian fizera uma visita à residência de sir Winston Frome em Portman Place, na tarde anterior. Os Frome eram vizinhos em Sussex, afinal, e se ele pretendia passar algum tempo em sua propriedade no futuro, como com certeza deveria, depois de casado, então seria inevitável que ocorressem encontros sociais. Seria desejável desfazer qualquer constrangimento relativo ao último encontro.

Se *pudesse* ser desfeito.

E se Velma voltasse a viver com os pais, como parecia, então teria de encontrá-la de novo – tanto no interior quanto em Londres. Não haveria como evitá-la para sempre. O lar de Len ficava em Northumberland, e o casal havia permanecido no norte da Inglaterra depois do casamento, onde Flavian dificilmente esbarraria com qualquer um dos dois.

Era muito ruim que Len tivesse morrido.

Meu Deus, *era* mesmo muito ruim que ele tivesse morrido.

Conheceram-se ainda garotos em Eton. Cada um deixou o outro de olho roxo quando partiram para a briga no primeiríssimo dia. Em consequência, receberam bengaladas nas costas e a partir daí tornaram-se amigos fiéis, quase inseparáveis. Len passara quase todos os feriados escolares em Candlebury, pois Northumberland era longe demais para visitas breves. Adquiriram seus postos no Exército na mesma época e no mesmo regimento. Len se desfizera de sua comissão seis meses antes de Flavian ser ferido e voltar para casa. Len voltou na ocasião da morte de seu tio, quando recebera o título, como Flavian *não* fizera quando recebera o seu. Olhando para trás, as reações divergentes às novas responsabilidades que acompanhavam os títulos foram talvez um pequeno prenúncio do rompimento que aconteceria entre eles.

Nunca mais voltariam a se ver, nunca mais teriam a oportunidade de conversar para chegar a um entendimento, nunca mais... Pois bem, não adiantava alimentar tais pensamentos. Estavam separados em lados opostos da morte, pelo menos por enquanto, e isso era tudo.

Flavian foi visitar os Frome bastante ciente de que o verdadeiro motivo de ele aparecer em tão pouco tempo, sozinho, talvez fosse voltar a ver Velma, para tentar organizar suas ideias, para tentar deixar para trás uma bagagem múltipla e intrincada.

Pois havia sempre a ameaça de uma dor de cabeça toda vez que sua mente esbarrava na tal bagagem. E aquela sensação de pânico que ele não conseguia entender muito bem.

Não sabia muito bem o que havia para compreender melhor. Ela havia rompido o noivado e casado com Len e naquele momento, quando estava de novo livre, *ele* havia se casado. Estava a salvo de novos planos casamenteiros das duas famílias. E, com certeza, eles teriam sido retomados. Senão por que Velma e os pais estariam esperando sua chegada na Casa Arnott alguns dias antes? Como se o casamento de sua noiva e de seu melhor amigo tivesse sido apenas uma irritação menor que atrasara suas núpcias.

Ainda não sabia muito bem o que sentira quando atravessara o salão de sua casa e descobrira que Velma vinha em sua direção, com um olhar de alegre acolhimento em seu rosto. Não *importava* como se sentia. Estava casado com Agnes. E se tivesse mesmo se casado com ela para punir Velma, como a mãe e a irmã o acusaram? E para punir a si mesmo? Que tipo de canalha seria ele, ao agir assim em relação a Agnes?

Precisava encontrar algumas respostas. E por isso fez a visita – sozinho.

Quando entrou no salão, só havia damas – lady Frome e Velma, duas irmãs, a Sra. Kress e a Srta. Hawkins, e uma menina pequena vestida nos seus melhores babados para ser exibida aos visitantes. Era delicada, loura e bonita, muito semelhante a Velma naquela idade, mas também lembrando Len de modo perturbador.

As outras duas visitantes se despediram quase imediatamente, e a garotinha foi instruída a fazer uma saudação para lorde Ponsonby antes que sua ama a levasse embora. Então o próprio Frome entrou no salão e inclinou a cabeça para Flavian, com frieza.

Houve uma súbita pausa na conversa, que versara sobre a criança durante alguns minutos.

– S-sinto muito – disse Flavian, dirigindo-se a Velma – sobre L-Len, quero dizer. Realmente d-deveria ter escrito. Fiz m-mal em não ter escrito.

Ele já havia dito aquilo dias antes?

Velma sorriu, os olhos enchendo-se de lágrimas.

– Seus pensamentos, quase nos últimos momentos, foram para você, Flavian – disse ela. – Nunca se perdoou, sabe disso. Parecia a coisa certa a fazer, na época. Nós dois achávamos que seria algo que você aprovaria, e mamãe e papai, até mesmo a *sua* mãe, concordaram. Não acreditávamos... Pois bem, seu médico não nutria qualquer esperança na sua recuperação. Mas Leonard se sentiu infeliz desde o primeiro momento de nosso casamento até seu último suspiro. Acreditava que o traíra. *Fomos* apoio um para o outro, mas quando ouvimos falar da sua recuperação, afinal de contas... Bem, foi terrível... para nós. E maravilhoso para você. Leonard ficou tão feliz ao saber. Nós dois ficamos. Mas... tínhamos cometido um trágico erro.

Flavian esquecera-se de como a voz de Velma podia ser suave e doce. Envolvia todos os seus sentidos, como sempre.

Len nunca escrevera para ele. Talvez tivesse encontrado a mesma dificuldade de pôr a pena no papel que ele, Flavian, sentira depois de sua morte. Perguntou a si mesmo se o amigo teria sido culpado por aquele casamento, e sua mente piscou, como costumava fazer de forma irritante, de tempos em tempos, e depois voltou a se fechar. Sentiu uma leve pontada de dor sobre uma das sobrancelhas.

– Não deve se perturbar, Velma – afirmou lady Frome enquanto a filha levava um lencinho com bordas rendadas até os olhos para secar as lágrimas.

– O maior desejo de Leonard, em seu leito de morte – disse Velma, abaixando o lenço de novo –, era que você *me* perdoasse, Flavian, e que você e eu...

Ela mordeu o lábio inferior.

– Não há n-nada a p-perdoar – disse Flavian.

– Ah – soltou ela com um suspiro –, é óbvio que há, senão você não teria me punido com tanta crueldade. É *cruel*, sabe, e não apenas para mim. Pobre lady Ponsonby. Ela não sabe, eu suponho? Quem é *ela*?

– É a filha de um Sr. D-Debbins de Lancashire e viúva de um Sr. Keeping da mesma região. E é minha esposa.

– Sim. – Velma voltou a sorrir e guardou o lenço. – E desejo o melhor para ela, Flavian. E para você. Talvez eu devesse ficar magoada, mas seria injusto de minha parte. Eu o feri terrivelmente no passado, embora essa *nunca* tenha sido minha intenção.

Frome estava postado na janela, com as costas para o salão, as mãos presas atrás do corpo, a postura rígida.

– E espero que tenha um feliz futuro, lorde Ponsonby – disse lady Frome. – Agora que se recuperou e está se estabelecendo.

Flavian sempre gostara dela. Era uma dama simpática e acolhedora com quem sir Winston casara, segundo rumores, porque a fortuna do pai dela o livrara de considerável constrangimento financeiro que seu amor pelas mesas de jogo costumava lhe causar.

– Muito obrigado, senhora – disse ele.

Sir Winston virou as costas para a janela e olhou para ele com firmeza, sem nada dizer. Estava menos propenso a perdoar a desfeita contra sua família e sua filha, era o que sua expressão parecia dizer.

Flavian despediu-se sem saber ao certo se a visita tinha servido para melhorar ou piorar a situação. Mas tinha se passado melhor do que ele temera. Embora Velma praticamente tivesse admitido sua decepção, ela havia se comportado com dignidade e alguma generosidade de espírito em relação a Agnes. Talvez reinasse a paz entre Candlebury e Farthings.

O que ele deveria fazer naquele momento, pensou, era voltar para casa na esperança de que Agnes já tivesse retornado do dia de compras e contar tudo a ela. Abrir seu coração e convencê-la para sempre de que havia se casado com ela porque era o que *queria*. Era provável que ainda não tivesse retornado, se ele conhecia a mãe e Marianne, e Flavian não podia suportar a ideia de voltar para casa e ficar andando de um lado para outro, esperando sua volta.

Em vez disso, dirigiu-se para o White's, para preencher o tempo com uma ou duas horas de boa companhia masculina.

Quando voltou para casa mais tarde, bem na hora de se vestir para o jantar, havia mudado de ideia. Contar tudo a Agnes seria, com certeza, *um erro*. Como seria capaz de convencê-la de que a proposta de casamento apressada e sua impulsiva corrida até Londres, para adquirir uma licença especial, não tinham qualquer relação com a necessidade de punir Velma? Nem ele mesmo sabia explicar qual havia sido sua motivação.

A última coisa do mundo que ele queria fazer era magoar Agnes.

A última.

Acabou sem lhe dizer nada sobre aquela tarde – nem mesmo sobre a visita aos vizinhos, os Frome.

Quando Agnes chegou em casa da biblioteca, dois dos vestidos que adquirira de madame Martin já haviam sido entregues. Eram vestidos de noite, que já estavam prontos e tinham precisado de apenas algumas alterações mínimas. Felizmente, também estavam de acordo com os padrões exigentes de Madeline.

Agnes estava pronta para enfrentar o mundo, declarou a sogra, mesmo em uma pequena escala. Flavian as acompanharia ao teatro naquela mesma noite, depois do jantar. A plateia não estaria lotada de muitas pessoas que importavam de verdade, claro, porque boa parte da alta sociedade ainda não havia retornado à cidade, mas seria um começo. E talvez fosse um *sábio* começo. Agnes seria capaz de se adaptar gradativamente à sociedade em vez de se sentir avassalada em seu baile de apresentação.

Agnes tinha vontade de se arrastar até a cama e fechar as cortinas com força. Mas como isso era impossível, a ida ao teatro parecia preferível a passar a noite em casa tendo apenas o marido e a sogra por companhia.

Não conseguia tirar da cabeça o belo rosto de lady Hazeltine – nem sua voz doce, ligeira, dizendo a Agnes que deveria ter esperado por seu único amor verdadeiro.

Agnes não falou muito durante o jantar, apenas permitiu que Flavian e a sogra conduzissem a conversa. Também não falou muito na carruagem, nem no teatro. Por sorte havia uma peça para assistir – com grande atenção, embora ela não fosse capaz de dizer depois de que se tratava. E durante o intervalo havia gente para conhecer, cumprimentar e conversar – Marianne e lorde Shields e alguns conhecidos da viúva e de Flavian.

Era uma pena que sua cabeça estivesse tão preocupada, pensou ela durante o decorrer na noite. Deveria se sentir exultante em sua primeira visita ao teatro, pelo esplendor do cenário, pela excelência dos atores, bem como pelo prazer de usar um novo vestido de noite que lhe caía particularmente bem, sabendo que seu cabelo parecia elegante e atraente.

Foi uma das piores noites de que ela tinha lembrança.

Esperou Flavian, depois que voltaram para casa, postada diante da janela de seu quarto, contemplando a praça. Ainda havia luzes acesas em diversas casas. Uma carruagem estava parada diante da casa ao lado. Ouvia o som distante de vozes e de risos.

E então as vozes silenciaram, a carruagem partiu e a maioria das luzes se apagou e ela percebeu que tinha ficado ali por muito tempo. Estremeceu e percebeu que o ar estava gelado. Não havia vestido um robe sobre a camisola de dormir.

Foi buscar um robe na sala de vestir. Olhou para a cama ao voltar. Estaria ele adormecido no próprio quarto? Dormiriam separados pela primeira vez desde o casamento? E o casamento ocorrera havia menos de uma semana!

Flavian tinha chegado a ir para a cama? Ela não o ouvira.

Pegou a única vela que ainda ardia sobre sua penteadeira e desceu a escada. Ele não se encontrava no salão. Encontrou-o na biblioteca, iluminada apenas pelo fogo baixo da lareira.

Flavian ergueu a cabeça quando ela entrou e sorriu com os olhos semicerrados.

– A Bela Adormecida sofre de s-sonambulismo? – perguntou.

Ela pôs o castiçal sobre a lareira e fitou o fogo por um momento. Não tinha percebido o frio que sentia.

– Conte-me a respeito da condessa de Hazeltine – disse ela.

– Ah – respondeu ele, com suavidade. – F-fiquei imaginando se seria isso.

Ela voltou-se para olhá-lo. Estava esparramado na poltrona, sem gravata, a camisa aberta na altura do pescoço. O cabelo louro estava em desalinho, como se ele houvesse passado os dedos nele muitas vezes. Havia uma taça vazia na mesa ao lado, embora ele não parecesse bêbado.

– Encontrei-a esta tarde na biblioteca de Hookham – disse ela.

– Ah.

– Visitou-a ontem.

– Ela, sir Winston e lady Frome.

Agnes esperou ouvir mais, mas nada veio.

– Teve um casamento infeliz – disse Agnes. – Disse-me que devia ter esperado para ver o que aconteceria com seu primeiro e único amor... palavras dela. Pensei que se referia a seu irmão. Achei que talvez tivesse amado David.

– Ah – repetiu ele.

– É *tudo* o que pode me dizer? – perguntou.

Ele respirou pesadamente, prendeu o ar por um longo momento e deixou-o sair num suspiro.

– Ela estava semeando a d-discórdia – disse ele. – Fiquei me perguntando se seria capaz.

Agnes enrolou-se mais no roupão e sentou-se numa cadeira a alguma distância dele. Na luz vacilante da vela e da lareira, ele parecia quase satânico, com a cabeça jogada no encosto.

– Crescemos juntos – disse ele. – Quando tínhamos 15 anos, nós nos a-apaixonamos l-loucamente. Estava passando as férias de verão em casa. Nós nos víamos como personagens t-trágicos, porém, pois ela sempre tinha sido destinada para D-David, e ainda era. Meu irmão estava com 19 anos na época e p-perdidamente apaixonado por ela. Era doloroso porque ele era magro, um p-pouco mirrado e nada robusto, e ela já era uma beldade. Velma sabia qual era seu dever, porém, e eu amava meu irmão. Renunciamos um ao outro, Velma e eu, pensando que nosso amor era a matéria-prima das lendas. Depois disso, tentamos nos manter afastados, mas David percebeu. Quando completou 18 anos e os dois estavam prestes a ficar n-noivos, por fim, ele surpreendeu a todos e se r-recusou. Ele libertou-a. Partiu-lhe o coração.

Os olhos de Flavian se fecharam e ele franzia a testa e esfregava um punho fechado de um lado a outro da testa, como se quisesse apagar algumas memórias.

Agnes o fitou, o coração transformado em pedra. Embora uma pedra não sentisse dores insuportáveis, não era?

– Então todos q-quiseram me casar com ela, porque era óbvio que eu me tornaria Ponsonby mais cedo ou mais tarde. Adoraram a ideia, na verdade. Nem tentaram fazer com que David mudasse de ideia. E então não quiseram e-esperar que ele m-morresse primeiro. Eu também tinha 18 anos. Tinha idade para pelo menos ficar noivo, mesmo se ainda não me casasse. Eu não queria. Eu não o f-faria. C-convenci David a adquirir meu posto no Exército e fui para a guerra. Suponho que eu pensei que era o d-diabo de um sujeito nobre.

Abriu os olhos e olhou-a. Riu suavemente e voltou a fechá-los enquanto ela permanecia em silêncio.

– Toda vez que minha mãe escrevia era para informar que David se e-enfraquecia – disse ele. – Por fim, quando estava claro que estava à b-beira da morte, tirei uma licença e fui para casa, para vê-lo. Passei a maior parte do tempo com ele em Candlebury. Pretendia ficar em casa até sua morte. Eu me l-lembro disso. Velma estava em Londres... era a temporada. Depois voltou. Acho que deve ter voltado por causa de David, mas eu a vi de novo e eu...

Estava franzindo a testa e esfregando-a de novo. Então usou o mesmo punho para socar o braço da poltrona diversas vezes até que parou e abriu a mão sobre ela, com a palma para baixo.

– Não consigo lembrar. *Maldição, não consigo lembrar*. David estava *m-morrendo* e achei que morreria também, e de repente voltava a estar apaixonado por Velma e nosso noivado foi anunciado, um grande baile foi planejado para acontecer em Londres, um dia antes da minha volta para a P-Península. Minha mãe e minha irmã estavam eufóricas. Assim como a família Frome. Acho... sim, acho que queriam que acontecesse antes da morte de David, para não ser adiado pelo período de luto. Suponho que eu também queria. N-não ia deixar David de modo algum, mas terminei indo para Londres, dançando no meu baile de n-noivado e partindo para a guerra no dia seguinte. Na n-noite de minha viagem, David m-morreu.

Agnes mantinha uma mão sobre a boca. Com certeza, ah, com toda a certeza, havia mais ali do que tinha sido contado. Não fazia sentido de verdade. Mas ele não conseguia se lembrar. Ela descera para acusá-lo, para obrigá-lo a revelar a verdade sórdida. Era sórdida, de fato, se ocorrera do jeito que ele se lembrava.

– Nem voltei para a Inglaterra depois de receber a notícia – disse ele. – Fiquei onde estava. Não voltei para casa até ser c-carregado para casa. Estava c-consciente, mas não conseguia falar nem compreender t-totalmente o que acontecia à minha volta ou o que as p-pessoas diziam. Não c-conseguia sequer pensar com c-clareza. Eu era p-perigoso. V-violento. George veio, acabou se a-aproximando e me levou para a C-Cornualha, onde encontrou bons tratamentos para mim. Mas p-pouco antes da minha partida, Velma veio me c-contar que o fim de nosso n-noivado sairia dos jornais matutinos do dia seguinte e que, alguns dias depois, haveria o anúncio de seu n-noivado com Hazeltine. Meu m-melhor a-amigo desde os tempos de escola. Ela disse que seu coração estava partido, que os dois estavam desolados, mas que encontrariam conforto um no outro e que sempre me amariam.

Ah.

– Compreendi o que ela d-disse – afirmou –, mas não conseguia f-falar. Nem mesmo g-gaguejar. Só saíram sons incompreensíveis da minha boca quando tentei. Fiquei d-desesperado para impedi-los. Depois que ela se foi, destruí o salão. Estava d-desesperado para falar com L-Len, mas ele nunca apareceu.

– Seu melhor amigo – disse Agnes.

– C-casaram-se – sentenciou ele. – Ela disse a você que os dois eram infelizes?

– Disse que viveram praticamente separados durante os dois últimos anos da vida dele – contou Agnes.

A boca de Flavian contorceu-se com zombaria e ele riu sem humor.

– Eu deveria estar me regozijando – disse ele, baixinho. – Mas pobre Len.

– Sabia que ela estava morando com os pais – perguntou Agnes.

– Minha irmã escreveu enquanto eu estava em Middlebury Park. E depois minha mãe escreveu também. As duas mal podiam esperar para visitá-la em Farthings.

– As duas famílias esperavam retomar o velho plano de casamento para os dois?

– Ah, queriam – disse ele. – Eles t-todos.

– Lady Hazeltine também, eu suponho – afirmou ela. – E então você se casou comigo.

Por um momento ela sentiu um zumbido na cabeça, mas repeliu o impulso de desmaiar e evitar a verdade. Ela devia ser encarada mais cedo ou mais tarde.

Ele não se apressou a negar – ou a confirmar. Virou a cabeça na direção dela e fitou-a com olhos pesados, embora sem apresentar a máscara habitual de zombaria.

– Casei-me com você – disse ele, enfim – porque eu q-queria.

Ela o fitou por algum tempo e riu baixinho.

– Que declaração comovente – disse ela. – *Porque queria*. Casou-se comigo, Flavian, para se vingar de lady Hazeltine e de suas famílias que não impediram que ela se casasse com seu melhor amigo. E escolher uma ninguém sem graça e desinteressante foi um gesto inspirado. Consigo entender agora. Ninguém deixaria de entender a ideia. Muito menos eu.

– Não é sem graça nem desinteressante, muito menos uma ninguém, Agnes.

– Tem razão. – Ela se levantou, prendendo o roupão em torno de si. – Não sou... a não ser aos olhos de sua mãe, de sua irmã e da *mulher que você ama* e de sua família, que é o que realmente importa, não é?

– Agnes... – começou a dizer, mas ela ergueu a mão, impedindo-o de continuar.

– Não ponho *toda* a culpa em você – disse ela. – Também devo ser condenada. Casar foi uma completa loucura. Nem o conheço, nem você me conhece. *Sabia* que era loucura, mas concordei. Eu me permiti ceder ao arrebatamento da paixão. Queria você e, por fim, me persuadi de que querer era o bastante. Então, depois de casados, eu me convenci de que aquilo que acontecia entre nós *era* o suficiente, quando na realidade não era nada além de grosseira gratificação física, divorciada da mente e da razão. Não tenho sido muito melhor do que uma... uma *cortesã.*

– As cortesãs não sentem paixão, Agnes – disse ele. – Estão ocupadas demais provocando-a. Seu modo de vida d-depende disso.

– Então não sou melhor do que minha *mãe* – disparou.

Voltou-se de novo para as brasas na lareira, para não precisar olhá-lo.

– Ao contrário dela, você ainda não me deixou para ficar com outra pessoa – disse ele.

– A paixão é *destruidora* – afirmou. – É o egoísmo supremo. Devasta tudo e só poupa a si mesma. Ela partiu quando eu era quase um bebê. Pior, ela destruiu todas as esperanças e os sonhos de Dora para sempre. Dora tinha 17 anos, era bonita, animada, vivaz e ansiava por ser cortejada, por casar e ter filhos. Em vez disso ficou comigo. Para uma criança pequena, foi a grande lição da vida... ou deveria ter sido. A paixão devia ser evitada a todo custo. Fiz uma escolha sábia no meu primeiro casamento. Mas diante do primeiro advento da paixão em minha vida, por *você*, eu me agarrei a ela sem pensar em nada ou ninguém. Porque eu o *desejava* fisicamente, do modo mais vulgar. E não o culpo por *isso*. Culpo-o apenas pela desonestidade.

– Agnes... – disse ele.

– Vou voltar para Inglebrook – disse ela. – Não fará diferença para você. Estará preso a mim pelo resto da vida e isso deve bastar para alimentar sua vingança. Também não poderá casar-se com ela, a menos que eu morra. Vou voltar para junto de Dora. Nunca deveria ter deixado minha irmã. Ela merece o melhor de mim.

– Agnes...

– Não! – Ela se virou para encará-lo. – Não, não vai me convencer do contrário. Quando pensar no assunto... se é que você para e pensa, em algum momento... vai ficar feliz por me ver fora da sua vida. Servi a seu propósito e vou partir. Amanhã. E não precisa se preocupar. Viajarei na diligência, tenho dinheiro suficiente para comprar a passagem.

De súbito, a máscara voltou ao lugar: olhos semicerrados, preguiçosos, boca ligeiramente contorcida.

– Agnes – disse ele –, você é uma mulher de t-temperamento apaixonado, queira ou não. E está casada comigo, queira ou não.

– A paixão – disse ela – pode e deve ser controlada. E quando for para casa, conseguirei esquecer que nos casamos.

Ele ergueu uma sobrancelha zombeteira e ela não queria nada além de se deixar tombar diante da lareira, se encolher e soluçar tudo o que seu coração pedia. Ou então avançar na direção dele e dar um tapa no seu rosto.

Seu casamento havia sido uma vingança contra uma mulher que o ferira muito além do que ele conseguira suportar.

E quanto à mulher que o *amava?*

E quanto a *ela*?

CAPÍTULO 18

A cama de sua mulher estava desfeita, como Flavian podia perceber. Ela havia dormido ali – ou pelo menos se deitado. No entanto, a penteadeira tinha sido desprovida de tudo que a adornava da última vez que ele havia passado por aquele quarto, à exceção de dois castiçais e os tocos de vela. Nada ocupava espaço no quarto.

Flavian poderia ter temido que Agnes já tivesse partido se não fosse pelo som de soluços abafados que saíam pela porta semiaberta do quarto de vestir.

Ele não tinha se deitado. Passara a noite na sala de leitura, esparramado na poltrona onde ela o encontrara um pouco depois da meia-noite. Tampouco dormira. Não tinha se levantado para remexer no fogo nem para vestir o casaco, embora estivesse ciente de que o aposento estava frio. Não tinha se levantado para reabastecer seu copo. Aprendera com a experiência que a bebedeira apenas aprofundaria sua melancolia, sem aliviá-la ou se sobrepor a ela. Nunca tivera muito sucesso com o álcool. Às vezes invejava bêbados felizes.

Sabia que a camisa usada na noite anterior parecia amassadíssima, que o cabelo se encontrava em completo desalinho, que precisava muito se barbear, que os olhos, sem dúvida, estavam vermelhos e que provavelmente não cheirava bem. Não podia se dar o trabalho de ir para seu quarto, banhar-se e arrumar-se. Além do mais, era provável que ela tivesse partido antes que conseguisse se tornar apresentável.

Ainda era muito cedo, mas a luz do dia era tudo o que ela esperava, imaginava ele.

Sua vida não poderia ficar mais bagunçada, por mais que ele tentasse.

Foi até a entrada do quarto de vestir e encostou o ombro no batente, empurrando a porta até que ela se abrisse um pouco mais. Ela estava vestida para viajar. Todas as malas estavam feitas e fechadas, exceto uma. Não era ela que soluçava, porém, descobriu ele. Era a criadinha magricela.

– Madeline – disse ele, quando ela ergueu os olhos e o encontrou. – P-poderia nos deixar a sós, por favor?

Devia ter acabado de ser dispensada, pobre menina, seus serviços não seriam mais necessários.

– Isto não está certo, não é? – disse ela, olhando-o com fúria e usando um tom de acusação lacrimosa.

– Madeline. – A voz de Agnes soou baixa mas firme, interrompendo as explicações da criada sobre o que exatamente não estava certo. – Deixe-nos, por favor. Falarei com você antes de sair.

Ainda com olhos vermelhos que não melhoravam em nada sua aparência, a garota saiu.

Agnes pousou a escova no alto da bolsa que ainda estava aberta e a fechou. Endireitou-se e olhou para ele com um rosto pálido, os olhos inexpressivos.

– Percebe que ontem foi nosso primeiro aniversário? – disse ele – Nossa primeira semana de casados?

– Se eu pudesse voltar atrás, apagaria essa semana e tomaria um caminho diferente – afirmou ela. – Mas não é possível. Só se pode seguir para a frente.

– Mas não está mesmo tentando voltar atrás? – perguntou ele. – No tempo, bem como no espaço?

Ela pareceu ponderar o que ia dizer.

– Não – disse ela. – Há pouco tempo eu mantinha uma vaga esperança de me casar de novo algum dia, de ter talvez um ou dois filhos e ficar tão satisfeita com o novo casamento quanto com o antigo. Agora tal esperança foi eliminada para sempre. Fora isso, porém, minha vida voltará a ser o que era antes de eu tomar essa decisão impulsiva e desastrosa. Ficarei com Dora. Acredito que ela encontra tanto conforto na minha companhia quanto eu na dela.

– Acho que isso a e-entristecerá – disse ele.

Ela riu, embora não parecesse ter se divertido de forma alguma.

– Dora sempre disse que não confiava na sua sobrancelha esquerda tão móvel – disse ela. – Creio que não vai se sentir tão surpresa quando descobrir que estava certa.

– A-acho que ela gosta de mim – disse ele.

Agnes olhou para ele e riu de novo. Flavian desejou ter pelo menos abotoado a camisa até o pescoço. Devia estar parecendo tão miserável quanto se sentia, além de pouco respeitável.

– Não v-vá – disse ele.

Ela ergueu as sobrancelhas.

– Faz apenas uma s-semana, Agnes – disse ele. – Como estamos c-casados de qualquer modo e nada pode mudar essa situação, não podíamos pelo m-menos d-dar uma chance a nosso c-casamento?

Ele pensou de repente em Ben dizendo que costumava sonhar em largar as muletas e se afastar delas sem sequer pensar – nem tropeçar, nem cair. Flavian desejava *conseguir* apenas abrir a boca e dizer o que passava por sua cabeça sem tropeçar, sem esbarrar nas palavras. Em especial, quando ficava mais agitado.

– Mas nunca foi um casamento, não é? – disse ela. – A não ser pelo fato de que houve uma cerimônia nos unindo para sempre e de que foi consumado. Tais coisas não criam um *casamento*, porém, a não ser diante da lei. Casou-se comigo para ferir lady Hazeltine, sua família e a dela porque todos eles o feriram há anos. E eu me casei com você porque eu... pois bem, porque eu sentia desejo por você. Agora conseguiu sua vingança e saciei meu desejo. Está na hora de ir para casa. Você não vai tentar me impedir, não é? Não vai tentar impor sua autoridade e me mandar permanecer aqui.

Ela ergueu o queixo, a mandíbula ficou tensa.

– Eu q-quero ficar c-casado com você – afirmou ele. – Não consigo explicar o porquê e não vou ficar d-desfiando motivos que você reconheceria como i-invenções. Mas não foi por vingança, Agnes. Ou pelo menos não... Essa p-palavra nunca entrou na minha cabeça. Q-quis ficar a s-salvo. Nem sei bem o que q-quero dizer com isso, mas foi o que senti quando me aceitou, quando disse que se casaria comigo, e foi o que senti quando nos c-casamos e saímos da igreja. Eu me senti a s-salvo. Talvez não p-pareça muito lisonjeiro, mas é a *verdade*. E era com *você* que eu q-queria me casar, não com uma mulher qualquer. E não era apenas desejo da sua parte. Não teria se c-casado comigo apenas para ir para a cama. Você se diminui ao dizer tal coisa. Queria a *mim*, e não apenas ao meu corpo. Você me queria, Agnes.

– Nem sei quem você é – respondeu ela.

– Mas sabia que eu era *alguém*. Alguém que você queria passar a v-vida conhecendo. Não foi apenas desejo.

– Então fui mais tonta ainda – disse ela. Não havia ninguém digno de ser conhecido no interior daquele lindo corpo, não é?

Ele acusou o golpe e engoliu em seco.

– Não vá embora – pediu ele. – Pode se a-arrepender. E sei que *eu* me arrependeria.

– Seu *orgulho* se arrependeria.

– É provável – admitiu ele. – E o resto de mim também.

Ela o fitou, o rosto inexpressivo como pedra, o olhar vazio.

– E-espere mais uma semana – implorou ele. – Dê a mim esse tempo. Fique por mais s-sete dias e eu a levarei para Candlebury, se ainda q-quiser me deixar. Diremos que vamos passar a Páscoa por lá e você pode f-ficar depois e ninguém vai m-mandar que você seja apresentada para a aristocracia como minha v-viscondessa. Sua irmã pode ir viver com você, se quiser, e se ela quiser. Ela encontrará muitos alunos de música, se q-quiser, e você encontrará flores silvestres em quantidade para p-pintar durante uma vida inteira. Mas me d-dê uma semana antes.

Até então, Agnes permanecia imóvel. E assim continuou.

– Se precisar mesmo p-partir hoje – disse ele –, então d-deixe-me levá-la agora para Candlebury. Não f-ficarei por lá se não for seu desejo. Nunca me aproximarei de novo do lugar, a não ser que me convide. Agnes?

– Ainda a ama? – perguntou ela.

Flavian soltou o ar ruidosamente, encostou a cabeça no batente da porta, cruzou os braços e olhou para o alto.

– O m-mais engraçado, e acho que *deve* ser engraçado, porque não faz qualquer sentido... o mais engraçado é que não s-sei se a amei em algum momento. Quero dizer, desejo ser sincero com você porque acho que é minha única chance. Devo ter amado, não é? Mas não c-consigo me lembrar de como era nem de como eu me sentia. E quando eu a vi de novo no dia da nossa chegada, eu não s-sabia dizer se eu a amava ou se eu a odiava. Ainda não sabia quando fui visitá-la ontem. Tinha medo de amá-la. Mas não queria. Eu não *quero*. Q-quero... Quero ficar casado com *você*. Quero ficar a salvo com você. E não conseguiria parecer mais egoísta nem que eu me esforçasse, não é? Quero, quero, quero... gostaria de tentar f-fazê-la f-feliz, Agnes. Acho que seria bom fazer alguém f-feliz. Acho que seria a melhor sensação do mundo. Especialmente se fosse você. Não vá embora. Dê uma chance a mim. A *nós*.

Houve um silêncio um tanto longo e ele fechou os olhos e aguardou a decisão dela. Não ia *impor* sua autoridade, embora pudesse fazer tal coisa, por ser seu marido, supunha. Se ela escolhesse partir, ele permitiria. Até na diligência, se fosse sua escolha.

Ah, meu bom Deus, ele não podia sequer garantir a ela que não mais amava Velma – nem que já tivesse amado. Por que diabo o médico de Penderris lhe dera alta e o soltara no mundo inocente? Ele era um completo lunático.

– Existe uma dor terrível – disse ela em voz baixa – em ser abandonado por alguém que ama outro mais do que a você. Uma dor, um vazio e uma determinação de nunca mais entregar tal poder a outra pessoa.

Ele ficou aturdido por um momento antes de perceber que ela falava de sua mãe, que abandonara os filhos para ficar ao lado de seu amante.

– O casamento com William me trouxe paz e tranquilidade.

– Não sou William.

Ela o olhou, ainda sem expressão, quando até que os cantos dos olhos se enrugaram e ela riu como se estivesse achando graça de alguma coisa.

– Realmente é o mínimo que poderia ser dito – disse ela.

– Fique – insistiu ele. – Pode decidir me deixar depois, Agnes, e nunca a impedirei, mas n-nunca vou abandoná-la. Nunca. Eu juro.

Não era o abandono literal que ela temia, como ele bem sabia, e sim o abandono emocional – o amor por Velma e não por ela. Deus do céu, ele nunca pensara em Agnes em termos de *amor*. O amor – amor romântico, quer dizer – sempre o fizera se sentir um tanto enjoado, embora ele não soubesse o motivo. Hugo amava lady Trentham e não havia nada nauseante em relação ao que obviamente sentiam um pelo outro. O mesmo era verdade em relação a Vincent e sua esposa, e a Ben e à esposa dele. Por que não poderia acontecer com ele?

Agnes o olhava com firmeza, sem exibir o sorriso.

– Durante uma semana – disse enfim.

Ele pousou a cabeça de novo no batente da porta e fechou os olhos por um momento.

– Obrigado – sussurrou.

– Saia e vá dormir um pouco, Flavian – disse ela. – Está exausto.

– N-nada como ouvir que a m-mulher com quem se está casado há uma semana p-pretende partir para f-fazer o sujeito perder o sono – disse ele.

– Pois bem, ela não *vai* deixá-lo. Pelo menos por mais uma semana. Mas se é para eu ficar, Flavian, então vou fazer uma visita a lady Hazeltine e lady Frome, de preferência nesta tarde, se por acaso estiverem em casa.

Ele franziu a testa.

– Minha m-mãe poderá acompanhá-la? Ou mesmo eu?

– Nenhum dos dois – respondeu ela.

Flavian continuou com a testa enrugada e na sua cabeça imaginou Daniel entrando na cova dos leões. O que era uma forma esquisita de pensar na residência dos Frome.

– Para garantir a respeitabilidade, levarei Madeline – disse Agnes –, pois não estamos no interior. Seria de muito mau tom se eu fosse sozinha?

– De péssimo tom.

– Espero que *estejam* em casa – afirmou ela. – E espero que estejam sozinhos. É preciso deixar algumas coisas claras.

Ele havia casado com uma mulher de coragem, percebeu, por mais que demonstrasse ser tranquila e discreta. Uma visita como aquela seria, com toda a certeza, incrivelmente difícil para ela.

– Vá dormir – disse ela.

– Sim, madame. – Ele afastou o ombro da porta e voltou para o quarto dela, a caminho do seu.

Tocou o sino para chamar o valete assim que chegou.

Enquanto Agnes caminhava em direção a Portman Place e procurava a casa com o número certo, junto com uma Madeline feliz caminhando em silêncio a seu lado, ela esperava com fervor que as senhoras *estivessem* mesmo em casa, sem se ocuparem de outros visitantes. Ao mesmo tempo, de modo quase irracional, esperava com fervor que tivessem saído.

O mordomo não sabia dizer, mas foi ver. Em ocasiões comuns, Agnes acharia graça que o mordomo admitisse sua ignorância sobre quem estava e quem não estava em casa, mas dessa vez ela apenas cruzou os dedos das duas mãos e fez um pedido confuso. *Que estejam em casa. Que não estejam.*

– Ele podia ter pedido que a senhora se sentasse enquanto espera – disse Madeline. – Foi rude, eu diria, apesar de toda a sua altivez.

Agnes não respondeu.

As damas estavam em casa, embora Agnes pudesse perceber, assim que entrou no salão, que usavam roupas para sair. A curiosidade devia ter feito com que decidissem permitir que ela entrasse, quando o mordomo informou sobre sua chegada.

As duas se vestiam com elegância e estilo. Agnes não. Mais algumas roupas novas haviam chegado do ateliê de Madame Martin durante a manhã e Madeline havia separado um dos trajes de sair quando soube que a ama faria uma visita vespertina. Mas não discutiu quando Agnes disse a ela que preferia parecer ela mesma. A garota lançou um olhar astucioso, acenou rapidamente e apresentou uma roupa antiga que, com toda a certeza, devia ter acabado de ser escovada e passada, de modo a parecer uns dois anos mais nova do que era.

– Lady Ponsonby, que encantador – disse lady Frome, sorrindo ao indicar com uma das mãos o assento que deveria ser ocupado por Agnes. – Mas sua sogra não lhe fez companhia?

Nesse meio-tempo, a condessa tinha atravessado o aposento, apressada, com um sorriso caloroso no rosto, as mãos estendidas.

– Quanta gentileza nos visitar – disse ela. – Falei com mamãe ontem, depois de encontrá-la na biblioteca de Hookham, que esperava que nos tornássemos amigas próximas e queridas, além de vizinhas. Não foi, mamãe? E aqui está, no dia seguinte. Mas veio sem Flavian?

Agnes ofereceu apenas a mão direita e a condessa a apertou, antes de todas se sentarem.

– Vim sozinha por opção – disse ela.

As duas damas a olharam com curiosidade.

– Quis deixar claro – disse Agnes, dirigindo-se para a dama mais velha – que lamento o constrangimento causado pela minha inesperada aparição na cidade como esposa de Flavian. Nunca tive a intenção de magoar ninguém.

Lady Frome pareceu constrangida mesmo assim.

– Com certeza, fomos surpreendidos – disse ela. – Assim como lady Ponsonby e Marianne, claro. Interrompemos nossa visita porque nossa presença no salão teria sido uma intrusão ao que era, com toda a clareza, uma questão de família. Espero que não tenha se sentido ofendida por nossa saída tão abrupta. Não gostaria que houvesse nenhum ressentimento entre nossas famílias, por nada neste mundo. Somos vizinhos. Mas a senhora sabe, claro. As duas famílias sempre mantiveram o melhor relacionamento possível.

Foi uma resposta educada e Agnes, instintivamente, gostou da dama. Por um momento, ficou tentada a apenas sorrir e mudar de assunto, ficar por um tempo decente e então se despedir. Talvez fosse melhor não dizer mais nada. Mas abandonou a ideia com alguma relutância. Tinha vindo para deixar algumas coisas claras e se não fizesse aquilo naquele momento, nunca o faria, e algo, uma espécie de ferida mútua, se abriria e permaneceria sob a superfície, infestando todos os contatos posteriores.

Já havia suprimido o bastante em sua vida familiar para desejar que o mesmo não voltasse a acontecer no seu casamento.

– Espero que nossas famílias mantenham o bom relacionamento, como sempre, senhora – disse Agnes. – Mas primeiro precisamos conversar sobre algo que ameaça se tornar um constrangimento. Acho que deve ter sido tristíssimo para todos, e para a senhora em particular, lady Hazeltine, quando o falecido lorde Ponsonby... eu me refiro a *David*... julgou estar doente demais para dar prosseguimento aos planos de casamento que haviam sido encorajados pelas duas famílias. Quero dizer, deve ter sido uma grande tristeza o fato de ele a deixar livre.

A condessa ficou um tanto pálida.

– Eu o estimei profundamente durante toda a minha vida – disse ela – e sonhava com o casamento, com a oportunidade de dar a ele alguma felicidade, embora estivesse bem claro que ele não viveria muito tempo. Mas ele era tão *nobre*, de um jeito tolo, e não permitiu que eu o fizesse. Eu implorei, chorei, mas não adiantou. Ele não me aceitaria. Insistiu em que eu deveria ficar livre para me casar com alguém que tivesse uma vida pela frente, alguém que eu amasse. Embora eu o *amasse*.

Ela parecia bastante sincera.

– Era o mais querido, o mais doce dos jovens – disse lady Frome. – Tenho certeza de que amava muito Velma, mas, assim que decidiu que seria egoísmo prendê-la a um moribundo, não houve como convencê-lo do contrário.

– Deve ter parecido uma punição dupla – prosseguiu Agnes, dirigindo-se à condessa – quando Flavian sofreu graves ferimentos na guerra, depois que a senhora transferiu seu amor para ele e celebrou o noivado em festividades tão alegres.

Lady Hazeltine mordeu o lábio e pareceu abalada.

– Ele *contou* – disse ela. – Suponho que era inevitável que *alguém* o fizesse, mais cedo ou mais tarde. Estávamos *apaixonados*, lady Ponsonby. Não negarei o fato, mesmo se Flavian negar. Irei ainda mais longe. Nutria uma estima profunda por David e desejava acima de tudo casar-me com ele e fazê-lo feliz. Mas era Flavian que eu *amava*. Assim como ele me adorava. Nós nos amamos de um modo desesperado durante anos, antes que David nos libertasse. Sim, e ele fez isso *porque* sabia que nós nos amávamos e ele também nos amava. Era o mais querido dos homens.

– Meu amor. – Lady Frome parecia reprová-la. – Isso não é...

– Não, mamãe – disse a filha, dois pontos de cor desabrochando nas faces, olhos faiscantes –, ela *deve* saber a verdade, pois foi quem puxou o assunto. Caso contrário, eu não teria mencionado uma palavra. Flavian estava fora de si quando voltou para casa, lady Ponsonby. Não reconhecia nada nem ninguém. Era pouco mais do que um animal selvagem. O médico nos informou de que ele nunca mais melhoraria e que, mais cedo ou mais tarde, deveria ser confinado a um asilo onde não pudesse ferir ninguém além de si próprio. O que eu devia ter feito? Era pior do que a morte. E Leonard ficou também terrivelmente transtornado. Era o melhor amigo de Flavian em todo o mundo e não parava de se culpar por ter deixado o Exército alguns meses antes de Flavian ser ferido, de ter deixado Flavian sozinho, como se sua permanência pudesse, de algum modo, ter evitado o desastre. Ele estava arrasado. Nós dois estávamos. E nos voltamos um para o outro em busca de conforto. Casamos. Mas nunca o amei nem ele me amou. De fato, acho que passamos a nos odiar.

– Velma, minha querida – implorou a mãe –, não deve dizer essas coisas. Não para lady Ponsonby. Não é delicado.

– Talvez tivéssemos conseguido ter algum sucesso no nosso casamento se Flavian não começasse a se recuperar – prosseguiu lady Hazeltine, como se a mãe não tivesse dito nada. – Mas Leonard nunca se perdoou e eu... Pois bem, eu devia ter esperado mais tempo.

Agnes sentiu-se um pouco mal. Talvez tivesse se enganado na biblioteca. Tinha achado que havia algum cálculo, até mesmo desdém, nas palavras da condessa.

– E agora – prosseguiu lady Hazeltine –, no momento em que eu poderia consertar as coisas, fui tratada como se tivesse sido apenas uma pessoa infiel e sem coração durante todos esses longos anos. E me tornei objeto de uma vingança cruel. Isso foi justo, lady Ponsonby?

Não, pensou Agnes. Ah, não, ela não havia se enganado.

– Meu amor. – Lady Frome parecia perturbada. – Lady Ponsonby não tem nenhuma culpa.

– Sua amargura é compreensível, lady Hazeltine – disse Agnes. – A esta altura, porém, não terá nenhuma utilidade. A senhora e Flavian se amaram há anos, mas as pessoas mudam. Ele mudou e ouso afirmar que a senhora também, e que há de se recuperar de suas decepções e ficar até grata por não estar mais presa ao passado. Flavian casou-se comigo na semana passada porque esse foi seu desejo e me casei com ele pelo mesmo motivo. É um fato.

– Está claro que nunca amou em sua vida – disse a condessa com um sorriso triste e doce. – O amor verdadeiro não morre, lady Ponsonby, nem se recupera de uma *decepção*. Não é afetado pela passagem do tempo.

Agnes suspirou.

– Desejo-lhe o melhor – disse ela. – Desejo-lhe felicidade futura com todo meu coração. E desejo a paz e as boas relações entre nossas famílias. Mas não serei reduzida a alguém com quem meu marido se casou apenas por querer punir uma antiga paixão. Não vou tolerar ser vista como a outra numa trágica história de amor. Ele se casou *comigo*, lady Hazeltine. E o mais importante no que me concerne, eu me casei *com ele*, e eu *conto*. Também sou alguém.

Ela se levantou enquanto falava, recobrou a bolsinha e preparou-se para sair. As pernas pareciam um tanto bambas, mas pelo menos a voz não havia vacilado.

As outras damas também se levantaram.

– Eu lhe asseguro, lady Ponsonby, que lhe desejo todas as felicidades – disse lady Frome com aparente sinceridade. – E obrigada pela visita. Foi um gesto de coragem, ainda mais desacompanhada. Estou ansiosa por tê-la como vizinha.

– Também desejo tudo de bom para a senhora – disse a condessa –, embora eu creia, lady Ponsonby, que vai precisar de todos os votos que puder receber.

Agnes fez um sinal com a cabeça e se despediu.

A princípio, ela caminhou para casa em passos muito rápidos, Madeline atrás dela, mas depois de alguns minutos se acalmou e diminuiu o ritmo para uma velocidade mais apropriada a uma dama. Não estava certa de que a visita realizara grande coisa além de causar-lhe uma terrível perturbação. Mas não se arrependia. Detestava situações em que as pessoas não explicitavam suas diferenças. Pelo menos, se fosse para haver malícia e inimizade entre ela e a condessa de Hazeltine – e ela suspeitava que assim seria –, então era melhor que sua existência e suas causas estivessem evidentes.

Ninguém lhe disse nada depois que a mãe partira. Nada. Nunca. Um belo dia, uma criança de 5 anos de idade tinha uma mãe bela, vibrante e risonha a seu lado, no dia seguinte ela não estava mais lá e nunca mais reapareceria. Não lhe deram qualquer explicação. Agnes teve que juntar o pouco que descobriu ao entreouvir trechos de conversas ao longo dos anos. Nada tinha sido dito a ela diretamente.

E a mágoa, a sensação de abandono, tinha se transformado numa chaga. Talvez isso fosse acontecer de qualquer maneira, mas a dor seria diferente. Pelo menos, era o que sempre havia acreditado. Talvez não fosse assim. Talvez a dor fosse apenas dor.

Planejara estar na diligência àquela altura, a caminho de casa e de Dora. Depois de apenas uma semana de casamento. Que terrível humilhação teria sido. No entanto, tinha concordado em ficar por mais uma semana e então, talvez, seguir para Candlebury Abbey em vez de Inglebrook.

Mais uma semana. Para criar um casamento. Ou pôr fim nele e criar uma separação que duraria o resto da vida. Mas a sensação de derrota que sentia ao pensar naquilo a encheu de uma súbita raiva.

Ela... Ah, qual seria a pior palavra que conseguia pensar? O *diabo* se ela ia desistir do casamento depois de duas semanas só porque Flavian tinha, no passado, se apaixonado por uma bela mulher que optara pelo desdém e não pela dignidade estoica quando ele se casou com *ela*, Agnes. Ela acharia... Pois bem, que tudo fosse para o inferno?

Lá estava!

Ele queria dar uma chance ao casamento.

Pois bem, ela também queria. Queria mais do que uma chance. Ia transformar o que tinham em um *casamento.*

CAPÍTULO 19

Flavian não dormiu nem tentou dormir. Tinha uma semana. Sete dias. Não desperdiçaria nem uma hora sequer pondo em dia seu sono da beleza. O problema, porém, era que não sabia como convencer Agnes a ficar a seu lado a não ser fazendo amor dia e noite. Era bom nisso, pelo menos. Ou melhor, os *dois* eram bons nisso.

Não achava que só o sexo seria suficiente para persuadi-la a ficar, no entanto. Nem tinha certeza de que Agnes permitiria que se aproximasse de sua cama nos próximos sete dias ou noites. Além do mais, sexo bom poderia até mesmo convencê-la a *não* ficar. Tinha aquela crença alarmante em que a paixão devia ser suprimida, se quisesse manter algum tipo de controle sobre sua vida. Tudo por causa da mãe.

Pediu ao valete que lhe preparasse o banho. Sentiu-se um pouco melhor depois de se lavar, trocar de roupa e se barbear. Tinha também pensado um pouco. Não chegara a nenhuma solução de curto prazo, e era o que ele realmente precisava, mas pelo menos ele podia fazer *algo*. Voltou à sala de leitura, sentou-se na escrivaninha e escreveu duas cartas – o que *não era* sua atividade favorita nas melhores das circunstâncias. Mas eram necessárias e já deviam ter sido escritas. Seria difícil encontrar-se pessoalmente com seu sogro, pois para isso seria preciso sair de Londres e perder algum tempo daquela semana preciosa. O mesmo se aplicava a seu cunhado. Era um gesto de cortesia escrever para os dois. Mais do que isso, Flavian tinha algumas perguntas a fazer e nutria a esperança de que pelo menos um deles se dispusesse a ser mais franco com ele do que haviam sido com Agnes.

Depois de escrever as cartas de uma forma que lhe pareceu mais ou menos satisfatória, selá-las e entregá-las aos cuidados do mordomo, Flavian se dirigiu para o clube White, em parte porque não conseguia pensar em nenhum outro lugar para ir, pois Agnes tinha planos para aquele dia e ele não estava incluído. Mas em parte ele ia para lá na esperança de encontrar alguém a quem pudesse fazer algumas perguntas discretas. Talvez ele pudesse fazer *alguma coisa*.

Diversos cavalheiros o cumprimentaram no clube. Poderia ter arranjado companhia agradável para passar o resto do dia e boa parte da noite, se assim o desejasse, apesar de pelo menos metade da aristocracia ainda estar à espera da Páscoa para viajar e tomar conta de Londres. A maioria de seus companheiros, porém, tinha mais ou menos sua idade e não lhe serviria em nada naquele dia. E também não era tão bem relacionado com nenhum dos homens mais velhos, como percebeu ao sentar na sala de leitura e dar apenas uma pequena parcela de sua atenção aos jornais matutinos.

Nesse momento chegaram à sala, juntos, dois de seus tios e um de seus primos, fazendo saudações calorosas e bem-humoradas, dando tapinhas em suas costas, apertando sua mão, conversando e rindo. Não foi surpresa que tivesse despertado a desaprovação de outros ocupantes do aposento que vinham lendo os jornais até aquele momento.

Tio Quentin e tio James tinham acabado de chegar na cidade, Flavian compreendeu, com as tias e todos os primos cuja existência estava sob sua responsabilidade. Um deles, o primo Desmond, filho mais velho de James e seu herdeiro, sorria de alegria ao ver alguém com sua idade aproximada. Dois dos outros primos, um para cada tio, na verdade, eram primas de 18 anos, prontas para o mercado matrimonial, por isso houvera toda aquela necessidade de baixar na capital ainda cedo, a tempo de comprar uma montanha e meia de itens, todos absolutamente necessários, segundo as tias, num valor que os levaria à mendicância pelas próximas cinco década, segundo os tios.

Flavian conduziu os parentes à sala de café, onde poderiam conversar sem provocar a censura dos leitores de jornais.

Tinham acabado de ouvir a notícia do casamento de Flavian, e os dois tios se manifestaram encantados por ele, enfim, ter demonstrado algum bom senso, embora os boatos dissessem que ele havia se casado com uma desconhecida, um problema que poderia ser remediado com facilidade, claro, tornando-a *conhecida* sem mais delongas, tarefa da qual as tias se incumbiriam com muita felicidade. Os tios estavam quase explodindo de tanta curiosidade. Quem era a dama sortuda, hein, hein? Ou seria o noivo o homem de sorte?

Os tios eram irmãos gêmeos. Falavam juntos, um completando o que o outro dizia, de modo que a cabeça do ouvinte tendia a se mover de um lado para o outro, compassadamente.

Gargalhadas calorosas encerraram a última série de perguntas.

Flavian descontraiu-se e apreciou a oportunidade de voltar a ver alguns de seus parentes. Explicou que Agnes era uma viúva que morava com uma irmã solteira no vilarejo próximo a Middlebury Park, onde havia passado três semanas com amigos. Teve o cuidado de acrescentar que a conhecera seis meses antes, e que a corte e o casamento não tinham sido tão repentinos assim como, sem dúvida, se imaginava.

– Eu digo uma coisa, Flave – falou Desmond –, pode haver um problema com lady Ponsonby. Suponho que já tenha ouvido sobre o assunto.

– Ahn?! – exclamou tio James.

– O que houve Des? – indagou tio Quentin.

Flavian apenas olhou para o primo.

– Houve uma espécie de festa na casa de lady Merton, ontem à noite – disse Desmond. – Bidulph e Griffin me arrastaram para lá. Para falar a verdade, foi uma tremenda chatice. Mas seu casamento parecia ser a grande notícia e surpreendeu um pouco alguns dos presentes, justamente quando a condessa de Hazeltine tinha voltado à cidade. Ela também estava presente na noite passada, embora todos os fofoqueiros tivessem tido o cuidado de não falar ao alcance de seus ouvidos. Está encantadora como sempre, aliás. Você a viu, Flave?

– Qual era o p-problema? – perguntou Flavian.

– Parece que a mãe de lady Ponsonby não era tudo o que devia ser – disse Desmond. – Fugiu com um amante, sabe, e seu marido... *Debbins*, não é? Pediu o divórcio. Precisa ter cuidado, Flave, se for verdade, e mesmo que não seja. Já é delicado que sua esposa seja uma desconhecida, mas se ela também não for tão respeitável...

Ele não concluiu o raciocínio, talvez por ter visto a expressão no rosto do primo.

Quem sabia? Flavian vasculhou sua mente. *Quem sabia?* Tinha dito à mãe quem ela era, e a Marianne e Oswald. Tinham mencionado o pai e o falecido marido. Mas não haviam feito qualquer referência ao antigo escândalo. Não havia contado a *ninguém* e estava certo de que Agnes também nada dissera. Ninguém sabia quem era seu pai.

Exceto os Fromes. E Velma.

Praticamente ouviu a pergunta de Velma, querendo saber quem era Agnes, e sua resposta.

É a filha de um Sr. Debbins, de Lancashire.

Seu principal objetivo ao visitar o clube naquela manhã de repente pareceu ganhar maior urgência. E ocorreu a ele que os tios tinham idade para ajudá-lo a encontrar as respostas. Os dois passavam tanto tempo em Londres e nos balneários da moda quanto em suas residências no interior, e sempre foram uma mina de informações, notícias e fofocas. E o que os tios não sabiam, era bem possível que as tias soubessem.

– Se alguém t-tem dúvidas sobre a respeitabilidade da m-minha esposa – disse ele –, p-pode dirigir suas perguntas a m-mim.

Desmond recuou e ergueu as duas mãos, com as palmas para fora.

– Estou dizendo apenas o que estava sendo cochichado na noite passada, Flave – disse ele. – Não era nada de mais, mas sabe muito bem como os mexericos podem alimentar as chamas do menor dos fogos.

E Velma estivera presente na festa da noite anterior

– Algum dos senhores se recorda daquele divórcio? – perguntou aos tios. – Um Debbins, de Lancashire. Faz uns vinte anos.

– Divórcio – disse o tio James. – Por ato do Parlamento, quer dizer? Um tanto drástico isso, da parte do seu sogro, Flavian. Deve ter custado o resgate de um rei e ter sido terrivelmente público. Cruel com os filhos também. E ela era sua *sogra*? Que azar dos diabos, meu garoto. Não lembro. E você, Quent?

Tio Quentin plantara um cotovelo na mesa e tamborilava os dentes com as unhas.

– Lembro-me do velho Sainsley divorciando-se da mulher por adultério, embora todo mundo soubesse que era uma acusação falsa – disse ele. – Ela estava começando a ficar furiosa em relação às três amantes do marido e a todos os filhos bastardos que ele mantinha. Deve ter sido há uns dez, quinze anos. Lembra-se, James?

– Faz tanto tempo assim? – perguntou James. – É, suponho que deve ter sido. Eu me lembro...

Desmond trocou um olhar impaciente com Flavian. Não era possível apressar os tios.

– Havell – disse tio Quentin, de repente, batendo com a palma da mão no tampo da mesa e fazendo o café de tio James se derramar sobre o pires. – Sir Everard Havell, aquele que todos chamavam de garoto bonito por causa do seu sorriso. Tinha a boca cheia de dentes branquíssimos.

– Lembro – disse o tio James. – As damas costumavam desmaiar quando recebiam um sorriso dele.

– Ele foi obrigado a morar no interior quando ficou sem dinheiro – prosseguiu tio Quentin. – Foi morar com algum tio caquético que talvez pudesse lhe deixar tudo ou não. Foi passar uma conversa no velho, imagino. E era em *Lancashire*. Tenho certeza disso. Fiquei com pena do pobre sujeito, por ter que ficar encarcerado em Lancashire, entre todos os lugares deploráveis.

– Não havia motivo para invejá-lo – concordou tio James.

– Ele fugiu com a mulher de alguém e o marido entrou com o pedido de divórcio. Havell acabou sem receber um tostão. – Tio Quentin olhou para Flavian com ar triunfante. – Foi isso. Tem de ser. Não consigo me lembrar do nome do marido, mas foi há uns vinte anos, em Lancashire. Seria coincidência demais se houvesse dois eventos desse tipo, e dois divórcios.

– Mas lady Ponsonby não *sabe*, Flave? – perguntou Desmond.

– Ela prefere não falar sobre o assunto – disse Flavian, recostando-se na cadeira. – Nem sabe o nome do homem com quem a mãe fugiu.

– Não vai conseguir esconder a cabeça na areia por muito mais tempo, não é? – disse Desmond, franzindo a testa. – Não vai levar muito tempo para que os fofoqueiros de plantão descubram os detalhes, Flave. Se tio Quent se lembra, outras pessoas também se lembrarão. Poderia representar problemas para lady Ponsonby. E para você.

– Temos uma família bem grande, sabe Deus – disse o tio James – E, pelo lado de sua mãe, você também tem quase tantos parentes.

– E as famílias se unem – disse tio Quentin.

– Que Deus nos ajude – murmurou Desmond.

– O que aconteceu depois do divórcio? – perguntou Flavian.

– Ahn?! – exclamou tio James.

– Havell fez o que era decente e se casou com a dama – disse tio Quentin. – Pelo que ouvi, era uma beldade, embora não fosse uma jovenzinha, talvez fosse até mais velha do que ele, se estou bem lembrado. Toda a aristocracia passou a ignorá-los, porém.

– Algum dos dois ainda está vivo? – perguntou Flavian. – E onde moravam ou moram?

Tio Quentin voltou a cutucar os dentes e tio James esfregou o queixo com uma das mãos.

– Não faço a mínima ideia – disse tio James. – E você, Quent?

Tio Quentin balançou a cabeça.

– Mas você pode perguntar para o Jenkins – afirmou ele. – Peter Jenkins. Ele tem alguma espécie de parentesco com Havell... ele é filho de um primo de segundo grau ou coisa parecida. Pode saber.

– Primeiro grau – disse tio James. – Neto de um primo-irmão.

Por acaso, Peter Jenkins jantava no White's com amigos. Flavian teve que esperá-lo por uma hora e meia para conseguir encontrá-lo a sós.

Agnes estava exausta. Não que aquela noite tivesse sido particularmente movimentada. Tinha sido bastante agradável, na verdade. Tinha usado um de seus vestidos de noite mais simples para jantar com Flavian e sua mãe, depois sentou-se com eles no salão. Enquanto trabalhava num rendado, a sogra sacou o bordado. Flavian lera para elas trechos de *Joseph Andrews*, de autoria do Sr. Fieldings, uma divertida paródia de *Pamela*, de Samuel Richardson, que Agnes lera anos antes, sem apreciar muito.

Flavian fizera uma boa leitura, gaguejando pouco. E quando por fim fechou o livro e o pousou na mesa a seu lado, apoiou um canto no rosto na mão e observou o trabalho de Agnes com uma expressão que parecia ser satisfação, estima ou simples cansaço. Não havia dormido na noite anterior, afinal, e ela duvidava que tivesse dormido pela manhã.

Foram convidados a ir à casa de lorde Shields na noite seguinte, para uma festa improvisada com a família e amigos. Flavian explicou que alguns parentes tinham chegado à cidade e estavam ansiosos para conhecê-la. Agnes ficou um pouco desconfiada da palavra *festa*, que aparecia no convite de Marianne, mas a viúva lembrou a ela que a cidade ainda estava vazia naquela época do ano. De qualquer maneira, se ficasse com Flavian – e *ia ficar* com ele –, ela devia ser apresentada à sociedade mais cedo ou mais tarde.

Permitiria que Madeline escolhesse o vestido de noite mais adequado.

Naquele momento, usava uma camisola nova. Não era tão audaciosa nem tão reveladora quanto algumas que ela poderia ter escolhido. Cobria seus ombros e antebraços e tudo o mais, com um decote bastante modesto, e, apesar da finura do linho, era opaca. Tendia a se prender um pouco no corpo, no entanto, o que, segundo Madeline, era intencional, para exibir suas belas formas.

Não estava certa de que alguém além de Madeline veria sua camisola. Ao concordar em esperar uma semana naquela manhã, os dois não tinham discutido acerca da natureza do casamento que manteriam durante o período. Não sabia se Flavian a procuraria, e não sabia se sairia para procurá-lo naquela noite, como havia feito na véspera – caso ele não aparecesse.

Não devia querer que ele aparecesse. Tinha andado muito zangada com ele. E não era uma zanga que poderia ser resolvida com uma boa briga, era de um jeito que não podia ser consertado. Estava zangada por ter a sensação de ter sido cruelmente *usada* e de ter se transformado em uma vítima solícita do seu próprio desejo. O fato de estar apaixonada por ele tinha sido considerado bastante irrelevante. De fato, isso só a tornava mais determinada a exercer algum controle sobre sua vida e agir com a cabeça em vez de usar o coração – ou ser movida pelas súplicas do corpo.

Mas tinha pensado bastante durante aquele dia. E lembrara-se de muita coisa.

Estava sentada num lado da cama quando ele chegou. Bateu na porta, esperou um momento – ela não respondeu – e entrou. Ficou ali, com o roupão que tinha um cinto apertado em torno da cintura, deslumbrante, com o cabelo um tanto desarrumado. Agnes sentiu os bicos dos seios endurecerem e esperou que ele não pudesse enxergar aquela evidência sob a luz fraca do candeeiro.

– Vai jogar um ch-chinelo na minha cabeça? – perguntou ele.

– Eu provavelmente erraria e me sentiria uma tola – respondeu ela.

Ele dobrou os braços e inclinou a cabeça para o lado, de leve.

– É para ser um *casamento* durante sete dias, não é? – questionou.

– Ah, você não vai se livrar disso com tanta facilidade – disse ela. – É para ser um casamento *para sempre*, Flavian. Casou-se comigo. Não importa por que o fez. *Casou-se* comigo e é melhor que faça jus a esse compromisso. Não permito que aja de *outra forma*. E eu me casei com você. Não importa por que eu o fiz. Estamos casados, por bem ou por mal. As pessoas se casam por todo tipo de motivos. Não são eles que importam. É o que *fazem* com seus casamentos que importa. Vamos fazer com que este seja um *bom* casamento. Nós dois *juntos*.

Céus, de onde havia saído *tudo aquilo*? O coração de Agnes batia com tanta força que ela estava quase ensurdecida.

Ele não se mexeu nem mudou de posição. Mas as pálpebras desabaram sobre os olhos, semicerradas, e havia uma curva ligeiramente ascendente nos cantos da boca. Ele a observava com atenção.

– Sim, senhora – disse baixinho –, e avançou sobre ela.

Então fizeram amor de modo hesitante, doce, lento e por fim com uma urgência feroz. Quando terminaram, ela ficou esparramada na cama sem sua bela camisola, e Flavian, pesado, deitado sobre seu corpo. Os dois estavam com calor, suados e descontraídos. As pernas dela estavam estendidas ao lado das dele. Flavian, ainda dentro dela. A respiração dele era profunda e regular. Ela estava prestes a adormecer também. Logo ele despertaria e se afastaria, murmurando um pedido de desculpas, mas ela não sentia o mínimo desconforto com seu peso. Nem se importaria se ele dormisse em cima dela a noite inteira.

Algumas coisas nunca podem ser interrompidas quando se permite que comecem, pensou ela. A paixão, por exemplo. Casara com ele em grande parte por querê-lo. Mas o encontro na noite de núpcias saciara seu apetite apenas de um modo temporário. Pelo contrário, na verdade. Ela o queria mais e mais.

Estava profundamente casada com ele – um pensamento estranho.

Mas não era culpa da paixão, pensou ela, o que as pessoas faziam com suas vidas. Se tivesse conhecido Flavian quando ainda era casada com William, ela não teria cedido à atração. *Sabia* que não permitiria. O que era outro pensamento estranho para ter quando ela se encontrava à beira do sono e saciada pela paixão.

– Hummm – disse Flavian, junto à sua orelha, fazendo cócegas com sua respiração. – Eu não sou exatamente um peso pluma, não é? D-desculpe.

E ele se afastou e rolou para o lado dela, um braço sob ela, trazendo-a para junto de si, para ficar deitada junto a seu corpo, da cabeça aos pés. Que criação gloriosa era o corpo masculino, pensou ela enquanto relaxava e adormecia. Pelo menos, *aquele* corpo masculino.

Flavian despertou com uma dor de cabeça lancinante e em pânico pela vontade de destruir tudo o que estava a seu redor. Levantou-se da cana, tateou o chão em busca do roupão, prendeu-o na cintura, cambaleou até a janela. Afastou bem as cortinas e segurou a estrutura da janela dos dois lados de sua cabeça antes de tocar com a testa o vidro.

Contemplou a quase escuridão do lado de fora e contou sua respiração. As mãos seguraram o batente com mais força. Não ousava soltá-las ainda. Parecia que alguém batia um tambor dentro de sua cabeça, embora a dor estivesse cedendo aos poucos.

Que diabo...?

Lembrou-se de que problemas surgiam no horizonte.

E que estivera quase feliz ao adormecer. Ela decidira ficar com ele, trabalhar em nome do casamento. Tinham se amado e ele se sentiu feliz.

Com problemas no horizonte.

Causados, estava quase certo, por Velma. Ela saíra para garimpar e encontrara ouro. No entanto, isso não parecia condizente com sua personalidade. Era toda doçura e leveza.

– Flavian? – A voz veio de trás dele. – O que é?

Ele a acordara. Que maldição, seria surpreendente? Voltou a segurar com força na janela e fechou os olhos.

– Não conseguia dormir – disse ele. – V-volte para a cama. Estarei com você em breve.

Sentiu a mão dela pousando nas suas costas, entre as omoplatas, pouco abaixo do pescoço. Por um momento, ficou tenso. Então uma porta se abriu em sua mente e ele soube o que o despertara. As lembranças se derramaram sobre ele – todo um conjunto de memórias que tinham ficado trancadas dentro dele por muitos anos de tal modo que ele nem havia percebido que faltava algo.

– Meu Deus! – exclamou.

– O que é? – voltou a perguntar Agnes. – O que o levou a acordar em tal estado de pânico? Conte-me, sou sua esposa.

– Ela tramou e mentiu – disse ele. – E partiu o coração dele.

Houve um curto silêncio.

– Lady Hazeltine? – perguntou Agnes.

– Velma, sim – disse ele. – C-começou no ano em que completamos 15 anos.

Abaixou os braços e deu as costas para a janela. Agnes voltara a vestir a camisola, uma peça fina e bonita. O quarto estava frio. Ele se dirigiu até o quarto de vestir usado por ela e na quase escuridão encontrou um xale de lã. Trouxe-o, enrolou em torno de seus ombros e a levou de volta para a cama. Sentaram-se os dois, lado a lado, na beirada e ele tomou uma das mãos dela. Cerrou o punho da outra mão e esfregou a testa.

– Perdi um bocado de minhas memórias – disse ele. – E então elas voltaram, eu acordei, e se fecharam de novo. Era como costumava acontecer q-quando eu ainda estava em Penderris. Não acontece muito hoje em dia, porém. Sempre presumi que já havia me lembrado de tudo.

– Você teve lembranças de novo? – perguntou ela, virando-se ligeiramente para pegar a mão dele.

Sim, lá estavam. À vista. Não iam desaparecer de novo.

– Len... Leonard Burton, meu amigo de escola que viria a se tornar o conde de Hazeltine... não veio passar o verão conosco, como costumava fazer – disse ele. – Precisou ir para casa em Northumberland para participar de algum evento familiar. Não recordo o que era. Marianne tinha acabado de ser apresentada à sociedade e estava passando uns dias na casa de amigos com nossa m-mãe. David ficava em casa ou perto dela na maior parte do tempo. Não tinha energia para muito mais que isso. Então eu perambulava sozinho pela propriedade... montava a cavalo, nadava, pescava, fazia o que me dava na telha. Não era p-preciso muita coisa para me satisfazer. Sempre gostei de ficar em casa.

– E visitava Farthings Hall? – perguntou ela.

– Acho que não – respondeu. – Não para ver Velma, se é o que quer dizer. Nunca fomos muito a-amigos, a não ser quando éramos bem pequenos. Ela era uma menina.

Fez uma careta ao ver seus pés despidos, estendidos diante de si.

– *Ela* vinha visitar Candlebury, no entanto – disse ele. – Para ver David, era o que sempre alegava. Ficariam oficialmente noivos quando ela completasse 18 anos e se c-casariam-se quando ela fizesse 19... era o que havia sido planejado pelas duas famílias quando Velma ainda estava no b-berço. Estávamos sozinhos... David e eu... sem falar dos criados, e ela nunca vinha acompanhada por um cavalariço ou uma criada. Tinha uma habilidade inusitada para esbarrar *comigo* quando se dirigia à casa.

– Era apenas coincidência? – perguntou Agnes.

– Achei que era – disse ele. – Sempre se manifestava tão surpresa por me ver e tão cheia de pedidos de desculpas por me incomodar. Mas sempre ficava e se sentava comigo, ou caminhávamos. Às vezes, passava tanto tempo comigo que nem chegava à casa para ver David. Quando *chegava*, porém, ele sempre chamava uma c-criada para lhes acompanhar e depois um cavalariço para escoltá-la até Farthings. Velma me disse que gostava de David, que até o a-amava, que s-sonhava em ter idade para se c-casar com ele, para poder cuidar dele.

Conseguia se lembrar da irritação que sentiu nas primeiras vezes que ela o encontrara e não o seguira em sua montaria, deixando-o sozinho. Mas tinha apenas *15 anos*, pelo amor de Deus. Não levou muito tempo...

– Então comecei a tocá-la e a beijá-la, embora ela costumasse chorar depois e me dizer que nós dois não devíamos voltar a fazer aquilo de modo algum. Por causa de D-David. Aí, numa daquelas tardes, fomos além dos beijos. Consideravelmente mais longe, embora não tenhamos... ido até o fim. E foi o ponto final. Ela chorou e d-disse que me amava. Eu disse que a amava, mas que tinha acabado, não devíamos nos encontrar de novo daquele modo. E f-falava sério. Não poderia fazer algo assim com meu irmão. Sabia que ele a adorava. Acho que n-não pus o pé para fora de casa durante uma semana e depois fui passar uma temporada com outro amigo da escola que vinha me p-perturbando para que eu o visitasse. Para isso, eu teria que d-deixar David sozinho, mas eu andava mesmo com dificuldade de olhá-lo nos olhos.

– E acabou de se lembrar disso tudo? – perguntou Agnes.

Ele franziu a testa. Velma tinha ido para Candlebury naquele verão porque a mãe dele e Marianne estavam longe, David ficava quase todo o tempo em casa e Len se encontrava em Northumberland. Ela vinha *vê-lo*. David não era muito atraente para uma menina de 15 anos, não quando ele tinha um irmão mais robusto, não quando esse irmão, com toda a certeza, se tornaria o visconde Ponsonby de Candlebury Abbey num futuro não muito distante.

Mas poderia ela ser culpada por tantas maquinações?

– Não – disse ele. – Eu me lembrava disso, e dos encontros aparentemente aleatórios nos três anos seguintes, e da tentação. Ela era uma garota linda e eu era um garoto cheio de energia. Mas a data do noivado se aproximava e David estava feliz, embora houvesse me confidenciado que achava que t-talvez fosse egoísmo de sua parte mantê-la presa a uma promessa feita por nossos pais tanto tempo antes. Ela sempre demonstrava tanto *c-carinho* por ele quando estavam juntos.

– Então o que foi que *lembrou*, Flavian?

Ele engoliu em seco uma vez, depois outra. Agnes segurava sua mão junto ao rosto, ele percebeu.

– Quando Velma completou 18 anos, e começaram os planos para uma festa de noivado e o anúncio a ser enviado aos jornais londrinos, David, de repente, recusou-se a se casar. Disse que seria injusto, pois ele não estava suficientemente b-bem de saúde para oferecer a vida que ela merecia. Liberou-a para que encontrasse outra pessoa. Esperava que seguisse para Londres, para a temporada, e fizesse um casamento m-maravilhoso. Velma ficou inconsolável e ele, de coração partido. Eu também me lembrava dessa parte.

Agnes pousou os lábios sobre a mão dele.

– Nossas famílias conceberam na mesma hora um plano alternativo – disse ele. – Pareceram quase a-aliviados, como se ficassem bem mais f-felizes com a ideia de ver Velma casando *comigo*. E aí D-David foi falar comigo em p-particular.

Flavian estremeceu, levantou-se e foi de novo para perto da janela. As mãos encontraram os bolsos do roupão e por lá ficaram.

– Perguntou-me se era v-verdade – disse ele. – E perguntou-me se eu a a-amava. E d-disse que, de um jeito ou de outro, eu tinha a benção dele, e que ele não deixaria de me amar. Embora tenha acrescentado, como uma espécie de p-piada, que se tivesse um pouco mais de energia, ele t-talvez me desafiasse para um duelo de p-pistolas ao amanhecer.

Flavian abriu e fechou as mãos dentro dos bolsos. Agnes não disse nada.

– Ela havia dito a ele... fizera com que jurasse manter segredo – contou ele. – Havia dito que nós dois nos a-amávamos com intensidade nos últimos três anos e éramos a-amantes. E que eu garantira a ela que manteríamos o r-relacionamento depois do casamento com David, mas que ela decidira que não podia mais p-prosseguir com a mentira. Implorou a ele que a livrasse do compromisso para poder se c-casar com o homem que ela amava.

Flavian ouviu a respiração ruidosa de Agnes.

– E ele acreditou nela? – perguntou.

– Ela era doce e sem malícia. Pelo menos era o que nós dois pensávamos. E talvez suas motivações fossem compreensíveis. Estava mais ou menos p-presa a um plano matrimonial sem ter sido ouvida. Mas o que ela fez foi... cruel. Ele a teria deixado livre, bastava ter pedido.

Os braços dela envolveram-no por trás e o rosto dela pousou em suas costas.

– Você *explicou*? – perguntou.

– E-expliquei. Contei tudo, como acabei de lhe contar. D-disse que não q-queria me casar com ela. E *ele* me disse que eu não teria muita escolha, considerando a determinação de nossas famílias a promover o casamento. E ela, com certeza, ia dar um jeito de conseguir o que q-queria. Implorei a ele que me ajudasse a adquirir um p-posto no Exército e ele concordou, mesmo sabendo que eu era seu herdeiro e que não deveria me arriscar como soldado. Pior, ao partir para a guerra por um tempo indefinido, seria p-provável que nós não voltássemos a nos ver.

– Você não a amava? – perguntou Agnes.

– Eu tinha *18 anos* – disse ele. – Mal tivera oportunidade de abrir as asas e voar.

– E ela o amava?

– Não posso responder por ela – disse ele. – Mas sempre foi ambiciosa. Sempre falou de uma forma bastante aberta sobre o que faria quando se tornasse *viscondessa* e meio mundo tivesse que reverenciá-la, curvar-se e obedecer a todos os seus desejos. O pai é um baronete, mas não tem uma situação financeira particularmente boa. P-poderia não ter muito sucesso no mercado matrimonial. Embora tenha acabado se casando com um conde.

– Seu amigo?

– Len – respondeu ele. – Conde de Hazeltine. Isso.

Devia ter se apaixonado por ela, pensou ele mais tarde, quando voltou para casa de licença, no ano em que David morreu, não? Ele deixara o irmão no leito de morte e partira para Londres para participar de um extravagante baile de noivado realizado pelos Frome em sua honra. A não ser...

Ele se assustava ao perceber que talvez ainda existissem grandes lacunas em sua memória, em lugares insuspeitos. E começava a se perguntar sobre aquelas semanas da sua licença. Estava ciente de que não conseguia se lembrar do que havia motivado seu comportamento.

Voltou-se para Agnes e envolveu-a em seus braços, pousando uma das faces sobre sua cabeça.

– Sinto muito – disse ele. – Estou c-certo de que a última coisa que uma recém-casada precisa ouvir no meio da noite é a história das relações de seu marido com outra mulher.

– Uma *parte* da história – respondeu ela baixinho. Jogou a cabeça para trás e olhou para o rosto dele, iluminado, como o dela, pela luz fraca que entrava pela janela. – Isso não é a história inteira, não é? Não se lembra de tudo?

Flavian sentiu um leve aperto no estômago.

– O problema – disse ele, abrindo um sorriso sem jeito – é que nem sempre consigo me lembrar do que não consigo me lembrar... ou que *não consigo* me lembrar. Talvez ainda haja todo tipo de lacunas na minha cabeça. Sou uma c-confusão, Agnes. Você se casou com uma confusão.

– Somos *todos* uma confusão. – Ele percebeu o brilho dos dentes dela na escuridão e o sorriso em sua voz. – Acho que faz parte da nossa humanidade.

– Mas não são tantos assim aqueles que estão por aí soltos, com cabeças que parecem aqueles queijos com grandes buracos – disse ele. – Você se casou com um homem que tem um queijo na cabeça.

Ela começou a rir. E, para sua surpresa, ele também.

– Que aventura – disse ela.

– Fale por si. – Ele abaixou a cabeça e roçou o nariz no dela. Chegou a lhe passar pela cabeça a ideia de lhe avisar sobre as fofocas que circularam na festa de lady Merton, na noite anterior. Mas já havia drama bastante para uma noite. – Nariz gelado.

– Coração quente – retorquiu ela.

– *Sinto* muito – disse ele. – Sinto muito mesmo.

– Não sei por quê – respondeu ela. – Volte para a cama e se cubra. Está frio.

– Tenho algo melhor a oferecer do que um c-cobertor.

– Falastrão.

– Se não conseguir a-aquecê-la de modo mais eficiente do que os cobertores, então precisarei encontrar uma toca de rato e me esconder lá dentro pelo r-resto da minha vida.

– Venha então me aquecer – disse ela.

Sua voz era uma carícia suave.

– Sim, *senhora*.

Flavian sentiu um tipo atordoante de felicidade, como se um grande peso tivesse saído de seus ombros. Que alívio saber que ele *não* tinha amado Velma.

Pelo menos...

Mas, por enquanto, estava a salvo e até mesmo feliz com a esposa.

CAPÍTULO 20

Um dos tios de Flavian e duas de suas primas vieram pela manhã conhecer Agnes, de cuja existência tinham tomado conhecimento no final do dia anterior, ao chegar à cidade. Acabaram levando-a junto com a mãe de Flavian para uma volta de carruagem pelo Green Park. Foram na companhia de sua tia DeeDee – o nome dela era Dorinda, ele parecia lembrar –, irmã mais nova de sua mãe, e das primas Doris e Clementine, sua terceira e quarta filha. Ou eram a quarta e a quinta filha? Droga, ele deveria saber. Clemmie era a mais nova, mais uma prima prestes a debutar na sociedade. Ela dava muitos risinhos, como Flavian descobriu depois de passar alguns minutos em sua companhia, mas nessa idade muitas meninas faziam o mesmo.

Perguntou a si mesmo se Agnes era propensa a dar risinhos quando tinha aquela idade, mas apostaria sua fortuna que nunca havia sido o caso. Ela se casara com William aos 18 anos e, se existia um sujeito mais tedioso ou menos romântico, ele ficaria surpreso em saber. Não que tivesse conhecido o homem, nem que Agnes tivesse lhe falado muito sobre ele. Mas podia deduzir muita coisa...

Se Flavian havia compreendido direito, ela se casara com Keeping porque o novo casamento do pai a fizera se sentir uma forasteira em sua própria casa. Casara-se com ele porque lhe oferecia segurança. Aquilo era curioso. Pois agora era *ele*, Flavian, que se casara com *ela* pelo mesmo motivo.

Postou-se diante da porta da Casa Arnott depois de ajudar as damas a subirem na carruagem aberta, e de acenar enquanto as cinco partiam. Ficou pensativo por um momento antes de voltar para o interior da casa.

Era bom ter uma família, mesmo que às vezes ela parecesse ser composta de centenas de integrantes e eles fossem alguns dos exemplares mais ruidosos e faladores da boa sociedade, tanto do lado do pai quanto da mãe. Certo, podia ser *muito* bom ter uma família, pois a dele sempre fora unida. Todos se apoiavam, mesmo existindo algumas rusgas entre indivíduos, especialmente entre irmãos.

Todos os parentes que se encontravam em Londres naquele momento com certeza tinham sido convidados para a festa de Marianne naquela noite. E todos compareceriam. Flavian não sabia quem mais havia sido convidado. E não sabia se os mexericos que haviam circulado sobre sua esposa na festa da lady Merton tinham sido alimentados e avolumados, mas apostava que sim. Estaria preparado se qualquer menção fosse feita naquela noite.

Não havia decidido se avisaria Agnes, tornando-a mais nervosa ainda na sua primeira festa da aristocracia.

Deu meia-volta e entrou em casa.

Reapareceu vestido para sair algum tempo depois, assim que o cavalariço trouxe o cabriolé de dois cavalos e colocou-o diante da porta. Balançou a cabeça ao assumir o assento dianteiro e tomar as rédeas. O cavalariço pareceu um tanto surpreso e deixou de subir no carro. Flavian preferia que nenhum dos criados testemunhasse a visita que estava prestes a fazer. Criados, mesmo os mais leais, eram sempre os mexeriqueiros mais terríveis do mundo.

Dirigiu-se para Kensington, seguindo as vagas instruções para chegar a uma casa que Peter Jenkins ouvira falar que era quase invisível em meio a um busque de árvores crescidas, embora nunca a tivesse visto. Jenkins também não tinha conhecimento se havia alguém na casa ou se estava vazia. Não havia mantido nenhum contato com seu parente até onde conseguia lembrar. Havell poderia estar em Kensington ou em Timbuctu, pelo que sabia – ou se importava, como estava implícito em seu tom de voz.

Flavian encontrou a casa. Ou melhor, encontrou o bosque com árvores crescidas e seguiu uma trilha esburacada até descobrir a casa – maior e em condições um tanto melhores do que esperava, cercada por um jardim pequeno e bem-cuidado. Uma fina nuvem de fumaça saída pela chaminé. Havia *alguém* ali, pelo menos.

Um criado idoso com a casaca puída pelo uso atendeu a batida na porta. Pareceu evidentemente surpreso ao descobrir que Flavian não era apenas um viajante que se perdera no bosque e precisava de instruções para encontrar o caminho de volta para a civilização. Mostrou ao visitante uma sala que era limpa e arrumada, embora um tanto gasta. O criado foi ver se seu amo e sua ama estavam em casa. O calcanhar de sua bota direita rangia enquanto ele caminhava, Flavian reparou.

Os dois chegaram juntos, poucos minutos depois, ambos com uma aparência tão surpresa quanto a do mordomo, como se não tivessem o hábito de receber visitas inesperadas – ou talvez não tivessem o hábito de receber qualquer visita.

Sir Everard Havell era um homem alto, com entradas pronunciadas nos cabelos que mantinham um pouco de castanho misturado ao grisalho predominante. O rosto e o corpo eram rechonchudos, e as bochechas, rosadas. Tinha o aspecto de um homem que talvez tivesse desfrutado demais da garrafa. Os olhos azuis eram muito claros e um tanto úmidos. Guardava a lembrança de sua boa aparência, mas não era bem conservado.

Flavian não conseguiu identificar a mínima semelhança entre ele e Agnes.

O tempo tinha sido mais gentil com lady Havell, apesar de ela parecer mais velha do que o marido. Mantinha uma bela silhueta, embora devesse estar perto dos 60 anos. O cabelo ainda era espesso e tinha um atraente tom de cinza prateado. Era uma bela mulher, apesar das rugas em seu rosto. Havia alguma animação em seus olhos escuros. Estava satisfeita, imaginou Flavian, por ter um visitante, embora também estivesse obviamente curiosa.

Ele também não conseguiu identificar nela nenhum traço de Agnes. Por outro lado, ela lembrava bastante a Srta. Debbins.

– Bom dia... visconde de Ponsonby? – disse Havell depois de consultar, meio sem necessidade, o cartão que Flavian havia deixado com o mordomo.

Flavian inclinou a cabeça.

– Tenho o p-prazer de ser o genro de lady Havell.

A dama arregalou os olhos e levou as duas mãos à boca, apertando os dedos.

– Casei-me com a Sra. Keeping há pouco mais de uma semana – disse ele. – Agnes Keeping.

– *Agnes*? – disse a dama com a voz fraca. – Ela se casou com um dos irmãos Keeping? Não foi com *William Keeping*. Era um rapaz *tão* pouco atraente e muito mais velho do que ela.

– Foi com o Sr. William Keeping, sim – respondeu Flavian.

– Mas ele *morreu?* – perguntou ela. – E agora ela se casou com o senhor? Um visconde? Ah, ela se saiu muito bem.

– Rosamond – disse sir Everard –, é melhor se sentar.

Ela obedeceu e o marido fez um gesto indicando a Flavian que ocupasse outra cadeira.

A mulher então não tinha conhecimento do que havia acontecido com sua família depois de sua partida?

– E Dora? – perguntou ela. – Conseguiu fazer um casamento decente, afinal de contas?

– Nunca se casou, senhora – respondeu Flavian.

Ela fechou os olhos por um momento.

– Ah, pobre Dora – disse ela. – Estava tão interessada no casamento e na maternidade... como acontece com todas as jovens aos 17 anos. Suponho que tenha se sentido obrigada a ficar em casa com Agnes. Ou talvez nenhum pretendente tenha se apresentado depois que Walter decidiu se divorciar de mim. Aquele homem tem muitas contas a prestar.

Parecia uma estranha perspectiva dos eventos passados. Porém, talvez fosse compreensível. Era sempre mais fácil responsabilizar outra pessoa em vez de assumir a culpa.

Havell tinha servido duas taças de vinho. Entregou uma delas a Flavian e bebeu da outra. Flavian pousou a taça numa mesinha ao lado da cadeira.

– E Oliver? – perguntou lady Havell.

– É um sacerdote em Shropshire, senhora – ele a informou. – É casado e tem três filhos.

Ela mordeu o lábio inferior.

– Por que veio, lorde Ponsonby? – perguntou ela.

Flavian recostou-se na cadeira, olhou para a taça. Mas não voltou a pegá-la.

– Agnes nunca foi informada de n-nada, senhora – disse ele. – Tinha 5 anos e s-suponho que presumiram que esqueceria tudo se não fosse constantemente lembrada. Até hoje, não sabe de quase nada. Não quer saber. Não quer saber quem é a senhora, onde está ou mesmo s-se ainda está viva. Mas a vida dela foi moldada por sua s-súbita e completa desaparição. Tem procurado viver às margens de sua própria existência desde então, não porque teme se envolver demais e voltar a ser ferida, ao que me parece, mas porque poderia se sentir tentada a fazer com alguém o mesmo que a senhora f-fez a ela.

– *O que eu fiz a ela* – disse a mulher em voz baixa. – Pois bem, e eu fiz a mim também, lorde Ponsonby, pois Deus sabe que me apaixonei profundamente por Everard naquele verão e que acabei passando muito tempo na sua companhia. Eu não tinha o direito de pensar tanto em mim quando tinha um marido e três filhos.

Olhou o marido depressa e abriu um meio sorriso.

– Pobre Everard – falou ela. – Em nome da honra, ele foi obrigado a me levar quando Walter denunciou-me de modo bastante público num evento local e anunciou sua intenção de se divorciar de mim. Fugimos naquela mesma note, e só mais tarde ocorreu-me que Walter tinha bebido bastante naquela ocasião, e que era de conhecimento geral que ele não conseguia beber muito sem fazer um papelão. Eu poderia ter enfrentado tudo e nossos vizinhos fingiriam que toda aquela cena desagradável não havia acontecido. Mas ao que parece ele me provocou e eu o provoquei. Pobre Everard, ficou preso no meio de tudo isso.

– Nunca me arrependi disso, Rosamond – disse ele, galante.

Ela sorriu para ele. Era uma expressão triste, carinhosa, pensou Flavian.

– Walter realmente me desagradava de um modo bastante intenso – disse ela. – Mas eu amava minhas meninas... e Oliver também. Devia ter voltado por eles. Mesmo depois de passados alguns dias, eu devia ter voltado. Todo mundo fingiria que nada tinha acontecido. E Walter não teria levado adiante sua ameaça – não quando estivesse sóbrio. Depois de alguns dias, porém, não consegui deixar Everard. Escolhi minha felicidade pessoal e não meus filhos, lorde Ponsonby. Agnes tem todas as justificativas para não querer nenhuma relação comigo. Vai manter esta visita em segredo, não vai?

– Não n-necessariamente, senhora – respondeu ele. – Possivelmente contarei a ela. Deve saber. É ela quem deve decidir o que fazer com a informação.

Acima de tudo, precisava saber se era filha de Debbins. E, sem dúvida, ela era.

– Além do mais – disse ele –, alguém andou tentando descobrir coisas sobre minha mulher, coisas que pudessem ser usadas de forma maliciosa. Alguém já sabe do divórcio.

– Ah – disse ela.

Havell nada disse.

Flavian levantou-se, seguido por Havell.

– Obrigado por me receberem – disse Flavian. Ele atravessou o aposento e tomou a mão de lady Havell. Depois de um momento de hesitação, levou--a aos lábios. – A-adeus, senhora.

– Adeus, lorde Ponsonby. – Seus olhos ficaram estranhamente luminosos.

Havell acompanhou-o até a porta.

– A vida nunca é uma questão simples, Ponsonby – afirmou ele na entrada enquanto observava Flavian subir no cabriolé e assumir as rédeas. – As decisões que tomamos num piscar de olhos, com frequência inesperadas e impulsivas, podem afetar o resto de nossas vidas de um modo drástico e irreversível.

Não era possível dizer que aquele pensamento tinha uma originalidade arrasadora. Porém, era verdadeiro, pensou Flavian. Bastava considerar o que havia acontecido com *ele* recentemente.

– Vim para ter conhecimento – disse ele –, porque é m-melhor saber do que f-ficar para sempre na dúvida. Não vim para julgar. Bom dia, Havell.

– Ela adorava aquelas meninas – disse Havell –, se isso servir de consolo para lady Ponsonby quando lhe falar sobre a visita. As duas, tanto a mais velha quanto a pequena. Ela as *adorava*.

Mas não o bastante para abrir mão de sua própria felicidade, pensou Flavian enquanto se dirigia para o mundo – como se na última hora ele houvesse, de algum modo, se afastado. Mas quem era ele para julgar? Uma mãe jamais deve abandonar os filhos. Parece uma verdade fundamental. Uma mulher, uma vez que seja propriedade de um homem, jamais deve buscar sua liberdade e sua felicidade, a não ser que esse homem a ajude a obtê-las. No entanto, isso lhe parecia injusto. Debbins, pelo que havia sido dito, tinha humilhado sua esposa em público e feito ameaças. Como teria sido sua vida se ela o desafiasse, ficasse e renunciasse ao único homem que parecera lhe oferecer um pouquinho de felicidade? Como teria sido a vida de Dora Debbins, se ela tivesse ficado? E a de Agnes? De uma coisa ele tinha certeza: não a teria conhecido se a mãe tivesse ficado ao lado do marido durante todos aqueles anos.

Como a vida pode ser estranhamente aleatória...

E naquele momento ele tinha o problema de decidir o que fazer com aquele conhecimento. Contar a Agnes, que tinha dito especificamente que não queria saber? Esconder dela? Talvez ficasse tentado a escolher a segunda opção se não houvesse o risco de alguém desencavar os detalhes e os despejar nela sem aviso, de algum modo bastante público.

Além do mais, pensou ele enquanto se aproximava de casa, se aquela semana de casamento o ensinara alguma coisa era que a sinceridade e a verdade entre os parceiros eram necessárias para o casamento ter uma chance de trazer aos dois o mínimo de felicidade.

Ele devia dizer a ela o que sabia, mesmo se fosse apenas o fato de ter encontrado e visitado sua mãe.

Não estava ansioso por esse momento.

Desejou, de repente, que lady Darleigh não tivesse pedido a ele, no outono passado, que fizesse o favor de dançar com sua grande amiga no baile da colheita, para evitar que ela tomasse chá de cadeira. Desejou não ter voltado depois, sem qualquer coerção, para a valsa após a ceia e não ter se deixado encantar. E *desejou* que Vince pudesse ter esperado seis meses mais ou menos antes de demonstrar ao mundo como era fértil, de modo que a reunião do Clube dos Sobreviventes naquele ano pudesse ter sido em Penderris Hall, como sempre.

E poderia muito bem levar essa linha de pensamento até sua conclusão lógica e absurda. Desejou não ter se ferido na guerra. Desejou não ter nascido. Desejou que seus pais não tivessem...

Pois bem.

Agnes usava um de seus novos vestidos de noite – renda branca sobre seda de um tom intenso de rosa. Tinha ficado em dúvida até que Madeline fez um sinal de aprovação, embora tivesse instruído madame Martin a abandonar os grandes laços de seda rosa que arrematariam as barras da saia formando grandes conchas e substituí-los por minúsculos botões de rosa e barras mais delicadas. Agnes achou que o decote talvez fosse excessivamente revelador, mas a criada riu de sua desconfiança.

– Não é *revelador*, minha senhora – disse ela. – Espere até ver alguns deles.

Madeline tinha acabado de prender o cabelo de Agnes num estilo de elegância discreta quando Flavian apareceu na porta do quarto de vestir.

Usava trajes semelhantes aos do baile do outono do ano anterior, em preto e branco com um colete prateado. Parou na entrada, ergueu o monóculo até o olho. Examinou-a sem pressa.

– Encantadora, sinto-me obrigado a dizer – afirmou e abaixou o monóculo.

Madeline deu um sorrisinho, fez uma reverência e deixou o aposento.

Agnes levantou-se e deu uma volta. Sorriu para ele. Parecia um tanto extravagante para ela que os dois estivessem vestidos de modo tão formal e magnífico para o que seria pouco mais do que uma reunião familiar na casa de lorde Shields, mas antecipava aquela ocasião com algum prazer e apenas um pouco de nervosismo. A irmã da viúva, que dissera a Agnes que a chamasse de tia DeeDee, e as filhas a trataram com gentileza no início do dia, depois de uma meia hora inicial de reserva. O resto da família de Flavian teria tido tempo para saber do casamento e se recuperar de qualquer surpresa ou desaprovação diante de seu caráter repentino. Seriam, pelo menos, educados.

Flavian tinha se portado de modo um tanto silencioso no jantar que compartilharam algumas horas antes. Parecia também um pouco sombrio naquele momento, apesar de chamá-la de encantadora.

Agnes se sentia bem mais animada do que no dia anterior. Ele não tinha amado lady Hazeltine – não antes de partir para a Península, e ela suspeitava que havia outras memórias perdidas cercando o período de licença, quando o irmão morrera e ele celebrara o noivado, embora não tivesse sido bem naquela ordem. Não sabia exatamente o que acontecera, além dos fatos básicos e indiscutíveis, mas esperava descobrir. Para o bem dele, ela esperava descobrir.

Ele encostara o ombro no batente da porta e cruzara os braços diante do peito.

– Fui fazer uma visita hoje, mais cedo – disse ele. Houve uma pausa um tanto longa, durante a qual ela ergueu as sobrancelhas. – À sua mãe.

Agnes desejou não ter se levantado. Estendeu o braço atrás de si, tentando segurar a beirada da penteadeira.

– Minha mãe. – Ela pousou os olhos nos dele.

– Foi bastante f-fácil encontrá-la, aliás – disse ele. – Os divórcios são raros e sempre um pouco escandalosos e as pessoas guardam as lembranças. Porém, eu não esperava descobrir seu paradeiro com tanta facilidade. Ela mora não muito d-distante daqui.

Agnes deu um passo atrás até sentir o banco da penteadeira na altura dos joelhos. Desabou nele.

– Foi procurar minha mãe – disse ela. – *Foi procurá-la* contra meu desejo expresso.

– Fiz isso. – Ele a olhava com os olhos pesados.

– Como ousa? – disse ela. – *Ah, como ousa? Sabe* que ela morreu para mim há vinte anos. *Sabe* que não quero ouvir notícias dela nem notícias sobre ela. Nunca. Não quero saber seu sobrenome nem seu paradeiro e suas circunstâncias. *Não quero saber.* Ah, como ousa sair por aí perguntando por ela, descobrindo quem é e onde está? E como *ousa* visitá-la?

Ficou alarmada ao perceber que tinha erguido a voz e gritava com ele. Se não fosse cuidadosa, atrairia a atenção da sogra e dos criados. Levantou-se e correu até ele.

– Como ousa? – disse ela, mais baixo, aproximando-se do rosto dele.

Flavian não se mexeu, embora ela estivesse perto demais para ser confortável.

– Não *acha* que se eu quisesse saber mais sobre ela ou encontrá-la em algum momento desde que me tornei adulta, eu teria feito isso? – questionou ela. – Não acha que *Dora* teria feito isso se *ela* quisesse? O que minha mãe fez a Dora foi dez vezes pior do que o que ela fez comigo. Destruiu a vida *inteira* de Dora. E deve ter causado dor insuportável a nosso pai, além de constrangimento. Deve ter magoado Oliver profundamente. Acha que não conseguiríamos encontrá-la se desejássemos? Qualquer um de nós? Não quisemos. *Eu* não quis. Eu não *quero*. Ela nos *abandonou*, Flavian. Para ficar com um *amante*. Eu a odeio. *Odeio*, está me ouvindo? Mas não gosto de sentir ódio. Escolhi não me lembrar dela, não pensar nela, não ter curiosidade a respeito dela. Nunca perdoarei você por encontrá-la e *visitá-la*.

Estava cochichando as palavras, tentando não voltar a elevar o tom de voz. Parou de falar e lançou um olhar furioso.

– Sinto muito – disse ele.

– Como *pôde*? – Ela passou por ele e foi para o quarto. Ficou aos pés da cama, apoiada no estrado.

– Memórias bloqueadas, memórias s-suprimidas, memórias que nem mesmo sabemos que deveríamos ter... Todas elas causam danos a nossas vidas, Agnes – disse ele. – E a nossos relacionamentos.

– Isso tem relação com você, então, não é? – perguntou ela, virando a cabeça para olhá-lo com raiva.

Ele havia se virado, embora permanecesse na entrada. Olhava para ela com tristeza.

– Na verdade, acho que tem relação com *nós dois* – disse.

– Nós dois?

– Foi você quem d-disse mais de uma vez que não nos conhecíamos – lembrou. – E que se n-nos casássemos, precisaríamos desse conhecimento. Nós nos casamos de qualquer maneira, m-mas você tem razão. *Precisamos* nos conhecer.

– E isso lhe dá o direito de bisbilhotar o meu passado e procurar minha mãe?

– E p-precisamos nos conhecer – acrescentou ele.

– Eu me conheço muito bem – retrucou ela.

Flavian não disse nada, mas balançou a cabeça.

As palavras dele repetiram-se na cabeça dela e deixaram-na abalada. O conhecimento que ele tinha de seu próprio passado era maculado por lembranças incertas. Mas não era a mesma coisa que ter escolhido apagar determinadas lembranças por bons motivos, era?

– Eu o ajudarei a lembrar, se puder – disse ela. – E vamos nos esforçar para que nosso casamento dê certo. Estou determinada a fazê-lo.

– *Você* está determinada – disse ele. – *Você* me ajudará a l-lembrar. Para que eu fique melhor e tudo fique melhor em nosso casamento. Você me dá tudo, e eu só preciso receber. Porque você não precisa de nada. Porque você nunca precisou de nada além de um pequeno e tranquilo c-controle sobre seu mundo. Deixou-se levar por um b-breve tempo pelo maravilhoso caos da vida ao se casar comigo, o que contrariava todos os seus instintos, mas pode agora controlar seu c-casamento ajudando-me a lembrar... *se* houver mais o que lembrar.

Ela virou-se de repente para sentar no lado da cama, embora mantivesse a mão no estrado.

– É por isso que você foi até lá? – Ela quase sussurrava. – Para *fazer* algo por mim?

– Achei que talvez você p-precisasse saber – disse ele. – Mesmo se eu descobrisse algo menos agradável do que aquilo que esperava. Mesmo se o conhecimento não alterasse nada. Mesmo se nunca a q-quisesse ver em pessoa. Pensei apenas que você precisava *saber.* Para que sua mente não ficasse mais mexendo na ferida que a consome por dentro desde que era uma criança.

– É isso que vem acontecendo? – perguntou ela.

Ele deu de ombros.

– Achei apenas que era algo que eu poderia fazer por você.

Ela o olhou. Os dois ficaram se olhando.

– Quando f-fui, no entanto, havia outra razão, mais urgente.

Ela manteve o olhar.

– Os divórcios obtidos por petição ao Parlamento são bem raros e bastante p-públicos, o que permite que sejam lembrados – disse ele. – Alguém que queira saber mais sobre um Sr. Debbins de Lancashire, e que faça algumas perguntas, descobriria de modo inevitável que *ele* no passado f-fez tal pedido e o divórcio lhe foi concedido.

Os olhos de Agnes se arregalaram.

– Não sei para quantas p-pessoas você mencionou o nome de seu pai – disse ele. – Eu m-mencionei na tarde em que fiz a visita a Frome, sua esposa e Velma. Lamento. Não m-me ocorreu que...

Agnes ficou em pé num salto.

– A identidade de meu pai não é um segredo – disse ela. – Não me envergonho de meu pai.

– Se a busca por informação tivesse um caráter m-malicioso – disse ele –, então haveria mais a ser descoberto. Para *mim* foi muito fácil descobrir, só Deus sabe. Pode haver fofocas, Agnes.

Lady Hazeltine fizera tal coisa, percebeu ela. Ah, e sua motivação seria maliciosa. Agnes não tinha dúvida disso.

– Hoje à noite? – perguntou.

– É improvável – disse ele. – Embora o simples fato de seu pai ter se d-divorciado de sua mãe venha a virar assunto de conversas, até mesmo na minha família. Sinto muito, mas precisava a-avisá-la. Se preferir não ir e ficar em casa...

– Ficar em casa? – Ela encarou-o com fúria. – *Encolher-me* em casa, quer dizer? Nunca. E estamos correndo o risco de nos atrasar, o que entendo que é a moda na cidade. *Não* sou de Londres, porém, nem pertenço à alta sociedade. Prefiro fazer a gentileza de chegar na hora esperada por meus anfitriões, ou mesmo antes. Onde estão meu xale e minha retícula?

Passou por ele e entrou no quarto de vestir, mas ele pegou seu braço no meio do caminho. Surpreendentemente, estava sorridente.

– É a minha garota – disse ele em voz baixa. – É a minha Agnes.

E beijou-a com força, com a boca aberta, antes de deixá-la seguir.

– Quem é ela? – perguntou, incisiva, enquanto pegava suas coisas. – No caso de necessitar dessa informação hoje à noite. E onde mora?

– Lady Havell, esposa de sir Everard Havell. Vivem em Kensington. E ele *não* é seu pai.

Sentiu-se um pouco atordoada. Lady Havell. Sir Everard Havell. Eram desconhecidos para ela. E preferia que continuassem assim. Kensington era bem perto.

Agnes assentiu e olhou-o.

– Muito obrigada. Muito obrigada, Flavian.

Ele ofereceu o braço e ela aceitou.

... *Ele* não é seu pai.

Flavian não teria acrescentado a informação se não tivesse certeza.

... *Ele* não é seu pai.

CAPÍTULO 21

Flavian sempre se divertira com o fato de qualquer festa da elite descrita de antemão como "pequena" e "íntima", mesmo antes de a temporada de primavera começar para valer, acabar ocupando diversos aposentos com convidados. Qualquer coisa maior era um "aperto" e era considerada o sucesso supremo para qualquer anfitriã.

O pequeno sarau de Marianne parecia ser exatamente isso quando ele chegou com a esposa e a mãe, pois ainda era cedo, apesar da demora causada por sua confissão no quarto de vestir de Agnes. Flavian suspeitava, fazendo uma careta por dentro e ao mesmo tempo achando graça, que estava condenado a se tornar famoso por chegar cedo a qualquer evento social. Era algo que não merecia muita atenção.

Não levou muito tempo, porém, para que o salão dos Shields se enchesse e os convidados ocupassem também a sala de música adjacente. Os jogadores de baralho dedicados logo descobriram a sala de jogos do outro lado do corredor, onde havia mesas montadas para seu conforto, e também não demoraram muito a descobrir a sala onde eram servidas as bebidas e comidas.

Claro, qualquer casa, exceto talvez as maiores mansões, poderia se encher de modo considerável apenas com os parentes de Flavian. Nem todos haviam chegado à cidade, mas havia muitos, por Júpiter. E todos queriam apertar a mão de Flavian, mesmo aqueles com quem havia se encontrado nos últimos dias e que já tinham feito aquilo. Também queriam dar um beijo no rosto de Agnes e dizer tudo o que era apropriado para a ocasião e – no caso de alguns primos mais jovens – dizer a Flavian, em particular, algumas coisas não tão apropriadas, acompanhadas por gargalhadas travessas que faziam os tios franzir a testa, provocavam olhares de reprovação das tias e agitavam os leques das primas, que suspeitavam estar perdendo alguma coisa interessante.

Havia também convidados que não faziam parte da família, claro. Marianne se encarregou de apresentar Agnes, que parecia bela e digna o bastante para ser uma duquesa, pensou Flavian com considerável orgulho, embora a noite devesse ser uma severa provação para ela. E aquilo era apenas o começo.

Depois de algum tempo, ele pensou que o aviso que dera a ela talvez tivesse sido desnecessário. Mesmo se tivesse corrido a notícia sobre seu pai e o divórcio, ninguém parecia disposto a fazer comentários ou a evitá-la.

No momento em que aquilo passava por sua cabeça, ele ouviu o anúncio da chegada de sir Winston, lady Frome e a condessa de Hazeltine. Estava entre o salão e a sala de música, conversando com um grupo de parentes e conhecidos. Agnes estava do outro lado do salão com Marianne, que a deixou para correr até a porta, a mão direita estendida, um sorriso de boas-vindas no rosto.

Claro que tinham sido convidados. Não eram simples conhecidos, afinal de contas. Eram vizinhos no interior.

E seria apenas sua imaginação, perguntou-se Flavian, ou o burburinho das conversas havia diminuído ligeiramente enquanto as pessoas olhavam para os recém-chegados e para ele e Agnes? Mas aquilo passou depois de um momento, e os Fromes e Velma adentraram o salão para socializar com os outros convidados.

Porém, não tinha sido apenas sua *imaginação*. A Sra. Dressler pousou a mão enluvada na manga de sua casaca.

– Diria que sua mãe deve ter ficado decepcionada, lorde Ponsonby – afirmou ela –, quando se casou antes de reencontrar lady Hazeltine, na primavera. Foi muito triste o fim de seu noivado, tantos anos atrás. Formavam um casal tão *bonito*, não é, Hester?

A senhora em questão – Flavian não conseguia se lembrar de seu sobrenome naquele momento – parecia um tanto constrangida.

– De fato, Beryl – respondeu ela. – Mas lady Ponsonby é mesmo muito bela, meu senhor.

A mãe dele, Marianne e Shields, bem como os Fromes e Velma, tinham chegado a Londres alguns dias antes dele acompanhado de Agnes, lembrou Flavian. Perguntou-se com certo atraso se durante aqueles dias as famílias haviam mantido os planos casamenteiros apenas entre eles ou se haviam mencionado suas esperanças para alguns de seus conhecidos.

Apostaria que era o segundo caso.

Cruzou o olhar com Velma, do outro lado do salão. Ela sorriu, calorosa, e ergueu uma das mãos numa saudação. Mas não se aproximou. Misturou-se aos grupos a seu redor, parecendo confiante e bela.

Flavia esqueceu-se dela. Fez o que se costuma fazer em eventos desse tipo. Socializou, conversou, ouviu e riu. Manteve um olho na esposa, mas ela não parecia necessitar de seu apoio. Estava sempre ocupada quando ele a olhava e sempre sorrindo com simpatia, com um rubor atraente no rosto.

Que coisa, pensou ele em determinado momento da noite, como se tivesse sido atingido por alguma revelação tonitruante: estava *feliz* por ter se casado com Agnes. Não se casaria com mais ninguém no mundo inteiro. Nem levaria em consideração essa hipótese. Como seria de imaginar, ele a desejava. Mas aquela ideia, no meio de uma festa em que estavam cercados por pelo menos uma dúzia de parentes, não era digna dele. Os sentimentos que nutria por Agnes iam muito além do sexo. Sem dúvida, sentia por ela uma grande *estima*. Começava a compreender Hugo, Ben e Vincent, e como deviam se sentir em relação às esposas.

Não haveria uma ceia formal, mas a sala de comes e bebes estava abarrotada de acepipes salgados e doces e oferecia até mesmo algumas mesas às quais os convidados podiam se sentar enquanto comiam, se assim preferissem.

Flavian se encontrava em uma das mesas, comendo empadas de lagosta além da conta, enquanto a Srta. Moffatt fazia um breve recital de piano na sala de música. Estava com as primas Doris e Ginny e com o jovem lorde Catlin, que parecia se considerar um pretendente de Ginny, embora a moça, aparentemente, não o encorajasse. Flavian estava descontraído e se divertindo.

Sim, o aviso tinha sido desnecessário, mas estava feliz por ter feito o que devia, feliz por ter contado a ela. O assunto havia sido encerrado e naquela noite ele faria a reparação.

Foi quando o primo Desmond chegou para juntar-se ao grupo por um ou dois minutos. Ele não quis se sentar, porém, e puxou a manga de Flavian, lançando-lhe um olhar significativo, acompanhado por um movimento da cabeça. Flavian encheu a boca com a empada, pediu licença aos demais e se levantou.

– O que foi, Des? – perguntou ele, quando estavam a alguma distância dos outros.

– Estou absolutamente certo, Flave – disse Desmond –, que nem meu pai nem o tio Quent disseram uma palavra sequer a ninguém. Jenkins também não faria isso. E, com certeza, *eu* não disse nada.

– Sobre o d-divórcio? – perguntou Flavian.

– Sobre lady Havell – respondeu Desmond, apertando o ombro de Flavian.

– Ah! – exclamou Flavian. – Pois bem. Não poderíamos esperar que os fofoqueiros se contentassem com m-metade da história, não é? Em algum momento, eles falariam.

– Acabei de ouvir a palavra *meretriz* – disse Desmond. – E as palavras *prole de meretriz*. Sinto muito, Flave. Não foram ditas ao alcance dos ouvidos de qualquer uma das damas, claro, embora elas também estejam começando a comentar. Achei que devia saber.

– De fato.

Flavian endireitou os punhos da casaca, passou a mão na gravata, segurou com força a haste do monóculo e partiu para o salão. Mantinha nos olhos a expressão preguiçosa e o ar irônico que ele sabia que faziam com que as pessoas tivessem cautela.

No mesmo instante ficou aparente que algo havia se transformado na atmosfera da festa, mesmo sem levar em conta o breve silêncio causado por sua chegada. Os parentes, quase todos, sorriam e conversavam com mais animação do que o necessário. Marianne parecia mais ostensivamente elegante do que qualquer anfitriã precisa parecer naquela etapa avançada do evento. Shields apresentava uma rigidez nos cantos dos lábios. A mãe de Flavian estava sentada em um canto, com tia DeeDee ao lado, fazendo carinho em uma de suas mãos. Velma se encontrava em um lado do aposento, abanando-se com o leque e parecendo docemente triste. Agnes estava no meio do salão, no centro de uma área que estava vazia, a não ser pelo espaço que era ocupado por uma dama com penteado alto e muitas plumas – lady March, que ele encontrara em Middlebury Park no outono passado, ele acreditava.

Flavian avaliou toda a cena num piscar de olhos, bem como o fato de o aposento estar bem mais cheio do que antes, apesar de algum espaço vazio ao centro. Teriam a sala de música e de jogos se esvaziado por completo? Não, alguém ainda dedilhava o piano.

Ele dirigiu-se sem pressa até o meio do salão e o caminho se abriu para que ele passasse como se fosse por mágica.

– Ah, sim, lady March – disse Agnes, e pareceu a Flavian que ela havia erguido a voz de um modo deliberado para que mais pessoas além de lady March pudessem ouvi-la. – Tem toda a razão sobre um ponto. Lady Havell é de fato minha mãe, embora sir Everard Havell não seja meu pai. Meu pai é o Sr. Walter Debbins, de Lancashire. Não ouviu? Achei que todos sabiam. Ele e minha mãe se divorciaram há vinte anos, quando descobriram que causavam infelicidade recíproca. Não são muitos os casais que têm essa coragem, não é?

Agnes sorria, mas não exibia uma animação artificial. Suas faces estava ruborizadas, mas não era algo que lhe caísse mal. Parecia perfeitamente segura ao enfrentar o escândalo e um possível ostracismo antes mesmo de a temporada começar para valer.

– De fato – disse lady March, com voz fraca. – E eu me pergunto se a viscondessa de Darleigh, de Middlebury Park, minha sobrinha, está ciente de quem a senhora é, *lady* Ponsonby. Compreendo que ela fez amizade com a senhora quando era apenas a Sra. Keeping.

– E eu me tornei sua amiga – disse Agnes, com o sorriso mais suave – quando ela era nova no título e no posto e tinha sido abandonada, temporariamente, pela própria família. Meu pai voltou a se casar há nove anos e vive feliz com minha madrasta, enquanto minha mãe casou com sir Everard há dezoito ou dezenove anos. Levam uma vida pacata em Kensington desde então. Às vezes tudo realmente *fica bem* quando termina bem, a senhora concorda?

Agnes sorriu calorosamente para Flavian quando ele se aproximou com o monóculo no olho e fixou-se no arranjo de plumas de lady March. Era de uma altura extraordinária. Devia ter sido feito sob medida para ela e só Deus sabia como ela conseguia entrar numa carruagem com tudo aquilo. Teria March aberto um buraco no teto? Ele abaixou o monóculo e sorriu, lânguido, tomou a mão da esposa e a beijou.

– Fui visitá-los esta tarde – disse Flavian, com um suspiro. – Minha sogra e tudo o mais. Já os c-conheceu, senhora?

Lady March pareceu encolher um pouco sob a investida do olhar sonolento do visconde de Ponsonby, embora as plumas, feitas de material resistente, permanecessem rígidas no lugar. Ele a deixara em posição de dizer apenas uma coisa e ela disse.

– Não tive o prazer, lorde Ponsonby – disse ela com uma voz que quase vibrava de ultraje.

– Ah. Uma pena. Um casal muito simpático.

Mas ela havia sido derrotada. Assim como todos que compartilharam seu desejo de ser malevolente e constranger a nova lady Ponsonby, de diminuí-la, talvez para garantir que ela fosse ignorada pela sociedade como ocorrera com sua mãe, apenas por ser filha daquela mãe.

E por ter ousado se colocar entre ele e Velma, condessa de Hazeltine?

Flavian olhou para o lugar onde Velma se encontrava quando ele entrou no aposento. Ela permanecia ali, abanando o leque devagar, na altura do rosto, sorrindo com doçura. Os olhares se encontraram e ele inclinou a cabeça para indicar percepção do fato que acabara de compreender.

Ela mentira para seu irmão do modo mais cruel, pois estava decidida a se casar com *ele*, a ser a viscondessa de Ponsonby por mais tempo do que por apenas alguns meses ou anos até a doença matar David. Mentira quando poderia ter apenas explicado a David que desejava permanecer livre e então esperar até depois de sua morte para correr atrás *dele*.

Velma quase sempre conseguia o que queria. Ele se lembrou disso naquele momento. Tinha sido abençoada com pais que a mimavam e que não conseguiam lhe negar nada.

Como era estranho que as lembranças pudessem ter ficado trancadas por tanto tempo, até a noite anterior.

– Já comeu alguma coisa, meu amor? – perguntou para Agnes, oferecendo-lhe o braço.

– Ainda não – disse ela. – Andei ocupada demais sendo apresentada a toda a sua família e a seus amigos, Flavian. Mas estou faminta.

Ele a conduziu em direção à sala onde a comida estava sendo servida, embora parecesse que metade das tias e dos tios presentes, sem falar de um quarto dos primos, quisesse falar com eles, tocá-los, rir com eles. Para demonstrar que a família estava unida, em outras palavras.

Não haveria escândalo, previu Flavian. Haveria fofoca, sim, por algum tempo. Grande parte da aristocracia, que chegaria à cidade durante o próximo mês, se regalaria com a história da linhagem da nova viscondessa de Ponsonby e a digeriria nos salões e em clubes durante uma semana mais ou menos, até voltar suas atenções para fofocas mais recentes e mais picantes.

Agnes conseguira contornar a situação.

– Eu não ia conseguir comer *nada*, mesmo que minha vida dependesse disso – disse ela, quando ele a conduziu até uma mesa.

– Então eu lhe trarei chá ou limonada – disse ele – e brindarei a seu esplendor, Agnes.

– Estar avisada é estar preparada – sentenciou ela. – Eu não sabia da verdade até hoje. E preciso agradecer a você.

Ela olhou para ele, mordaz, quando voltou com as bebidas.

– *Meu amor* – disse ela, erguendo as sobrancelhas.

Ele ficou confuso por um momento. Ele a chamara assim no salão, não chamara?

– Pareceu a coisa certa a dizer naquele m-momento – disse ele, erguendo o copo para fazer um brinde e observando dois primos que se aproximavam. – Meu amor.

Não voltaram a conversar em particular naquela noite. Nem fizeram amor. Ele foi para a cama dela – era bem tarde e ela já estava deitada. Apagou a vela, deitou-se a seu lado, cobriu os dois e envolveu-a em seus braços, trazendo-a para junto de si. Suspirou junto do rosto dela e adormeceu.

Era o que Agnes precisava, percebeu. Precisava ser abraçada daquele jeito. Precisava do calor dele.

Tremia ao pensar no que poderia ter acontecido naquela noite se ele não a tivesse avisado, se ele não tivesse encontrado sozinho a identidade e o paradeiro da mãe dela, se não tivesse ido a Kensington para fazer uma visita.

Mesmo assim...

Pois bem, mesmo assim, ela estava exausta até os ossos. Exausta demais para dormir. Como se conhecer tantos integrantes da família de Flavian não fosse o bastante para uma noite, alguns mais severos e pomposos, alguns mais calorosos e acolhedores, mais delicados e dispostos a lhe dar uma oportunidade. Naturalmente, não havia muito que pudessem fazer naquele momento além de esnobar e ofender Flavian, que era, afinal de contas, o chefe da família, pelo menos pelo lado de seu pai. E como se conhecer o que parecia um número quase infindável de desconhecidos sem relação de parentesco não fosse o bastante para uma noite. Como alguém poderia alegar que Londres ainda estava *vazia*? O que aconteceria na cidade depois da Páscoa?

E como se assistir à chegada da condessa de Hazeltine com os pais não fosse o bastante para uma noite, e observar a desenvoltura com que se movimentava pelo salão, misturando-se aos convidados de Marianne, parecendo bela e um pouco frágil. Claro, todos os presentes se lembrariam de que ela havia sido a noiva de Flavian no passado – duas pessoas bonitas. E Agnes apostaria que todos sabiam que Velma, seus pais, a mãe de Flavian e sua irmã esperavam ver a retomada daquele noivado. Todos estariam observando como os dois se relacionavam um com o outro em público – e como a nova esposa se comportaria. E *se ela sabia.*

Ah, já tinha sido o *bastante* para uma noite, muito antes de Agnes sentir uma mudança na atmosfera do salão em torno dela, como se uma mão invisível subisse em silêncio por sua espinha dorsal em direção ao pescoço. Era assim que os sussurros dos escândalos iminentes se espalhavam pela sociedade, percebeu ela. E soubera o que estava por vir vários minutos antes de acontecer, primeiro ao perceber que um tipo estranho de espaço crescia em torno dela, embora o salão parecesse mais cheio, e então com a chegada de lady March a seu lado.

– Ah, *lady Ponsonby* – dissera a mulher, a ênfase soando levemente maliciosa. – Nunca fiquei mais surpresa em minha vida do que há alguns minutos. Entendo que a senhora é a filha de sir Everard e lady Havell.

Por mais estranho que parecesse, uma vez que a história tinha sido revelada, Agnes voltou a sentir-se calma. A mão invisível na sua coluna desapareceu e foi ignorada, como um fantasma devia ser. Também ficou ciente no mesmo instante de quanto devia a Flavian, por mais furiosa que tivesse ficado mais cedo.

Ela se encolheu junto dele e sentiu que o sono chegava, afinal. Parte de si desejava voltar à vida pacífica com Dora, no chalé de Inglebrook. Entretanto, aquela não era mais sua vida. *Essa* era. Casara-se com Flavian.

Se tivesse escolha, voltaria atrás? Desfaria tudo o que havia acontecido?

Dormiu antes de conseguir responder às próprias perguntas.

Flavian já não estava na cama quando ela acordou na manhã seguinte e ela percebeu que devia ter dormido até tarde, algo muito raro para ela. Havia uma xícara de chocolate numa pequena cômoda ao lado da cama, mas havia uma película acinzentada sobre o líquido e ela apostava que devia estar frio. Sentiu-se um pouco sombria enquanto se vestia, apesar de ser uma manhã clara e ensolarada. Sem dúvida, ele já teria saído de casa quando ela descesse para o desjejum e só Deus sabia quando ela o veria de novo. E o que faria com seu dia? Teria sua sogra planejado algo para ela? Ou receberia o conselho de ficar em casa e só emergir depois de dispersado qualquer escândalo que porventura estivesse se armando na noite passada?

Como seria *a vida* depois da Páscoa?

Flavian, porém, não tinha saído. Estava à mesa do desjejum lendo o jornal enquanto a mãe lia uma carta que devia ter chegado com o correio matinal. Flavian abaixou o jornal para dar bom-dia a Agnes e indicou com a cabeça seu lugar na mesa.

– Você recebeu c-cartas – disse ele. – No plural.

Agnes foi buscar as cartas com o que suspeitava ter sido uma avidez pouco respeitável, observada pelo marido. Não tinha recebido nenhuma correspondência desde a chegada a Londres e percebeu como vinha se sentindo isolada. De repente, apareceram *três* cartas, todas escritas em caligrafia familiar. Separou as cartas de Sophia e de Dora para ler com calma depois da missiva do pai.

Era muito típica dele – breve e seca. Tinha ficado feliz em saber de seu casamento com um cavalheiro com título de nobreza e confiava em que seu novo marido também dispunha dos meios para sustentá-la com algum conforto. Sua saúde andava toleravelmente boa e a madrasta, como ficaria alegre em saber, desfrutava de sua costumeira saúde robusta, embora, infelizmente, o mesmo não pudesse ser dito a respeito de sua irmã e de sua mãe, pois as duas haviam se resfriado no início da primavera e ainda não tinham uma recuperação completa, apesar de comerem melhor naquele momento do que na semana anterior. Ele mantinha a esperança cautelosa de que dentro de um mês a saúde das duas estivesse totalmente recuperada. Assinou como seu pai afetuoso etc.

Afetuoso. E ele havia sido assim? Bem, pelo menos nunca fora explicitamente maldoso ou cruel, como tantos pais costumavam ser.

– Seu p-pai, eu presumo? – indagou Flavian. – O selo era de Lancashire. Devemos esperá-lo na minha porta com um chicote nas mãos?

– Ah, Flavian, com certeza, não – disse a mãe dele, tirando os olhos de sua carta. – Até os cavalheiros de *Lancashire* sabem como ser educados, imagino.

– Ele apenas espera que você esteja em condições de me sustentar – disse ela, e os olhos dele pareciam sorrir enquanto ele inclinava a cabeça e a observava com mais atenção.

– Ele não desaprova? – perguntou. – Nem lamenta não ter comparecido à c-cerimônia?

– Não. – Ela balançou a cabeça e rompeu o lacre da carta de Sophia.

– Ouvi alguém dizer ontem – disse Flavian, antes que ela começasse a leitura – que estamos p-prestes a sofrer por conta dessa bonita primavera que temos. Sempre se pode esperar que pelo menos uma pessoa diga coisa parecida. Mas, levando em conta a possibilidade de essa pessoa acertar, que tal aproveitar ao m-máximo o sol antes que o sofrimento comece? Vamos caminhar em Hyde Park?

– Hoje? Esta manhã? – Ela voltou toda a atenção para ele. – Caminhar por Rotten Row? Para ver e ser visto?

Ele ergueu a sobrancelha.

– Suas novas roupas são cativantes e posso compreender totalmente seu d-desejo de exibi-las. Mas estava esperando ser mais egoísta e ter você só para m-mim. Existem outras trilhas, mais reservadas, por onde é possível caminhar.

Seu coração deu uma cambalhota.

– Não há nada que eu queira mais – garantiu ela.

Ele dobrou o jornal e se levantou.

– Meia hora é o suficiente para l-ler suas cartas e se aprontar? – perguntou.

– Flavian! – protestou sua mãe. – Agnes vai precisar de pelo menos uma hora para ficar pronta.

Agnes sorriu. Podia se aprontar em dez minutos.

– Que tal 45 minutos? – sugeriu ela.

Uma hora depois, os dois passeavam por uma região de Hyde Park que mais parecia o interior do que parte de uma das maiores metrópoles do mundo. O caminho era denso, com árvores espessas e verdejantes em torno deles, as faixas de relva visíveis entre os troncos eram ligeiramente mais crescidas do que os gramados alhures. E o melhor: não havia ninguém à vista, o som ocasional de vozes e cavalos era distante e apenas enfatizava que estavam quase isolados.

Agnes inalou o cheiro do verde e sentiu uma onda de satisfação. Se todos os dias pudessem ser daquele jeito!

– Sente falta do campo, Agnes? – perguntou.

– Ah, eu sinto – disse ela de uma vez só. – Mas como sou tola. Uma série de pessoas faria grandes sacrifícios para estar em Londres como eu, esperando com ansiedade a temporada, para ter um quarto de vestir cheio de roupas novas e a perspectiva de bailes, festas e concertos para usá-las.

Haviam parado de caminhar no alto de uma leve subida da trilha, como se tivessem combinado, e os dois levantaram a cabeça para olhar para cima, para o céu azul que se via entre os galhos de um carvalho particularmente grande e idoso.

– Você está bem? – perguntou Flavian. – Depois da noite passada?

– Estou. – Ela deu uma breve risada. – Suponho que tenha sido aquilo que costuma ser chamado de um batismo de fogo, não é? Mas quem teria saído em busca dos esqueletos no armário com tanta diligência? E por quê?

– Velma – respondeu ele. – Porque n-não conseguiu o que queria.

Agnes tinha suspeitado, melhor dizendo, ela sabia. Mas o que a condessa tinha a ganhar? Flavian não se divorciaria *dela* apenas pelo passado de sua mãe. *Porque não conseguiu o que queria*, ele acabara de dizer. Seria motivo suficiente? Apenas despeito?

Inspirou profundamente e soltou o ar devagar.

– Diga-me o que sabe a respeito dela. A respeito de lady Havell, quero dizer. De minha mãe.

Nenhum dos dois olhava mais para o céu. Saíram da trilha e seguiram para um canto ainda mais isolado, com árvores antigas. Ela encostou no tronco de um velho carvalho enquanto ele se pôs diante dela, com uma mão apoiada no tronco e a outra do lado da cabeça dela.

– Foram rejeitados pela sociedade desde o c-casamento, eu presumo – disse ele. – Acredito que tenham muita estima um pelo outro, mas não são particularmente felizes.

– Ele, com toda a certeza, *não é* meu pai? – perguntou Agnes.

Flavian balançou a cabeça.

– Tenho tanta certeza quanto é possível de que ela foi fiel a seu pai até deixá-lo. Você tinha 5 anos na época.

Ela fechou os olhos e levou uma mão enluvada até o peito. No mesmo momento, ouviram um grupo de pessoas que se aproximavam pelo caminho, conversando e rindo até o momento em que devem ter percebido a presença dos dois. Houve um silêncio constrangedor enquanto os passos se aproximavam e depois alguns risos abafados, até que o grupo se afastou e não pôde mais ser ouvido.

– Só podemos esperar – disse Flavian num suspiro – que não tenhamos sido reconhecidos, Agnes. Não há nada mais danoso para a reputação de um homem do que ser visto num abraço clandestino com sua própria *e-esposa*.

– Que pena que tenham se equivocado sobre o que viram.

– E *isso* é ainda mais humilhante – concluiu ele.

Ele se aproximou num passo firme, apertando o corpo dela contra a árvore antes de lhe dar um beijo molhado. Ela riu, alegremente surpresa, quando ele ergueu a cabeça um momento depois e a contemplou, preguiçoso. E ela o abraçou enquanto os dois se beijavam de modo mais demorado, com caloroso entusiasmo.

– Hummm – disse ele.

– Hummm – concordou ela.

Flavian deu um passo atrás e uniu as mãos às costas.

– Ela admite que você tem todo o direito de odiá-la. Admite que abandonou você e sua i-irmã... e também seu irmão... quando deveria ter ficado – disse ele. – Ela f-fugiu, contou-me, depois que seu pai a denunciou num evento social e disse a ela, diante de todo mundo, que pediria o divórcio alegando adultério. Ela f-flertara de um modo um tanto imprudente com Havell, segundo ela, mas não cometera nenhuma indiscrição até sua fuga. Poderia ter retornado. Ao que parece, seu p-pai tinha b-bebido demais e seria possível consertar a situação se ela tivesse voltado para casa alguns dias depois. Mas ela n-não voltou.

Agnes fechou os olhos de novo e houve um longo silêncio. Enquanto durou, Flavian manteve-se onde estava, sem tocá-la. Parecia uma história plausível. Seu pai não costumava exceder-se na bebida. Na verdade, isso era muito raro. Mas, quando isso acontecia, ele podia dizer e fazer coisas tolas, constrangedoras. Todos sabiam. Todos faziam concessões e esqueciam aqueles lapsos de uma forma conveniente.

Sua mãe, ao que parecia, agira sob o impulso repentino de não voltar para casa quando isso ainda seria possível e escolhera permanecer com o homem que havia se tornado seu amante e depois, marido. Uma decisão súbita e impulsiva. Poderia perfeitamente ter decidido o contrário. Como ela, Agnes, poderia perfeitamente ter dito não a Flavian na noite em que ele voltara de Londres com uma licença especial para se casar com ela.

O curso de uma vida inteira – e das vidas daqueles que estavam próximos – poderia mudar para sempre sob o impacto de decisões tão abruptas e impensadas.

– Não disse a ela que eu faria uma visita? – perguntou.

– Não – respondeu ele.

– Talvez um dia eu vá – afirmou Agnes. – Mas por enquanto não. Talvez nunca. Mas está certo. É melhor saber. E saber que Dora e Oliver são meus irmãos. Obrigada por ter ido e por ter me salvado do susto e do constrangimento na noite passada. Obrigada.

Ela abriu os olhos e sorriu para ele.

À distância, os dois ouviram que outras pessoas se aproximavam.

– Devemos ir em frente?

Ele ofereceu o braço e ela aceitou.

Andaram em silêncio até passar por um casal mais velho, com quem trocaram sorrisos e sinais de cabeça. O dia esquentava.

– Gostaria de ir para Candlebury, Agnes? – perguntou ele.

– Agora? – Ela se surpreendeu. – Mas temos a temporada, minha apresentação na corte, o baile para me introduzir na aristocracia e tudo o mais.

– Se quiser, ficaremos. Mas tudo pode esperar, se assim quisermos... se *você* quiser. Pode esperar um mês, dois meses, ou um ano, ou dez anos. Ou p-para sempre. Vamos para Candlebury? Vamos para c-casa?

Ela parou de caminhar mais uma vez e fez com que ele também parasse. Via o Serpentine nas proximidades. Logo estaria entre outras pessoas que caminhavam junto da água.

– Mas você tem evitado Candlebury Abbey por muitos anos – disse ela. – Tem certeza de que quer ir para lá agora? Está fazendo isso por mim?

– Por nós – respondeu ele.

Agnes olhou em seus olhos, um desejo crescendo dentro dela. *Vamos para casa?*, ele dissera. Lá estavam as lembranças dele. Lembranças conscientes, dolorosas, dos últimos dias de seu irmão. E outras inconscientes, ela suspeitava. Suspeitava também de que era por essa razão que ele relutara por tanto tempo em voltar. Naquele momento, queria ir – por ela, por eles.

Agnes abriu um sorriso para ele, devagar.

– Então vamos para casa – concordou.

CAPÍTULO 22

Meu amor. Ele a chamara assim na festa de Marianne, apenas para ser ouvido por todos os convidados. *Meu amor*, ele a chamara pouco tempo depois, na sala em que se serviam as comidas e bebidas, para desfazer um pouco da tensão da última meia hora.

Meu amor. Era o que ele pensava naquele momento, sentado ao lado dela na carruagem, observando seu perfil enquanto se aproximavam do alto da subida de Candlebury, pouco depois de atravessarem os portões. Queria ver a expressão dela ao deparar com a casa. Era de tirar o fôlego, mesmo para quem passara a vida inteira naquele lugar.

Meu amor. As palavras pareciam tolas ao ressoarem no silêncio de seus pensamentos. Ele seria capaz de dizê-las em voz alta algum dia, para que ela soubesse que era o que sentia de verdade? E era *mesmo* o que sentia de verdade? Tinha um pouco de medo do amor. O amor era doloroso.

Ele a observava, percebeu, pois não queria ter aquela primeira visão de Candlebury. Não queria realmente estar onde estava, aproximando-se cada vez mais. No entanto, também não queria estar em outro lugar do mundo, mesmo que o cobrissem de ouro. Havia alguém mais confuso do que ele?

Agnes parecia muito digna, elegante e bela a seu lado, usando um vestido de viagem azul-escuro, com um corte habilidosamente talhado que se ajustava a seu corpo nos lugares certos e, em outros, formava pregas suaves. O chapéu de palha enfeitado com minúsculas centáureas-azuis tinha uma aba pequena, de modo que era possível ver o rosto dela. As mãos enluvadas estavam pousadas em seu colo. Tinha virado um pouco a cabeça e ele sabia que contemplava as campinas pela janela e via todas as flores silvestre que por ali cresciam, imaginando-se entre elas, com um cavalete debaixo do braço e a bolsa com material de pintura na outra mão.

Então a carruagem chegou ao fim da subida e ela virou a cabeça para olhar a superfície côncava abaixo, que lembrava uma grande tigela. As mãos ficaram tensas em seu colo, os olhos se arregalaram e a boca se abriu em uma expressão de surpresa.

– Flavian! – exclamou ela. – Ah, é *lindo*!

Virou-se para sorrir e apertar a mãe dele, e, se ele sentia quaisquer dúvidas no momento anterior, elas haviam se desfeito. Ele a amava. Que idiota ele era, que não conseguia se satisfazer com a segurança. Tinha de ter se apaixonado por ela.

– É lindo mesmo, não é? – disse ele, e olhou por cima do ombro dela.

Sentiu um imenso aperto do estômago.

Lá estava.

A casa tinha sido construída na encosta do outro lado da *tigela*, uma mansão no formato de uma ferradura, em pedra cinzenta que se tornava quase branca quando a luz do sol a tocava em determinados ângulos, no final do dia. Um dos lados se ligava às ruínas de uma antiga abadia, praticamente irreconhecíveis, cobertas de musgo, embora o claustro permanecesse quase intacto e utilizável, com passagens, colunas e um jardim central onde sua avó plantara roseiras.

Era, na verdade, a única parte cultivada de toda a propriedade, além da horta, aos fundos. O resto eram gramados pontilhados por árvores e pequenos bosques, trilhas para caminhar e passear a cavalo cobertas de cascalho, ao estilo de Capability Brown, embora não tivessem sido projetados pelo famoso paisagista. Planejara-se que o interior da tigela tivesse uma aparência reservada, rural e tranquila, com sucesso admirável, como Flavian sempre pensara. Havia um rio, um lago natural profundo e uma cachoeira, que não podia ser vista dali, mais acima, do lado esquerdo da casa. E uma autêntica ermida de pedra. Era desnecessário erguer templos ornamentais em Candlebury.

– É bem d-diferente de Middlebury Park – disse ele.

Middlebury era, na verdade, um tanto antiquado, com jardins formais cuidadosamente ornados com topiaria e canteiros de flores formando o acesso à casa. De qualquer modo, era grandioso e belo.

– É. – Ela olhou de volta pela janela, mas sua mão permaneceu sobre a dele. – Eu *amei* este lugar.

E Flavian sentiu vontade de chorar. Lar. Seu lar. Mas esse último pensamento serviu apenas para lembrá-lo de como sempre tinha sido inflexível em pensar que era o lar de *David*, mesmo sabendo ainda relativamente jovem que seria dele antes que tivesse avançado muito na vida adulta. David, porém, amava aquela casa com toda a sua alma.

– É provável que nos chamem para passar em revista a criadagem – disse Flavian.

Permaneceram em Londres por mais dois dias, depois de decidirem seguir para lá. Flavian sentira-se obrigado a avisar os criados de sua chegada. E havia um chá com tia Sadie a que Agnes prometera comparecer. A entrega do resto de suas novas roupas, bem como de um par de botas de montaria sob medida que ele havia adquirido na Hobby's, deveria acontecer dentro de um ou dois dias. E Agnes queria visitar o primo que morava em Londres – ou melhor, o primo do falecido William Keeping, Dennis Fitzharris. Era o homem que publicava as histórias infantis de Vincent e lady Darleigh. Por isso Flavian acompanhou-a de bom grado e apreciou imensamente o encontro.

A mãe dele ficou menos transtornada pela decisão de seguirem para Candlebury. Talvez fosse melhor, dissera, partir da cidade para passar a Páscoa fora e talvez até mesmo mais algumas semanas. Àquela altura, a nova lady Ponsonby e sua história já seriam notícia antiga e só apenas suficientemente interessante para fazer com que todos comparecessem em grande número ao baile que dariam na Casa Arnott, com o objetivo de apresentá-la. Flavian deixara a mãe pensar que voltariam dentro de um mês, mais ou menos. E quem haveria de saber? Talvez voltassem.

Pelo menos ela não havia sugerido acompanhá-los.

– Será uma experiência formidável? – perguntou Agnes, referindo-se à fileira de criados que provavelmente aguardavam por eles na casa.

– É preciso lembrar que estarão impacientes e ansiosos por nos ver – disse Flavian. – A nós dois. Não me veem desde que herdei o título. E estou voltando com uma e-esposa. Será um dia de c-comemoração para eles, eu suponho.

– E para nós também? – perguntou ela, virando o rosto para ele.

Ele ergueu as mãos dela e as beijou.

– Compreendo – disse ela, embora ele não tivesse dito nada.

E Flavian acreditava que era provável que compreendesse mesmo.

Magwitch, o mordomo, e a Sra. Hoffer, a governanta, os aguardavam lado a lado, diante das portas abertas da casa. Lá dentro, Flavian distinguia uma fileira de aventais brancos muito engomados de um lado e outra fileira, com o que ele arriscou serem camisas brancas, do outro. Os criados estavam enfileirados para recebê-los.

Ele estava em casa. Como o visconde de Ponsonby.

David tinha partido, e pertencia agora à história da família.

Agnes realmente achou que a casa e o terreno eram lindos. De fato, achou que Candlebury Abbey devia ser um dos mais belos lugares do planeta. Ficaria feliz se nunca mais saísse dali.

Passaram três dias juntos, ela e Flavian, perambulando pela propriedade, de mãos dadas – sim, isso mesmo, de mãos dadas. Ela não fez nenhum comentário quando ele tomou sua mão enquanto caminhavam e entrelaçou os dedos nos dela. Agnes quase prendeu a respiração. Parecia um gesto tão mais... carinhoso do que caminhar de braço dado. Mas não foi coisa do momento. Parecia que era a forma preferida de Flavian de caminhar junto dela quando estavam a sós.

O terreno da propriedade era maior do que ela imaginara a princípio. Estendia-se além da depressão em forma de tigela onde a casa fora construída. Mas tudo o que havia – os gramados, as campinas, as colinas verdejantes, as trilhas para andar a pé ou a cavalo, tudo enfim – tinha sido criado de modo a parecer natural e não artificialmente pitoresco. O lago e a cachoeira também eram naturais e a ermida de pedra em um dos lados da queda d'água não era ornamental – havia sido habitada por monges de carne e osso que consideravam a abadia um lugar muito cheio e movimentado.

– Sempre g-gostei de pensar que eles deixaram aqui um pouco da p-paz que devem ter encontrado enquanto meditavam neste lugar – disse Flavian.

Ela entendeu o que ele queria dizer. Parecia-lhe que os dois haviam encontrado a paz juntos – ou quase isso – em Candlebury durante aqueles dias. Exceto pela torrente profunda de pensamentos atormentados que existiam nele, fora do alcance de Agnes, numa parte dele que ela não conseguia penetrar. Era compreensível, claro. Ela havia previsto que seria assim.

Ele mostrara a casa e a levara até as ruínas da antiga abadia. Mas havia um conjunto de aposentos que ele evitava, e fingia não perceber quando ela parava diante da porta, esperando que ele a abrisse. Passava direto por ela e Agnes precisava correr para acompanhá-lo.

Receberam algumas visitas, entre elas a do reitor da igreja do vilarejo. Embora ele expressasse a esperança de vê-los na igreja no domingo, Flavian dera uma resposta vaga que pareceu a Agnes um retumbante "não".

– Não iremos à igreja no domingo? – perguntou ela depois que o religioso partiu.

– Não – disse ele, seco. – Pode ir, se desejar.

Agnes o olhou com atenção e compreendeu tudo num piscar de olhos. As sepulturas familiares deviam se encontrar no cemitério contíguo à igreja. Entre elas, o local onde David estava enterrado. Os aposentos que permaneceram fechados durante a exploração da casa deviam ter pertencido a seu irmão.

A perda dos pais, de irmãos, de cônjuges, até mesmo de filhos era algo experimentado por muitas pessoas. A morte de entes queridos ocorria com muita frequência. Quase sempre era triste, doloroso e difícil de superar, em especial quando se tratava de jovens. Mas estava longe de ser um fenômeno raro. Agnes perdera o marido. O irmão de Flavian morrera oito ou nove anos antes. Mas ele nunca se recobrara. Ele havia voltado da Península porque David estava à beira da morte, mas partira antes de seu falecimento. Flavian estava prestes a se reintegrar a seu regimento quando tudo aconteceu, e só voltara depois de ter sido ferido.

Aqueles detalhes, pelo menos, não faziam parte das memórias desaparecidas. Agnes sabia que ele tinha profunda vergonha e um luto não resolvido.

– Eu não irei à igreja sem você – disse ela. – Há algum jeito de chegarmos ao alto da cachoeira?

– É uma s-subida um tanto difícil – disse ele. – Costumávamos fazer esconderijos ali quando éramos garotos, e defendê-los de trolls, de piratas e de vikings.

– Consigo subir – informou ela.

– Agora?

– Há um momento melhor? – perguntou.

E os dois saíram, de novo de mãos dadas, e Agnes quase conseguia imaginar que ele estava feliz, relaxado, em paz.

Dividiam o quarto, o mesmo que ele havia ocupado quando menino, sem fingir que cada um tinha seus próprios aposentos. Outro quarto, ao lado, fora convertido no quarto de vestir de Agnes. Os dois dormiam juntos todas as noites, sempre se tocando, em geral abraçados. Faziam amor várias vezes durante a noite.

A vida parecia idílica.

Certa noite, no entanto, Agnes despertou e percebeu que estava sozinha na cama. Prestou atenção, mas não ouviu qualquer som vindo do quarto de vestir do marido. O roupão não estava mais no chão, perto da cama. Ela colocou a camisola e pegou um xale no quarto ao lado. Acendeu uma única vela.

Procurou no salão, na sala matinal, no escritório. Chegou a olhar na sala de jantar, mas não havia sinal de Flavian. E, ao olhar para fora, pela janela do salão, Agnes percebeu que não conseguiria vê-lo, se tivesse saído. Devia haver muitas nuvens no céu. Estava tudo às escuras.

Foi quando ela pensou que existia um lugar onde poderia procurá-lo.

Segurou a vela e subiu a escada, dirigindo-se até a porta que nunca havia visto aberta. Não havia luz passando pela fresta. Talvez estivesse errada. Mas uma parte dela sabia que não havia engano.

Deixou a mão pousada na maçaneta por muito tempo antes de girá-la devagar, em silêncio. Empurrou ligeiramente a porta.

O aposento estava em completa escuridão. Porém, a fraca luz da vela era suficiente para que ela pudesse ver que havia uma cama vazia no meio do quarto com uma sombra sentada numa cadeira ao lado, uma das mãos pousada sobre a coberta.

Flavian, com certeza, devia ter visto a luz, mesmo que não tivesse ouvido a porta se abrir. Mas não se mexeu.

Ela entrou e pousou a vela sobre uma mesinha junto da porta.

Parecera incrivelmente bom estar de volta, estar em casa. Sempre tinha sido assim. Embora ele apreciasse bastante a escola, sonhava com as férias e, nas poucas ocasiões em que Len tentara persuadi-lo a ir com ele para Northumberland, para as férias de verão, Flavian sempre encontrara uma desculpa para não ir. Aquele era o lugar ao qual ele pertencia, ao qual sempre quisera pertencer.

Seu amor por Candlebury tinha sido também a causa de sua dor. Por que as duas coisas sempre andam de mãos dadas? A eterna atração dos opostos? Pois o único meio pelo qual Candlebury poderia pertencer a ele pelo resto da vida seria mediante a morte de David sem um descendente do sexo masculino. E, embora soubesse que isso aconteceria, ele não *queria* que isso tivesse acontecido. O amor que sentia por seu lar o enchia de culpa, como se ele se ressentisse do fato de o irmão ser uma barreira para a sua felicidade. Não era *assim*.

Ah, nunca foi assim, ele estava dizendo ao irmão, quando acordou num sobressalto. *Nunca foi assim, David.*

Por sorte, não tinha falado muito alto. Mas estava completamente desperto e abalado. E sentindo-se culpado mais uma vez. Não tinha ido visitar o irmão. Era um pensamento idiota, claro. Mas andara evitando David desde sua chegada, evitando seus aposentos, evitando a igreja, evitando todas as menções a ele ou mesmo os pensamentos sobre ele.

Por que nunca havia se sentido assim em relação ao pai, a quem tanto amara?

Estava claro que não ia voltar a dormir, embora Agnes estivesse aconchegada e confortável em seus braços, e ele se sentisse cansado. Por um breve momento, pensou em acordá-la, em fazer amor. Mas havia uma estranha escuridão em sua cabeça. Não era depressão. Nem dor de cabeça. Era apenas... escuridão.

Saiu da cama, encontrou o roupão no chão e o vestiu, então deixou o quarto em silêncio. Era uma noite escura como poucas, mas ele não acendeu uma vela. Sabia o caminho sem precisar de qualquer luz. Entrou no quarto de David e tateou até a janela. Abriu as cortinas, embora não houvesse muita luz para entrar. Conseguia distinguir a forma da cama e de uma cadeira encostada a uma parede. Puxou a cadeira para o lado da cama e se sentou. Pousou a mão aberta sobre a coberta.

Era onde costumava se sentar quando o irmão não se sentia bem o suficiente para se levantar. Era onde havia se sentado durante muitas horas, dias e noites, naquelas semanas finais. E sempre tinha colocado a mão ali, para que David pudesse tocá-la quando quisesse, para que *ele* pudesse tocar David.

Por que sempre tinham sido mais próximos do que outros irmãos que ele conhecera? Eram diferentes como a noite e o dia. Talvez fosse por isso mesmo. Mais uma vez, o equilíbrio dos opostos.

Não existia mais equilíbrio.

A cama estava vazia.

O que ele esperava? Que um fantasma ou um espírito permanecesse ali? Que houvesse alguma sensação da presença do irmão? Algum conforto? Absolvição?

Por que deixei que você morresse sozinho?

Sabia o motivo. Tinha ficado louco de paixão e queria celebrar o noivado antes de voltar para a guerra.

Mas por que eu resolvi voltar para lá?

Soubera que David estava à beira da morte quando tirou a licença. Não tinha realmente a expectativa de voltar para o regimento, embora houvesse marcado uma data. Herdaria o título e as propriedade e teria todo tipo de responsabilidades para cumprir em casa. Com certeza não pretendia voltar enquanto o irmão agonizava.

Por que eu o deixei?

Flavian não ouviu a porta abrir atrás dele, mas percebeu a luz fraca e então mais forte, e a porta se fechando com suavidade. Ele a acordara. Lamentava muito. E estava estranhamente feliz. Não ficaria mais sozinho. Não precisava mais levar sua vida sozinho.

Ele não se virou. Esperou que ela se aproximasse, como sabia que faria. Então sentiu aquele perfume que lhe era familiar e ela pousou uma das mãos de leve em seu ombro. Ele levantou a mão para cobri-la com a sua e inclinou a cabeça até encostá-la no peito de Agnes. Fechou os olhos.

– Por que eu o deixei? – perguntou.

Não lhe passou pela cabeça a ideia de oferecer a ela a cadeira ou de pegar outra para que se sentasse.

– Passou algumas semanas aqui depois de ir para casa de licença? – perguntou Agnes.

– Passei – respondeu.

– Sentou-se com ele todo o tempo? – perguntou ela.

– Sim.

– Você entrou para a vida militar três anos antes – disse ela – porque não queria ser obrigado a se casar com lady Hazeltine... ou Velma Frome, como devia se chamar na época. No entanto, depois de ficar em casa por algumas semanas, o tempo todo ao lado de seu irmão, estava tão ansioso pelo casamento, que o deixou e foi para Londres, para um baile de noivado, e depois partiu para a Península. Como isso aconteceu, Flavian? O que mais se passou naquelas semanas?

– Eu saía para dar c-caminhadas e andar a cavalo – disse ele. – Era d-desgastante, do ponto de vista emocional, ficar aqui neste quarto o tempo inteiro, embora David estivesse em p-paz. Estava apenas p-partindo, e não havia muito que eu pudesse fazer...

Fechou a mão em torno da mão dela e puxou-a para que ela se sentasse no seu colo. Pôs o braço em volta de sua cintura e ela envolveu seu pescoço.

Ah, meu Deus, ele a amava. Ele a amava.

– E você encontrou Velma nessas saídas, como costumava acontecer? – perguntou.

E de repente aquele grande miolo de escuridão se escancarou, explodiu e se transformou na luz insuportável de uma dor de cabeça arrasadora. Flavian sentiu dificuldade em respirar. Tirou-a do colo, cambaleou até a janela, lutou com a tranca e abriu-a até sentir que o ar frio entrava. Pousou os punhos cerrados no peitoril e abaixou a cabeça. Esperou que o pior da dor se dissipasse. Tudo havia se escancarado. Ele conseguia se lembrar...

... de tudo.

– Eles estavam em Londres para a temporada – contou ele. – Mas voltaram para c-casa. Acho que mamãe d-deve ter escrito para lady Frome. Velma não tinha obtido muito sucesso junto à aristocracia, depois de alguns anos de tentativa. O pai dela não é rico nem é particularmente bem-relacionado. Mesmo assim, Velma poderia ter encontrado um marido, mas mirava alto d-demais. Queria um título, e quanto mais grandioso, melhor. Nada disso foi explicitado c-com essas palavras, claro, mas não era d-difícil chegar à verdade. Eu estava em casa e David estava m-morrendo, e...

E eles voltaram. Não estava certo se sir Winston e lady Frome tinham ido até lá com outra intenção, além da preocupação com o vizinho. E ele não tinha certeza de que a mãe escrevera para lady Frome com nenhuma outra intenção além de informá-la sobre a iminência da morte do filho. *Esperava* que nenhuma das duas tivesse tido outra motivação.

Velma fazia visitas quase diárias para saber de David, embora nunca se aproximasse do doente. Às vezes vinha com um dos pais, mas com frequência vinha sozinha, sem criada nem cavalariço, e, naquelas ocasiões, sua mãe o instruía a acompanhá-la até sua casa. E quando Flavian saía para respirar um pouco de ar fresco, a pé ou a cavalo, quase invariavelmente encontrava com ela – ou melhor, ela encontrava com ele. Como nos *velhos tempos*. E havia sempre lágrimas, doce compaixão, memórias carinhosas dos tempos em que eram mais jovens.

Ele sentira-se consolado pela compaixão de Velma. Tinha quase começado a ansiar pelos encontros. Ver a vida de uma pessoa amada se afastando deve ser uma das experiências mais dolorosas e infelizes que alguém pode suportar. Apesar de já ter visto mais mortes do que gostaria nas guerras, nada daquilo o preparara para o que estava passando naquele momento.

Certa tarde, quando estavam sentados numa pequena clareira próxima à cachoeira, olhando para o lago, ouvindo o canto dos pássaros e o som da água, ele a beijara. De modo voluntário. Não podia recriminá-la por isso.

E ela lhe dissera que o amava, que o adorava, e que sempre nutrira tais sentimentos. Dissera que seria a melhor viscondessa com que ele poderia sonhar. Dissera que os dois deveriam se casar o mais rápido possível, por licença especial, para que não precisassem esperar pelo ano de luto que os aguardaria após a morte de David. E que ficaria a seu lado para apoiá-lo naquele período. Ficava bem de preto, ela dissera. Ele não precisava temer: ela não pareceria deselegante nem o decepcionaria. Ah, ela o adorava.

E jogou os braços em volta de seu pescoço e o beijou.

Ele pediu desculpas, com rigidez, pelo beijo que dera, implorou seu perdão, disse que não conseguia pensar em nada naquele momento além do fato de que David estava vivo, mas desesperadamente doente, e de que o irmão precisava dele e ele precisava do irmão. Que toda sua vida estava paralisada. Havia pedido desculpas de novo ao se levantar e oferecera sua mão para ela se erguer.

A jovem derramara muitas lágrimas e ele se sentira um monstro.

Na tarde seguinte, quando Flavian estava na cabeceira do irmão, chamaram-no ao salão, onde encontrou a mãe com o rosto pálido como mármore. Ao lado dela, lady Frome, com os olhos úmidos, e sir Winston Frome, muito formal e obviamente furioso.

Ao que parecia, Flavian havia declarado seu amor por Velma na tarde anterior antes de se aproveitar dela, mas em seguida a informara de que não poderiam se casar por algum tempo, devido às incertezas que cercavam a doença do irmão.

Tudo aquilo, declarara Frome, era monstruosamente inaceitável, para dizer o mínimo. E se *as brincadeiras* do major Arnott, no dia anterior, tivessem consequências? Lady Frome fungou no lenço e a mãe de Flavian estremeceu. A honra do major Arnott, como oficial e cavalheiro, ditava que ele deveria fazer uma reparação, e sem mais delongas.

A morte de David poderia causar demora. Frome não dissera isso. Nenhum deles dissera, mas estava claro. Ele não exigira um casamento por licença especial. Devia ter-lhe parecido inapropriado, ao contrário do que pensava sua filha. Mas Frome exigira um noivado público e imediato. Não deveria haver nada de precário em relação a isso. De fato...

Tinham alugado uma casa em Londres para a temporada e ainda não a haviam devolvido. Voltariam imediatamente, publicariam o anúncio em todos os jornais da sociedade e convidariam a aristocracia para um grande baile de noivado. Em seguida, providenciariam os proclamas na igreja de São Jorge, na praça Hanover.

Flavian percebera que se encontrava numa posição em que era incapaz de protestar com a veemência de que gostaria, embora negasse que tivesse arruinado Velma. Ele a beijara, e poderia ser dito com alguma justificativa que ele a comprometera. A mãe da jovem chorara. O pai vociferara e escolhera acreditar na versão da filha, mais radical, sobre o que acontecera entre os dois. Como poderia ele, Flavian, ter continuado a chamar Velma de mentirosa diante dos pais – seus vizinhos e amigos? Mas era *tão parecido* com o que ela fizera três anos antes, a não ser que na outra ocasião ela limitara as acusações a David, para fazer com que ele cancelasse os planos de noivado. Dessa vez, ela não havia deixado nada na mão do acaso.

– E então você foi para Londres – disse Agnes, e Flavian percebeu que havia despejado a história inteira sobre a esposa. – E depois voltou ao regimento.

– David não conseguia ver outra saída honrosa, além da viagem a Londres – disse ele. – Mas quando garanti a ele que voltaria para c-casa na manhã seguinte ao baile, ele me fez p-prometer que isso não aconteceria de modo algum. Não podia ter certeza, disse ele, de que morreria em um mês. – Flavian fez uma pausa e inspirou profundamente o ar frio que entrava pela janela. – Se ele *não* morresse, e eu n-não pudesse me salvar pela necessidade do luto, então eu seria obrigado a me casar e passaria o resto da vida numa armadilha. Ele me f-fez prometer que eu voltaria para a Península, como estava planejado. Talvez, d-disse ele, Velma encontrasse alguém enquanto eu estivesse longe. Ou talvez algo mais pudesse aparecer para me salvar. Ele me fez prometer, e então eu parti.

Flavian engoliu em seco, sentindo um nó na garganta. Lutou contra as lágrimas, mas perdeu a batalha. Tentou com desespero pelo menos chorar em silêncio, até que conseguiu se controlar.

Os braços de Agnes o envolveram por trás, e ela descansou o rosto entre as omoplatas dele. Flavian virou-se e envolveu-a num abraço apertado e começou a soluçar de forma embaraçosa junto ao ombro da esposa.

– Ele morreu sozinho – disse com dificuldade. – Mamãe tinha ido para a cidade comigo. Marianne também. Apenas o valete e os outros criados ficaram por aqui. Eu estava no navio, viajando para Portugal.

Ela deu-lhe um beijo na ponta da orelha.

– Sinto muito – disse ele. – Encharquei seu xale.

– Vai secar – respondeu ela. – Não se lembrava de nada disso quando o trouxeram para casa, depois?

Ele ergueu a cabeça, franzindo a testa.

– Velma havia se encontrado com Len diversas vezes, quando ele vinha ficar comigo, quando éramos garotos. Mas, na época, ele não esperava suceder ao tio e receber o título de conde. Porém, ele havia herdado o título quando voltei para casa. Ela q-queria aquilo. Acho que eu sabia disso, embora não entendesse muito bem. E eu sabia que ela ia conseguir, se p-pudesse. T-tentei avisá-lo. Acho que t-tentei. E então ela a-apareceu para me dizer que estava rompendo nosso noivado e que ia se c-casar com ele. Tentei impedir... mas tudo que consegui f-fazer foi destruir o salão da Casa Arnott. Eu... ele não veio. Len nunca apareceu. Quem veio foi George, e me levou para Penderris...

Agnes mexeu a cabeça de um modo que seus lábios quase tocaram nos dele.

– Vamos voltar para a cama – disse ela. – Venha, vamos dormir.

Ele a mantivera acordada, ao que parecia, por metade da noite.

– Agnes – chamou ele. – Você estava à minha espera lá? Em Middlebury? Esteve sempre me esperando? E eu sempre estive esperando para conhecê-la?

Ela sorria, ele percebia sob a luz vacilante da vela.

– Durante toda a minha vida – disse ela. – E durante toda a sua.

– A vida acontece desse jeito? – perguntou.

– Acho que às vezes acontece – respondeu ela –, por mais incrível que pareça. Percebe que quase parou de gaguejar?

– P-parei? – Ele ergueu as sobrancelhas, surpreso. – Deve estar congelando, Agnes. Vamos voltar para a cama.

– Vamos – concordou ela.

Ele olhou de relance para o leito vazio enquanto a conduzia até a porta. Estava *vazio.* David tinha partido. Descansara. Haviam se despedido e David sorrira para ele. Conseguia lembrar. O irmão tinha mandado Flavian se afastar para salvá-lo e lhe dera sua bênção.

– Tenha uma vida feliz, Flave – dissera David. – Lamente um pouco minha perda se quiser, mas depois siga com sua vida. Estarei em boas mãos.

CAPÍTULO 23

Era a manhã do domingo de Páscoa e o sol brilhava num céu azul sem nuvens. Havia calor no ar. Os sinos da igreja badalavam para saudar as notícias felizes sobre a renovação da vida e os habitantes do vilarejo de Candlebury encontravam-se no caminho que cortava o pátio da igreja fazendo saudações, desejando uns aos outros uma feliz Páscoa enquanto as crianças corriam entre as sepulturas mais próximas como se aquilo fosse um espaço construído especificamente para sua diversão.

O pároco se encontrava diante da porta da igreja, sorrindo com simpatia e apertando as mãos dos paroquianos que deixavam a igreja, suas vestes erguendo-se por conta da leve brisa.

Havia um burburinho mais animado do que o normal, independentemente da alegria que a Páscoa sempre trazia, pois o visconde de Ponsonby – o Sr. Flavian, melhor dizendo – tinha por fim voltado para casa, sem demonstrar muitos sinais de suas longas e terríveis provações, parecendo até mais atraente do que nunca. E viera acompanhado por sua *esposa*, e ela não era a Srta. Frome, que abandonara o pobre cavalheiro tantos anos atrás, justamente na época em que ele mais precisava estar próximo das pessoas amadas, aquela que partira e se casara com um conde.

O Sr. Thompson ia perder a aposta feita com o Sr. Radley, embora não parecesse tão preocupado com isso naquela manhã. Ele apostara que, após a condessa enviuvar e voltar a morar com os pais em Farthings Hall, ela mexeria os pauzinhos para se casar com o visconde, no fim das contas, e antes mesmo de o verão acabar.

A nova viscondessa não era o tipo de beleza estonteante que lorde Ponsonby poderia ter arranjado, visto que era um homem tão bem-apessoado e rico, para não falar do título. Mas todos estavam felizes justamente por esse motivo. Não escolhera a esposa apenas pela aparência. Não que a viscondessa não fosse bonita do seu jeito. Vestia-se bem, com elegância, sem ostentação e sem fazer com que o restante das pessoas se sentisse rústico e maltrapilho. Tinha uma bela silhueta e um rosto agradável, e sorria muito, com o que parecia ser um genuíno bom humor. E, quando sorria, olhava para todos diretamente nos olhos. Fizera aquilo ao entrar na igreja, de braço dado com o visconde, e voltara a fazê-lo na saída. E se demorava no caminho com o marido, trocando algumas palavras com as pessoas do vilarejo.

A maior parte das conversas fora do alcance dos ouvidos de lorde e lady Ponsonby girava em torno deles, como era natural. O antigo visconde sofrera com problemas de saúde durante muitos anos antes de sua morte, pobre senhor, e mal o haviam visto. E aquele ali tinha partido desde o falecimento do irmão. E agora estava de volta, parecendo forte, saudável, bonito e... feliz.

Qualquer recém-casado deveria parecer feliz, claro, mas isso nem sempre acontecia, em especial entre os ricos e os nobres, que se casavam por todo tipo de motivos, a maioria deles sem qualquer relação com o amor ou a felicidade.

A viscondessa também parecia feliz.

E era verdade que tinham prometido uma *festa nos jardins* para a qual todos estariam convidados, em algum momento do verão? Sim, seguramente era verdade. Foi o que disseram à Sra. Turner, chefe do comitê do altar, quando ela os visitara dois dias antes, e a Sra. Turner contara à Srta. Hill, pedindo o maior sigilo. Pois bem, todos sabiam como era a Srta. Hill.

Agnes fez o melhor que pôde para memorizar alguns nomes, rostos e ocupações. Levaria algum tempo para conseguir se lembrar de todos, como confessava com honestidade para algumas das pessoas a quem era apresentada. Implorou pela boa vontade deles por algum tempo, enquanto se familiarizava com a área e seus moradores. Todos pareceram perfeitamente felizes em lhe conceder todo o tempo necessário.

Devia ser o clima bom, pensou ela, que fazia todo aquele cenário parecer tão idílico e aquelas pessoas, tão simpáticas. Nunca se sentira tão em casa quanto se sentia ali. Nunca se sentira tão feliz. Tinha tomado a decisão acertada. *Tinha mesmo.*

Você sempre esteve esperando por mim? E eu sempre estive esperando para encontrá-la? Ele havia feito aquelas perguntas algumas noites antes.

Toda a minha vida, ela respondera. *E toda a sua vida.*

E embora tais palavras soassem tolas e extravagantes, pareciam ser verdadeiras. Com toda a certeza *eram* verdadeiras.

– Agnes – disse Flavian, aproximando a cabeça de sua orelha, para que ela pudesse ouvir com clareza apesar de todas as vozes e dos belos sinos tocando. – Vem comigo?

Sabia aonde ele queria ir, sem perguntar. E estava feliz. Era mais uma coisa que ele precisava fazer. Assentiu e tomou seu braço.

Não havia um jazigo para os Arnotts, viscondes de Ponsonby e suas famílias, havia mais de dois séculos. Mas existia uma área separada, bem--cuidada, circundada por cercas vivas podadas com cuidado. A sepultura mais recente, com a lápide de mármore ainda branca, encontrava-se a alguns metros do portão.

David Arnott, visconde de Ponsonby, estava escrito ao lado das datas de seu nascimento e morte, além de uma inscrição um tanto floreada informando ao mundo de sua existência sem mácula e instruindo os anjos que o transportassem até o trono dos céus, onde seria recebido de braços abertos. Um anjo de mármore, com enormes asas e uma trombeta aos lábios, coroava a lápide.

– Ele queria algo simples e direto – contou Flavian. – Pobre David. Costumava estremecer e rir das coisas que as pessoas botavam nas lápides. Nosso avô, de quem nos lembrávamos como um velho tirano mal-humorado, é descrito como se fosse um santo.

Flavian falava com carinho e um leve sorriso no rosto, reparou Agnes – e sem vestígios do gaguejar.

– Um cemitério deveria ser um lugar de horrores – disse ele. – Mas não é, não acha? É pacífico aqui. Estou feliz por ele estar aqui.

Ela sentiu que Flavian apertava sua mão com mais força e viu, quando o olhou de relance mais uma vez, que seus olhos estavam cheios d'água – eram as lágrimas não derramadas.

– Eu o amava – afirmou ele.

– Claro que sim – disse ela. – E é claro que ele sabia disso. E o amava também.

Ele abaixou-se e colocou a palma da mão sobre a sepultura antes de se levantar.

– Sim – concordou ele. – Sim. Você acredita na vida após a morte, Agnes?

– Eu acredito.

– Então seja feliz, David – disse ele.

Haviam caminhado até a igreja, embora ela ficasse a mais de 3 quilômetros de distância de sua casa. Começaram o caminho de volta depois de acenar para alguns moradores do vilarejo que permaneciam por ali. Agnes levantou a sombrinha para proteger o rosto do sol.

– Estou tão feliz por termos vindo! – exclamou ela. – Vamos voltar para a cidade, agora que já passou a Páscoa e a temporada vai começar?

– Talvez mais tarde – respondeu ele. – Talvez não. Temos que decidir agora?

– Não.

– Eram muito educadas as cartas que recebi ontem de seu pai e de seu irmão. Devemos convidá-los para nos visitar durante o verão? E sua irmã também? Talvez possamos fazer a festa no jardim quando todos estiverem aqui.

– Eu gostaria disso. E acho que vou *escrever* para minha mãe. Talvez nunca a visite. De fato, duvido que um dia eu consiga vê-la. Mas acho que vou escrever. Acha que eu devo?

– Não há nada que você *deva* fazer – respondeu ele. – Mas escreva, se é o que deseja. Ela vai apreciar. E eu acho que você também.

Flavian parou de caminhar quando chegaram ao alto da subida, antes da descida para o terreno que cercava a casa. Agnes ouviu quando ele inspirou profundamente e soltou o ar num suspiro.

– Isso *não é* um felizes para sempre, é? – perguntou ele.

– Não. Mas há momentos que parecem ser.

– Como agora?

– Sim.

– Já disse que eu a amo? – perguntou ele. – Que diabo, Agnes, essas são as palavras mais difíceis da nossa língua. Eu *não* as disse. Teria notado se tivesse dito.

– Não – concordou ela, rindo. – Não disse.

E seu coração ansiava por ouvir aquelas três palavras simples, formando juntas a mais linda das frases já proferidas. Isto é, *se* aquele que a dizia era o homem certo.

Flavian virou-se para ela, tomou-lhe a sombrinha e jogou-a sem cerimônia na grama que margeava o caminho, segurou suas mãos, levou-as até seu peito, onde as manteve unidas às suas. Os olhos verdes, desprotegidos por aquelas pálpebras pesadas, contemplaram-na.

– Agnes Arnott – disse ele –, eu a-a-a-a...

– Eu amo você – interrompeu ela em voz baixa.

– É exatamente o que estou t-tentando dizer – afirmou ele.

– Não – disse ela, sorridente. – *Eu* amo você.

– Ama? – Ele ergueu as mãos dela até seus lábios. – Você me ama, Agnes? Não apenas pelo meu título, meu dinheiro, minha aparência irresistível e meu encanto?

Ela riu.

– Ah, sim, também tem isso.

Flavian abriu um sorriso desajeitado e pareceu o garoto bonito e despreocupado que devia ter sido algum dia.

– Eu amo você – disse ele.

– Eu sei.

Ele envolveu sua cintura com os braços, ergueu-a do chão, girou-a duas vezes, ao mesmo tempo que jogava a cabeça para trás e uivava para expressar sua felicidade.

Ele *estava* feliz. E ela também.

Agnes apoiou as mãos nos ombros dele, olhou para seu rosto e riu.

CONHEÇA O PRÓXIMO LIVRO DA AUTORA

Uma promessa e nada mais

Ralph Stockwood se orgulha de ser um líder nato, mas, quando convenceu os amigos a lutar nas Guerras Napoleônicas, nunca imaginou que seria o único sobrevivente.

Atormentado pela culpa, Ralph precisa seguir em frente, encontrar uma esposa e garantir um herdeiro para seu título e sua fortuna.

Desde que sua temporada em Londres terminou de forma desastrosa, Chloe Muirhead se resignou a ser uma solteirona para sempre. Movida pela necessidade de escapar da própria família, ela se refugia na casa da madrinha de sua mãe. Lá, conhece Ralph.

Ele precisa de uma esposa, e ela quer encontrar um marido. Então Chloe propõe que eles dois se casem. A condição é uma só: Ralph precisa prometer que nunca a levará de volta a Londres.

No entanto, as circunstâncias mudam. E, para Ralph, foi uma promessa e nada mais.

CONHEÇA OS LIVROS DE MARY BALOGH

Os Bedwyns

Ligeiramente perigosos

Ligeiramente pecaminosos

Ligeiramente seduzidos

Ligeiramente escandalosos

Ligeiramente maliciosos

Ligeiramente casados

Clube dos Sobreviventes

Uma proposta e nada mais

Um acordo e nada mais

Uma loucura e nada mais

Uma paixão e nada mais